山东青年文学名家文库
山东省作家协会 编

FUQIN DE
QIAO

王秀梅 作品

父亲的桥

山东文艺出版社

图书在版编目（CIP）数据

父亲的桥 / 王秀梅著 . -- 济南：山东文艺出版社，2020.3

（山东青年文学名家文库）

ISBN 978-7-5329-5998-3

Ⅰ.①父… Ⅱ.①王… Ⅲ.①中篇小说—小说集—中国—当代 Ⅳ.① I247.5

中国版本图书馆 CIP 数据核字 (2019) 第 259373 号

父亲的桥

王秀梅　作品　山东省作家协会　编

主管单位	山东出版传媒股份有限公司
出版发行	山东文艺出版社
社　　址	山东省济南市英雄山路 189 号
邮　　编	250002
网　　址	www.sdwypress.com
读者服务	0531-82098776（总编室） 0531-82098775（市场营销部）
电子邮箱	sdwy@sdpress.com.cn
印　　刷	山东临沂新华印刷物流集团有限责任公司
开　　本	700 毫米 × 1000 毫米　1/16
印　　张	16.75
字　　数	256 千
版　　次	2020 年 3 月第 1 版
印　　次	2020 年 3 月第 1 次印刷
书　　号	ISBN 978-7-5329-5998-3
定　　价	48.00 元

版权专有，侵权必究。如有图书质量问题，请与出版社联系调换。

《山东青年文学名家文库》
编辑委员会

主　　　任：王红勇
常务副主任：程守田　姬德君　黄发有
副　主　任：李　军　葛长伟　陈文东　李运才
委　　　员（以姓氏笔画为序）：
　　　　　　王　伟　王方晨　王秀梅　东　紫
　　　　　　刘玉栋　孙书文　铁　流　张　继
　　　　　　张海珊　张晓楠

目　录

父亲的桥 …………　1

瞳人语 …………　28

见识冰块的下午 …………　71

仙人岛 …………　88

坦　克 …………　122

枕中记 …………　159

一墙之隔 …………　190

陈北坡的火车 …………　227

父亲的桥

一

父亲最后一次离开我们家，是在二十年之前。我记忆最深刻的，是那天闷热的天气。一场雨将落未落，夏季的热风徐缓地扑打着窗扇。时间是正午，我们全家人吃了一顿丰盛的午餐——一条硕大的鱼，被我们非常精细地吃掉，余下一根白里透乌的鱼骨，像一把齿牙破损的梳子。若非父亲，我们很难吃到那么大的鱼，都知道，母亲是过日子的一把好手。

我们打着饱嗝，除了父亲。母亲很快就否定了那条硕鱼，原因是，一根细刺滞留在她喉腔里。她吭吭地咳着，伸长了脖颈，喉部的皮肉一紧一紧，努力查找那根鱼刺的位置。父亲从盘子里拿起半张油饼，撕掉一块，递给母亲，说："嚼得粗粝一点，大口吞咽，把它裹挟下去。"

二十年前，父亲已经是一名技术过硬的铁路桥涵工程师了。这就是他的语言风格，词汇丰富，语调铿锵，到处散发着混凝土的气息。母亲把那块油饼潦草地嚼了两下，用口腔团成一个粗粝的饭团，大力往下吞咽。她噎出了眼泪。后来，父亲又吩咐我，去弄醋。一碗。

我去厨房找到醋瓶子，像父亲说的那样，倒了一大碗。母亲哽着嗓音斥骂我要把她酸死。但她还是痛苦地喝掉大半碗。最后，父亲吩咐我去找手电筒——父亲一直坐在餐桌旁他那把椅子上，吩咐我干这干那。他对我们的家异常陌生，不知道应该到什么地方去找什么东西。我找来手电筒，父亲严肃地把椅子往母亲跟前挪了挪，让她尽可能地张大嘴巴。我听到母亲腮骨骤然张大发出的咔吧声，伴随着那声音，她的口腔完全打开了。手电筒的光柱照着她白厚的舌苔、鲜红的喉咙。父亲忙碌了一阵，皱着眉，结束了他的尝试，转而征询母亲，要不要到医院去，医生有办法，他们有专用工具——高瓦数灯、长镊子。

父亲重重地把手电筒放在餐桌上，手电筒骨碌碌地滚动。父亲和母亲都盯着它，直到它轧到一块西瓜皮上，停住不动了。母亲喉部再次紧缩几下，试了试，说，没那么疼了，观察观察再说，说不定明天就好了。再说，哪有时间去医院？下午还有大事要办。买什么不好？非要买鱼吗？

母亲大力端起盛鱼的盘子，把那根鱼骨倒进垃圾桶。接着，他们就去办那件重大的事，留下我和姐姐在家里洗碗。直到下午，我和姐姐才知道，那桌丰盛的午饭，包含着无尽的寓意。

为那一刻，他们做了诸多准备：父亲从远方归来，乘坐一列不停怒吼的火车。父亲的远归为数不多，每次他都不厌其烦地对我描绘有关火车的一切——原野、飞驰、轰鸣、吼叫、震颤。他希望我长大后也做和火车有关的工作，那样才配得上男人这个性别。对他的这种教诲，母亲深恶痛绝，每每粗暴干涉，使我们的交谈转入地下……母亲一早起床就擦拭厨房，用去污粉和洗洁精，把陈年的污暗油迹一扫而光。婚后漫长的琐碎生活，使母亲掌握了一手高超的统筹方法学。任何一件家务活，她都能迅速罗列甲乙丙几种流程——哪种节省时间，哪种窝工，判断迅速，落实准确。母亲当时在一家轴承厂上班，多少年了，还只是普通车工。我总是为她鸣不平，认为以她的能力，完全够格当上车间主任——工业化生产离开统筹学，几乎不可想象。那天早上，母亲把厨房擦拭得焕然一新，穿插醒发了一块大大的面团用以做油饼，烧好两暖瓶开水，择好、洗净了十几样菜。父亲在中午之前敲响家门，手里提着那条硕鱼。母亲基本上把饭菜都做齐了，油饼刚出锅，撒了芝麻，泛着油香。但我们更钟情于父亲下火车后在一家水产市场带回的硕鱼。母亲看着那条鱼，想不出除了下锅做掉，还有别的什么处置方式，只好重新热锅炖鱼。

那天，天气闷热。父亲和母亲干完大事回来后，家里气氛异常诡异：父亲更为严肃，母亲显得有点亢奋。她走来走去，最后站在窗前观察天气。接着她发现有一扇纱窗出现了问题，就回头吩咐父亲，修好它。否则，苍蝇蚊子都会一股脑飞进来。

父亲也走到窗户前,审视那面纱窗。母亲给他找来钳子、螺丝刀等一应工具;父亲把纱窗卸掉,铺在地上,想法把纱网钻出来的一只角重新塞进铝合金窗框里。他们那时看起来夫唱妇随、心心相印——我和姐姐都想不到纱窗修好后,母亲向我们宣布,他们离婚了。

干净利索,毫不拖泥带水。政府办事效率越来越高了。父亲说。他形容离婚的话,都带着钢筋混凝土的气息。

母亲持续着她反常的亢奋,走来走去,无一刻安歇。姐姐忽然把头趴在茶几上,悲痛不已地哭泣起来。她原是坐在沙发上的。她那时候正处在热恋之中,一个教地理的初中老师对她殷勤备至。他们已经偷偷亲过嘴,正准备谈婚论嫁。我很同情她在这么甜蜜的人生阶段,出现这么一段不幸的篇章。

那天,他们很简短地宣布了这件大事,母亲用五个字来宣布;父亲赞扬政府的办事效率,助她一臂之力。我和姐姐觉得还该有些必要的解释和表达,可惜没有。他们合伙检查了家里所有的纱窗,确信不会有苍蝇和蚊子通过那个渠道飞进来。那栋房子是我们新分的,以父亲的名义,从他的单位分到的——这使我怀疑,他们离婚的念头由来已久,只是一直在等待这套房子得以落实。我们不能没有房子,这个共识,是我们全家多年挤住在一间不足二十平方米的小屋里形成的。那小屋是我父亲单位一个下级单位的车间宿舍。单身职工没有分房资格,因此,他们为了分到这套房子,付出了何等的耐心。

天气持续闷热着,从我们家可以清晰地听到邻居对天气的议论。我们家住一楼,他们就在我们窗外不远的树下玩扑克牌。那是一棵大槐树,枝叶婆娑,树冠形成一块恰到好处的树荫,刚好保证六个人玩够级,旁边再站上四五个围观者,或再多上四五个,不被晒着。还没落败的粉白色的槐花,散发出最后的香气,这掩盖了他们的汗臭和脚臭。父亲和母亲大约是担心离婚的话被玩扑克的人听到,所以才如此简略。之后再也无事可做,我们倾听着姐姐的呜咽,没有人去安抚她。窗外的人们开始预言雨会在什么时候下,父亲得以酝酿他的离开。

母亲又一次从父亲跟前经过的时候,父亲翕动鼻翼,做出离开的决定。我也闻到了一股雪花膏的气味——母亲到卧室里去了一阵,原来是往脸上涂抹雪花膏。这个举动含有向父亲献媚的意味,或者是她想给他留下芬芳一点的记忆。父亲打了一个喷嚏,表示对那气味的敏感。他嗡着声音说,下雨了。二十八号桥墩……雨量达到警戒线……需要密切注意。

这些足够唬人的专业术语,只是换来母亲的轻蔑一哼。我对母亲的态度多少有些不满。二十八号!这说明,那座壮观的大桥至少有二十八根桥墩!

父亲一下就洞悉了我的惊叹,说,你……明年考大学,要选择一个工程类院校。

然后,父亲如释重负地站起身,到电视机旁边提起他那只旅行包,环顾我们——实际上是在环顾房子,说,房子不错。框架结实,承重墙钢筋分量合格,大约能抗六级地震。他可以放心地走了。

他这样说,仿佛房子是他修建的。其实,他只是一个桥涵工程师。但反过来想,修桥和盖房都是建筑方面的事,应该有共通之处。况且,他回家之后总是在墙上敲敲打打,还是相当专业的。起码在我们看来是那样。

父亲站在门口,最后环顾这个婚姻的纪念品,然后体贴地替我们关上了防盗门。

都不用送,送君千里终有一别。他说。

在他关上防盗门之前,母亲尖厉地喊叫了一声,再见!缪一二!

缪一二就是我的父亲。二十年前他轻轻关闭那扇防盗门时,清晰地听到了我母亲的尖叫;那里面包含着无尽的爱意和怒意,这些都足以催促他快速掠过大槐树下那堆玩扑克的人,头也不回地离开。我在那扇修好的纱窗后面目送他急匆匆的背影……

母亲的那句临别赠言,在当年就洒上了预言的光辉——她应该说"永不再见",而不是"再见"。二十年来,我每每想起缪一二,总是诡异地想起母亲的那声尖叫。事实证明它果真是一个谶语:我的父亲缪一二的名字,再度从母亲口中吐出——他要回来了。

二

二十年里,母亲提到父亲的时候,通常使用与死亡有关的话语:吃饭噎死了吧;睡过去了吧;冻死了吧;热死了吧;逍遥死了吧;孤单死了吧;是不是成家了——那一定又生了孩子，累死了吧……

这些描述，是同她生活中某些具体时刻结合在一起的。关于父亲在这二十年里的生活情况，我们无从知晓。他在一个铁路工程局工作，一年中多数时间流连在外。上次一别，他索性不回这个城市了。他的工资由别人代领——那时候还没有统一使用工资卡。单位里发放的劳保用品、防暑降温用品，母亲拒绝再去领取。实际上，不能再使用那些肥皂、毛巾、雨鞋、雨衣，令她不适应了很久。工程局在两年之后搬到外地，于是，缪一二彻底不知所踪。

母亲对父亲的死亡描述最初没有目的，只是渴望发泄不满的一种虚构。接着，她习惯了这种虚构。久而久之，我们听她虚构的时候，每人都不同程度地怀疑：他是不是真的……已经死去？母亲从轴承厂退休后的那些年，衰老的现实迫使她频繁想到这种可能。她比父亲小几岁，连她都退休了……到最后，我们默认了父亲的死亡。间或，我们会想到，他或许还没死去，早就在外省儿孙绕膝，忘掉故乡了。相较而言，母亲更愿意沉溺在死亡虚构里。

老天爷，缪一二终于回来了。我们准备接他的那天，他刚过六十五岁生日。这个年龄论及死亡还尚早，但无论如何已届晚年，母亲不必再虚构他的死亡方式——别无选择，只有一种：在她的注视之下死亡。虽然我们被母亲告知，你们的父亲，缪一二，那个老东西……脑子出了点问题，但我们都不觉得这有什么大不了，他只不过有某种精神上的小问题，我们还没怎么听说有人死于精神病。我姐甚至说，没什么可怕的。每个活在宇宙中的现代人都程度不一地患有精神方面的疾病，咱们的父亲绝对不是个例。

母亲不理会这套时髦的议论，她的肢体和语言非常一致：怨恨中混杂着胜利者慷慨的担忧。那个叛逃者，到老了还不是要回来！

我们全家去接父亲：母亲、姐姐和姐夫及他们的儿子、我和我妻子及我们的女儿。阵仗齐整，不可谓不隆重。母亲最为舒展，昂首阔步走在前面，像领头的母鸡，带着她所有鸡娃。她的外孙一不小心跑到前面，被她不留情面地喝住，驱赶到身后去。父亲不久之后从火车上就看到了这一幕；他站在狭窄的车门口，瞠目结舌地体谅了母亲的显摆和傲慢。

我们并不完全了解他们离婚的缘由，但大抵知道跟一个京剧演员有关，那人是母亲师傅的西邻。后来证明他是一个标准的浮浪子弟，伤透了母亲的心。同时他也最深程度地破坏了母亲的婚姻。

母亲的师傅姓苏，据说现在孤身一人，住在一栋楼房的五楼上。她当年和京剧小生做邻居时的平房早已拆掉。因为老年很难避免的某些关节上的病症，她下楼时要紧紧地攀住栏杆，倒退而行。母亲一提到这个，就担心她的苏师傅会一不小心摔下楼梯。想当年，那是多么健壮的一个女人！母亲中年以后频繁进入回忆，常常以苏师傅作为入口。我们因此知道，苏师傅当年带了八个漂亮女徒弟，在小城闻名遐迩，风头不亚于红透小城的京剧团。那些回忆让母亲颇为自豪，有时她就一不小心说漏嘴……

当年，母亲可说是京剧小生的粉丝——虽然她极力否认。他们是真的恋爱过，是有过一些涉及身体方面的事实，还是京剧小生仅仅出于猎奇对她有过一些暧昧逗引，这无从考证。母亲当然极力想让我们听信她那一套，即她享受了一场狂热的被追求。无论两者中哪个是真相，最后，母亲在极度失望、自杀未遂的情况下，草草嫁给了我们的父亲，这却是不容争辩的事实。我们的父亲跳进湖水里救上来了她，然后一眼爱上了她；打听到她是轴承厂的，就辗转找到苏师傅做媒。

这就是他们离婚的缘由：父亲爱上了母亲；然而母亲没出蜜月，就打算跟京剧小生私奔。据说还没人用结婚来报复京剧小生——这个浮浪子弟因此动过一刻心，就在那一刻的驱使之下，写给母亲一封信。结果是，我们的母亲在接到那封信并决绝地离家之后，京剧小生那冲动的一刻早已过去。母亲第二次投湖，被尾随而至的父亲再度救起。

造成母亲一生充满怒气的原因，是父亲对她的方式——既不离婚，也不原谅。父亲长久地待在工程队，奔赴所有需要架设铁路桥的原野。只在被别人极力规劝的时候，才勉为其难地回家看上几眼。有时春节期间也留在工地，充当一名保安——我后来相信，父亲之所以那样做，完全是因为他恐惧回家面对母亲。这促使他拼命工作，以至成为这个行当的拔尖分子。甚至他借此成功地实现了退休之后被返聘的目的。母亲对父亲的怨怼，随着时日绵延，而变得复杂难言。她等待父亲说服自己。他们矛盾地浪费着时光，甚至作为妥协的尝试，在生下我姐之后，过了几年，又生下了我。到最后，有没有我父亲缪一二这个人，已经不重要了。分房那几天，是他们此生最为亲密的时光：他们彻夜不眠，估算着父亲能打一个占什么位置的分数，这分数能让他们分上几楼。他们为这些左右不了的事情焦虑和兴奋了足足两三天。

……

全世界最不可思议的老顽固回来了。母亲带着胜利者的微笑，瞧着她的战利品。母亲独特的微笑和目光尤为重要，我们顺着母亲独特的指引看向缪一二，各人准备着把正确的称呼说出口。父亲作为一个为铁路事业奉献大半生的高级工程师，在遥远的始发地被妥帖地送上列车，并受到列车长一路照看（这更多是鉴于他脑子里的那点问题），又被妥帖地送下火车。列车长把袖章有意无意地出示给我们，高兴地卸下了这个包袱。我们一拥而上，怂恿两个孩子冲在前头——孩子有着无知的勇气。

爸——这个字从妻子的口中发出。这样的比对，越发封住了我的嘴巴，让我很是别扭。我的姐夫，当初我姐学校的化学老师、如今的房地产商，叫得比我姐还亲。我姐也成功地称呼了我们的父亲。虽然她恨着他——由于他们的离婚，当年地理老师最终抛弃了我姐。好在化学老师飞快地替补了这个空缺，娶了陷于失恋中的我姐。我低下头，抢着拎起放在站台上的一只旅行包。它很像过去父亲远归携带的那一只。旅行包很轻，到家之后我们才知道，只有几个药瓶子装在里面。它们的治疗方向都是针对父亲的大脑。

这么说，我们的父亲的确是脑子有点问题了。实际上，他一直是我们的观察对象，尤其是我母亲的。当我们簇拥着他走在站台上的时候，母亲分别从左面、右面、后面端量过他。那是一个春季的午后，母亲手里很合时宜地提着一束花——是我妻子买的。她那人平素喜爱花哨。我们都没注意到鲜花是什么时候转到母亲手上的，父亲从火车上下来的时候，场面过于热烈和凌乱。母亲显然也没注意到那花哨的东西，她倒提着它，几朵扶郎滑落下去，一下一下蹭擦着站台。在这个过程中，母亲忽略了手里用以迎接的花束，只顾着把父亲的方方面面尽收眼底。而我们只注意到他目光有些许呆滞。

咱们要把爸接到哪里？

妻子暗中用胳膊肘碰碰我，问道。

当然是家里了。我说。

家里的哪个地方？

我承认，妻子的问题的确是个问题。在此之前，我们都忽略了几个基本事实：一是我们的父母已经离婚了，住到一个家里是否合适；二是，我和妻子从婚后就跟母亲同住，我们占据其中一间卧室足足有十多年了，而我们这栋房子，只有两间卧室，我们的女儿缪妙九岁了，还没有自己独立的房间——她被迫跟自己的祖母共处一室；三是，我和妻子没有自己的房子，因此，我们不知道除了那间卧室，还能有什么别的地方可供居住。这一切，令我心里充满焦虑。

但我们很快走完了那个站台，一部像传送带似的扶梯很快把我们送入地下通道；拐个弯，另一部扶梯很快又把我们传送到出站口。姐夫的车停在车场离出站口最近的位置——为了显得隆重，同时免去一部分人打车的麻烦，他自己开一辆车，从公司调来另一辆，加一名司机。我们挤坐进去：母亲和父亲分别坐进两辆车里，母亲跟着我们一家三口。司机启动车子，紧紧地跟在姐夫的车子后面。母亲抢先坐在副驾上，目不转睛地盯着前车，像一位威风凛凛的女将军。妻子再次用胳膊肘碰了碰我，但我们都知道谈那个问题为时已晚。

我的焦虑在不久之后即得到了消除，母亲早有打算，那就是，把父亲安置在客厅的沙发上。她找出整套卧具——床单、枕头、被褥，由我妻子帮忙铺好。这套崭新的卧具说明，母亲得到父亲要回来的消息不是一天两天了。但她在那天的早餐桌上及随后的电话中，才对她的儿子和女儿公布了这件事。对此我也无话可说，她有权利像一个真正的房主那样，决定在什么时候显示出超人的气度，把她的前夫接纳进来。

没想到，要死在我这里。

母亲极其自信地说，把"我"字咬得很重。

三

父亲的一生都和桥梁有关。在他晚年和桥梁的关系之中，甚至戏剧化地出现一个和母亲过从甚密的老姜头。那人本来是母亲的朋友，到最后竟然像是命运早就安排好了专等父亲似的。这是后话。先说父亲和桥梁的关系，这种关系在回家不久就得到了充分的展示。

在父亲回到家后的两三天内，我们密切关注着他，确保他每一分钟都在我们的视线之内。同时，我们致力弄清他脑子里的问题究竟有多大——对此我涉及他是否具有攻击性。虽然那几天他表现出了极为温顺的一面，除了目光呆滞地喃喃自语，他基本像个无助的孩子。

母亲在接长途电话的时候，被扬眉吐气地接纳父亲这一件事冲昏了头脑，其中原委却没问清楚。这个问题交给了我——对此我责无旁贷，因为我是缪一二的儿子。

工程局早在多年前即已搬到外省，对我来说，那里过于遥远和陌生。我曾计划乘坐怒吼的火车到那里去，了解一下父亲患病的原因，但母亲阻止了我。她建议我先打个电话了解一下，而不要那么兴师动众。我听从了她的建议，分别把电话打到工会、老干部部、工程部、局办公室——对于机构建制，我还是懂的。得到的回复如下：

二十年来，父亲一直在工程局工作，从助理工程师到工程师、高级工程师。他是局里唯一一个有高级职称的人。局里上上下下都对他崇敬有加，因为他的高级职称并不是徒有其名；甚至，人们认为他的实际业务能力远远不是高级职称所能涵括的。他的敬业比之业务更令人崇敬，最远、最偏僻、条件最恶劣的工地，都是他积极争取的目标。他在那些空旷、荒凉的原野或山区一待就是一年半载，甚至几年，直到火车怒吼着驶上他修建的铁路大桥。他带出的徒弟一茬茬走上领导岗位——这就是说，他本人如果愿意，会更早地成为一个领导。但他只喜欢修桥。工会多次想给他找个妻子，每次都被拒后，他们——尤其是女工会干部——都说，老缪的情人就是大桥。人们见过我的父亲缪一二抚摸桥墩时那深情的程度，都说他就像在抚摸女人。这样一个爱岗敬业的人，到了退休年龄后，当然被挽留下来——严格一点的说法是返聘。

如若不是缪高工精神方面出了点问题，他们是不舍得放他的……这么多年，他真是为那些大桥操碎了心。精神上的问题，难保不是因为那些复杂的图纸……多复杂的图纸啊……

局办的老主任说。他用到的"缪高工"这个称呼，在我向母亲转述的时候，听到母亲的三声冷哼。晚间在卧室里，妻子捂嘴偷笑，对我说，妈那是嫉妒。她退休时只是一名轴承车工。

妻子的分析不无道理。她接着又提出一个问题：爸的脑子……真是让图纸累的吗？那这能不能算因工受伤？

我承认，这个我也说不准。但这个问题在我妻子发问的时候，已经不作为问题困扰我们了。尤其是母亲，在听我转述了局办老主任、工会女干部、工程部经理、老干部部长诸人的赞美后，不无骄傲——仿佛是她培养了如此优秀的父亲。她说，算了，脑子生病，能怨得了谁？何况，他这一辈子难道就没有愧疚？

我和妻子都听出了母亲的意思，这也正是她阻止我动身前往工程局的原因。她认为，若非被半生愧疚纠缠，聪慧的大脑怎么会得病？

我还听出了言外之意：母亲不希望有另外的原因来说明父亲的脑病。什么因工不因工的，她宁愿父亲连退休金都没有，完全由她养着——那么一来，她简直是大获全胜，可以彻底优越地看着父亲死去了。母亲为此加强了对身体的关注，由每天早晨五点改成四点，到小区外面的炮台山上去压腿和舞剑。

这个环节过去，事情起了变化：很多东西都和另外的东西无关了，主要表现为父亲的精神疾病与他毕生从事的工作不相干了。促使母亲接父亲回来的动力，是一种展示其宽容和胜利的情感。我们都在母亲态度的影响之下，不再深究桥梁、图纸给父亲的大脑造成的伤害，而是把这两者割裂开来。但父亲发病时的表现，却是存心在和工作生气。

在起初的几天内，他表现出极其温顺的一面，加之我们源源不断地对他施以关爱。我们猜测着他的口味，做出各种饭菜，带他去爬山，看大海，逛花鸟鱼市场，看人下棋和玩扑克，姐夫带他参观自己的楼群，请他到高档地方消费——包括足疗和芬兰浴。父亲在被那些东西惊吓到的情况下，表现出唯唯诺诺的可怜相，像蹒跚学步的孩童一样迈开双脚，转动眼球。他甚至都没空呆滞了。这段日子的后期，当对这些东西因熟识而不再感到新奇时，呆滞重新回到他的脸上。常常在进行着那些活动的时候，他的躯体和表情就木然起来，嘴角流下的一串串口水，滴到崭新的衣衫上。

这些我们还可以泰然处之，他毕竟是一个脑部有点毛病的人，我们有思想准备。但我们缺乏经验基础上的预警——一段日子后，他重新想起毕生为之忍受了孤独、寂寞、严寒、酷热、蚊虫叮咬、时疫等种种苦楚的桥梁。那天，他无端端地从沙发床上蹦起身，舞动手臂，划水一样拨拉着空气，喊道，让开，让开！

他拨拉着想象中的众人，从客厅一直走到母亲的卧室，在明亮的玻璃窗前停下，对正在写字台前写作业的缪妙说，图纸！

他欣喜若狂地捧起缪妙的作业题，眼睛凑到一堆图形上。那是一道很庞大的英语连线题，缪妙在单词和图画之间连起纵横交错的线条，加上英文单词——这些东西强烈地透露出设计图纸的信息。父亲拿起笔，在缪妙的作业题上批批改改，嘴里咕哝着一些我们听不懂的专业术语。第二天，妻子不得不在送缪妙上学时，向老师解释，我们家那只调皮的猫，把作业画得不像样子。妻子向我复述的时候，我心里有点悲凉——父亲的批改没有任何意义，只是一片乱画的线条。猫也能干出这件事。我生出一个有点可怕的猜测，为了验证，我让我的房地产商姐夫找来几张图纸，拿给父亲看。我们装作向他请教，提了一些早已准备好的问题。父亲怯生生地看着那些图纸，不知所以。

我由此猜测，父亲被工程局送回家来有两个原因：除了行为乖张，最主要的是，他忘掉了自己的专业。他成了一个对工程局无用的人。

我又由此猜测，忘掉专业和脑子生病，这两者之间谁是谁的因？这就像先有鸡还是先有蛋一样，是个无解的谜语。工程局的人想必也推断过其中逻辑，但这其中毫无逻辑可推断，或者说这些都没有意义了；他们又必须说点什么，于是，我就听到了不同部门对父亲众口一词的赞美。

总之，桥梁害了我的父亲。他的乖张行为逐日增加。又有一天，他把家当成了火车，很愤怒地在家具之间穿行，嚷嚷着，停车，我要下车！

他把缪妙当成列车员，说，同志，我要下车；前面没有路了，让我去修桥。只有在这种时刻，父亲二十年前口中吐出含有混凝土质地的话语时那铿锵的味道，才有些许的重现。

类似这样的行为发生过几次之后，缪妙的想象力就得到了锻炼。她快速穿上妻子的工作服——妻子在公交公司上班——堵在门口，对她祖父说，缪高工，请您回座位去坐好；前面有一座很棒的桥，我们正要通过它。它是您修建的，您大约是忘记了。

我的父亲听到缪高工这个称呼，以及那番很严肃的话，就乖乖安静下来。

渐渐的，我们习惯了在生活中植入桥的概念。我姐姐的儿子戈缪是一名初二学生，每个周末都来看他的外祖父。他父亲很忙，派一个专职司机接送。戈缪煞有介事地和外祖父趴在地上，给一张餐桌、四把餐椅的腿命名——无非是编上号码，由缪妙执笔，给一些小标贴编号。他们祖孙三人，给家里所有桌椅腿都贴上标签，让它们有了自己的编号，统一格式为：×号桥墩。为了使桥墩履行职责，他们把它们摆成桥的样子。妻子也兴致勃勃地加入这个幼稚游戏中，她竟然买回一列玩具火车。戈缪有一次偷偷撕下一张标签，观察外祖父的反应。外祖父一觉醒来之后，暴怒地踹断了那根椅腿，嚷嚷着，这个桥墩不行，要重修。我们不得不另买一把椅子，和余下的三把一模一样。

母亲的想象力也空前提高，有一次她说，你们的父亲最后会死在襁褓里，他会变成一个什么也不知道的婴儿。

咱们母亲的最新虚构饱含张力，具备了文学作品的气质，而且超越了过去所有的虚构，我姐说。我姐缪语是一名语文老师，她业余喜爱读书，对文学方面的事情多少有点见地。我们都对她的评价肃然起敬。

四

桥梁就像父亲一生中一个不可破解的谶语。我们意识到这一点，是在春意正浓的一个上午。父亲被接回家的时候是早春，不知不觉，两个月过去了。

那天上午，母亲在家里听到隆隆的响声。槐树下玩扑克的人纷纷站起身，几张牌顺风刮走，在半空里翻翻转转。

母亲推开一扇窗。同二十年前相比，大槐树显然已经是一棵老树了。它站在楼间的绿化带边上，树冠完全罩住我们楼下的小路，比过去多几倍的人玩扑克都不用担心被晒着。有一根枝条伸展到我们的窗户旁，像一道凌空架起的桥梁。我们的父亲不止一次站在窗前，端量那根树枝。他疑惑重重，因为只找到一根粗大的桥墩（就是树干），桥梁（那根树枝）另一端触在我们家的一条窗框上。戈缪曾捉弄他，告诉他，我们的房子就是另一根桥墩。戈缪说，这是多功能桥墩，可以撑桥，还可以当房子住。

你们去哪？出什么事了？隆隆响的是什么东西？

母亲把那根有点碍事的枝条往旁边拨一拨，问那些正打算离开窗下的人。

要修桥洞了。刚才一定是大型机械的声音。那些人一边说，一边焦灼而兴奋地绕过绿化带，从小区正中间的小路往门口走去。

母亲怔了怔。她回头通过卧室门看向客厅，我父亲正在发呆。母亲拿了一个买菜用的提篮，悄悄地打开防盗门走出去，把我父亲留在家里。她急火火地穿过小区，来到大门口。那里已经围站了十几个退休的老头老太太，消息灵通的人告诉母亲，以后我们就要走桥洞，不走道口了。道口要取消了。

为什么？母亲问道。

她和我父亲自从分到铁路边的这套房子，往来通行就借助那个窄窄的道口。火车要来的时候，一个身穿铁路制服的道口工就在石头垒砌的道口房里摁动开关，放下一根红蓝相间的横杆。推着自行车或是步行的居民，就停在横杆外面等候。火车飞驰而过，掀起细密的尘土。道口工手拿小旗子站在铁路边上，目送列车远去，然后返身回屋，摁动开关，升起横杆。人们在火车掠起的尘土里跨过道口。

母亲这样行走已经二十多年了。她诧异地瞧着那个即将转岗的道口工。道口工也站在门口往这边看。

为什么？当然是为了安全呗。看看，这段铁路，曲线有多大！视线有盲区！去年不是有人不听横杆指挥，强行跨越，一下就让火车撞飞了！以后这段铁路要围起来了，用一种很结实的网，一平方米好几百块呢。

说话的人有个在铁路安全部门工作的儿子。

母亲在门口转来转去，东打听西打听。最后她搞明白了，要在小区门口的铁路底下掏洞子，而不是在铁路上面架飞桥。母亲略微松了一口气，掏洞子不用架设桥墩，也就不用担心我父亲把家里的椅子腿拿来当桥墩。

为保险起见，母亲上前去咨询那些操纵机器的人，得到了一个较为专业的答复：要在线路下面挖出通道，修建一个涵洞。母亲死死记住涵洞这个名词，以便回家后随时使用。她放心地跨过道口去买菜。

工程很快就开始了。父亲得知这一消息时，开工已经好多天了。虽然这个涵洞工程很小，根本不能和我父亲过去修建的那些有二十多根桥墩的大桥相提并论，但我们仍小心翼翼地避免在家里提到这个词汇。甚至母亲多日不带父亲出去散步，以免他看到那条铁路下面正在挖开的一个小口子。阳台上的窗户则尽量关闭着，幸好炎热的夏季还未到来。虽然如此，父亲仍在一个我们疏于防范的午后，踱到阳台上，听见大槐树下那群玩扑克的人嘴巴里吐出桥洞的事。父亲屏息静听，不弄出丁点儿声音，生怕吓跑窗户底下那些人。他把事情听了个差不离,于是,被欺骗和隐瞒的愤怒,没有从自己毕生热爱的事业中获得荣耀的失望,受到忽略的伤心,全化作委屈的泪水释放出来。母亲在她自己的卧室午睡,一阵嘤嘤的低泣声传来,令她分不清是来自梦里还是梦外。她彻底醒过来,走到阳台一看,父亲哭坐在地上。

当我们得知这件事后,顿时觉得父亲非常可怜。由于对他走失、闯祸、丢丑的诸多担心,父亲在无人陪同的情况下从未外出过,加上精神疾病必然携带的一点自闭,他本人也没有单独外出的勇气。因此他只能坐在地上,用哭泣表示自己的抗议。

经过协商,我们决定允许父亲走到大门口。在出门以前,不管有没有用,由我母亲与他约法三章,让他老老实实地看人家工作,休要指手画脚。父亲唯唯诺诺地答应。父亲由于迟了很多日子得到消息,他见到的已经是这样一幅景象:在小区门口二十米远的地方,巨大的基坑已经挖好,在原来没有洞口的地方现出一个口子;一个同样巨大的箱型混凝土框架——现场绑扎钢筋和浇筑——严严实实地立在那里,顶在口子上。口子四周搭建了密密麻麻的钢管脚手架,很多戴着黄色安全帽的人在那里指手画脚地端量。

我们正看着的时候,那些人都从洞口处走出来。几分钟过后,一列火车轰隆隆从曲线一端钻出,轧过这个正打算挖出一条涵洞的地方,疾驰而去。有人提出一个问题:如何保证桥下挖空的时候,火车还稳稳地跑在上面,而不掉下来?

听到这句外行才会提出的疑问,父亲这个高级桥涵工程师的身子居然也担心地哆嗦了一下。我想,他真的忘掉他的专业了。除了对桥涵残存的条件反射般的、没有技术意义的敏感,他和这些晒太阳的退休老头没甚区别。这么说来,他错过了前面测量放样、基坑开挖、承载力检测、绑扎涵身钢筋、浇筑混凝土等诸多程序,的确是种遗憾。那些退休老头日日观察工程进展,这可真是令他们大开眼界。

从那天开始,父亲时时被火车掉下来的恐惧折磨着。他常在一段类似神游的状态中,猛然惊醒,大叫着,桥!

他接着叫道,哪能这样修桥!

我的房地产商姐夫对他说,爸,这种小工程,跟您过去干的那些相比,简直就是挖个狗洞嘛！您那些宏伟的大桥都没事，这狗洞能有什么事？您别担心。

我们的父亲缪一二闻听此言，能略略心安一些。但不久他又焦躁起来，把自己想象成正在乘坐火车的旅客。他甩开手臂拨拉着众人，叫道，桥要塌了！打开车门，让我下车！

这时候就该轮到我的女儿缪妙上场了。她迅速套上我妻子的工作服——为了方便起见，始终有一件工作服挂在客厅的衣帽架上——根据季节变换，前天妻子刚换了一件长袖衬衣，雪白的颜色，带着肩章，缪妙穿上后虽然像件长袍，但不失飒爽英姿，很像一名列车员。

这位旅客！请您少安毋躁。铁路部门实行半军事化管理，火车不可能像汽车那样随时停靠。另外，我们的桥梁技术完全没有问题，因为有像缪一二这样的高级工程师。在过去，我们就曾往苏联、阿富汗、巴基斯坦等很多国家输送桥梁技术人员，我们帮很多国家修建过无数的大桥……

很难想象，我们九岁的女儿缪妙在这期间，语言表达能力突飞猛进。妻子压抑不住高兴的心情，说我们的父亲真是优秀的家庭教师。

虽然如此，我们还是觉得，不要再让父亲到大门口去了。施工现场日新月异，会让他的大脑持续受到刺激。我们的父亲针对再一次管制，不得已地采取了绝食方案。于是，我们不得不再次把他带到门口。

错过了两天，施工现场在我父亲面前呈现了这样一副样子：钢管脚手架横横竖竖地又多出不少，一台掘土机在前面开道，不时扭动大铲刀，把挖出来的土送到旁边去。涵洞一点一点掘进，那巨大的箱型混凝土浇筑物，由几台千斤顶合力往洞里推进。掘进一点，推进一点，很缓慢。人们交头接耳，十分钟顶进一厘米。完成它需要好几个工作日。

那，上面怎么办？火车？

有人提出这个疑问。

每天，在上午、下午、晚上，不同的时段，分别有不同的车次从我们门前的铁路上驶过。我们和父亲站在那里的时候，下午三点多的火车就要驶来。人们的担忧不无道理。但马上就有人抢着用道听途说的知识来回答，说线路已经被多次地加固，"换枕""防止横移""牵拉""扣件"等专业术语不停从他口中吐出，震撼着其他那些不懂此项技术的人。

我的父亲缪一二也被那些词汇震撼。二十年前，当他最后一次在我家铿锵有力地吐出那些含有混凝土质地的词汇时，我们就明确地知道，他和我们不是一路人了。他的本能和感觉紧紧围绕着的事物，根本就不是我们居于其中的生活——桥梁那高大神秘的建筑物使他成为一个非凡的人。谁能想到，今天，那些东西把他这样地弃之不顾了。

火车隆隆的声音比往常缓慢许多。大家都知道，那巨大的东西是在减速行驶，降低对非常路段的撞击。原本站立在线路上的那些人都退到路基以外。所有人都不想错过这个机会，目睹一列火车从底下掏空了一部分的悬空的钢轨上驶过。父亲枯瘦的手指猛然抓住我——专业技术的丢失，放大了本能和职业忧虑。我确信，桥梁、图纸、钢筋、混凝土，这些他毕生深深沉浸其中的事物，已经改变了他的本性；他遗忘的只是具体的一些公式化的东西，更多本能的、模糊的记忆，却是被无限放大了。

巨大的铁家伙最终安全地驶过去了，一声悠长的笛鸣，我们看到它的屁股拐过曲线的另一端。我们视线的尽头，线路拐弯的地方，路基旁边生长着几丛向日葵；巨大的铁家伙掠过向日葵，带起风，吹得花盘抖动不已。父亲凝望着那个地方，眉间积满不解和忧虑。

五

父亲生命中的那个不速之客，在清晨敲响我们的家门。

母亲那时候刚结束晨练，回来不久。她顺路买了油条，装在一个盘子里，放在餐桌上。盘子很大，长方形，玻璃的——那本来是一个微波炉盘，自从父亲回到家，吃饭的人多出一个，母亲就说原来的盘子不够大，很夸张地拿出这个硕大的东西。她本人钻在厨房里给我们大家熬制一锅大米粥。如今我们家里的常住人口共五人，基本由母亲一人负责一日三餐；多或少一个人，在我们看来无甚区别，对母亲来说，简直就是巨变。父亲食量适中，母亲却如临大敌，仿佛家里多了个大胃王。她把所有厨具都换大一码，并不顾初夏即将到来，腌制了五瓶咸菜。她为可以大量储存白菜和萝卜的冬季已经过去而叹息。

那个早上，我们家忽然又多了一张吃饭的嘴，他给我们全家人都带来了不适。在厨房飘出大米粥香气的时候，那精神矍铄的老头站在我家门口。母亲尚在厨房，妻子在帮缪妙编一条很复杂的小辫，所以就由我去接待来宾。我一眼就认出，老头是母亲晨练的朋友——他们都穿那种面料飘逸的白裤子。稀里糊涂的，我就把这明显可疑的老头让进了家门，并允许他绕着餐桌耸动鼻翼。

妻子从卧室出来，警觉地用肘拐碰碰我，低声问，谁呀？

不知道。我说。

不知道你敢放进来？

你看他的裤子。我提醒妻子。

那条白裤子顿时让妻子想到，情况复杂了。她紧张地瞄向沙发，但父亲当时正在卫生间里。那老头继续耸动鼻翼，脸上堆起满意和赞赏的表情。这就像一种特权，于是他干脆从桌边拉开一把椅子，坐下了。

紧接着，母亲端着一瓷盆大米粥在厨房门口现身。老头眼里流露出爱慕之色，像是那盆粥都要端给他一个人喝。妻子很机灵地奔过去，接过那盆粥，避免它被母亲失手扔掉。母亲僵在厨房门口，手指老头，说，你……尾随我？

接着母亲试图向我们解释，她说，他尾随我！

老头坐在原处，朝母亲顽皮地眨了眨眼，做出一种刻意给她惊喜的表情。我顿时被噎了一下。从苍老的皱纹里挤出少年的爱意——老年人的爱情居然如此可怕。紧接着，卫生间的门发出响动，父亲在里面拧门锁。他每次都要费些力气去对付那把门锁——生活中有几百个难题需要他去对付。门锁左左右右响动几次，终于打开，父亲走了出来。

那个早上我心绪不宁，一切都靠妻子辛苦斡旋。我们的女儿缪妙只负责看热闹——她也早就懂得男女感情这码子事。老头的调情方式，令她感到很可笑很幼稚。我们一共六口人围桌吃饭，我们的父亲缪一二出奇地安详，令我们不安。母亲暗中严厉批评老头的眼神特别多，都被老头刻意视而不见。最后母亲小声说——尽量保持语调平稳，吃完这根油条，就快走吧。

老头说，我要跟老哥下盘棋，比试比试。

他……不会下棋。母亲有点不悦。

那我们就比试剑法。我带了剑。

你带剑干什么？谁让你带的？母亲提高嗓音。她提高嗓音其实还不如语调平和地说话，二十年前那根神秘的鱼刺破坏了她的喉咙。虽说后来她不再感觉到疼痛，也到医院找医生用高瓦数灯照射过，没什么异常，但说话声却受到了影响，一提高嗓门，就变得很沙哑。

我从山上下来，直接就来了，不带着它，怎么办？

我朝门口一看，果然老头的剑立在地上，红穗头很英武地垂着。就连剑都和母亲的一样。他们两人白裤红衣，手持一模一样的剑，令人想起武侠剧里的人物。

我说，这位大伯，我父亲是一位高级工程师，一生与科学技术打交道，不擅俗常喜好。

妻子是一个善于周全的人，她以要迟到了为由，把我和缪妙强行拉走。缪妙走在小区里意犹未尽地跟我打赌：两个老头能不能打起来；如果打起来，谁赢谁输。

妻子说，老人的事，咱们不要管。

我担忧地说，万一有个好歹呢？

妻子果断地说，去医院。

那为什么不能防患于未然？

妻子深刻地看我一眼，没给答案。我头一次强烈地意识到我和妻子之间的差距——她的入世和圆滑，映射着我相反的一面。多年来，或许是在她的宥容之下，我们才得以和谐共处。

在单位里我一直开着手机，并把早上的情况说给缪语，让她通知房地产商准备好一部车子。缪语问我有那么严重吗？我说，准备一下有利无害。爸脑子一旦发病，谁敢想象？退一步说，即便没动手，也难保不发病。都一把年纪了，一不小心就可能得脑血栓。

一般来说，我羞于提及自己的工作。比起其他家庭成员，这件事总是我的心病。我的姐夫原来是化学老师，自从在实验室研磨药粉导致一次爆炸，他改了行，竟成为一个房地产商；我的姐姐缪语一直是语文老师，但获得过很多荣誉称号，是全市十大优秀文化人才之一，上过广播电台和电视；我的妻子，是公交公司十二车队的党支部书记，做思想政治工作很有一手；我的父亲，那就更不用说了，虽然他如今忘掉了专业；我的母亲当了一辈子车工，但前不久，轴承厂被一家外国企业兼并，更名为铁姆肯公司，她摇身一变成为外企退休职工。我如今只是一个不起眼的小企业的普通科员，这家单位裙带关系严重，我整日小心翼翼，仰人鼻息。

自从父亲回家，我经常在办公室想想这些事。想起二十年前，父亲临走前留给我的那句话，现在看来，不如当时照办。当然，母亲肯定阻挠我报考工程院校，但核心问题是，我本人没把父亲的话放在心上。

那天我在办公室里想了很多，看了五份报纸。其中三份报纸都提到铁路涵洞，称"这是我市涵洞施工史上第一例顶进施工方式"。我认为，这对我父亲来说太小儿科了。我直到下班也没接到家里的电话，等我骑着自行车回到家里，奇迹般地看到早上那自称姓姜的老头，仍在我家里——在和我父亲下棋。带红穗头的剑立在门边，老姜头仍是白裤红衣，这幅景象让我不得不相信，他在我家逗留了一整天。他们都毫发无伤。

确认这一点后，我的担忧变成不悦。母亲在厨房做饭，饺子已经包了一盖帘，第二盖帘也覆盖一半。她居然用工序这么复杂的饭来招待姓姜的老头。但无论如何，在父亲和老姜头之间，已经产生了一种理解、一种配合，甚至一种友谊。父亲真傻。倘若他脑子没生病，这么一个只会晨练舞剑的老头，怎么可以和他形成这种关系。

我催促妻子向母亲问个明白。妻子做思想政治工作很有一套。妻子脱下制服，就去厨房帮母亲包饺子，嘀嘀咕咕。晚上她在被窝里告诉我，母亲和老姜头关系不错，每天都在晨练时见面；他们先在山脚广场上跟着舞剑队耍一阵子剑，然后一起爬上两百级台阶，到山头上的一棵大树下压腿。他们两人比赛谁的腿压得高。接着他们和其他人一样，把后背在树干上撞击一会儿。这种招式究竟是锻炼身体的哪一部分，他们不是很清楚，只知道满山的人都这么干。最后，他们从山北面的小路下山。有的地方坡度有点陡，老姜头会搀扶母亲几把。下山后，他们各回各家。老姜头是个孤老头。

他们这样已经很多年了。妻子说。

母亲为什么不和咱们说？是担心儿女不同意吗？我猜测着。

最近这两个月，老姜头发现咱妈老是躲着他。今天早上就不请自来了。妻子说。

老姜头终于告辞回去了，我听到他们在门口告别时约好次日清晨一起爬炮台山。他们竟然真这么干了：母亲和父亲相伴着跨过铁路，穿过炮台路，在炮台山脚下和老姜头会合；三人一起爬山晨练。过了两日，母亲自觉不妥，但又无法退出，因为父亲毕竟是个精神病人。母亲积极地想着让父亲离开老姜头的办法。

父亲非但没有离开老姜头，他们甚至其他时候也泡在一起。老姜头晨练后就和父亲一起，蹲在大门口，看修桥。他们在这个工程上彼此有许多共同的看法，比如排水问题、安全问题。

六

后来，再后来……我一直把父亲的最终命运归咎到老姜头身上。老姜头又是母亲晨练时认下的交好，这其中的人物关系，就有些微妙复杂。

在那些惶惶不安的日子里，涵洞缓慢而坚定地推进着。千斤顶具有无法想象的力量，我每天下班走到大门口，都能明显看出那缓慢的进展。有一次，父亲不知用什么方法征得了施工方的同意，戴上一顶黄色安全帽，站在线路上，煞有介事地向下观望。和他一起获得这特权的，还有神秘的老姜头。我们小区里的退休老头们簇拥在门口，把钦羡的目光投向这两个老头。有人大声喊道，老缪站在那里很正确！他修了一辈子桥！

施工方一个戴眼镜的年轻人是负责技术的，我父亲缪一二不时慈爱地看看他，仿佛那人是他年轻时的化身。我跨过道口，在小区门口驻足观望，我父亲与戴眼镜的年轻人耳语，对着我指指点点。接着，他朝我高扬手臂，喊我上去。那年轻人吩咐站在路基下面的人发给我一顶安全帽。我头一次戴这么沉重的家伙，帽壳里那油腻腻的带子一下子压住了我的头发。我顶着它，很小心地走上路基，站在一根枕木上。父亲和老姜头一起往下看，对我不理不睬；几分钟后，我明白，父亲喊我上去，只是出于一种老子在儿子面前要炫耀一下的虚荣心。

他越发严肃了。

我的双腿有些哆嗦，因为通过枕木和支撑之间的许多狭窄缝隙，能看到线路下那缓慢推进的箱型建筑。那就是将来我们要日日通过的涵洞吗？它居然像一个现成的抽屉被千斤顶推到抽屉匣子里，这样的技术，我不敢相信。

父亲和老姜头探讨的却不是这个,而是另外一门专业——水利。我站在那里,站在那些人旁边,不由得心生畏惧,感觉到我是如此渺小。

这个坡,太陡了。

父亲扭转身子,指着涵洞另一头,说,由于涵洞另一头的出口紧靠炮台路,所以坡度显而易见会很陡。父亲忧心忡忡地强调,涵洞将会像一口井,马力不够的车,要上到坡顶,恐怕会吃力些。

父亲这时候说的话,很像一个高级工程师应该说的话,完全不像忘掉了专业。他一手叉腰,另一手横着一扫,架势非常唬人。他接着说,当然,这还不是最主要的,最主要的是排水的问题,坡度这么大的涵洞,雨水量大的时候,排水不及时,积水量恐怕也会很大。

老姜头这时候接过话茬说,完全正确,排水系统一定要做好。

父亲又目测了一下,说,涵洞在顶进到坡底的时候,要和上坡形成一个拐弯,这个拐弯,是个很危险的视线盲区。

年轻人点点头,说,您老人家说得不错。起初的设计中不存在这个拐角,但挖基坑的时候,发现地下有一些管道。所以只能改道,形成拐角。

父亲体谅地说,施工中遇到地理条件的障碍,这是常有的事。

接着,父亲就和老姜头讨论排水的问题。他们断言,无论排水系统做得多好,将来都会积水严重。这么一断言,他们的思路就眺望到了未来。他们边说边迈动双腿,踩着一根根枕木,走下路基,回到大门口普通退休老头们的队列中。

你应该设计一下。

临别时,老姜头怂恿我父亲。他看着我父亲很庄重地点头答应,就放心地跨过线路,溜溜达达回家去了。老姜头住在炮台山南面,而我们家在北面。他从我家返回自己家,就不爬山了,而是沿着马路步行,绕过一个很大的半圆。他家和我家恰好隔着一座山,但这座山只是从形式上略略起到一点阻隔作用,两家之间微妙复杂的联系,却坚韧地存在着。

我心情复杂,因为父亲似乎又想起了他的专业。但是他在用过晚饭后,跟我女儿缪妙讨要了几张白纸,打算做做未来的排水设计时,先前的那个状态又回来了:他不知道跟桥涵有关的设计是什么东西,应该怎么做。

我们的父亲缪一二,只是画了一些不知所云的线条,徒劳地浪费了好几张纸。他站起身子踱步，迈着记忆中那些灵感奔涌时的步子。但毫无用处。他悲哀地对他的儿子发出疑问，缪议，我怎么了？刚才在线路上站着的时候，明明有无数的设想在我头脑里出现！很缜密可行！可我此刻就像一个文盲。

显然，我的父亲，您对专业的遗忘是间歇性的。我想对他这样实话实说，但考虑到这样未免残忍，就咽下去了。我说，您就不要操心了。外面那些戴眼镜的和不戴眼镜的人，都是精通桥涵这门学问的人。虽然他们肯定不如您，但这么个小工程……实在太小了，根本用不着您。

不对。他们排水问题没考虑好。

父亲嘟嘟囔囔了大约半小时。之后妻子和女儿也回来了，母亲掐算着时间，把饭菜摆上桌。父亲闷头不语，吃了两口米饭，忽然扭脸去看客厅里的电视机。原来那里正在播天气预报。他紧张地看了一会儿，回来告诉我们，今夜到明天，阴。

天气的真实状况，完全和预报相符。那几天，天气持续阴着，不见阳光。顶进工程结束了。那天我下班，看到一个黑乎乎的洞口大张着，工人在固定限高标志，以便阻挡身量过高的车辆。又过了两天，洞口两头的土坡铺上了黑黝黝的沥青。在这个过程当中，父亲的真实表现，和一个高级工程师时而吻合，时而差之千里。戴眼镜的技术人员以为父亲在跟他开玩笑，直到小区里的退休老头暗地里跟他讲了父亲的病症。那之后，戴眼镜的技术人员就不把父亲放在眼里了。父亲嘟嘟囔囔地对他就排水问题提出担忧，常惹得他眉头深皱。碍于对一个同行前辈的必要尊重，他不便口出不敬之词。这些我都痛心地看在眼里。

父亲忧心忡忡地关注着暗沉沉的天空。他对一场雨既期盼又恐惧。在早上的晨练中，他和老姜头各自用后背捶打一棵树干，父亲脸上滴落了两颗水珠，他惊慌地跳开两步，大喊道，下雨了！

老姜头观察天象，告诉他，那是露水。父亲带着哭腔，说他不相信那是露水。母亲见他又要发病，赶忙把他哄骗下山。在通过涵洞的时候，父亲两腿蹒跚，像在蹚水。新修的涵洞新崭崭的，路面硬结得很好。母亲指着几个下水道口对父亲说，谁说人家没考虑好排水问题？你看，好几个下水道口呢。

父亲将信将疑地注视着那几个下水道口。但母亲看得出来，他不那么焦虑了。

在我看来，父亲时好时坏，和老姜头关系很大。每当父亲在我们绞尽脑汁的安抚下变得稍稍正常一些时，老姜头就找他谈论排水问题。每次他们谈论排水问题，父亲就回家奋笔设计，没一次成功。那些纷至沓来的想法，都只在他脑海里停留上一两秒钟。在同老姜头打交道的日子里，我断定他是一个狡猾的人，成心令父亲露出难堪的一面，以抬高他自己在我母亲眼里的形象。在我把这层意思告诉我姐缪语，并由她委婉地向母亲提出以后，母亲大为不悦。她发誓老姜头是这个世界上最正派和忠实可靠的人。那么，有一次，我们就跟母亲商议，让父亲搬到另外一个地方去住，离开这个桥洞和老姜头。这地方由我姐夫想办法解决。甚至，我们提议，如果母亲觉得老姜头真那么忠实可靠，值得托付，他们可以去登记结婚。母亲激烈地反对，说那完全是两码事。

你们的父亲绝不能住到别的地方去。他必须死在这个家里，这张沙发床上！母亲斩钉截铁地说。

当绿色防护网在长长的铁路线两边架好以后，道口撤销了。蓝红相间的横杆和手持小旗的道口工都不知所踪，只剩下石头垒砌的道口房，孤零零地立在原地。小区居民、附近花鸟鱼市场里的人、狗或野猫，全都正式从涵洞穿行。我们的母亲坚决不同意父亲到别的地方去住，宁愿每天陪他看很多遍天气预报，凝望乌暗或蔚蓝色的天空。下过两场小雨，不足为患，小区里的路面浅浅地湿了一层，随后就干了，父亲仍惊慌失措地奔赴涵洞，就像奔赴事故现场。母亲在后面跟着，唠唠叨叨，咒咒骂骂。

父亲的精神中心完全浓缩为铁路下那黑暗的涵洞。不仅仅是天气情况成为他时刻关注的焦点，火车驶来的怒吼声，也会令他瞬间异常。很难说他的那些症状——呆头呆脑、惊跳而起、魂不守舍、骂骂咧咧、摔东砸西，是更正常还是恶化。有时他拧锁眉头深思的时候貌似正常，但不久你就会发现他那是走火入魔了。缪妙有一次试着在他这样的时候从身后拍打他的肩头——我们的父亲大叫倒地，手脚抽搐，嘴巴里冒出白色泡沫。老姜头当时也在我家，正是在他们共同探讨水利问题后，我父亲发生了这样一幕。他安慰母亲说，别紧张，这是羊痫风发作了。

可是，我们的父亲，以前从未发作过羊痫风这种让人颜面尽失的怪病。

七

蝉喧嚷着，狗吐着舌，热浪蒸得路面发软。这就是父亲在那年盛夏常常听到和看到的。干燥的天气在持续地考验着他的心绪。我们时常看到他和老姜头蹲在小区门口，眺望这盛夏的风景。钢轨在日头下发着闪烁的亮光，犹如白色的闪电。

闪电。父亲太渴望看到那如枝杈纵横的大树一般悬吊在天空中的闪亮之物了。他向老姜头详细描绘在野外施工时遇到过的大大小小的闪电。

六百多次，经常劈毁大树，甚至看到过几十次球状闪电。他说。

老姜头立刻逢迎他说，球状闪电！那不就是大火球吗？我老汉活了这么大，还没见识过呢。

他们两人异于常人的谈吐，常常吸引小区里的退休老头驻足旁听。但他们也只是听听而已，不一会儿就走开了。有一对从盛产西瓜的邻近乡镇赶来卖瓜的年轻夫妻，因为要长时间地看摊，不得已地聆听了他们几乎所有疯疯癫癫的话。据他们回忆，父亲和老姜头在那个盛夏里谈论了许多话题，比如，由闪电谈到如何保护建筑物，然后谈到如何保护涵洞免受闪电袭击。因为涵洞状似一口井，更容易接电——他们这样说。接着他们商议在何处安装避雷针。安装避雷针就涉及要把闪电中的电引向一个安全区。这个安全区选在哪里，他们进行了一番论证，从花鸟鱼市场到小区外面的一片棚户区。棚户区里还住有一些没有楼房住的人，他们觉得应该把他们遣散到旁处去住。

再比如，父亲和老姜头谈论最多的，还是水利问题。他们不厌其烦地分析涵洞积水的两大原因：一是铁路上的雨水渗漏至此；二是周围的雨水因涵洞地势较低而自然汇聚至此。接着他们不厌其烦地商议解决方案，大致包括加高路面，加宽暗沟，设立警示标志，在旁边修建泵站，排水公司和武警官兵介入，等等。这些方案有些根本经不住论证，比如在限高两米的情况下加高路面，那将会造成轿车车顶和行人头部被涵洞顶刮擦的危险后果。加宽暗沟显然也不可行，父亲从戴眼镜的技术人员那里早已得知，涵洞底部铺有复杂的管道设施。还有的方案不用论证就可实施，比如设立警示牌，可以这样写：此处积水严重，请司机控制车速，一慢二看三通过，防止被淹。关于警示牌的内容，父亲和老姜头多次探讨，字斟句酌，让卖西瓜的年轻夫妻大开眼界。他们讨论修建泵站的建议，倒是让年轻夫妻觉得是件正事，尤其他们商讨利用闲置的道口房，这样能为国家省下一笔开支。但泵站建成后，抽上来的积水处理到什么地方去，这又是个难题。附近没有水库和平塘之类的蓄水场所，于是他们商讨修建一个很大的蓄水池，地点选在棚户区。拆掉棚户区是唯一选择。这个建议引起卖瓜夫妻的抵制——他们每年夏季都在此地卖瓜，租用棚户区一间阴湿的房屋。年轻女人怂恿自己的丈夫和两个老头理论，遭到老姜的恐吓，说要动员小区居民不再买他们的瓜。他们接着商议的是，抽到蓄水池里面的水可以自然风干，也可以灌溉。可一旦遇到持续的大雨天，来不及风干的水就只能用作灌溉，尽快转移出去。而灌溉到哪里去——他们放眼四望，不禁深深叹息。这时候他们想到楼顶花园，觉得应该把所有尖顶红瓦的楼房顶全都改成平房顶……

我们所有人都坚信不疑的一件事是，除了老姜头，没有任何人愿意和父亲长久地谈论涵洞问题。而在卖瓜夫妻看来，这些谈论都是白费口舌——因为天气干燥，丝毫没有下雨的迹象。何况，老姜头和父亲谈论中的雨不是一般的雨，而是强降雨。

有一天，父亲照旧蹲在小区门口四处观望。当时太阳金光四射，一道光甚至从另一头坡底拐角处的困难角度，照进涵洞里，缩小成一束，打在涵洞这一头的坡道上。母亲拎着提篮去买菜前，看到父亲和老姜头蹲在门口，父亲情绪正常，无甚大碍。她吩咐老姜头好生照看父亲。

母亲此生最后悔的事情之一，就是在阳光四射的那天，把父亲交给老姜头。她要去买一条大鱼，在那个晴好的日子里，做一道清蒸鱼。父亲早晨在沙发床上赖着不起来，为的就是想吃这条鱼。天气那么热，他面朝墙壁，露出瘦骨嶙峋的脊梁，让人怜惜。母亲呵斥未果，就不管他，兀自照顾我们吃油条喝豆浆。我比平时速度快些地吃完，到客厅去看他，他委屈地在流眼泪。在我的再三哄劝下，他才说他想吃鱼。他还强调道，就那年那样的鱼。

我知道他犯病了。他犯病的症状有很多：或比往常强悍，或比往常柔弱。

母亲为了买到二十年前那样的鱼，决定乘公交车，去火车站旁边那个水产市场。她下了公交车，在水产市场湿淋淋的地上选鱼的时候，听到头顶的塑料大棚上响起啪嗒啪嗒的声音，有人从外面跑进来，说，下雨了！很大的雨！

盛夏是惯常的休渔期，水产市场里的鱼都个头很小。母亲勉为其难地选了一条鱼，远不如二十年前那条，正要把它凑合着买下来，就听到那人咋咋呼呼的叫声。母亲手一松，鱼落回到鱼群中。她愤怒地说，怎么会这样！下起雨来！

那时候，我父亲缪一二的情绪达到前所未有的巅峰状态。在那之前，老姜头和他讨论了一会儿涵洞问题，抬头看到太阳金光四射，我父亲神态正常，就决定去看看水泵。我父亲也十分支持他去干那件事。他郑重其事地和老姜头握握手，就像往常在施工现场经常和人握手一样——他认为那代表信任及其他很多东西。

老姜头走后不久，太阳就收敛了炽热的光芒，乌云瞬息布满天空。卖瓜的年轻夫妻咕哝着说，真是六月天，孩儿脸，说变就变。

关于我父亲情绪饱满地奔向暴雨之后的踪迹，众说纷纭。卖瓜的年轻夫妻说，他奔向了涵洞，说要看看排水情况怎样，侧墙上是否有裂痕。一个退休老头说，看到我父亲忽然出现在涵洞上面的铁路线上，大张双臂，要阻止一列在不远处发出怒吼的火车，并大声嚷嚷着说桥要塌了。他怎么穿过防护网上去的，这是个谜。还有一个拾荒的老太太，说看到炸雷过后，落下一个巨大的火球，它将我父亲袭裹而去。

那天，我姐夫百忙之中路过炮台路，一看天下大雨，决定到我家暂避一时。他从坡顶往下开的时候，看到下面积了一汪水，但仗着开的是一辆宝马，很轻率地就开下去了。结果，他的宝马在涵洞中央熄了火。他说他恍惚看到我父亲正站在齐腰深的水里，在侧墙上敲敲打打，并不时附耳细听。我父亲还弯下腰，在水里摸索，手里拿着一根临时捡到的木棍。我姐夫试图打开车门，但外面水压挺大，他又担心脏水漫到车里来。正在这一瞬间，他再抬头看时，我父亲就不见了。

那场暴雨下了三天。过后，很多事情的发展都符合了我父亲的愿望：涵洞口立上了警示牌；在废弃的道口房修建了泵站；排水公司和武警官兵介入了，制定了应急排水预案，泵站外墙上写着他们的电话号码。

只是，母亲失去了她的爱情。她苍老了许多，不再去炮台山上用后背捶打树干,也不再理老姜头了。有人问她我父亲去了哪里,她就淡淡地说,缪一二啊,修他的桥去了。

(原载《人民文学》2013年第9期,《中篇小说选刊》2013年第6期、《新华文摘》2013年第24期转载,荣登2013年度中国小说排行榜,荣获第三届山东省泰山文艺奖)

瞳人语

> 我，对此我什么都不知道，我知道我的眼睛睁开着，因为我在不断地流着眼泪。
>
> ——萨缪尔·贝克特《无法称呼的人》

一

在爆炸造成的迷雾中，薄荷隐约地回忆起一些事情。照例有几个孩子追逐着她，朝她挥舞树枝，或者投掷各种东西——这些喜欢胡闹的小家伙叫她彪子，疯子，痴子。他们在关键字上咬着重音，后面却带上俏皮的儿化音。薄荷知道那些称呼统统说明她脑袋有问题——关于这个论断她并不认同。她脸上时时露出的迷茫，是关于另外许多事情的，那些事情很神秘，大多数连她本人也搞不清楚，更何况其他人呢。

救护车和消防车轰鸣而来，吱嘎地倾轧着满地的碎砖头和玻璃碴；穿制服的人开始圈围警戒带，并命令街边停泊的车辆尽快移开。薄荷穿梭在车阵间，乞讨钱和香烟。她看到一个身穿粉绿色长裙的女人站在街上，试图找到人能注意一下自己的挡风玻璃——在这家临街小电子厂刚刚发生的锅炉爆炸中，飞出一截断木，砸中了她的挡风玻璃。玻璃绽开无数的裂纹，夕阳打在上面，一闪一闪像无数把刀。绿裙女人茫然地站着，薄荷认识她——当然了，不仅仅是她，薄荷认识常年经过隆中路路口的许多人。

这是一个夏日的傍晚。喧闹没有持续多久，因为救护车只拉走了电子元件厂烧锅炉的老张。那些下班后因为种种事情还未离开的工人应该庆幸：锅炉爆炸只损坏了位于地下室的锅炉房和在它上面的仓库。至于老张，非死即伤。附近的居民互相传递着这个消息，老张一下子成了名人。除了老张，再没有更让人惊叹的消息传来，凑热闹的车子于是纷纷扭转方向，这里转瞬间恢复了正常。

薄荷站在路边。她好像是破天荒地第一次离开了路口的中央。经常有人故意戏弄她，教给她乱七八糟的坏事情，比如十多年前有人教她当交警，此后她就总是站在路口比比画画。因此，她站在路边，很多人为她站立的位置感到新奇，接着，他们为她脸上某种郑重的表情感到迷惑不解。他们习惯了从她大人的脸孔上看到孩子的表情，而非现在这样。她现在……怎么说呢，看起来像一个正常人。夏季黄昏的风，掀动着破损的长裙，在薄荷不甚干净的小腿上扑打不停。她仰头看向天空，那些人随即也跟着这么干，他们看到一片瑰丽的火烧云，由此得出快要下雨的判断。

没人知道，薄荷看向天空，是在追赶那些隐约回忆起的事情，比如一些开在天空中的花啊之类的。更确切地说，那不是一些事情，而是片段、影像，或者一晃而过的闪电、幽灵。作为一个痴子，她的智力遇到某种神秘力量制造的障碍，这障碍摧毁了它的正常秩序，令她和其他人之间总是隔着一层迷雾；无论是谁，想要明白对方的意图，都要费力穿透那看不见的障碍。更为要命的是，她和她自己之间也隔着那样的迷雾，不止一层。在这个黄昏，薄荷依稀穿透了一些迷雾——看到了她昔日的幸福，她的笑容，她的少女时代。然而，当她想进一步追逐它们的时候，一切都消失了。就像爆炸造成的烟柱，此刻在染满晚霞的天空中，找不到它曾存在过的痕迹。

迷雾消失了，薄荷看到一个男人，穿着很旧的灰色短袖T恤衫，站在不远处的公交站牌下朝她看来看去。薄荷也盯着他看。薄荷每天都能碰到盯着她看的男人，为此她有时故意把脸搞脏，衣服穿得邋里邋遢。那家伙年龄大概在四十多岁，或许五十多岁，她给不出明确的判断。年龄这个概念，在她那里也是不甚明晰的。一辆公交车从远处爬行过来，是59路。车门咣当打开，下来几个男女，司机从后视镜里看看灰衫男人，见他两脚戳在地上站着不动，随即摁下仪表盘上一个按钮，咣当把门关上。从那以后，3路、16路和70路公交车接连在站牌下稍稍停留接着离开，都没有把灰衫男人带走。这个男人很面生，薄荷猜测他不是附近的居民，因为显然他并不知道自己错过了这里仅有的四路公交车。这可不行，得让他知道。薄荷迈开两腿，破了的长裙有一条布耷拉下来，抽打着她的左脚踝。她走到站牌下，对灰衫男人说，没有了，车都走了。一共就那么多。

男人从头到脚打量着薄荷，那两只眼睛里有薄荷这些年看到的所有的东西。不过，还有新鲜的内容——至于那是什么，薄荷不太了解。她并不认为自己的智力有问题，当人们这样谈论她的时候，她在心里是否定和嘲笑他们的。她只是不会使用他们那些语言而已。对她来说，从人们嘴里蹦出来的那些语句，就像一件件齐整的衣服，而到了她这里，却是破损的。她说出来的话短促、破碎，需要缝补。那有什么关系？她知道自己在说什么。她甚至是识字的，并不比那些追着她投掷石块的坏小子们差。

穿灰衫的家伙样子粗俗，气息里散发着酒味。这下薄荷确认了那新鲜的内容，是邪恶的味道。薄荷在心里把他判定为坏人，一个酒鬼。属于魔鬼阵营里的。谈到智力，薄荷甚至认为她比别人都聪明，因为她有时能看清某个人的真实样子，那并不是人们俗常看到的样子。夕辉逐渐暗淡，浅淡的乌云悄无声息地爬上篆山的上空、篆村的上空、电子厂的上空、站牌的上空，仿佛预示着魔鬼的到来。薄荷看到，这个男人其实披着一张灰色的皮，头上乱糟糟的那些并不是头发，而是杂草。这东西的两条腿又瘦又弯曲，紧紧趴在地上的两只脚又薄又宽，脚趾盖像尖刺穿破了可笑的鞋子。他的眼是两个洞，里面燃烧着火，噼里啪啦地喷着火星。这家伙把一直插在皮里某处的爪子伸了出来，抓向薄荷。薄荷早有防备，手里拎着一截桃枝——篆山上种着很多桃树——这会儿她猛烈地挥舞桃枝，嗓子眼里发出驱赶的叫喊："走开，鬼！"

跟薄荷一起住在篆村的王大妈，迈动两腿快步跑到薄荷身边，拽了拽她的胳膊，说："你又犯疯病了，哪里有鬼？"

无论是作为薄荷的邻居，还是作为一个身份正在悄然特殊化的人——她对老孙有点意思，王大妈明里暗里都对薄荷很是照顾。她对老孙有点意思，连薄荷这个痴子都看出来了。王大妈扭脸看看灰衫男，打算跟他道个歉。这时候开来一辆6路车，这男人弓着腰，一步蹿上了车。

"要下雨了。这两天你老孙叔应该来了。他可有日子没来了，乡下应该在收麦子吧？" 王大妈抬头看了看天空，不无担忧地说。

薄荷不记得很多事情，因此没有人知道她的来历。她还是一个十七八岁的女孩子的时候，独自来到篆村，睡在王大妈隔壁老姜家的厢房里。老姜两口子在篆村市场街上卖菜，早晨天不亮去厢房推三轮车进货，看到薄荷靠在菜筐上酣睡。老姜老婆为老姜拖拖拉拉一直没有修好窗户而嘟囔了一个早上，她断定薄荷是从临街的窗户里爬进去的，是个贼。但显然薄荷并不是贼，她因为饥饿，仅仅偷吃了老姜卖剩下的几根黄瓜。次日早上，老姜打开厢房门，看到被老婆轰走的薄荷又回来了。老婆主动要求独自卖菜，让老姜留在家里修缮窗户。第三天早上，老姜老婆惊讶地发现，薄荷又睡在他们家的厢房里，身子底下还铺着一条床单，她一眼认出那是自家的床单——显然是老姜拿去的，他可怜这女孩。老姜老婆叹口气，她跨过薄荷，查看窗户，发现老姜只是在窗上浮皮潦草地胡乱安了一根木条，木条早就被薄荷拔掉了。这件怪事在篆村传开以后，许多人说服老姜收留薄荷，他们认为那是老天在补偿无儿无女的老姜两口子，送给他们一个现成的女儿。老姜老婆起初很犹豫，根据观察，她断定薄荷脑子有问题——这女孩虽然眉清目秀，但只知道自己的名字以及她是坐汽车来的这件事。从哪来的，独自还是跟谁一起，别人去了哪里，她一概不知。又过了一些日子，老姜老婆同意收留薄荷。他们两口子太寂寞了。当时老姜老婆认为，说不定过上几天，就会有人打听着找上门来领走薄荷。谁知，薄荷就像老天爷从天上随手扔下来的一个人，迟迟没有人来认领。老姜老婆渐渐习惯了——三个人总比两个人更像一个家。何况薄荷有些时候还是像一个正常人的。老姜带她去看过医生，诊断结果为智力发育迟滞。老姜问了又问，大体明白了医生的意思：薄荷的脑子发育相对身子发育要慢。慢了多少？医生无法断定。另外，薄荷患有一定程度的失忆症。一定程度是个什么程度？医生也不给老姜确切答案。老姜眼里的薄荷，有时候比正常人还正常，有时候比天下第一的痴子都要疯癫痴傻。在老姜和老伴儿相继去世之前，薄荷还稀里糊涂大过一次肚子，之后孩子又莫名其妙丢了……老姜和老伴儿相继死后，从乡下来了个自称是老姜老伴儿没出五服的本家弟弟老孙。王大妈想说服老孙把薄荷带到乡下去，架不住薄荷像暴怒的马儿一样乱蹦乱跳，仿佛老孙那地方给她准备了刀斧油锅。不过，相比之前的计划，王大妈倒是喜欢现在的格局：老孙隔三岔五运些粮食瓜果来看看薄荷，每月付给王大妈一些钱，让她照管薄荷。老孙还给王大妈带来一股子黄昏恋的激情。她对老孙有点意思，连薄荷都看出来了。

薄荷边走边沉思。她扭头朝公交车远去的地方眺望了两次。几只乌鸦落在隆中路边的老槐树上，像哭一样哇哇地怪叫两声，王大妈挥手驱赶它们，边赶边说，怪不怪……乌鸦跑到大街上来了。

二

活动在篆村附近的乌鸦这几天越来越多。老人们手搭凉棚朝篆山上看，他们认为这些呀呀乱叫的不祥之物是从篆山深处飞出来的。它们为什么要飞出来，难道篆山上的浆果、昆虫、腐肉、鸟蛋，不够它们吃的吗？

薄荷常常坐在院门口的一个小马扎上，面向市场街坐着，眺望篆山。半山腰有两棵老树，比其他树都高，树杈间各自镶嵌着一个大鸟窝。如果是在冬天，山上光秃秃的，两个鸟窝就格外显眼。薄荷常常觉得那是两根筷子立在山脊上，每一根都插着些绿色的蔬菜。它们朝上举着，仿佛要喂食什么人。上面有些什么？薄荷知道天上有神仙，有玉皇大帝。孙悟空一个筋斗就能飞上去。薄荷的院门口有一棵老槐树，具体年龄不详，据说是篆村资历最老的。薄荷有天夜里梦见老槐树现出人形，胡须一把，拖在地上。这个时节，槐花都已凋落，叶子铺天盖地地生长，说不上什么时候就有乌鸦蹲立其上，冷不防哇哇叫上两声。薄荷觉得那是老槐树在说什么深奥的预言。

小电子元件厂锅炉爆炸那天的火烧云，憋出了一场大雨。大雨过后天气呼呼地热起来。薄荷穿着一条棉布短裤，上身一件无袖套头衫，上下一码色，白底蓝花，是王大妈用缝纫机做的。王大妈在市场街上卖布，把自己家临街厢房的南墙开了一扇门，厢房改成布店，省去了摊位费。布店里放着一台缝纫机，没有顾客的时候，她就没完没了地缝各种东西。别人都用新式缝纫机，她还用三十年前的，哪里坏了就找师傅来修一修。老式缝纫机得一刻不停地踩，她仿佛就热衷于听那玩意儿发出咯噔咯噔的声音。她对街坊邻居们说踩缝纫机锻炼腿劲，防止血管硬化和静脉曲张。

薄荷和王大妈住的这排房子紧邻市场街，乌鸦一叫，市场街上的人都停下活来朝这边看，他们看到老孙从村西隆中路上拐进来。老孙肩膀上搭着一条汗渍渍的毛巾，乘坐一辆人力三轮车。三轮车车厢上搭着篷子，红色天鹅绒布料，边缘一圈黄色流苏齐刷刷地在风里摆荡。布店旁边摆咸菜摊的小胡冲王大妈叫道，王素容，你们家老孙来了。坐轿子接你来了。

小胡喊停了缝纫机咯噔咯噔的声音。王素容走出布店，吓唬小胡，不想说媳妇了是吧？三十郎当岁了，整天没个正形。

街上人多了起来。附近居民下了班，陆陆续续簇拥到市场街上来。有两人要买小胡的咸菜，都是老顾客，她们分别点名要拉花萝卜和酱黄瓜。小胡用几个景德镇陶瓷瓮盛咸菜，盖子一开，复杂的味道迫不及待地窜出来，仿佛在赛跑。

小胡边招呼顾客边看老孙和王素容，那两人眉来眼去，让人嫉妒。他常为此自悲自怜。老孙先下车子，又把四个编织袋子卸下来。看他弓腰叉腿的姿势，袋子应该很重。王素容脸上泛着红光跑过来帮忙，两人合力把最后一个袋子提起来，墩到地上。三轮车弹跳了一下，车上某个部位发出一声如释重负的轻叹。老孙接下来因为车费的问题跟车主发生了分歧，车主声称他的轮胎让老孙的编织袋子压瘪了，需要多付五块钱找个平衡。你看看——他指着其中一只轮胎，坚持认为那只没其他三只那么有弹性了。两人争执半天未果，王素容息事宁人地从裤子口袋中掏出钱，要把这事解决掉。这举动伤害了老孙的自尊，迫使老孙一把掏出十块。

十块！两只轮胎！ 老孙补偿似的踹了一脚三轮车。

三轮车顶着红色天鹅绒的篷罩，从市场街摇曳而过，循着来路，回汽车站去了。老孙是乘坐长途汽车来的，他给四只沉重的编织袋子也打了车票。那些享受了人的待遇的土产品，分别是黄嫩黄嫩的玉米，带壳的花生，还有各种瓜果蔬菜。都是刚从地里弄出来的。老孙指着那些东西。

老孙看了看薄荷，希望从她那里获得一些反应，随便什么都行。但薄荷面无表情。她对老孙这种不理不睬的态度，总是让王素容不安，她每回都要表达多多少少的歉意，仿佛是她没有教育好薄荷。私下里，王素容没少教育薄荷，她常说的话翻来倒去就那几句：人家老孙凭什么一趟趟跑那么大老远来给你送钱送物？你是人家老孙什么人？要不是老姜老婆死前把你嘱托给人家老孙……人家老孙……

薄荷只是看着熙熙攘攘的市场街，对王素容的埋怨充耳不闻。从街两头涌进来的人群像强盗，劫掠了或多或少的东西，急匆匆地又逃遁和消失在街两头。有些人干脆把东西一堆一堆地装进车里，车嘀嘀呜叫着，拼命穿过人群打算尽快逃走。街上的财物越来越少。薄荷困顿地目视着这一切。

这天下午，除了在乡下忙于收麦因而许久没来的老孙乘坐一辆缀满流苏的三轮车摇曳而来，还有另外一个人在老孙之后来到市场街。此人身上的灰色衬衫换成了天蓝色工装，胸前用更深的蓝色——油彩或是其他什么材质——潦草地拼着字。卖咸菜的小胡瞥了两眼，那些字是：向心球电子元件厂。小胡马上讨好道，你们电子厂的人特别爱吃我腌的咸菜。但我看你眼生，刚来的吧？在哪个车间？SMT 还是 DIP？

你懂的还不少。男人一样一样检视着咸菜，面无表情。

那当然了。SMT 是贴片车间，DIP 是插件车间。我还知道，我们用的电脑主板就是贴片车间干的活儿，USB 接口是插件车间干的。我说的没错吧？你那车间生产充电器吗？给哥们儿弄一个？大哥你贵姓？小弟我姓胡，胡彦斌的胡。胡彦斌，就是那唱歌的。你也可以理解成胡汉三的胡。胡汉三大家都知道。小胡马上顺着杆子爬上去。

小胡的贫嘴缓解了气氛，一丝笑纹不易觉察地在他紧绷的嘴角转瞬滑过。小胡觉得这男人有一肚子的心事。

我姓余，多余的余。我不在什么 S 车间，也不在什么 P 车间，我对那些玩意儿一窍不通。我是烧锅炉的。锅炉工。这活儿不需要技术，会烧火就行。

那我以后就叫你余大哥了！你不知道啊，这向心球电子厂可是老皇历了，打我妈生下我那天起，它就在隆中路边上了。我爷爷还在厂里烧过锅炉呢，不骗你。哎对了，前几天不是刚爆炸过吗？那老张怎么样了？有人说死了，有人说没死。真是邪乎……

姓余的掏出边角都磨毛了的钱包，说，我得感谢老张。要不是他，我还找不到这工作。

姓余的买完咸菜，却不走，小胡看出他拿眼在睃旁边的薄荷。鬼。他是鬼。薄荷两条胳膊抱着腿，翻翻眼，说。

薄荷，不要乱说。这是我余大哥，烧锅炉的。电子厂烧锅炉的，知道吗？再说了，大白天的哪有鬼？鬼都在夜里活动，那些玩意儿怕光。真没文化。小胡马上就把自己变成了老余的熟人。

薄荷撇撇嘴，不屑一顾，嘴里发出"砰"的一声。小胡翻译说，她这是在模拟那天的爆炸声。

薄荷并不知道，这个姓余的男人，是她命运里的一个谶语。在这个夏日的黄昏，市场街熙熙攘攘，老孙乘坐缀满流苏的轿子而来，老槐树上乌鸦苍老而凄厉地鸣叫——这些画面，成为多年之后薄荷反复忆及的一个场景。

三

余德今年四十七岁。他多数时候生活在失去时间概念的状态中，不知道自己的年龄、生日，以及其他代表他活在人世间的自然属性。既是活在人世间，就跟他人处在同一套时空系统中，别想逃脱。余德当然知道这一点。

这就是说，他曾想逃脱。年轻时他想逃脱的是追捕——每当有风吹草动，他就希望有鬼神附体，让他神通广大，上天遁地。说起来这根本不是虚构，他有段时间甚至企图研习一门法术，这个想法从他在一个富户家中偷到一本秘籍时开始付诸实践。令人失望的是，他翻烂了那本书，也没学到个所以然，反倒在一次大搜捕中，让警方抓到并送进了他不愿意去的地方。进去的时候他才三十来岁，出来时已经四十七岁了。在那里面，他不像我们从电视剧中看到的主人公那样，在墙壁上划着道道计算时日，相反，他很高兴自己摆脱了时间的追踪。他浑浑噩噩，刻意不去琢磨跟时间有关的东西：不照镜子，不跟其他犯人探讨减刑和出狱这些话题。那些在探视的日子里跟亲属见面后的犯人，总要难过上一些日子。他没有这方面的顾虑——没有任何亲人来看他，提醒他这方面的事情。他觉得这样非常好。但狱警专门跟他作对，时不时告诉他已经进来几年了，还有几年才能出去。狱警说这些话有时是在好心情的驱使下，有时则是坏心情。当他们在坏心情的驱使下说这些的时候，就是幸灾乐祸的。但不管他怎样抛弃时间，时间却从没离开过他。离出去还剩一年的时候，他企图拖延回到让他想想就无所适从的外界的时间，为此他整天琢磨着做点什么来延长刑期。他考虑过越狱，尝试过打架，在犯人中间挑起争端。但不管怎样，他还是出来了。

余德这时候已经给自己定了型：在人世间，他是一个不完善的生物。在里面的时候他们要听形形色色的课，他记得有个年纪轻轻的家伙，满嘴大话空话，"不完善的生物"就出于那人的嘴巴。当时他给了他们所有人这样的界定，指出他们不完善的地方就是罪恶的那部分。他还认识了一个曾在大学里教哲学的教授，因为误杀了人，终日绞尽脑汁地剖析"本源"。人们听了他进去的经历后，都对他表示了十分的同情，说死的那人该被杀上千次。但哲学教授不同意，他坚称世间一切都有因果关系。他整日说一些不着边际的话，给余德叨叨宇宙、萨特、存在与虚无，等等。

当然啊，四十七岁的余德承认他生命里罪恶的那一部分。既然他抛弃不了时间和记忆，就不如承认算了。他出来后，起初企图摆脱那些关于罪恶的记忆。他到了这辈子没到过的一个地方，生活了一阵子，不行，又换了地方。当然还是不行，记忆如影随形地跟着他。而且他患上了一种奇怪的照镜子病，没有任何人逼迫他，告诉他照镜子的必要，但他花了许多时间照镜子，凝视着里面那张陌生的脸，一件件细数那些罪。有些小事，他忘记了很多年，却都被一一找了回来。他觉得镜子像有魔法似的。比如有天，他凝视着那在狱中被折磨得比实际年龄要苍老的脸时，忽然很好奇地想到它刚在这个世界上存在时的样子。他眼前出现了幻觉，并真的看到了一张婴儿的脸。他认为那天的幻觉是个启示，为的是让他想起，他曾在某个城市偷走过一个刚出生不久的婴儿，卖给了一个他刚结交不久的人贩子。在此之前，他在那城市游荡了些日子，知道那婴儿的母亲是个痴子。偷走一个痴子的孩子，对当年的他来说，实在没什么，况且他知道，附近那些人对这婴儿的来历议论纷纷，有人说婴儿的父亲是个捡破烂儿的，有人说是篆村里著名的二流子，还有人说是一个衣着体面的醉汉。

对，事情的经过就是这样，三言两语便能说完。余德连续几夜梦见让他卖掉的婴儿，那婴儿在梦里号啕大哭，让他无法安眠。后来余德决定主动出击，他想明白了一件事：生而为人，活在这个地球上，谁都别想逃脱。既然无法逃脱，与其让记忆折磨，不如去打破那层神秘的雾纱。他决定一一拜访过去他对其做过坏事的人，也就是那些大学教授或者心理医师所说的，他对他们犯下罪过的人。他捏了一大把纸团，每个纸团上写着一个人和一件事，把它们扔在他喝水用的盖杯里。当然，有许多人他并不知道其姓名，因此他费了很多时间，给他们安上一些独属于他们的修饰词，用以代表他们。比如矮个子、胖女人、独眼龙、大青痣、肥腚、黄牙。给薄荷他用的是痴子。当年他为了偷窃薄荷的孩子，在篆村踩了几天点，那里的人都用痴子来称呼薄荷。他多少上过几年学,知道这些修饰词叫定语。他盖上杯盖,两手紧抱杯子,把那些定语大力摇晃了五分钟。从那充满启示的脏兮兮的杯子中掉出来的纸团,给他安排了行程中的第一站,纸团上这样写着:篆村,痴子,偷小孩。之后他乘坐火车,从很远的地方回到这座城市。他四处流窜,可见他年轻时犯下多少罪。他从不在一个地方好好待着,因为他知道那样很危险,容易被抓。

电子厂锅炉爆炸那天,余德打算将来完成一本自传——在那里面他读了一些书,其中有犯人在外面悔过自新的自传,为此他认为自己也应该有那样一本东西,作为他跌宕起伏的人生的证明,这应该是一个重要的日子。因为不久之后,他就被迫进行过许多关于死亡方式的思考。通过细致的分析和比较,他最后认为,死于一场爆炸是最理想的死法。当然,在他站在由老张导致的那场爆炸事故现场的时候,想到的不是死亡这码子事,而是如何接近正在路上张望的痴子薄荷。他一眼就认出了薄荷,这让他感到很困惑:时间仿佛并没造访过薄荷。那女人虽然脸上身上不是很整洁,但依稀可见皮肤、身材和神情,都跟过去没有变化。

在里面的时候,余德听到的最多的词语就是重新做人。他们被告知,重新做人的主要途径,是在社会生活中从事正当的职业,参与任何一种能体现价值的劳动。余德有个曾在生物研究院工作的狱友,此人用五年时间给余德描述一种转基因西红柿。假如不是一不小心杀死了人,他的研究成果可能已经摆上了人们的餐桌。像这样的人,出去以后立马就可以钻进实验室里劳动起来。你呢,出去以后打算干什么?狱友在情绪激动的时候询问余德,完全忘记了他们之间的差距。余德想了想,说,我研究过一种法术,奇门遁甲。狱友紧皱眉头,很不情愿地把思维从转基因西红柿一下子转到八竿子都打不着的地方去。狱友说,奇门遁甲?那是什么东西?余德说,你连奇门遁甲都不知道?几千年前,我们的老祖先黄帝和蚩尤打仗。蚩尤会呼风唤雨,会在战场上制造迷雾,让黄帝很恼火。有一天,三更半夜大家都在睡觉的时候,忽然,轩辕丘上传来很大的响动,有一道彩虹从天上落下来,走出一个仙女,仙女手上捧着玉匣子。黄帝打开一看,里面有一本天篆文册龙甲神章;黄帝根据书里面教的制造了指南车,终于打败了蚩尤。黄帝就叫他的宰相把《龙甲神章》演绎成兵法,奇门遁甲。你知道多少局吗?说出来吓死你,一千零八十局。我那时候要是掌握了这门学问,只要练会一局,就不至于到这鬼地方来了。狱友哧地笑了，说，那算什么学问？毫无科学根据。余德急速地调动他掌握的信息，振振有词地反驳道，谁说没有科学根据？指南车没有科学根据？福特汽车当初研发的时候，有个问题难倒了一百多个工程师，有天他们忽然看到指南车的制造方法，才解决了这个难题。你能说，那不是科学根据？算了，跟你说这个你根本不懂，你就知道西红柿。西红柿有什么可研究的？转基因？能转到哪儿去？能让西红柿长成西瓜那么大？再说了，长成那么大有什么用？吃到肚子里不一样都变成了屎？

在"那里面"，余德唯一能卖弄的就是这一套知识。当然，他这一套根本不能当饭吃，谁都知道，他出去以后很难参与任何一种能体现价值的劳动。不仅仅是他，许多狱友也都将如此。

余德认为电子元件厂的爆炸是蹊跷的，这是个天大的秘密：他黄昏时分站在隆中路路边的时候，还在为下一分钟的事发愁。接着他看到有人拎着一个酒瓶子，心事重重地走进电子厂。进厂门之前，这人甩给余德几个很不友好的眼神，内中包含的信息，余德不需用力揣测就能明白——当然是在质疑他那张充满不良经历的脸孔。此人就是早早吃过晚饭要来值夜班的老张。如果余德知道老张有个偷窃成瘾的儿子，就会明白自己那张饱含罪孽的脸孔是瞒不过老张的。当然，老张并不在意余德的存在，他有他的烦恼：他的儿子让人追撵，跳了楼，摔断了两条瘦棱棱的贼腿。当然，这也同时说明，他的儿子从此被迫改邪归正了。老张忧思重重地再次甩给余德两个狠狠的眼神，余德却没接受这挑衅。他想，难道自己真被改造好了？正在他疑惑之间，从厂里出来一个小青工，朝老张打招呼，老张，提溜着什么好东西？老张瓮声瓮气地说，还能有什么好东西，水。那人说，你蒙我近视啊？那不是老白干嘛！烧锅炉不能喝酒，你敢违反厂规厂纪？老张说，回家管你老婆孩子去。那人说，当心我告诉厂长。老张说，你敢告诉厂长，我揪掉你的口条。那人骗腿骑上自行车，说，你个老张，你是猪。明天我就告你的状，让厂里炒了你的鱿鱼。余德羡慕地看着老张走进大楼里，他悻悻地自言自语，烧锅炉，谁不会啊！就让厂长炒了你！炒了你，我来应聘烧锅炉！让你再像瞪贼一样地瞪我。

余德有这样的念头并非毫不靠谱——他从"那里面"出来后，曾经干过锅炉工。锅炉工属于高危工种，但待遇一般都不高，像他这样从"那里面"出来的人，干干锅炉工也还是有可能的。他先是跟一个老师傅学徒，接着，在老师傅的督促之下，竟然考出了资质证明。这是余德从"那里面"出来之前无论如何也不敢想的奇迹。为此他常有一种冲动，要找到研究转基因西红柿的狱友，把资质证明拿给他看看，让他相信一个钻研奇门遁甲的家伙也能参与某种社会劳动。

那天，余德在路口没看到薄荷，到市场街上走了个来回，还是没见，就在一棵大槐树下看六个老头玩扑克牌。他看了一会儿牌局，打算回到电子厂；刚到厂门口，爆炸就发生了。接着，有两件诡秘的事情陆续发生：老张被抬上救护车，生死不详；薄荷忽然出现在看热闹的人群中。余德真切地感受到了哲学教授狱友所说的那些——有个神秘的链条，把这些事紧紧地连接在一起，而且是有目的、有因果的。但接下去应该怎么分析，他就不知道了。他的智力和经验仅限于把问题思考到这个层面。目的、因果、链条，这些高深的词儿，那可不是像余德这样的普通人能琢磨透的。这个时候，余德非常想念哲学教授，很想让他给自己指点一下迷津。在"那里面"的时候，他经常给余德指点迷津，虽然余德根本就听不懂。但哲学教授在哪里呢，余德不知道。他只知道，教授比他早出去两个月。不管怎么说，他们都在宇宙里，余德想。

这就是余德接替老张，成为电子元件厂新任锅炉工的始末。没有哲学教授在身边，余德只能靠自己琢磨事情了，他觉得是这样的：他想当锅炉工的念头，表面上看，是起源于老张那很不友好的几眼，是图个嘴巴子痛快；实际上，往深追究的话，他认为有另外一个更为重大、更为神秘的"因"，那就是薄荷。他其实是为了薄荷而应聘锅炉工这个劳动岗位的。

四

市场街上来了个卖桃的，脸孔很生，不像是篆村附近的人。桃也不像是篆山上的——篆山坡岭上栽种出来的桃，人们一看即知。卖桃的把三轮车在街边一停，讨饭的许道人率先嗅出外地桃的气味，颠着跛脚冲过去讨要。许道人的脚并不是真跛，当初为了博得人们的同情故意装跛，久而久之就不会正常走路了。

卖桃的不知道许道人在这一带熟头熟脸，就是不买账，连个烂桃也不肯施舍。卖咸菜的小胡忙里偷闲地看热闹，朝许道人叫喊："你给他布布道，让他把一车的桃都给你。"

许道人多年前身穿一件灰色道袍来到这儿，起初还从背上的褡裢里不断地摸出各种符，拦住所有的人，给他们看相占卜，然后卖掉那些符，把钱装进道袍的暗袋里。后来人们都看出这只是一个讨饭的，他也就不再用符开路，干脆明着行乞了。但他始终身穿灰袍，保持一个道士的尊严；原先那件实在破得不像样子了，他也不肯换上别人施舍的居家衣服。后来，王素容实在看不过去，就用一块灰布给他缝了件新的道袍。王素容从没缝过道袍，特地把许道人叫到布店门口，解开道袍，里里外外研究了一番。后来许道人就在王素容的店里做道袍，冬天嫌冷，还让王素容给夹点棉花。

小胡的讥讽让许道人感到很没面子，他翻了个白眼，啐了一口，悻悻地走开了，边走边恐吓卖桃的，你知道种梨的故事不？告诉你，今天我许道人懒得作法。要不然，把你一车桃都变没，只不过是小事一桩。

卖桃人冷哼了一声，表示不屑。篆村的人们比较厚道，不欺生，由着卖桃人吆五喝六地在他们的地盘上做生意。许道人蹲在布店门口，吃篆村人送给他的桃，小胡收拾着咸菜摊子问他："你刚才打算作什么法？种梨是个什么故事？"

许道人掌心里托着吃剩下的桃核，左看右看，摇头道："这核不行，种不出树。"

薄荷从马扎上站起身，也凑过去打算听故事，谁知许道人莫测高深地托着那枚桃核，溜溜达达地走远了。许道人住在篆山半山腰的一个石房子里，本来那是篆村一户人家盖了看护桃树的，后来出了事，据说半夜看到个女鬼，就把房子扔弃了。许道人声称他降服了女鬼，已经让她乖乖回到了篆山北岭的坟墓里。

事后余德琢磨，卖桃人是个关键人物。他是接替老张而出现的，同样是把一系列事件扭结起来的其中一个扣。先是他作为一个非篆村人忽然出现，三轮车支在布店附近，这可以解释为，他就是冲着余德和薄荷来的。接着，他的桃子吸引了许道人，他的吝啬就是为了让许道人提起种梨的故事。最后，许道人戛然而止，优哉游哉地回到篆山，把种梨故事的后半部分遗留在市场街。余德坐在锅炉房里分析至此，觉得接下去的事应该由他去完成了。

余德有一本《聊斋志异》，是从"那里面"出来之后买的。在哲学教授狱友多次给他大讲特讲黑格尔、苏格拉底、萨特之后，余德问了个问题——本来是想为难一下哲学教授的，你总是讲外国人，难道中国就没有哲学家？他的问题当时还真难住了哲学教授。经过一夜苦思，第二天，哲学教授在吃饭的时候告诉余德说，我们中国有一个大哲学家——蒲松龄。余德知道蒲松龄是写鬼怪的，但不明白他如何能称得上哲学家。哲学教授只说了两句话：蒲松龄写的不是虚妄，而是一种大的存在；他讲的所有故事都有必然的因果关系。说完这两句，哲学教授就不再有多余的解释了。来篆村的那天，余德在火车站等车时，本想去一家小超市买方便面，买完却鬼使神差地转到隔壁的书店。书店里摆的都是旧书，店主给余德推荐《故事会》。余德说，太幼稚了，有没有哲学方面的？店主说，没有。余德问，有没有《聊斋志异》？店主撅着屁股，在最下层翻来找去好半天，终于找到《聊斋志异》，边用鸡毛掸子掸灰边问，这是哲学书啊？余德说，那当然了，百分之百的哲学书。

　　这就是余德在这天晚上潜入薄荷房里的原因。他要去给薄荷讲《种梨》。黄昏时他很想接着许道人的话茬，把这个故事讲一讲，但天色暗淡，市场街上的人纷纷收摊，王素容已经在布店后面的院落里弄出饭菜，香气扑鼻，提醒余德他该回去了。余德就住在电子厂，锅炉房隔壁的小房间。电子厂夜里不开工，另外一名锅炉工家住本市，余德主动要求承担晚上九点的闭炉和次日凌晨四点的开炉工作，为的就是可以独享锅炉房隔壁的小房间，并不被打扰地干他想干的事。

　　晚上九点半，余德把炉子闭上，关掉锅炉房的灯，假装睡下了。十一点，他起床把脸和手好好地洗了洗，然后贴着墙根穿过院子，翻过北院墙，站在一片荒地里。为了躲过厂院里的一只摄像头，有一段路程他是靠爬行完成的。他躲在冬青丛后爬行，直爬到摄像头照不到的地方，然后翻墙而出。从荒地到一条僻静的小巷，再到薄荷家的距离只有一百多米，余德更为顺利地翻过了薄荷家的低矮院墙。老姜留给薄荷的房子共三间，一东一西加当中一间灶房。老姜两口子活着的时候住东屋，薄荷住西屋，他们死后，薄荷还一直住在西屋。余德是靠本能判断薄荷住在西屋的，他从西院墙直接翻到西屋窗台上，又从窗户直接翻到了床上，畅通无阻。以后的几个月里，余德沿着这条路线，偷偷从电子厂潜行到薄荷家中，竟然没被任何人发现。这天凌晨时分，老孙因为晚饭时吃了些在小胡那里买的咸菜，口舌发干，到灶屋倒水喝，隐约听到西屋有动静，遂站在地中间打算好好听听，这时候一只老鼠从门槛下面蹿了出来。老孙抄起笤帚抢打了几下，老鼠一溜烟跑没影了。

那个时候，余德已经讲完了种梨的故事。他翻窗进屋，在黑暗里屏息站了片刻，然后把鞋子脱下来，放在窗台上。薄荷沉浸在无知无觉的睡眠里，这让余德颇为犹疑，不知是不是该把她叫醒。他来的时候，压根儿没想到会纠结这个问题。后来余德因为不知道怎么办，只好在床上躺下。他小心翼翼地躺在薄荷身边，这才想到，自己半辈子都没这样躺在一个女人身边。只不过，这女人是个痴子，余德觉得略有遗憾。但是，虽然她是个痴子，却是地地道道的女人！余德在黑暗里能感觉到她鼻孔扩张，发出微微的鼻息。这鼻息由于属于一个痴子，因而夹在善恶中间，不懂得恶也不懂得善，听起来才那么地和谐，柔和的节奏，掀动着黑夜的帐帷。余德不会描述，却分明地感到了一个痴子身上发出的声音，是人体最和谐的声音。他怀着几乎是崇敬的感情，靠近薄荷的脸，想听得更仔细些。他的存在终于触动了薄荷敏感的神经，这痴子忽地坐起身叫道："鬼！"

"别叫！我就是鬼！再叫就揪掉你的舌头！"余德吓坏了，本能地伸出一条胳膊兜住薄荷的脖子，另一只手捂住她的嘴巴，凑着她的耳朵说。

他的恫吓对一个痴子当然是有效的。难以解释出于什么目的，或许仅仅是为了不使自己暴露，增加说服力，余德开始了一段关于鬼的描绘。东屋里的老孙时断时续地打着鼾声——那常年劳作的健壮身体，虽已上了年岁，却也够余德对付一阵子的了，因此他必须把薄荷吓住。他完全是即兴发挥，源源不断地倾吐着很多词汇，终于让薄荷相信了，他是阴间的鬼使，专门在夜里出来进行考察工作，从而决定人的生死轮回。

"你不要怕，我来你这里没别的意思，就想给你讲个故事，因为我知道你想听种梨的故事。我讲完故事还得赶紧走呢，得去考察，把坏人记到生死簿上；还得考虑让冤死的鬼借尸还魂。我的事儿多得很。但是我必须警告你，关于我的事情，你不能对任何人透露，不管是老孙还是王素容，还是小胡和许道人。你要是透露一点，哪怕一个字，我就会知道。到时候，你就等着下油锅吧。"

"你怎么认识这么多人？"薄荷把被单警惕地往上拉。

"人间有什么事能瞒得过鬼使？"

接着余德就绘声绘色地讲完了种梨的故事。他说,有个道士,穿得破破烂烂,就跟许道人差不多。这道人跟集市上一个卖梨的人乞讨,卖梨的说什么也不给。路旁店铺里的一个伙计看不过去,就拿出钱来买了一个梨,送给了道士。道士对众人说,他其实有很多好梨想送给大家吃,只是需要梨核做种子。道士把梨三口两口吃完,从后背上拿下小铁铲,在地上挖了一个坑,放进梨核,盖上土,跟旁人要了点热水浇上。人们都围着看,看到一棵嫩芽儿果真冒了出来,很快长成一棵大梨树,结满了梨。道士把梨分给大家吃完,用铁铲子把树砍下来,扛在肩上走远了。

讲到这里的时候,余德卖了个关子,停下了。

"你骗人。梨树怎么能长那么快!"薄荷到底是痴子,之前的恐惧有百分之六十变成了好奇。

"他是道士,会作法。他不是你们普通人。" 余德很严肃地说。

"哦。"薄荷将信将疑。

于是余德接着把故事的后半部分讲完了:卖梨人夹杂在看客中间看热闹,没想到一回头,发现自己一车的梨都没了,一根车把也被砍断,这才明白是让道士耍弄了。

"你听懂没有?"余德问。

"不就是道士把卖梨人车上的梨都变到树上去了,然后又把他的车把当成梨树砍断了吗?"薄荷不屑地说。

"你这不是挺聪明的吗?为什么人家都叫你痴子?"

"他们才是痴子呢。"

余德没想到薄荷并不像他想象得那么傻。"看来你的智力很正常,而且你智商很高。那你说说,你为什么这么大了还没有男人,也没有孩子?"

"谁说我没有孩子,这就是我的孩子。"薄荷转身在毛巾被里翻找出一个布娃娃。

刚看到布娃娃时,余德吓了一跳,他马上想起从镜子里经常看到的婴儿。他觉得布娃娃和他从镜子中看到的婴儿特别像,尤其是两只眼睛,又圆又大,直瞪瞪地盯视着他。过了许久,余德才回过神来,他想,这不过是一堆布而已。一堆没有生命的布,想必是王素容店里的。包括那两只黑纽扣,把它们安放在合适的位置,就变成了两只眼睛。其实就是两小块黑塑料。

余德伸手想去触摸一下布娃娃。他记起当年偷走婴儿时，那孩子瞪着黑漆漆的眼睛看着他，不哭不闹。他有点胆虚，就拉过包裹婴儿的小被单，蒙住了小家伙的双眼……

没想到余德一伸手，薄荷迅速地把布娃娃塞回被单中，嘴里发出奇怪的驱赶："嘘！嘘嘘！"一声比一声凶狠。

余德听到东屋发出响动，显然是老孙——余德对下午乘坐三轮车赶来并在这个家里进进出出的人十分反感——下了床，光脚踩在地上，啪啪地响，像是两只鸭蹼在拍打地面。余德有些慌张，他一把捂住薄荷的嘴巴，冲着她的耳朵凶狠地耳语道：

"不许动，也不许出声，要不然，我就把你的孩子记到生死簿上去！"

余德的威吓马上见效，薄荷不吭声了。啪啪声停止了，老孙在灶屋地上站着屏气细听。这时候一只老鼠从柜子后边蹿出来，弓腰穿过门槛底下的缝隙，跑到灶屋。余德听到老孙扑打老鼠的声音，他悄声说，看见没有，老鼠是我派出去的。

老孙的呼噜声重又响起来以后，余德对薄荷说："天快亮了，我还得去考察呢。记住，不许告诉任何人鬼使来过。否则你的孩子就得上生死簿。"穿上鞋子踏到窗台上以后，余德转头看看薄荷，补充道："我还会再来的。另外，你以后不许到路口去指挥交通，阎王爷不高兴你去抢交警的活儿干；你也不许去跟司机要钱和香烟，老孙会给你钱花。香烟就更不能抽了，你是女人。"

"我没抽香烟。我要到香烟都送给别人了。"

"别人想抽让他们自己去买。既然你认为自己不是痴子，就别再跟别人要东西。要东西那是痴子干的事。我看你也不是痴子，你很聪明。"

五

很明显，薄荷让什么苦恼的事情缠住了。王素容发现了这个问题，告诉老孙。老孙正捧着大茶缸子没命地喝水，他被昨天晚上的咸菜齁坏了，喉咙一带就像焦渴的庄稼地。

"薄荷总是抱着那东西。她也不去路口指挥交通和要钱了。"王素容边踩缝纫机边说。缝纫机发出咯噔咯噔的声音。王素容选了一块深蓝色灰花的人造棉布，在给老孙缝制一条大短裤。她干了不到一小时，效率奇高，已经在轧最后一道线了。

"都多大的人了，还弄那么个东西抱着。"老孙看了一眼薄荷怀里的布娃娃。

王素容停下缝纫机，剪断线，两手撑开腰部的松紧带，前后左右端量一阵子，满意地递给老孙，说："多大也是女人。再说了，她为什么抱着这东西，你又不是不知道。"

"这么花的裤衩，能穿吗？"老孙接过短裤，很犹疑地说。

"为什么不能穿？这不叫'花裤衩'，叫'沙滩裤'。沙滩裤都是这么花的。"

"她以前真生过一个孩子？" 老孙把注意力从沙滩裤转移到薄荷身上。

"当然是真的了。她怀孩子那阵，看上去都不怎么痴了呢。孩子让人偷走后，痴病就重了。"

两人来来去去地谈论着孩子的事。薄荷知道他们谈论的是什么，因此更加紧张，两条细胳膊绕来绕去，企图把布娃娃抱得更紧。"薄荷，要把孩子勒没气了！"王素容说。

"我不能让他死。" 薄荷梗梗脖子。

薄荷差点就要说出鬼使和生死簿的事，她警惕地打住了，闭紧嘴巴。这一天，薄荷的心神不安不仅仅来自鬼使和生死簿，她还苦恼地感到，有些什么画面在脑子里一再地闪过，飞快，像风或者闪电。她想好好看清楚，它们却像在跟她捉迷藏一样，唰唰地过去了。薄荷觉得它们不知道从什么地方跑到了她的脑子里，又从另一个方向钻了出去——有两道帘子，分别竖在她脑袋两侧。她摸了摸太阳穴，感到那里破了两个小洞；再一摸，小洞愈合了。她想起电子厂锅炉房爆炸那天，在迷雾中，也像今天这样，那些画面钻进她的脑袋里。她努力想看到它们，却没有成功。她认为是老孙打搅了她——对这个男人她提不起任何兴趣，也不明白他为什么要讨好她，用编织袋子运来好吃的东西。她虽然不明所以，却断定这男人脑子里藏着不为人知的念头。他溜溜达达地在王素容和她家转来转去，闲得发慌，就没事找事，去破坏那些本来好好的东西。他把薄荷屋里的柜子搬开，寻找老鼠洞，用在他带来的玉米棒子上搓下来的玉米粒，掺上老鼠药，塞进鼠洞。他像侦查员似的蹲在旁边，等着那些腹痛难忍的老鼠一只只从洞里蹿出来，口吐白沫地死掉。他攀住布店的防盗门,反复查看门锁,装出一副很懂的样子。锁舌在他的摆弄下终于坏掉了,他很高兴找到了活儿。薄荷冷冷地看着他,知道他根本就修不好。果然,接近傍晚,他不得不抱歉地宣布了自己的失败。为了不耽误打烊,王素容打电话找来修锁公司的人,他们拿着扳子、钳子、螺丝刀,十分钟就把锁修好了。

"乡下是不用防盗门的,他根本就不懂。"卖咸菜的小胡觉得王素容不应该让老孙碰防盗锁。

"你是生下来就会卖咸菜的吗?上帝还允许犯错误呢。"王素容说。

薄荷觉得王素容特别蠢。她抬头看看老槐树,老槐树枝繁叶茂,乌鸦不知什么时候飞到了上面——薄荷觉得它们好像一直藏在其中,只等黄昏到来,好放开嗓子大说一顿。乌鸦到底在说些什么,其实薄荷听不懂,但她却觉得明白其中意思,那大概是告诉她黑夜要来了,鬼使也要来了。她坚定地认为乌鸦跟鬼使有着不容置疑的关联,要不然,无法解释为什么鬼使紧随这些乌鸦而来到了篆村。

王素容在市场街上买了新鲜的猪肉和一大扎韭菜,喊薄荷回家帮她包饺子。每次老孙来,都是王素容大展厨艺的时候。她毫不遮掩地表达着对老孙的喜欢,假如有可能,小胡甚至觉得她肯跟着老孙到乡下去过日子。问题出在薄荷身上,她一听到关于跟着老孙去乡下的话,就抖擞起浑身的芒刺。

"薄荷,你今天是怎么了,老抱着那孩子?把她放下吧,让她在床上好好睡。"王素容希望薄荷把两只手腾出来,帮她擀饺子皮。但薄荷坚决不同意,王素容只好一个人干。她擀完一摞面皮,再把它们包上韭菜猪肉馅捏起来,然后返回头去擀新一轮的面皮。虽然如此,她却很愉快。她边愉快地忙碌,边看薄荷,想弄明白让她如此不安的东西是什么。但她并没打算真的要弄明白——对于一个痴子,谁能知道她脑袋瓜子里都装着些什么稀奇古怪的东西呢。即便是老天爷,大概也不全知道。

王素容只能约略地知道,薄荷担忧着手里那代表孩子的布娃娃的安全。作为女人,她当然知道孩子对这个群体意味着什么,哪怕是痴子,也有老天爷给的天性。但王素容不知道更为具体的担忧,那得在午夜时分才能来临。乌鸦已经宣告了这一点,可惜王素容听不懂乌鸦的语言。

这天深夜,余德仍是梳洗干净,赶来会见薄荷。他并不确切地知道自己来的目的,只知道是要来赎罪。《聊斋志异》里讲的都是因果报应的事,他相信人世间也有报应。但怎么赎罪,他还没想好。他花了一天时间在锅炉房里苦思冥想,觉得最有效的办法是帮薄荷找回孩子,但这个最有效的办法也是最无效的,因为当年的人贩子无从查找。接着余德想到治好薄荷的痴病,可惜他手里没钱。没钱,怎么进医院的门?眼见着黄昏一丝丝地到来,余德只好决定走一步看一步。有一点可以确定:余德特别想去薄荷那里,而且想法很强烈。他不明白为什么这样,决定要顺便把这个事情搞清楚。

为了不冷场,余德讲了几个故事。他很害怕冷场。这几个故事,都是余德从《聊斋志异》上看的,他把它们进行了改编,使它们听起来都像是发生在他身上的事情。有一个问题是,《聊斋志异》里讲述的多半是女鬼和人之间的故事,因此为了可信,余德把那些故事改成男鬼和人之间的故事。他即兴地修改和讲述,自己也没想到会那么顺畅,仿佛脑子里有一把剪刀,正根据需要把故事裁裁剪剪,重新拼贴。他掌握了一个原则,尽量讲述那些听起来挺美的故事,比如阳间的姑娘爱上了他,不惜偷到他手里的生死簿,把自己的名字早早写上去,以求跟他共事,等等。他还讲了几个自己为阳间做好事的故事,连他本人,都被虚构中的自己给感动了。他这才知道自己有幽默的潜质,那些让人开心的词语和句子,源源不断地从他嘴里倾倒出来,仿佛有根神秘的链条,把世上所有让人开心的字词都连接了起来,塞到他脑子里,像电影里那长长的子弹条。有两次,薄荷开心地笑出声来,余德紧张地嘘她,生怕惊醒东屋的老孙。他倒不是怕打不过老孙,主要是气氛太好了,不能被破坏掉。薄荷也希望老孙一直打着呼噜,每当忍不住要发笑,就赶紧用毛巾被捂住嘴巴。

她甚至忘记了布娃娃。但余德偏偏怎么也忘不掉让他偷走的婴儿,他虽然在讲着让薄荷发笑的故事,脑子里却始终有块地方是留给那个婴儿的。小家伙挥之不去,就像个小阴谋家。所以,余德自己也不清楚,他是怎么把话题拐到那上面的。他记得他说了一些小孩的话题,薄荷就又把布娃娃抱在了怀里。

"算了吧,这只是个布娃娃,不是你的孩子。你的孩子现在应该十多岁了。" 余德说。

余德看到薄荷止住笑,大概有几秒钟,就开始哭起来。她哭得很悲伤,也不再用毛巾被捂住嘴巴。在她看来，刚才那场欢乐已经结束了。余德后悔不迭，想哄哄她，又不知从何处下手。最后他不得不故伎重演，采用恐吓的办法。

"你要是还哭的话，我就要把你的孩子记在生死簿上。"他从口袋里掏出一个小本子，是白天在市场街上的一个文具店里买的，没想到真派上了用场。

"我的孩子在哪儿？"薄荷猛然止住哭泣。

"你的孩子……"余德搜肠刮肚，想起《聊斋志异》里的《小人》，就现编现用："你的孩子刚生下来没多久，就让人偷去了。那人是个玩魔术的，给你的孩子喂了一种药，把他变得很小，像小猫一样，并且永远也长不大。他做了一个木盒子，把你的孩子藏在里面，只要有人给钱，他就把你的孩子放出来，让他唱歌跳舞，替他赚钱。"

薄荷的眼泪流得越发汹涌，余德心里发慌，但也只好把谎话继续编下去："闭嘴，不许再哭！你知道你的孩子为什么要过这样的日子吗？就是因为你！谁知道你跟谁一起生下了他！他是个来历不明的小孩。对这样的小孩，阎王有特殊规定，不能让他过正常小孩的生活。但是他被玩魔术的当成道具这么多年，命运也该改了。阎王是公平的。我作为鬼使，当然更要公平办事。你要是不哭，我就去找找玩魔术的，把他记到生死簿上。他也算是作孽多年，该遭报应了。但你要是还哭的话，我就不管了，让玩魔术的继续把你的小孩关在木盒子里。"

这番话很有效地阻止了薄荷的继续哭泣。但她再次混乱，紧紧地把布娃娃抱在怀里，古怪地笑着，对余德说："你是个骗子。我的小孩哪儿都没去，好好地在我怀里。你是个坏鬼使。"

余德疑心薄荷在哭泣时是变正常了的，她的气息、哭声、姿态，都跟一个正常女人无异。但那只是短短的一瞬，大概只有一两分钟。余德踩着窗台离去时，薄荷变回彻彻底底的痴子，抱着假想中的孩子不停絮语。

在那些絮语中，鬼使离开了。困意在笑过哭过后很疲惫地到来，薄荷睡着了。她看到一些画面，像闪电劈开沉沉的梦的帷帐，比白天那些画面清楚，但仍无法分辨出那揭示了些什么。薄荷梦到了自己的孩子，被一个女孩抱着。女孩年龄不大，只有十几岁。薄荷感到自己跟女孩非常熟悉，却不知道她是谁。

六

　　一个月里，余德把鬼使造访的事情常态化了，主要表现为时间规律了。每周二和周五，是他"考察篆村的日子"。

　　起初薄荷没有周二和周五的概念，余德给她带了一本小台历，上面用红笔把周二和周五做了标记。为了教会薄荷辨识台历，余德不得不戴上面具，以免暴露自己。面具是他破坏了一件黑T恤自制的，用针线缝了一个简单的头套，上面剪出孔洞，以便露出双眼。他还买了一只手电筒——即便有面具，也不能亮灯。他把手电筒的光调得很暗，但薄荷还是对他的面具感到很好奇。余德不得不向她撒谎说，鬼使必须戴上面具，不能让凡人看到。薄荷伸手摸了摸T恤，大概是觉得布料跟凡人用的没什么不同。余德只好说，本来他戴的是铁面具，但为了不让薄荷害怕，才换成了凡人用的布料。他教会了薄荷如何数算日子。

　　老孙那次在篆村住了三天，就赶回乡下去了。据他说，要回去养蚕。他每年养两季蚕，每季一个半月。也就是说，至少一个半月里他不能来篆村。这次没有缀着流苏的三轮车，他步行到隆中路上乘坐公交车，穿着王素容给他缝制的另一件沙滩裤。他走后，王素容像失恋了一样，无精打采了好些日子。她再次抖擞起精神，是一个月后，因为薄荷的布娃娃丢了。那天早上薄荷像杀猪一样号叫，并且只穿了内衣裤就疯跑出来，在市场街上奔走，向人们哭诉着孩子丢失的事。

　　人们都只当她又犯了痴病，十多年前她曾这样哭诉了几个月。但人们又发现这次跟上次有所不同，主要是她控诉的对象——上次她指出是一个长头发男人偷走了她的孩子，这次……人们听了很长时间，只听懂她在说鬼啊什么的。篆村年龄最大的张奶奶告诉人们，薄荷说的是鬼使。人们都信张奶奶的话，因为她曾在大旱时带领人们成功地求下了两场泼雨。据说她是个介于人神之间的人，那得益于她平日里的吃斋念佛。另外她还把落在街上的梧桐花捡回家，放在大沙碗里煮水喝。她吃大自然新旧更替时遗留下来的所有东西，说那些是精华。

　　然而，张奶奶也仅仅是能听懂薄荷的话；对于话的真假，究竟是不是鬼使偷走了她的孩子，张奶奶也不知道。不久人们就得知，让薄荷哭诉奔走的，是她当成孩子的那个布娃娃。人们纷纷谈论说，这绝不是小事，简直是天大的事。因为，自从薄荷十几年前丢了孩子，布娃娃就应运而生了——是老姜老婆想出的主意。老姜老婆在王素容店里找了些零碎布头，给薄荷缝了这个布娃娃，骗她说孩子找回来了。这一招非常奏效，成功地把薄荷骗了十几年。十几年来，由于它的特殊功用，人们甚至把它看成了篆村一个真正的小孩，期间它经历了跟人类所差无几的伤损和衰老。起初是老姜老婆，后来是王素容，不停地对它修修补补。

在市场街上奔走的薄荷，最终被小胡带领另外几人制服了。对于一个痴子，关键时候就要制服，别无他法。王素容作为薄荷的监护人，跟在后面指挥和督导，一行人浩浩荡荡把薄荷送回家，仿佛逮住一个江洋大盗。接着，几个人召开了现场分析会。为了找到布娃娃，他们把床啊柜子啊都搬开，但一无所获。柜子后面的鼠洞也让老孙用水泥堵住了，因此排除了它被老鼠拖进去的可能。再说了，鼠洞的大小跟布娃娃也不匹配，除非老鼠们把布娃娃咬碎，化整为零往里搬运。可那些老鼠被掺了鼠药的玉米粒所蒙骗，归西已有一个月了。

最后，这事不了了之了。一个破烂不堪的布娃娃，毕竟不是真正的生命。它的失踪含有多种可能，比如，被篆村某个小孩恶作剧地拿走——小孩子们特别爱逗弄薄荷；再比如，被贼偷走。篆村本村都是奉公守法的好村民，但这毕竟是一个城中村，属于城市的一部分。林子大了什么鸟都有，城市里形形色色的贼，难免不会光顾篆村。这里终究不是世外桃源。还比如，说不定布娃娃是薄荷自己弄丢的呢。她毕竟是个痴子，一旦疯病发作，或许会忘记做母亲的天性。人们经常看到她坐在王素容的布店门口，嘴里咀嚼着布头。王素容透露了一个消息，说薄荷这段日子对布娃娃表现出神经质般的紧张，仿佛有个看不见的威胁，想要夺走布娃娃。附近一所中学有名语文老师是篆村人，他据此分析，这种紧张很有可能最终导致了薄荷的极端行为。人们问他，什么是极端行为，语文老师说，比如，强烈的保护欲望，驱使薄荷把布娃娃撕扯着吃掉了。当时她处于狂乱状态，一旦醒来，就忘掉了那个过程，所以就怪罪于他人。鬼使就是个很好的说明，世上哪有鬼使这种东西，这完全是迷信。

篆村的人们认可了语文老师的话，因为他是全市十大优秀教师之一。这一天，王素容守在薄荷房间里，防止她再次往外跑。但薄荷大概是闹累了，被人们摁到床上后，不久就昏沉沉地睡过去了。人们开完现场分析会，见她还睡着，就离开了，留下王素容一个人看管她。王素容也累坏了，草草吃了几口中午饭，躺在薄荷身边也睡着了。王素容睡了一个非常长的午觉，醒来以后已经是半下午了，市场街上卖菜的摊子、卖海货的摊子，都吵吵嚷嚷地摆开，热闹得很，可薄荷还在睡着。起初王素容有点害怕，数次伸手试探她的鼻息，还到附近诊所找人来看。诊所的大夫告诉王素容，薄荷很正常地在睡觉，没事。晚上，王素容做了晚饭，打算把薄荷叫起来吃饭，却叫不醒。推搡得狠了，薄荷翻个身，很不耐烦地嘟囔一句，就又睡过去了。王素容想了个办法，用痒痒挠抓挠薄荷的脚掌，但她竟然像没长痒痒肉似的，无动于衷。

这场泼睡，一直持续到第二天傍晚。王素容认定薄荷是被鬼附身，甚至打算找人来驱鬼。乡下那边也联系了，但老孙的手机信号不好，想必正在大山深处照管桑蚕。每次养蚕，老孙都要带上干粮吃住在大山里，驱赶鸟雀。就在王素容一筹莫展的时候，薄荷自己醒过来了。她没有像王素容料想的那样，再次衣衫不整地跑到市场街上去，但这并不意味着没有犯病。她犯了让王素容更为担忧的痴病：不言不语，面无表情。她跟王素容一起吃了晚饭，食量惊人，仿佛把沉睡两天错过的饭一次补上了似的。之后就坐在床上发呆，眼神空洞。王素容叹口气，回到自己家里料理了些家务，来到街上跳广场舞。新近流行一种僵尸舞，很受篆村的老太太们青睐。大家边跳僵尸舞边对王素容说，只要不满街疯跑，那就没事了。王素容忧虑重重地说，她没再提孩子丢了的事，你们说怪不怪？大家说，那有什么怪的，说不定睡这两天，已经把孩子的事给忘了。痴子嘛。

于是这天夜里，王素容见薄荷没什么情绪波动的迹象，就回自己家里睡去了。篆村虽然是个城中村，却不像市里那么热闹，尤其是夜生活，基本没有。人们保留着城市化之前的许多农村人的生活习惯，比如早睡早起。城市化使他们没有了土地，有限的土地现今就在篆山的南岭，每家都可以申领一块，多数栽种了桃树和樱桃树。除此之外，人们倚靠市场街来经商。照管果树和摊铺，都需要早起，因此人们普遍睡得早。就着稀黄的大灯泡——从临街住户家里拉出来的——玩上几把扑克牌,就是夜生活了。玩扑克的有六个人,围观的却有十来号人。围观的人中,有电子厂的新任锅炉工余德,人们问他,闭炉了啊老余?

余德来这里一月有余,已经被他们看作自己人了。虽然人们普遍觉得此人终日像有满腹的心事,寡言少语,却仍对他倾注了待客的热情。

没什么事,出来转转。余德说。他暗自看看王素容的布店,那里漆黑一团。卖咸菜的小胡也混在围观的人群中,余德很想从他嘴里听到关于薄荷的消息,但小胡的心思都在牌局上,他正为自己看好的一方出了把臭牌而怨声载道。

余德又看向薄荷家的小院,那里也是漆黑一团。他很想张嘴问问,迟疑再三,还是忍住了。两天前的夜里,他偷走薄荷的布娃娃时,已经预想了各种可能,包括薄荷在市场街上杀猪一样的号叫和奔跑。但他没想到薄荷会这么快就如此安静。偷走布娃娃当然是历时一个月深思熟虑后的行为,这里就不赘述在一个月里,余德经历了怎样的反复推敲,最终决定偷走布娃娃,以此来试探一种可能性。这可能性当然是极为渺茫的——余德希望薄荷能在经受重大打击后,神智稍稍正常一些。对这种可能性的猜测,哪怕只有一秒钟,在篆村任何人看来,也是应该给予嘲笑的。他们看着薄荷痴傻了那么多年,没人相信她会正常起来。但没有任何人知道,在某一个深夜里,余德目睹了这个痴傻女人在某一瞬间的正常。尽管她在相信自己孩子正流落在外的同时,也痴傻地相信了玩魔术的人把孩子变小的可笑杜撰,可那一瞬间的正常,余德深信不疑。

临街住户从窗户里探出头来,发出要收回大灯泡的通知,牌局最终散去。余德沿着市场街走回电子厂,躺在床上克制住去见薄荷的念头。偷走孩子那晚是周二,明天才是周五,才是他再次去见薄荷的日子。他要遵守鬼使定下的规矩。小不忍则乱大谋,他年轻时就知道这个道理。

七

在偷走布娃娃后的两天里,余德茶饭不香,心神不定。起初他以为那完全是偷走布娃娃后的反应,毕竟他在"那里面"经过了脱胎换骨的改造,知道偷窃是罪行，是可耻的。他只有反复地说服自己，偷走布娃娃是善举，才能稍稍减轻对自己的质疑。为此他非常想念哲学教授狱友，相信他会搬出一大套说辞，来减轻自己的犯罪感。

但无论如何，从性质上来说，余德知道，他相当于两次偷走了薄荷的孩子。有生命的和没生命的孩子，在薄荷眼里都一样。甚至这一次的丢失，给薄荷的刺激可能会超过第一次。这些可怕的后果，余德都想过。

经过了饱受煎熬的两天后，余德在翻过围墙，作为鬼使来到薄荷身边时，才忽然明白，他的煎熬不仅仅来自偷窃行为，更多来自，他爱上了薄荷。

这怎么解释呢？简直不可理喻，他余德爱上了一个痴子。他后来反复地想自己是从什么时候爱上薄荷的，想来想去，却没有答案。因为猛然意识到这个，余德变得忧伤起来，一时之间，竟然不知道该讲什么故事来讨薄荷的欢心。薄荷明显跟往日不同了，对于鬼使的到来，她没有惊惧，也没有要听故事的高兴，只是静静地躺着。她昨天在市场街上疯跑的时候，不计后果地进行了对鬼使的控诉，当时特别希望黑夜来临，好向鬼使问个明白。因此，连薄荷自己也不清楚，鬼使来了之后她却为什么根本就不想追究答案了。

一些模糊的画面，这两天反复地在睡梦中出现，它们缠绕着她，把她紧紧地拽在睡梦里，让她无法醒来。她能感觉到王素容企图把她弄醒的那些推搡，听到她嘟嘟囔囔，还有对脚心的抓挠，但就是无法醒来。她反复梦见的那些画面，包括曾经见到过的女孩和婴儿。后来那画面有了些改变，女孩长高长大了，变成一个女人。当然，那女人让她感到很熟悉，只是不足以让她把那女人跟自己联系起来。她还见到画面里出现一些男人，包括死去的老姜，老孙，电子厂新来的门卫，卖咸菜的小胡。她梦里还有乌鸦，一只很大的乌鸦，蹲在老槐树上，对她一声声地说着什么话。她仔细地辨听，只听到一些支离破碎的词语——坏人来了，小孩，爆炸，没人要……她也梦见过电子厂锅炉房爆炸的场景。除了生活中发生过的画面在梦里没有规律地闪现，她还梦见其他一些场景，比如人很多的一个广场，人们纷纷仰着头，往空中看着什么。她知道王素容在使用许多手段迫使自己醒来，但她抗拒着，希望留在梦里，弄清楚人们抬起头是为了搜寻什么东西。但她最终还是没有弄清这个问题。

因此，薄荷长久地把情绪停留在那个令她费解的画面上；她的身体已经从梦里走出来了,心却留在那里。这就是她醒来后一直没再闹的原因。孩子丢了。这件事就像一个更为久远的梦,随着这两天的昏沉睡眠,而被替换掉了。只是偶尔,薄荷会想到床上没了自己的孩子。孩子哪去了,是被鬼使偷走了,还是被别人偷走了,鬼使知不知道孩子去了哪里——这些对现在的薄荷来说,不是那么急切的问题了。

……

现在,余德完全可以有把握地说,他见过许多比薄荷美的女人。那些女人,无论在什么场合现身,总是把表现自己作为第一欲望,当然,有些仅仅是出于本能。而薄荷则完全不需要这样的第一阶段,并且,她完全没有这样的本能。余德感谢这夜的月光如此皎洁,让他清楚地看到了薄荷脸上那种种干净的颜色。她的嘴唇颜色像水果,白色的皮肤通透明亮。她不像别的女人那样涂脂抹粉,余德敢确定,她的脸上从没有涂抹过那些东西,否则,她的皮肤不会如此干净,像纯净的矿泉水。

为了保险起见,余德仍旧戴着面具。他很小心地张口,杜撰关于她孩子的故事。他一边杜撰一边观察薄荷的反应,发现她并没有对这个故事生疑,就放心地杜撰下去了。他告诉薄荷,她的孩子早在十几年前就丢失了,这十几年里,一直陪伴着她的那个孩子,只不过是阎王爷可怜薄荷,临时派来的一个小鬼使。现在,小鬼使完成了任务,已经被召回去了。而至于她的孩子,在当了十几年盒子里的小人之后,阎王爷认为也应该另外给他安排一种命运了。至于那命运是什么,阎王爷还没有透露。他作为鬼使,倒是有心向阎王爷提个建议,把孩子还给薄荷,假如薄荷不再那么疯疯癫癫。

这个杜撰,完全出于即兴。偷走布娃娃,是一定要用故事来圆好的——这两天里,余德构思过多个故事版本,但都不是这样。他因此认定这个故事并不是凭空而来的,更不是来自他余德的灵感,而是来自冥冥中的一种指引。他相信,以往夜晚中的那些杜撰,也完全来自这种指引,否则,无法解释他余德怎么会在夜晚来临之后,变得那么才思敏捷,滔滔不绝。

他无法确定薄荷是否相信了这个故事。对薄荷如今的状态,不仅仅是余德,就连看着她疯癫了那么多年的王素容,都感到迷惑。人们对一种司空见惯的事情瞬息间的巨大变化,总是会感到迷惑……总之,余德甚至不敢断定这个故事是否奏效——薄荷是在发呆,还是沉浸在故事里,他不知道。大概过了半个多小时，薄荷忽然低声抽泣起来。就是在她抽泣的时候，余德再也忍不住了，猛地抱住了她。薄荷先是捶打余德，跟任何女人都会有的反应一样。这捶打和挣扎让余德很矛盾，心怦怦乱跳。他胆怯而自卑，极想放开薄荷夺窗而逃，本能却让他更紧地攥住了薄荷。在余德成为中年人之前的那些时间里，对待女人，他经验甚少。当然也有过一些经历，都很不堪，对象都是诸如洗头房小姐之类。他对她们从来没有过心脏怦怦乱跳的经验。这陌生的感觉让余德汗如雨下，他盲目地更紧地勒住薄荷，直勒到薄荷大口喘着粗气，才惊慌地放开。他绝望地做好了在薄荷的大叫大嚷中暴露的准备，甚至不想逃跑。然而让他没想到的是，薄荷却忽然咯咯地笑起来。她笑得上气不接下气，完全是一个痴子的笑。余德毫不含糊地用嘴巴堵住了薄荷的笑。他当然是不想暴露的。

可以想见，也难以想见，余德遇到了他人生中一件天大的事。从此，他生活中全部的念想，就是在每周二和周五的深夜，完成那一段包含了匍匐爬行和翻墙等固定动作的路程，去赶赴约会。因为事情变成了爱情，他更为谨慎，就算白天因难以遏制地想见薄荷而溜达到市场街，他也不跟薄荷说一句话。他不看她，就像她在他眼里完全是个不值一看的痴子。他每晚都去买小胡的咸菜，围在扑克摊子旁，看那些人光着膀子玩牌。

薄荷有了很大的变化，最主要的特征就是不再疯跑了。市场街上的人都为此感到欣慰，虽然她的眼神和神情仍然不是正常人的。人们难以解释，为什么布娃娃的丢失会让她发生这么大的变化。在布娃娃刚丢失的那段时间，为了不至于在紧要关头没有准备，王素容甚至匆忙赶制了一个新的布娃娃，但薄荷冷漠地看了看它，就把脸转到一旁去了。街上的人对王素容说，薄荷能认出这不是她原来的布娃娃。原来的布娃娃到底去哪了，仍是一个谜。余德把它埋到了一个人们想不到的地方：篆山半山腰那两棵大树下。薄荷坐在街边的小马扎上，时不时地会像过去那样，眺望两棵树上的大鸟窝。她的目光茫然呆痴，却又时不时地在瞬间发出温柔镇静的光芒。

这期间，老孙从乡下又来了一次，仍是在汽车站打了那辆缀着流苏的三轮车。这次他带来的东西，除了粮食和蔬菜，还有一些黑色的蚕蛹。他近两个月的劳动换来了丰硕的果实，据说有个专门收购蚕蛹的小贩已跟他达成了常年合作的意向，他也准备包下一片山岭，扩大养殖面积。

老孙不无炫耀又故作矜持地回答着人们的询问。他还当着众人的面，把一个碧绿碧绿的镯子从裤袋里掏出来，要戴在薄荷的手腕上。但他的殷勤遭到了薄荷的拒绝。

"老孙，你还不如给王大妈戴上呢。"小胡给老孙出了个主意。

老孙很尴尬地看看王素容。王素容倒是大大方方的，说，既然薄荷不要，就算我捡个便宜吧。

老孙很感激王素容给他解围，却又担心这个镯子真把他跟王素容捆绑到一起。他满肚子的心事，都是关于薄荷的，根本没心思去搞黄昏恋。这次他又住了三天，看薄荷没什么事，反倒比往常看起来正常了一些，就返回乡下去了，说要准备秋种。反正不管住多久，薄荷也不待见他。

谁都能看出薄荷不待见老孙。人们认为，这种没有良心的事发生在一个痴子身上，还是情有可原的。如果发生在常人身上，那就应该遭到唾骂了。薄荷自己也不知道，她为什么那么不喜欢老孙。就连电子厂的锅炉工余德，渐渐地都不再让薄荷感到那么讨厌了。她坐在街边，长时间地观察着形形色色的人，有篆村里的，有附近小区、工厂、学校、医院里的，他们路过时都会朝薄荷投来含意不一的眼神，薄荷觉得他们很傻。她觉得他们每天匆匆忙忙去上班很傻，花那么多时间打扮给别人看很傻，把脸画得像鬼似的很傻，穿那么高的高跟鞋让脚受罪很傻，从车里下来时腆着胖肚子夹着公文包的样子很傻……而他们还用很傻的眼神去看她。锅炉工余德起码不像他们那么傻，他看起来也像她一样，有许多的秘密和想法，她甚至猜想他的梦里也有许多破解不了的画面。而那些匆匆忙忙的俗人……她不屑于多想。

薄荷最大的变化，并不在表面，而在内心。人们根本不了解她。谁能知道有一个鬼使每周二和周五会去见她，给她讲那么多缤纷绮丽的故事呢？那些俗人只会流着口水酣睡。想起鬼使，薄荷的目光不自觉地温柔起来，有时会在想起那些故事情节时，忍不住笑出声。人们都以为她在犯痴病。她不屑地看着那些人，心里想，你们谁也不知道，你们这些俗人根本就不配知道。

当她这么想的时候，老槐树上的乌鸦也随声附和，一声声地叫着，对呀，对呀！

那些迟迟不去的乌鸦，已经不再让篆村人感到好奇了。它们越来越多地聚居于篆山，傍晚便飞到篆村来，专门挑选枝繁叶茂的老树做短暂的栖留，仿佛对这个城中村感到莫大的好奇。人们有过是否会出现地震等灾害的恐慌，但立即有地震局的人出来辟谣，紧跟着有动物学家关于乌鸦为什么进驻城市的多篇研究文章见于报端。他们对篆山生态环境等方面的专业分析，让篆村人将信将疑，但他们还是对乌鸦司空见惯了。报社和电视台的记者扛着摄像机来拍过几次，曾有一个记者在薄荷家门口的老槐树下仰着脖子猛拍，乌鸦拉下一粒屎，恰好落在摄像机镜头上，这时候薄荷说，乌鸦在说你傻。她又补充了一句，我能听懂它们在说什么话，但就是不告诉你。

专家们分析，乌鸦来到篆山，也可能跟季节有关。春天夏天都是它们大量繁殖的好时候，等到萧瑟的秋天和寒冷的冬天来临，它们可能就会飞走，去寻找温暖的地方。于是很多人盼着秋天来临，以便验证专家的分析是不是准确。

八

秋天来了。人们普遍感到，薄荷悄然地发生着一些变化。主要是有时她坐在街边太安静了，比正常人还正常。她无端大笑，也不再显得那么神经质和诡秘，虽然她的举手投足仍证明她是一个痴子。另外，她经常若有所思，紧皱眉头，仿佛在苦恼和费力地想一些想不起来的事。不知道是不是由于忧思，她的双眉之间堆叠起了褶皱，嘴角两边也出现了法令纹。王素容还观察到她本来平展展的眼角有了鱼尾纹。

在发现了这些之后，人们才猛然忆起，这么多年，薄荷只有年龄在增长，身体一直停留在年轻的时候。想想如果薄荷一直不长这些皱纹，到八十岁还举着一张年轻女人的脸坐在街边，那该有多么诡异。因此人们非常欣慰，薄荷终究也跟正常女人一样，在走向衰老了。只是，是些什么原因促成了这种变化，人们不知道。诊所里的大夫也表示，他对这种生理变化没有研究。他强调，生理现象虽说看起来是有规律可循的，但往往最有规律的事物也有最难解释的一面。

不知是不是秋天的来临，让人们产生了温暖的计划，有热心人开始给余德介绍女朋友了。他们通过几个月来的观察，认为余德至少算是一个老实本分的人，虽然谁也不知道他过去的经历。篆村有个嫁出去的姑娘，因为种种家庭矛盾，离了婚回到篆村。这姑娘在家暴中完成了对男人的认识，宁愿嫁给余德这样老实巴交的人。她的娘家是开小五金店的，承诺两人婚后，把五金店送给他们来经营。媒人觉得余德没理由不同意，因此就在市场街上碰到时先约略跟他说了个大概，没想到余德支吾几句后，撒腿就跑，仿佛担心媒人把他捆绑到女方家里。媒人跟到电子厂，问余德跑什么，余德憋了半天，说，我不想跟她结婚。

你又没见过她，怎么就这么肯定地回绝？跟你说，那姑娘脾性特别好，聪明，人也长得漂亮。媒人感到很奇怪。

那我就更配不上人家了。余德推托道。

媒人一听，就开起玩笑来，你觉得能配上谁啊？痴子薄荷？你要是看上薄荷，我去给你说说。我找王素容，让她把老孙也从乡下叫来。

本来媒人是有口无心，纯粹拿他开个玩笑，本意还是想促成他跟离婚姑娘的好事，谁知道余德一听关于薄荷的这些玩笑话，脸上立马像下了刀子，硬硬地说，我跟谁也不结婚，你就别操心了。

媒人好心却赚了个瞎操心，很不高兴，甩手走了。余德躺在铁床上，思前想后，不明白自己为什么在听到媒人把他和薄荷往一起说的时候，会有那么不快的反应。他当然不是嫌弃薄荷，相反，他对她的爱与日俱增，在不是周二和周五的那些夜里，他简直就像害了相思病。浓重的爱意终日折磨得他手足无措，发展到每次去见薄荷，都要带上一件小礼物。薄荷也看似习惯了他的造访，不再对他是一个鬼使而感到害怕。有一次薄荷抚摸着礼物，奇怪地说，跟街角超市里的一样。余德只好解释说，在阴间也有和阳间一样的超市。人们把阴间想象得阴森恐怖，除了油锅就是冥河，实际上根本就不是那样。

媒人把余德对于结婚的态度散布给了许多人，也就不再有人张罗这回事了。但他们都觉得一个男人没女人不行，你看，扣子掉了两颗，也没人给缝。眼尖的老娘们儿说。

我给你缝缝。这时候薄荷忽然张嘴说。

薄荷说这话的时候，像极了一个脑子没任何毛病的正常女人，浑身上下散发出一种难得的贤惠和温柔，把附近几个老娘儿们都看呆了。王素容从布店里快手快脚地拿出针线来，递给薄荷，但余德已经一声不吭地走掉了。他低着头，走得极快，眼里有泪，得拼命忍着才不会掉出来。他感到胸腔里聚集了太多的东西，沉沉地压住了呼吸的气流，只好张开嘴大口喘气。

夜里，余德被胸腔里的沉闷搞得辗转难眠，几次披衣坐起来，大口喘气。他觉得是爱情把他搞成这样的，他满胸腔里都是爱情，盛不下了，因此才鼓胀胀地难受。难受的同时，他又感到甜蜜得要命。

有那么一段时间，薄荷没有谈论她那丢失的孩子。余德主动谈过几次，说他已经给阎王爷提了建议，把孩子变回他应该有的样子。

你说他现在应该十多岁了。那我肯定不认识他了。你能让阎王爷把他变回原来的样子吗？薄荷呆怔怔地看着黑暗里的天花板说。

薄荷所说的"原来的样子"，余德明白，就是他丢失时的样子。他只好搪塞说，再给阎王爷禀报一下，看有没有那种特殊的药。但估计得找一段时间。

玩魔术的人没有吗？薄荷问。

没有。已经审问过了。把他最会玩魔术的那只手下到油锅里炸过了。余德说。他之所以这么说，是担心薄荷立马就要求他向阎王爷禀报，从玩魔术的人手里拿到药，把她的孩子变回原形。他做不到，又担心薄荷再度崩溃。

谎言就这么叠加着，越来越多，越来越花样百出。这期间，余德的胸部一直鼓胀难受，后来时常感到疼，喘气不顺畅。憋得急了，他就咳嗽两声，能感到舒服一点。过了几天，咳嗽就变成不得不做的一件事了。夜里在薄荷那里，他愈是想忍住，愈是忍不住。薄荷奇怪地问，鬼使也会感冒吗？

余德只好解释说，作为鬼使，他不适应阳间的气候。在他们那里，是一年四季如春的。

地狱里不是很冷吗？薄荷质疑道。

余德又瞎编说，那都是阳间的人乱说。

我想看看你的铁面具。薄荷摸摸他的面具。

对于薄荷的任何要求，只要不是上天摘星，余德都恨不得立马答应。第二天，他就琢磨着锻打一个铁面具。如今在城市里是找不到铁匠铺了，他只能自己打。当然，他也乐于这么干，一切全都是为了爱情。打铁的基本原理他还是知道的，作为一个锅炉工，他倒是有天然的高温炉，可解决和淬火有关的工序。

接下去的日子，余德购买了他能想到的所有锻打工具和原材料，把它们都藏在铁床下。为了取得脸部模具，他到超市里买了许多橡皮泥，捏成面皮形状，像敷面膜一样敷到脸上，确定出眼睛、鼻子和嘴巴的位置，把它们剜出孔洞。他开始打算偷偷摸摸锻打铁面具。然而他面临一个问题：白天人来人往，不太方便干这个活，最好选择夜里干。但厂里晚上九点就闭炉，他只能选择次日凌晨四点开炉后，趁天亮之前那一小段时间来干。然而还有一个问题：这附近安静得像坟茔，况且厂里有值班干部在保卫科，传达室里还有门卫，打铁的声音一定会传得很远。总之，区区一个铁面具，让余德感到面临着不小的困难，他只好暂时按兵不动，等待时机。时机在哪里，他也不清楚。有天后半夜忽然下起雨来，雨势还不小，伴有间歇雷电，余德抓紧时间在雷声的掩护下干了一会儿。从那以后，他除了寻找时机，还每天关注天气预报。可惜，季节向着深秋迈进，雨肯定是越来越少了。

随着深秋的来临，余德的咳嗽愈发严重了。有天夜里薄荷从窗台上拿过两盒药来送给他，说是治咳嗽的。余德攥着药，却说，鬼使用不着吃药，说不定过几天就好了。

过了几天，老孙又从乡下进城来了。由于咳嗽，余德不得不暂时放弃了跟薄荷的约会。他不能冒险，这关乎他跟薄荷之间的关系能不能保持得长久，他得保护这关系。老孙恰好是周二来的，但这次他为了帮王素容和薄荷装暖气，一直待到下个周三才走。他找人给她们安好暖气，又雇车去买了煤块，在院子里整整齐齐地码好，万事俱备，只等下雪，这才心满意足地回乡下去了。

老孙走后，余德又熬过了两天，周五，才得以跟薄荷见面。他跟薄荷说，自己临时被阎王爷召回去了。薄荷马上问，我的孩子……药找到了没有？

余德说暂时还没有，只能想别的办法。薄荷马上哭泣起来了。她抽抽搭搭地告诉余德，最近这段日子做了很多梦，都是怪梦。

她梦见了很多人仰着头在看什么。天上开满了花。开完就谢了。乌鸦告诉我，它们就是这样的，开完就谢。它们是天上的花。

余德只当这是薄荷的痴语。他觉得几日不见，薄荷似乎有些胖了。一个没有婚姻史的男人，当然对女人怀孕这码事没有经验，尤其是像余德这种连恋爱史都没有过的男人。

九

　　最先注意到薄荷怀孕迹象的，当然是王素容。等她带着薄荷到医院里证实了这件事后，第一个反应就是打电话给远在乡下的老孙。在老孙来之前，王素容试图问出孩子父亲是谁，但没问出任何结果。薄荷像是若有所思，又像是懵懵懂懂一无所知。

　　当天，这个消息就传遍了整个篆村，人们不免为薄荷的命运七嘴八舌地议论了一番。有些人认为命运在跟薄荷开玩笑，多年之前就让她不明不白地怀过一次，没想到还没算完，又要来这一次；另有一些人认为这并不是命运在跟薄荷开玩笑，而是在眷顾她，可怜她第一个丢失的孩子，因此再送给她一个。经过七嘴八舌的议论，持第一种看法的人也倒向了第二种，他们觉得薄荷应该有个孩子，这可以让她将来不至于孤苦伶仃，老来无依。但马上就有街道办事处的大妈找上门来了，说这属于计划外生育，不能留。

　　余德当然也知道了这个消息。可以想见，他像被一颗炸弹击中了。他剧烈地咳嗽了老半天，才坐下来考虑应对的办法。他这会儿感到自己很难被宽恕——他从来就没想到过怀孕这码子事！仿佛一个痴子不会怀孕似的！接着他又用哲学教授狱友的逻辑分析了这件事——从那让人迷迷瞪瞪的逻辑中，他分析出，这件事是偶然性和必然性共同作用的结果。就是说，他余德竟然没想到男女睡觉会令女人怀孕，这并不是造成这一结果的唯一原因。甚至是次而次之、可以忽略的原因。另有一些更神秘的原因，隐藏在这一连串的知和不知背后。它们才是最强悍的，或者可以说，它们左右了人类的知或不知。

　　这样一想，余德就不那么自责了。不那么自责了，余德渐渐就感到高兴起来。想想吧，他余德要当爹了！那是不是意味着，他可以向世人承认这一事实？

　　但不知为何，想到这里，余德感到莫名的恐惧，几乎马上要卷起铺盖逃亡。无论如何不能承认——他仿佛看到了一个可怕的循环：犯罪——惩罚——赎罪。如果承认了事实，他打心底里确定，那不是一种赎罪，也根本不能洗涤他的错误，只能把他推向更深的错误之中。至于为何会得出这样的逻辑，他也搞不清楚。

老天眷顾——这天恰好是周二。余德决定马上给薄荷再讲一个瞎编的故事，以控制事态的发展。他万分小心，反复确认王素容已经在自己家里鼾声大作，这才踩着窗台降临在薄荷身边。他代表阎王爷给薄荷传话，说，阎王爷已经想了一个最好的办法，那办法比把薄荷丢失的孩子弄回原形要好一百倍。

什么好办法？

阎王爷已经把你丢失的孩子变回到你肚子中去了。它会像上次那样，在你肚子里长大，然后生出来。这样就能确保他跟原来那孩子长得一模一样。你说这办法好不好？

薄荷皱着眉头，努力在想这些话的意思。但她想不明白。

今天王大妈是不是带你去医院了？医生是不是说你肚子里有孩子了？那就对了，那就是阎王爷干的好事。余德紧张得要命，不知道如何才能让薄荷相信。但薄荷好像相信了。她抚着肚子，呵呵地笑出了声。

离天亮还早得很，尽管百般不舍得，但余德被胸腔里一阵阵的绞痛折磨着，不得不离开。他流下源源不断的汗水，整个身子颤抖不已。

在翻电子厂院墙的时候，余德费了很大的劲。他躺在铁床上颤抖，决定第二天去一趟医院。他在诊所买过两回感冒药，但起效不大。他要去大医院，买点大医院的药吃，尽快把感冒治好。不管那些哲学逻辑教他怎么做，起码他要有健康的身体。天快亮的时候，绞痛停止了，余德做了一些黄粱美梦，比如抱着一罐奶粉翻过窗户，坐在薄荷和婴儿旁边，告诉薄荷说，这是阎王爷托他带来的……

在医院，余德被要求做一些检查。医生给他开了关于那些检查的单子，要照这个照那个的。余德并不想这么大费周章，他只想开点药吃吃。恰好在余德打退堂鼓的时候，他又感到了难挨的绞痛，仿佛有个专门制造绞痛的魔鬼正趴在肚子里，偷窥到了他的想法，马上发动一轮新的绞痛，提醒他，必须去照那些什么片子。魔鬼和医生是一伙的，就想掏出他口袋里的钱。余德一边在心里抱怨着，一边去拍那些片子。

后来的事……余德遇到了很多人都遇到过的不幸：他患上了癌症。从医院里出来后，余德有很长时间处在放空状态，他记不得医生对那病症的描述了。是肝、肺、胃,还是脾发生了病变?他搞不清楚。奶奶的,这是在搞政变啊!余德恨恨地咒骂着他身体里的器官:我对你们不好吗?我好吃好喝的供养你们,你们却搞政变!

一路上,余德都在思考一个问题:那东西是什么时候长在自己身体里的。是在到"那里面"之前,还是之后,还是从"那里面"出来之后。简言之,他是在立志改邪归正做个好人之前患上了癌症,还是之后?如果是在之后患上的,那他将对这世上的某些定律开始存疑了。他余德都打算做个好人了,为什么还应该遭到患癌症的报应?还是可以这么说,他曾经做过许多坏事,在那时候,业报已经在等着了?那就是说,无论他是否打算做个好人,或者已经在做着呢,都无法把事情向好的方向发展。这个世界并不打算原谅他,把他的坏处一笔勾销。这么乱七八糟地想着,余德渐渐有点生气。生谁的气,他也不确定。有上帝的话,就生上帝的气;没有的话,就生那些哲学教授的气。生着气,余德就干了一件坏事:偷了一个苹果手机。

他偷这个手机,一半是因为生气,另一半是因为那家伙过于大意,把手机插在裤兜里却露出半截,那被人"啃了一口的苹果"明晃晃的,仿佛为了让全车的人都看到,那家伙是个买得起苹果手机的人。但是,在下公交车之前,余德还是把手机送回那人的裤兜里了。他做得堂而皇之,甚至是刻意重重地把它插回原地。那家伙诧异地拿出手机看看,又看看余德。余德生气地瞪他一眼,仿佛在责怪他竟然不知道世上还有小偷。然后余德就坦然地下了车。他下车之后,才发现自己下错了站点。是提前下了,还是坐过了,不确定。这样,余德就在城市的街道上溜达。他跟另外一名锅炉工说好了晚上六点接班,因此又在这个问题上纠结了十分钟,是按部就班地回去交接班,还是去他娘的,不管全世界的死活了。

十分钟之后,余德决定回去接班烧锅炉。因为不知道自己在哪里——或许他坐错了公交车——余德只好打车回电子厂。为了证明身体里的肿瘤,几乎花掉了他所有的钱,只剩下了打车的钱。他甚至感到把钱都花在医院有点不值,反正早晚逃脱不了一死。

这个世界给予每个人的命运,谁都逃脱不掉。看清了这个,余德压根儿就不打算住院治疗了。他向所有人隐瞒了病情,担心被厂里辞退。一定要保住这份工作,因为它给他一份工资支撑他走向死亡,还给他免费的住处。这住处离薄荷的距离，不远不近，简直是再合适不过了。最重要的是，他不想被怜悯。在忙忙碌碌的前半生里，他尝遍了人生况味，如今即将命归黄泉，最好还是做个普通人。

因此，可以想见，余德经受了非人的疼痛。他吃掉了大量止疼片，靠它们及他非凡的毅力，保持着在人们面前的若无其事。他越来越瘦——好在时令由深秋渐渐进入冬天，他可以靠多穿衣服，使自己的身材看起来像个无甚理想安然度日的中年男人。至于脸部，只要上街，他就戴上一顶厚厚的雷锋帽。帽子是在市场街的一家服饰店里买的，店主指给他看三种颜色：午夜蓝、魅影灰、日出咖。起初他打算选午夜蓝或魅影灰，仿佛午夜、灰这些字眼是专门针对他的处境而来的；但最后他却选择了日出咖——凭什么连一顶帽子都要来诠释他的命运？

此后他出门上街，就穿着臃肿的棉衣，大的里面套小的，长的里面套短的；他戴着时髦的雷锋帽，植绒加厚，两只帽耳朵放下来，护住耳、脸和脖颈。他的无神的双眼，也被垂放下来的带毛毛的帽檐紧密地遮挡着。但是在锅炉房里，他就不能穿这套装束了，那里非常热，像春天。这样，他难免就要日日面对自己的消瘦，有时候还会不小心被接班的锅炉工看到。但寒冷的冬天冻住了人们的热情，倒也没人追问他为什么越来越瘦。

只是，扮演鬼使的事，被他暂时终止了。天知道，他害怕看到薄荷肚子逐渐变大。他还害怕马失前蹄被人们抓住。他更害怕被薄荷认出他只不过是个凡人，一个骗子。这些害怕的背面，当然可以借用哲学教授狱友的逻辑，诠释出另外一层合理的托词，比如，他远离薄荷，其实是在保护薄荷。他既然不能跟薄荷结合——没得病时他就确认了这一点，得病后更是板上钉钉的事——那就最好别让人知道孩子是谁的。

白天，余德会选择黄昏时分，接夜班之前，穿戴得十分臃肿，到市场街来转转。天越来越冷，薄荷黄昏时分不怎么出来了，他就选择了中午。中午薄荷会在街边坐着晒晒太阳。小胡的咸菜摊子不摆了，因为咸菜在街边会上冻。余德就找别的理由——幸好小胡不摆咸菜摊子后，在街对面新开了一家包子铺。余德就经常去包子铺里吃包子。后来他把光顾包子铺的时间固定为每周二和周五的中午，就当是在履行他给薄荷许下的诺言。

他有时会看到薄荷，有时看不到。看不到，一般是因为天气不太好，刮风或者下雪。但是有一个周二，雪下得大极了，预报说是暴雪，他竟还是看到了薄荷。薄荷不像天气晴好时那样坐在街边的小马扎上，而是站在风雪中，看市场街，看天空，看篆山上的那两棵大树。可能也看包子铺。余德害怕跟薄荷的目光相遇，他鬼鬼祟祟地低着头，把包子蘸在醋碟子中。

在这期间，余德开始尝试写自传。他在"那里面"的时候，看到过一些别人的自传，通常都是些改造成功的人写的，他们把它们作为教科书。余德买了一个漂亮的小本子，写一点，就把本子藏在铁床下。

十

下暴雪的那天，薄荷是出于好奇才来到街上的。她想看看那个电子厂的锅炉工来没来包子铺吃包子。她是用了多长时间，总结出了他来包子铺的规律的？这个连她自己也不知道。她只是有一天忽然发现，锅炉工老余来包子铺的日子，跟鬼使去她那里的日子一样。当然，她并不认为这两者之间有什么关联。虽然她的痴病在日渐好转，像正常人的时候越来越多。

的确，篆村人都能看得出薄荷的好转。人们不知其中因由，便归结到那个来历不明的孩子身上。他们认为，女人怀孕生子是件很神秘的事，一定是那孩子，使挡住薄荷正确神智的那层迷雾，一点点消散了。居委会的大妈来找过多次，王素容转达老孙的话，说老孙已经在乡下给薄荷定下了一门亲事，过几天就带薄荷回乡下去。居委会大妈说，即便回乡下去，也属于计划外生育，因为薄荷一没有领结婚证，二没有领生育证。王素容说，反正这孩子得留着，不管你怎么说。

这些事，薄荷都用不着操心。痴子自有痴子的福气。她自然是有福气的：丢了一个孩子，如今老天爷又还给她了；鬼使自动消失，不再来缠她了；她神智清楚的时候越来越多，这一点，连她自己都感觉到了。那些出现在她梦里的奇怪画面，都一一在被她破解。先是，她确定了那个由小变大的女孩，正是她本人。那个婴儿，是她丢失的孩子。她确定了她曾经像现在这样怀过孕，并且把孩子丢了。一个长头发乱糟糟的男人，潜入她和老姜夫妇的家里，偷走了她的孩子。她看到过那男人大致的轮廓，但当时她以为自己在做梦，天亮才发现孩子没了。她还确定了，梦里那些天上的花朵，原来是烟花。人们仰着头，在朝天上看。人群里，她看到了自己，还有老孙。她沉浸在烟花的美丽爆炸之中，而老孙却转身走了，消失在人群中。她梦见乌鸦依旧在跟她说着那些支离破碎的话，但她已经能大体把它们连贯起来，那意思是：老孙丢弃了她，她是个没人要的人。

她隐约地回想起那些画面，它们并不仅仅属于梦境——烟花持续不停地爆炸；一个很大的广场，许许多多的人。她第一次见识这些东西，在乡下根本看不到。这么说，她本身并不属于城市，而属于乡下。它们是真实发生过的吗？她神智特别正常的时候，基本确认了跟老孙之间久远的关系，及老孙把她带到城里，带到一片热闹的烟花丛中，借此把她抛弃的事实。但更多的时候，她又陷入迷惑和质疑：老孙是谁？那是个令她讨厌的家伙，谁知道她到底是不是老姜老婆的亲戚，抑或是个大骗子。

老孙还是很规律地来。冬天，他带来的是萝卜和大白菜。另外还有为薄荷怀孕而宰杀的老母鸡。为了保证新鲜，他把老母鸡用绳子捆缚了脚爪子，带到城里来杀。他在院子里残忍地用刀剁开老母鸡的脖子，有时候因为刀法欠准，让老母鸡流着血满院子挣逃。但最终它还是难逃老孙的魔爪。王素容把老母鸡混着枸杞和当归炖熟，市场街上飘荡着它的香气，人们都说，乡下人自己养的鸡就是香。无论老孙如何讨好薄荷，就是得不到她的好感。自从梦里那些画面跟回忆经常重合之后，薄荷就更讨厌老孙。假如老孙真是那个抛弃她的人，那么很有可能，他就是她爸。这让薄荷很难接受。

或许，鬼使会给她正确的答案。鬼使什么都知道。但是鬼使却不再来了。薄荷开始想念鬼使。她一直认为，她只是想让鬼使给她指点迷津。而事实上，她不知道，她也爱上了鬼使。她记得他感冒了——鬼使还会感冒吗？她持续地陷入这个谜题之中。

薄荷非常孤单。她在天气晴好的中午，坐在街边晒太阳。她照旧喜欢观察那些在市场街上走过的形形色色的人。小胡在街对面新开了一家包子铺，她看到那老是买小胡咸菜的锅炉工，如今又去捧包子铺的场了。渐渐的，她发现锅炉工总是在周二和周五去包子铺——她早已学会了辨识时间，这巧合更让她想念鬼使。她还念念不忘，鬼使曾答应她，要戴鬼使真正应该戴的铁面具给她看。

她也不是没有怀疑过鬼使的存在。有一天她问王素容，世上有没有鬼，王素容很肯定地说,有。她就相信了王素容的话。以后,她再疑惑的时候,就把它变成了这样的疑惑:鬼使真的来过吗?还是,那只是我做过的一些梦?唉,我的梦太多了。

随着老孙要带她回乡下这个阴谋的逐步实施,她甚至有些焦急地想要见到鬼使了。她不知道,当她回到乡下的时候,鬼使还能不能找到她。乡下看来是一定要回的了,王素容告诉她,要是不回去,她肚里的孩子就得被弄掉。她的脑海里隐约地出现过一些关于乡下的画面,但并不多。那地方对她来说很陌生。谁也不知道,她究竟能不能在某一天,彻底想起关于她的童年、她的少女时期的那些往事。因为她从小就是一个痴子。

老孙的阴谋计划了一些日子,终于在春节前夕要付诸实践了。对此,王素容很是矛盾:一来,她不明白老孙为什么迟迟不带薄荷回乡下去,因为薄荷怀孕已经快三个月了;二来,一想到他们真的要回到乡下,王素容就感到了失恋的痛楚,她还没做好跟着老孙去乡下生活的准备。老孙多次想对王素容倾吐他对薄荷犯下的罪,以及他的忧虑,但碍于面子,又多次把那些肮脏的话咽了回去。他曾为了续娶——老天爷开眼,那次续娶包括后来的多次都没成功——而抛弃了薄荷。如果被王素容知道这个,他就永远没有机会再爱任何女人了。他拖延着带薄荷回乡下的时间——他太恐惧了,生怕薄荷记起他们是父女的事实。

春节快到了,老孙觉得,他没理由把薄荷留在城里过年。他已经想好了很多为自己开脱的方案:回到乡下后,面对乡亲们的疑问,他会解释说,他终于千辛万苦地在城里找到了薄荷,并把她带了回来。多年来,乡亲们都相信他编造的谎言,认为他是带薄荷去城里看病时,在一个放烟花的地方跟薄荷失散了。人们知道他隔段时间就要去城里,还带着各个时令的瓜果粮食,是在拜托那里的一个远亲寻找薄荷。至于以后的事,就走一步看一步吧。但愿薄荷永远不要真正地变成正常人,彻底想起她在人群中追赶他,而他加速逃遁的画面。

关于薄荷要回乡下的消息,再次传遍了篆村。传到余德那里,则是通过小胡。余德加紧了锻制铁面具的步伐,他要做个言而有信的鬼使。临近春节的鞭炮声,有效地遮掩了锻造铁器发出的那些咣咣当当声,使得他做个好鬼使的愿望得以落实。

但是余德也没想到,他会死于那天夜里——准确地说是次日凌晨。虽然身患癌症,但他估摸着,怎么也得折腾上半年。自从确定死期不远,余德经常会思考死亡方式的问题。想来想去,他觉得像老张那样死于一场爆炸(假如老张死了的话),其实是最好不过的了。没有痛苦和煎熬,轰,一下就了结了。奇怪,关于老张是死了还是活着的事情,一直没有确切的消息传来。只知道老张远在甘肃的一个侄子来了一趟,办理了些手续。是领抚恤金,还是办理退休手续,连厂里人事科的人也说法不一。对于篆村居民来说,这真是一个奇怪的谜。对余德来说也同样如此——他到死都不知道他的上任是不是死于那场决定了他命运的爆炸。仿佛发生那样一场爆炸,只是为了要安排余德死前的命运;至于事故中的人,是老天爷安排的配角,不需要交代其命运走向。事故发生了,配角的使命就终结了。

设想一下,如果提前把死法交代给余德,他还会不会去见薄荷?据说老孙明天就要来带薄荷回去了,这剩下的一晚——重要的、仅存的、唯一的一晚!那么就来说一下余德的死法。

首先,他言而有信地戴上了铁面具。铁面具锻制得跟他想象中的有点差距,毕竟他是带病作业。然后,他给薄荷讲述了此生最后一个根据《聊斋志异》某个故事改编的故事。故事大意是:阎王爷为了惩罚一个犯下错误的人,便弄瞎了他的双眼。在失明以后他反复思悔了自己的罪过。几年后,有一天,他听到眼睛里有两个小人在说话,其中一个对另一个说,咱们出去玩玩吧,这里太黑太闷了。接着,他感到鼻孔发痒,两个小人离开鼻孔走远了。连续几天,两个小人都通过鼻孔出去游玩,玩够了再通过鼻孔回到眼睛里。后来,其中一个对另一个说,回来的这条路太曲折了,咱们自己开道门吧。另外一个小人说,我这边的墙壁太厚了。第一个小人说,那就开我这边的,试试看咱们能不能住到一起。接着此人感到眼眶发疼,有什么东西撕裂了右眼睛外面蒙裹的厚厚的迷雾。他的右眼复明了,但奇怪的是,右眼里长了两个瞳仁。他这才知道,那两个进进出出的小人,是他的瞳仁。从此他更加潜心思过,成为一个品德极好的人。等他死后,阎王爷就给了他一份很严肃的工作,让他当一名专门考察谁该上生死簿的鬼使。

你说的是你自己吧?薄荷开心地问道。她为鬼使的回归喜悦异常。但当她凑近余德的铁面具,仔仔细细查看他的眼睛后,她失望了,说,里面根本就没有小人。但她对铁面具甚是好奇,不停地抚来抚去。她不停地对余德说话,乌鸦都不见了。王大妈说城管的人想了一种办法,把它们赶走了。我不信。我觉得它们是因为我才来这里的。它们一定是听说我要去乡下,生气了,飞走了。

薄荷不停地絮絮叨叨地说着,余德静静地听着。你知道刚才那个故事叫什么吗?叫《瞳人语》。 离开的时候,余德告诉薄荷说。

篆村没有人在这个下大雪的夜里外出,所以,余德翻越电子厂北院墙失败,从而冻死在院墙外的荒地里,没有任何人发现。他的体力只够支撑他翻过薄荷家的院墙。当然,余德不认为是自己的体力不够,他认为,是该死的咳嗽害死了他。当他很费力地差点攀到院墙上的时候,一阵猛烈爆发的咳嗽将他掀回了院墙外面。他躺在那里打算喘息片刻,然而他咯了很多血,把自己搞得筋疲力尽。于是,他再也没能翻越那道墙。他死前,黎明即将到来,早起的人们闲来无事,又开始放起了鞭炮。有几枚烟花在尚未明朗的天空上爆炸,穿透雪帘,颜色竟比夜里看起来还艳丽。

黎明前,薄荷也做了一些关于烟花的梦。零星的烟花在灰蒙蒙的天空里爆炸,声音竟震耳欲聋。直到半上午,人们才发现了余德的尸体,于是消息一下子传遍篆村,人们都跑去看。薄荷也去了。她挤在人群中,听到人们关于电子厂锅炉工短命的嗟叹,她也善良地发出了应和的嗟叹。这时有人忽然说,那是什么铁家伙?

胆子大的人从余德的大棉衣里拽出那个露了一角的铁家伙,拎着,转了几个圈,说,铁面具。这个老余,真是怪人。

是的。一个身上带着个铁面具在雪夜里冻死的老实巴交的锅炉工,脸上流着被冻住的眼泪,真是太奇怪了。而且他将会成为一个永恒的怪人——他在患病后所写的那些自传,在这天夜里他动身去见薄荷之前,终于被他投进锅炉里烧掉了。他认为自己不是一个改造成功的人,不配写自传。没有那些自传,人们就更不知道关于他的事情了。

薄荷静静地站着。她为眼前那个铁东西感到迷惑,因为觉得它似曾相识。但在什么地方看到过,她却想不起来了。她终究还是一个痴子。但她忽然感到肚子坠痛,痛得她弯下腰去。有什么东西热乎乎地顺着大腿和毛裤之间的缝隙,蜿蜒地流了下去,从裤管里流出,滴到雪地上,像掉落了一地的花瓣。

有人发现了，惊呼道，血！薄荷流血了！

流产了吧？真是苦命。得赶紧送医院。

薄荷听着人们七嘴八舌地说着，听任着他们对她的种种安排。她一直就是一个听任命运安排的人。

（原载《人民文学》2015 年第 11 期，《北京文学·中篇小说月报》2016 年第 1 期、《作品与争鸣》2015 年第 12 期转载）

见识冰块的下午

"我敢说,你们谁也没有见过真正的槐花。如果你们去过槐花洲,就会知道自己对于槐花的见识是多么有限。当然,我很想具体地描述一下,它们跟别处的槐花是如何不同。但你们也知道,世上有些事物压根儿就不是用来描述的,文字对它们毫无用处……住在槐花洲的人,虽然有些一辈子都没走出过那个村庄,但你们若是因此觉得他们可怜,那就太愚蠢了……你们见过什么颜色的槐花?白色、粉色、紫色、黄色——无外乎就这么几种吧?槐花洲的槐花可不这么简单,大概你们不会相信,它们有上百种颜色。还有,你们谁见过花瓣像婴儿拳头那么大的槐花?小伞一样的,蘑菇一样的,想必更没见过吧。你们听过它们欢笑吗?它们还会像人类那样谈恋爱呢,你走在街道上,经常会听到两旁的雌槐树和雄槐树在相互打招呼,热烈低语。有时候,有些槐树还会因为感情的事而忧伤哭泣……"

天色是什么时候暗下来的,谁都没有注意到。当时,我和我的朋友王伟正在听一个女人讲故事,她讲到了一个名叫槐花洲的村庄。她对那里的描述,显然带有夸张和想象的成分。说实在的,对于想象,我和王伟是再熟悉不过了,因此,靠着直觉和经验,我们觉得,她很是一块当作家的料。当她讲到街道两旁的槐树在相互打招呼的时候,我本能地朝车窗外看了一眼,这才发现天色不知何时变得灰暗凝重,中午我们出发时还很明媚的阳光,此刻踪影全无。

"看样子要下雨了。"我对王伟说。我们正在进行一段两百公里的旅行,这个距离谈不上长,但也算不上短,虽然王伟对路况非常熟悉,我还是不愿看到这种阴云低垂的天空。

"天气预报说这几天都是晴天,怪了。"王伟也看了看天色。

王伟说话的当儿,天色又阴了几分,一大片乌云沉甸甸地坠在前方天际,仿佛一不小心就会呼啦啦地掉落下来。秋还未深,路旁的树叶却落了大半,仿佛要提前进入冬天。我观察了一下那片沉重的乌云,觉得它预示的不像是雨,而更像是一场雪。

"你是做什么工作的?我觉得你有当作家的天赋,想象力和表述力都还算不错。"王伟说。此前,出于虚荣,王伟向女人透露了我们的作家身份。他总喜欢吹嘘这个,明知道如今人们更关注于其他行当的。

"我在火车站工作,只是一名再普通不过的铁路职工。作家……对我来说太陌生了,我还从没接触过像你们这样的人。我待得最久的工作岗位,是火车站安检员。"

"哦,你是安检员,我见过,拿着一个仪器,在人身上探来探去,故弄玄虚。"王伟开始卖弄他的幽默感。

"不光是这样。还监视安检机。行李通过传送带时,我们通过屏幕影像观察和分析有没有危险品。"女人说。

"反正就是窥探别人秘密的人。你干这行有多少年了?"王伟不无好奇地问。

"记不太清楚了……少说也有十几年了。"女人说。我迅速地推算了一下,估计女人年龄在四十岁左右。但她保养得很好,从容貌上看也就三十岁出头的样子。而且,主要是,她长得很好看,皮肤白皙,大概是常年待在候车室里的缘故。我们中午从另一个城市出发,大概行驶了一刻钟,在上高速路之前遇到她招手拦车。倘若她不像我说得这么年轻和好看,王伟也不会轻易让她搭车。

"十几年!这么算的话太吓人了,你窥探了多少人的行李……这么说来,你也算一个见多识广的人了。"王伟下了一个简单的结论,说:"咱们还是接着聊槐花洲吧,我觉得你是个挺不一般的女人。"

我们的车子继续前行,女人接着讲那个名叫槐花洲的村庄。"实际上,那是我外祖父外祖母的村庄。在我三岁的时候,母亲牵着我,翻过一座山,来到槐花洲。那座山在村庄的东面,站在家门口朝东看,它就像一个小土丘,生长着一些低矮的灌木。但是我和母亲却在它上面整整耗费了一天时间。天还没亮，母亲叫醒我，给我煎了一个香喷喷的鸡蛋，就带着我上路了。我没想到，那个看起来矮趴趴的小土丘，却是一座又高又陡的大山，山上到处都是高耸入云的树木。我们沿着盘桓于山腰的一条小路不停地走——那大概是猎人踏出来的路，天知道它到底有多远。直到夜色降临，我们才到达另一面的山脚，来到槐花洲。第二天，母亲顺原路返回，她要回家照料我的姐姐和两个妹妹。是的，这就是我被送走的原因：母亲生了四个女儿，个个需要照管。他们必须甩掉一个包袱，才能让自己轻松一点。很不幸，我成了多余的那一个。"

"那你真是挺可怜的。"王伟说。王伟是个善良的家伙，非常容易被感动。"后来呢？外祖父外祖母对你怎么样？"

"他们对我倒是挺好的。外祖父家是书香门第，祖上有在朝廷里做过文官的，家境还算殷实。虽然到了外祖父这一辈，家境大不如前，跟村里其他人家一样，但至少还有个祖上传下来的阔宅大院。那时候是春末，我至今还记得，墙根下长着一溜西红柿和月季花，院子中间有一棵枝繁叶茂的苹果树。穿过一扇拱门，是隔着雕花砖墙的外院，外祖父在那里种植着许多树木，松树白杨什么的。当然，槐树最多。我至今不知道，为什么那个村庄会生长着那么多槐树，而且每一棵都有生命……"

"植物当然是有生命的，"王伟说，"它们也像人一样会说会笑，有思想，有情感。只是多数时候，我们人类根本听不懂它们的语言。这是我们人类的局限。"

"王伟，你不会真的相信，槐花洲那些槐树有婴儿拳头大的花瓣，会哭会笑还会谈恋爱吧？"我觉得王伟好像有点进入情绪了。他总是很容易相信，有时候会焕发出孩童般的天真，愿意相信一些在现实中完全不可信的事情。

"你太理智了，马茫，这不是一个作家应该有的气质。"王伟摇头叹息。

按照以往的经验，如果就这个问题继续交流下去，我和王伟就会进行激烈的争辩。当然，争辩到最后往往是没有结论的。那时候，我们就会发现，世上很多事情都只有过程没有结论，因此我们就会非常沮丧。但我们不知不觉这样争辩了几十年，仿佛彼此就是为了反对对方而存在的。

"你还是好好看路，专心开车吧，这天色真是不太好。"我说。

王伟抬眼看了看天色，说："咱们这是到哪儿了？"

熟悉我的朋友都知道，我是个有辨识障碍的人，记人记方位都是我的弱项。在这一点上，王伟跟我形成了鲜明的对比，他不仅对方位非常敏感，还有过目不忘的认人本事，尤其是对异性。他经常能认出十多年前仅有一面之缘的人。所以这次到两百公里外的城市去赴一个饭局，理所当然就由他来开车了。但他说了一句模棱两可的话，好像真的拿不准我们是到了哪里，这让我有点疑惑，我说："不会吧？到哪儿了你都不知道？"

王伟放慢车速，观察了一下路边，说："怎么连个指示牌都没有？"

"你不是对这条路很熟悉吗？看看路边，建筑物啊什么的，看有没有印象。"王伟跟邀请我们去吃饭的朋友是发小，那人下海经商，这几年挺发达的，跟王伟走得很近，这几年王伟没少往那个城市跑，一度我曾怀疑他在那里找了个情人什么的。

我们三人都朝车外极目远眺，希望看到熟悉的建筑物，以便确认方位。据坐在副驾上的女人说，她也经常往返于这两个城市之间，因为她的父母住在王伟发小所在的那个城市里。但是我们没能从路边找到建筑物，外面看起来有些萧瑟，只有光秃秃的田野、落光了叶子的树木、了无生机的电线杆。这可真是让人沮丧。

"方向是没错的！我走这条路不是一次两次了！"王伟肯定地说，"只要方向一直往东，就错不了。"

于是我们又抬头寻找太阳，希望能确认一下我们是不是在一路向东。但是天色灰暗，根本看不到太阳在哪里。

"没错，我肯定。"王伟说。王伟这人有个特点，爱面子，尤其是在异性面前。他不想在女人面前暴露自己连条路都记不住，加之毕竟我是个路盲，因此我还是选择了沉默。"你继续讲槐花洲。我和马茫得感谢你呀，要没有你，我们两个大老爷们儿，这一路该多没趣啊。讲讲你外祖父外祖母，还有舅舅姨姨什么的。他们现在还在槐花洲吗？"王伟把话题又绕了回去。

女人问："你们有烟吗？"

王伟忙不迭地说："有，我有。"

女人点上一支烟抽起来。我坐在后座上，看不到她的表情，只看到她把头靠在座位上。她的头发染了浅栗色，但仍有一根白头发桀骜不驯地钻出来。看到这里我有点伤感,我和王伟也都是四十多岁的人了,正在奔着五十岁而去,这个世界上能让我们惊讶的事情越来越少,就连女人所说的会哭会笑的槐树,在我看来,也只是一种谈不上高级的虚构。加之,我们写小说已有三十年,这世上还有什么是超出我们虚构能力以外的?因此我时常觉得,写小说根本不是件好事,它让我们眼里没有奇迹。当然,王伟比我要好多了,他还有不符合这个年龄的天真和好奇。只是我一直怀疑,他有时候表现出来的天真,其实是一种对抗这世界的智慧……

女人这次讲的内容跟死亡有关。先是她的两个舅舅相继结婚,大舅娶了一个大眼睛矮个子的姑娘,小舅娶了一个小眼睛高个子的姑娘。据说,是大舅妈先看上大舅的,但不知为何,新婚之夜,大舅妈独自卷了花被子,把大舅晾在一旁。不久大舅妈跟村里别的男人有染,肆无忌惮,坏名声传得沸沸扬扬。小舅是村里的拖拉机手,女儿出生第九天的早上,他出车前反复地亲吻女儿,但深睡的女儿始终没有睁开眼睛看他一眼。小舅遗憾地说,看来今天早上她是不打算看我一眼了,我还打算给她讲个梦呢,昨天夜里我梦见去年压死的那只兔子了。一个小时后,有人跑到家里来报信,说拖拉机倾翻,小舅被压在下面,失血过多,不治而亡。

"小舅舅下葬那天,小舅妈趴在坟堆上痛哭,十根指头深深地插到黄土里。他们两人感情很好,外祖母每顿饭只在锅上贴四个玉米面饼子,给家里三个男劳力和我吃。小舅每次都把他的饼子掰成两块,给外祖母一块;外祖母不要,小舅就给小舅妈。小舅妈不吃,他也不吃。小舅舅去世后,外祖父逼小舅妈改嫁,从此不给她一个好脸子。小舅妈起先说什么也不愿意,但终没拗过倔强的外祖父,只好把小舅的一张小照片拿到镇上照相馆,洗了一张大的,放在贴身衣兜里,哭着离开了。她嫁给外村一个老实巴交的男人,那人对小舅妈和孩子都很好。接着,大舅妈生下了别人的孩子,外祖父遭此两番打击,竟然郁郁而终。赤脚医生说,他大半是被生生气死的。外祖父去世后,大舅带着大舅妈和孩子要去闯关东。但刚走了半天,大舅妈变卦,抱着孩子返回了槐花洲。大舅没脸回来,只好一人去闯了关东。"

女人停下来,跟王伟又要了一支烟。她有点疲惫,头靠在座位上,像是在闭目休息,只是偶尔吸一口烟。我有种冲动,想帮她把那根白头发拔下来,它太扎眼了。

王伟也点上了一支烟，他说："看来我说得没错，你真是一个见多识广的人。不过，我没别的意思，你别误解。"

女人说："怎么会误解呢。我懂你的意思。我比你们作家都懂这个世界，你信不信？"

这个说法，让我和王伟都无言以对。一方面，我们总认为我们是最懂这世上一切道理和规律的人；另一方面，我们又时时觉得这世界很不讲道理，让我们弄不懂。女人吸了几口烟，蓄积了新的力气，开始讲述关于她大舅舅的故事。

"大舅是一名木匠。方圆一百里的所有木匠，都不敢跟大舅比手艺。他不仅能打一手漂亮的家具，还会做小手工。我记得那时候他给我做了许多桌子、椅子、胭脂盒等小玩意儿，个个只有核桃那么大，精致极了。当然，那些小玩意儿后来都丢失了。你问我怎么丢的？我也不记得了。其实不是我丢失的，而是时间拿走了它们。我时常会发现这样的事情：有些东西，明明一直好好地放在某个地方，从来都不曾动过，但忽然有一天，它就不见了，无影无踪。说真的，我做过很多次试验，刻意把一样东西放在固定之处，比如把年轻时候收到的情书锁在抽屉里。多年以后，打开抽屉，它不翼而飞了。"

"说得太好了！这就是哲学！"王伟腾出右手，猛拍自己的大腿："相对于这庞大的宇宙来说，我们人类何其渺小！时间完全可以有超出我们认知的另外一种形态，比如说它幻化为人，潜入我们家中，偷走我们的东西。它还可以幻化为一阵意识，潜入我们大脑，偷走我们的记忆。哎呀！你可真是当作家的料！"

谁没丢失过东西呢？的确，正如女人所说，很多东西仿佛一直好好地待在某地，莫名其妙就失踪了。但这只是事情的表象，我坚定地相信，是我们的记忆出现了问题，不存在那些玄之又玄的原因，哲学就更谈不上了。我实在看不惯王伟对女人的吹捧，就反驳他说："我认为，还是我们自己搞丢了那些东西。或者是记错了放东西的地方，或者是曾经挪动过却忘记了。"

"你不懂，"王伟言简意赅地评价了我，"你向来是那种循规蹈矩的作家，你坚信一加一等于二，并这样运算了一辈子。你根本不知道这世界另外的那些面目。这不仅仅是缺乏想象力，更是天赋的缺乏，没办法弥补。"

每当我们出现分歧，并且王伟不屑说服我的时候，他就会用这种残忍的口吻，不留情面地打击我，简明扼要地结束争辩。我已经习惯了他的自负。我转头看了看天色，这时候我惊讶地发现，那片黑云依然笼罩在我们上空，而周遭的景致比之前更加单调，电线杆的数目有了明显的减少，田野上原本零星堆放的植物秸秆也彻底没有了，更确切地说，所谓的田野，只是成片的黄土。本来公路边上成排的树木也变得稀稀落落的，完全没有了规模。建筑物就更别提了，我可以一览无余地看到黄土和天边连接的地方。

王伟也注意到了这一片荒凉的景致，他奇怪地自言自语道："没理由啊！这可是在高速公路上啊！那些鬼路牌都跑哪儿去了？"

的确，任何指示标志都没有。这几乎要让我们怀疑，驮着我们在疾驰的这条路究竟是不是高速公路。但是千真万确，我们从另外一个城市出发后，行驶了一刻钟左右就驶上了高速公路，此后一直没下高速。这一点可以由车上的女人作证，因为我们正是在即将驶上高速路的时候遇见她的。

"方向是对的。"王伟继续相信他的判断。但我觉得，判断固然重要，经验更重要。车外的景致，并不是王伟数次置身其中的景致。因此，此刻，王伟的判断已经失去了经验依据，听起来不那么让人信服。

"从出发到现在，时间已经过去一小时五十分钟，按照行程和时间来推断，此时我们应该驶下高速公路，接近市里了。"我提出了质疑。

"可他妈的高速公路出口在哪儿？没有一个指示牌！"王伟拍打着方向盘，说："我活了四十多年，头一次碰到这等怪事。马茫，你打路政服务电话问问，是不是我们遇上了道路维修什么的。"

我赶忙掏出手机拨打路政服务电话。那边人工台一个小姑娘冷冰冰地回答我，截至目前，他们没收到任何关于道路维修的通知。我感到她的话不太可信，就追问道，有没有其他司机反映这条高速公路不对劲的情况，小姑娘说，没有。我说，那我申请帮助，小姑娘说，请您告知现在的具体位置。我说，我要是知道具体位置，还找你干吗呀？小姑娘很委屈地说，您不告知具体位置，我无法给您提供帮助的。

通话就这么不了了之。还好，至少搞清楚了，高速公路没有出现故障。于是，我们的车子继续往扑朔迷离的前方高速行驶，这速度让我感到了担忧。我前后看了看，发现路上居然只有我们一辆车，便说："王伟，咱们不能这么盲目地开下去。这路上只有咱们这一辆车，四处连个鬼影子都看不着。太不对劲了。"

"是吗？奇怪，刚才不是还有一辆车超了咱们吗？还有一辆载满老母猪的卡车，都哪去了？"王伟看了看后视镜。

这时候前面座位上的女人说："大概在十分钟前还有几辆别的车。十分钟后，就只有咱们这一辆了。"

王伟一听此话就开始踩刹车，靠边。我说："高速公路不能随便停车，你干吗啊？"

"我管他呢，"王伟开始飙脏话，"马茫，你这个人活得太循规蹈矩了。"

车子靠边停下后，我们下了车，站在路边辨别方位。王伟站在稍远的地方解了个手，回来问女人："你要不要方便一下？这里前不着村后不靠店，连个卫生间都找不着。没事，我后备箱里有雨伞，你可以撑着那玩意儿方便。"

女人说："不用了，反正也快到了。"

我们站在路边讨论了半天，最后勉强同意掉头。之所以说勉强同意，是因为主要是我坚持掉头，王伟坚持方向没错，女人呢，则保持中立。我和王伟打了半辈子交道，虽然表面看来好像他强势，但遇到关键问题，只要我坚持，王伟还是不跟我拗着干的。这样，我们就上车，掉头，重新找路。

既然已经确定了方案，王伟就不像我这么担忧了，他又撺掇女人讲槐花洲。女人这回离开槐花洲，讲她的大舅舅在东北的事情。

"大舅到了东北后，起先无处落脚，就在大山上找了个山洞住下了。他在山上过了一年，学会了捕杀动物。那些动物本来以为他很好对付，到头来却都被他一一灭掉。当然，大山里不缺动物，大舅跟它们互相追逐，斗智斗勇。他用兽皮兽肉跟山下村庄里的人打交道，后来总算跟他们建立了交情，得以搬下山去，在村里觅了一处闲房安顿下来。猎捕动物使他上了瘾，他干脆就干起了屠夫。他以杀猪宰牛为业，从此不再干木匠活，一手绝活算是荒废了。你们是作家，想象一下吧，一个好木匠变成一个屠夫，成天两手沾满鲜血……后来大舅在村里找了个寡妇过日子，就不再惦记槐花洲了。但他以为离开槐花洲就能摆脱宿命，这却是痴心妄想，他最终没能逃得了一死。你们一定想不到他是怎么死的：在一次杀猪的时候，他刚要把刀插到猪的脖子里，那条本来被大舅追撵得奄奄一息的猪，却猛然弹起肥胖的身子，挣断了绳索。大舅没有防备，刀让那猪一撞，不知怎么竟然翻转过来，插到自己脖子里去了。

人们都说，他杀生太多，那些动物的魂魄附着在这条猪的身上，让这条猪替它们报了仇。大舅脖子里的血汩汩地往外流，那条猪筋疲力尽，又躺回屠床上，笑了两声，死心塌地地等着被屠了。"

　　这个故事说的无非是因果业报那一套，我们的老前辈蒲松龄先生早就讲过若干这样的故事了，因此在我听来也不算新鲜。王伟为此唏嘘不已，说现实生活其实很艺术，云云。我感到不解的却是女人提到的关于槐花洲的宿命这句话，听来有些诡秘。

　　女人比之前更为疲惫了一些，她靠在座位上短暂地休息，一时间车里异常安静。我看了看车外，问王伟："怎么样，看到指示标志没有？"

　　"没有。不过，好像前面有条小岔路。"王伟说。我顺着王伟说的方向朝前看了看，果然有条小岔路。"拐下去看看。"王伟说。

　　除了听王伟的，似乎也没其他办法。总不能在一条没有指示牌的路上来回乱跑吧。还好，车子拐到岔路上后，我们居然看到路边有一户人家，水泥墙面的房子，紧邻着开了间小卖部。有个男的在门口捣鼓一辆摩托车，不停地捶捶打打，看样是有什么故障了。我们一起走过去，王伟喊道："老弟，问个路，往烟台应该怎么走？"

　　捣鼓摩托车的男人直起身子，指了一个方向，说："那边。"

　　他指的方向，正是我们掉头之前的方向。王伟又问了一句："那是往东吧？"

　　男人说："是啊。"

　　王伟指着我们拐下来之前的那条路，说："我们刚才就在那条路上，往你指的方向开。这么说，我们开得没错？"

　　男人说："没错。"

　　"为什么路上车辆那么少呢？"我问道。

　　"可能是天气不好吧。"男人说。男人骑到摩托车上，踩了两下，摩托车突突地叫起来，他说："我得赶紧走，要不然来不及了。"

　　男人骑上摩托车，往小路尽头开去了。我们站在原地讨论了一下，决定按照原来的方向走。我说："要不要再找人问一下？"

　　王伟看了看锁在黑铁门上的锁头，说："主人不在家，附近也没旁的住户可问，我看咱们还是往东开吧。只要一路往东，就没问题。"

于是我们上车，按照掉头之前的方向，继续往前开。这下王伟好像心里又有了底，他看了看烟盒，里面只剩下两支烟，很后悔地说："刚才应该在小卖部买盒烟。管他呢，抽完拉倒。"王伟把那两支烟跟女人一人一支分着点上，女人又开始讲故事。

这回女人讲的是大舅妈的故事："在闯关东的路上变卦返回槐花洲后，大舅妈更加肆无忌惮地跟村里的男人相好。她经常谩骂外祖母，嫌外祖母碍眼，说早晚要杀了她。大舅妈娘家有几个兄弟，个个像土匪，经常吆五喝六地去槐花洲闲逛。大舅妈给她的几个兄弟做饭，在缸沿上霍霍地磨刀，吓唬外祖母。外祖母反插了房门，抱着双腿在炕上坐着瑟瑟发抖。小姨当时在镇上的毛巾厂上班，住集体宿舍，周末回家。回家后，小姨跟大舅妈站在堂屋对骂，有一次还抢夺一把菜刀。外祖母一生善良，走路看见一只蚂蚁都要绕道而行，但后来实在忍无可忍，跑到支书家里讨公道。支书也是大舅妈的相好，当场把外祖母骂得脸色刷白，昏倒在地。

"我记得，支书很嫌恶地看着外祖母，说，赶紧弄走。外祖母的鞋子和帽子都掉了，我想给她穿上鞋子，却抬不动她的脚。她的腿像石头一样沉。我那时就知道，人死后是很重的。我觉得，我已经提前预见了外祖母的去世。后来，小姨工作的毛巾厂倒闭，她回到槐花洲，嫁给了一个也曾在毛巾厂食堂蒸馒头炒菜的大师傅，生下了我的表弟。表弟是当时外祖父家里剩下的唯一的男孙，却在三岁时掉到水库里淹死了。谁也不知道他是怎么一个人走到水库边上去的。又过了半年，小姨父患了肝癌，折腾了三个月，去世了。这中间，大舅妈生的那个别人的孩子，在街上跟小伙伴打架，莫名其妙地一跟头摔倒在地上，鼻子血流不止，送往医院的路上就没气了。大舅妈回到了自己的娘家长居。不到半年，小姨决绝地离开槐花洲，草草地跟媒人介绍的一个丧偶的男人再婚。她想带上外祖母，但外祖母哪里也不去，就要守着那栋房子。我的父母决定把外祖母和我接回家中——恰好那是个夏天，我八岁了，秋天来临时也该上学了。母亲托人捎信给外祖母，让我们收拾好行李在家里等待，她会在近期坐村里一辆去县城办事的大卡车来接我们。就在母亲去槐花洲接我们的那天下午，外祖母去世了。我记得那个下午天气阴沉，就跟今天差不多。外祖母在外院小树林里走着，边走边说，你妈要来接你了，回去吧，回去吧。我说，咱俩一块儿走。外祖母说，我舍不得这些树啊。外祖母走着走着，抱住一棵树就不动了。我以为她睡着了，过去一推，她倒在了地上，鞋子也掉了。我像她昏倒那天一样，想给她把鞋子穿上，却怎么也穿不上。那天，外院里的槐花全都落了，一片黑云笼罩在院子上空。你们大概不知道，槐花洲的槐树跟旁的地方不同，它们花期很长，能从春天一直开到秋天……"

女人在讲到外祖父和小舅去世的环节时，我已预料到这是一个关于死亡的故事。关于死亡，这是作家要表达的永恒主题——说实在的，在文学作品里，什么样的死亡没被作家写过？的确，我们已经通过反复地叙写死亡，而看到了这种现象的无数面目……但它的奥秘呢，谁敢说洞悉了分毫？女人讲到这里，我有种灰飞烟灭感。想想吧，那个阔宅大院，只剩下童年的她，孤零零地站在那里……

这下，王伟也不说话了，难得地沉默下来。他和女人分别抽完了烟盒里最后的两支烟，再也无烟可抽。女人疲惫得厉害，头靠在后座上，闭着眼睛，说："小舅舅下葬那天，我看到一只兔子，在树林里笑。我知道，那就是小舅梦见的那只兔子，被他开着拖拉机压死的那只。"

女人的话，无疑是对故事的补充和强调，强调的无非还是因果报应。这在作家看来就是陈词滥调。王伟偏头看了女人两回，第二回，他扭头告诉我："睡着了。"

我们都不想打扰女人睡觉，但实在是不能不说话，因为我们又迷路了——实际上，我们一直处在迷途之中。

"我相信你的方向感很强，但我可以确定，我们一直处在迷途之中。"我对王伟毫不客气地说。

王伟拍了拍大腿，说："这真是咄咄怪事，我在这条路上都会迷路！"现在女人睡着了，他可以不用在乎自尊和虚荣，老老实实地承认自己迷路了。

"那我们就不应该闷着头前行，要搞清楚了再走。"我说。

"好吧，我试试导航。"王伟是个极度自负的人，尤其是开车的时候，压根儿不用导航仪之类的东西，所以车上也没有。我们把车停在路边，他打开手机查找导航。我一向对这些东西不在行，他一个人在那儿捣鼓半天，说："没错啊！这上面也指示我们的方向是对的！"

"导航仪也有出错的时候吧？不是说有人按照导航指示的方向，最后把车开到大海里去了吗？"我想起一个从别人那里听来的事儿。

"难道我们再掉头？往回开？我确认，往回开的话，我们就会回到中午出发的城市。"王伟说。他也一筹莫展了，苦恼地看看四周。"伙计，有车！"他看到了后视镜里的车，忽然大叫道。我本能地往后看了看，果然看到一辆黑色的小轿车从身后开了过来，转眼就超越了我们，开到前面去了。

"没错吧！有车往那个方向开！"王伟当机立断，一打方向盘加速追了上去，仿佛前面那辆车是可以拯救我们的上帝。这时候女人也醒了过来，对于她睡着期间我们的赶路情况，她没有多问。但她明显感受到了我和王伟的紧张，也跟我们一起紧紧盯住前面那辆车，生怕被落下了。

又开了大概五分钟，我们遇到了新情况：可以看到，前方不再是我们的车轮一直碾压着的水泥路面，而是起伏不平的黄土路。确切地说，不像是路，倒像是几个小土丘。公路似乎到了尽头，抑或是尚未完工，修到跟黄土相连的地方就暂时停工了。王伟放慢车速，说："前面好像有个收费站。但愿里面有人收费。他妈的，收多少都无所谓，只要告诉我正确的路在哪里。"

我的想法跟王伟一样，我们都怕收费站那小房子里面是空的。好在，开到跟前一看，里面高高地坐着一个收费员，是个老头，脸上丘壑纵横。王伟嘀咕说："怎么安排这么老的收费员，这不是影响驾驶员的情绪吗？"

王伟问了收费员几个问题，老头说："你们没开错，继续往前开吧。路出了点问题，正在修，但不影响你们赶路。"老头用下巴指了指前面那辆黑色的车，说："那不，能过去。"

的确，那辆一直开在我们前面的车，此刻正放慢车速，缓缓地开过那截起伏不平的黄土路段，然后，攀上最高的土丘之后，下了坡，车屁股消失不见了。王伟说："前面那车看来很熟悉这里的情况，跟着它一定没问题。妈的，路政服务那边怎么会不知道这里修路的情况呢？"

我们像那辆黑车一样，开过了黄土路段，继续往前开。渐渐地似乎有了人气，路边出现了树木，树上还开着花朵。王伟说："是槐花吧？"为了确认，他转而问身边的女人："你对槐花的见识比较深，这是不是槐花？"

女人看了看，说："是。真香。"

王伟殷勤地帮她打开车窗，让她嗅闻。他开玩笑地对女人说："咱们这是到了槐花洲吧？你说的那些能哭能笑的槐树在哪儿呢？还有会谈恋爱的？我真想看看树是怎么恋爱的。他妈的，人的恋爱，没意思，无聊至极，虚伪至极。"

王伟这人最大的缺点就是拿什么都不当回事,火烧眉毛也不忘调侃。但他最大的优点也在这里,他很少忧心忡忡,世上所有在我看来需要忧心的事,在他眼里不过是狗屎。比如现在,我们明明迷了路——时间显示,我们已经在迷途上奔驰三个多小时了,而他居然还在讨那女人欢心。这哪里像女人描述的槐花洲?所谓的槐花,我仔细看了半天,也觉得它们不像是槐花。我又不是没见过槐花。退一步说,就算它们是槐花,那也应该是春末残留在树上的残花。槐树花季过后迟迟不落的残花,留在树上一直到秋天的情况,也并不少见。深秋到来,一场秋霜,残花也就彻底败落,无声无息了。但王伟兴致盎然地耸起鼻子嗅闻,同意那女人关于"真香"的说法,这我就无法苟同了——残花怎么可能"真香"呢?以我对王伟半辈子的了解,他巴不得我们真到了槐花洲,然后,他跟这姿色还不错的女人浪漫地在那里住上几日。那些花是不是槐花,香不香,都不重要。

我正无可奈何,却发现车拐了一个弯,前面出现了几栋房子。"哈!真是槐花洲!"王伟兴奋地两只手都离开了方向盘。他手舞足蹈地对我说:"马茫,看到没?这就是上帝给我们这种有智慧的人的惊喜!"

让王伟兴奋的,是一块村碑。但因为年久失修,石头残破不堪,上面的字迹也辨识不清,只能依稀看到一个"洲"字。我说:"我完全可以把这个村子称为'棉花洲''荷花洲',或者干脆'沙洲''土洲'什么的。一个字能说明什么问题?当然,前提是,如果你愿意把这几栋同样残破不堪的房子称为'村庄'的话。"

"马茫,我不得不严厉地批评你了!你这个人就是缺乏想象力,缺乏情趣,缺乏幽默感,缺乏……一种深沉而又空灵的爱意和善意!你冷漠,死板,固执!中国像你这样的作家成堆成堆的,这就是我们写不出西方那些伟大作品的原因所在!马尔克斯要是像你这样,十辈子也写不出——多年之后,面对行刑队,奥雷良诺·布恩迪亚上校将会想起,他父亲带他去见识冰块的那个遥远的下午——这样伟大的小说!"

"你怎么不看看你有多天真!一个故事,几朵花,一块村碑,你就相信了它们的合理?"我也据理力争起来。这一路我真是受够了。

王伟一边和我争辩着,一边一意孤行地把车开进了那条同样残破不堪的村路。如果它可以被称之为"村路"的话。房子和村路都破败不堪，看样子几十年都没有人住了。最后王伟不得不把车停下来，以保护他的车轮胎。我们走在坑洼不平的唯一的一条村路上，女人忽然低声啜泣起来，王伟立即凑上前去，关切地问："怎么了？"

女人不答。王伟看了看四周，说："我知道，你是不是许多年没有回过这里了？槐花、村路、房子，都跟你小时候见的样子相去甚远。槐花没有婴儿拳头那么大的花瓣，不会哭不会笑……但不要紧，我相信你故事里所说的都是真的。他妈的，我跟你说实话吧，在这个世上我王伟什么都不怕——包括死亡——就怕一样东西，你知道是什么吗？"

女人说："时间吧？"

王伟说："对了，就是时间！我他妈的就怕时间！时间能改写一切！"

我冷眼看着王伟，他已经假装不经意地把胳膊搭上了女人的肩头。他可真会拍马屁。

村路很短，马上就要到头了。女人忽然停下来，走向一栋房子。房门紧闭，上面缀着一把锈迹斑斑的大铁锁。可以看出，这曾经是两扇算得上气派的大铁门。女人走到大铁门前面，凝神伫立了片刻，然后轻轻推了推门扇，脸趴在门缝上，朝里观望。

王伟自然紧随其后，也趴在门缝那儿朝里看，边看边问："这就是你外祖母家吧？这院子应该就是你外祖父栽满树木的那个院子吧？怎么没看见雕花砖墙？没关系，肯定是经不过风吹雨蚀，早就倒塌了。让我大胆地猜一下，你八岁被母亲接回家后，就再也没回来过，对吧？你知道吗，我现在仿佛看到八岁的你，站在院子中央，形单影只。"

老实说，我真是看不下去了。我说："这都是没主的房子了，你干脆踹上一脚，把门踹开，你们到院子里或者家里坐着好好地编故事，多好！"

王伟扭头看我一眼，满怀希望地说："马茫，你来看看，真的，特别有感觉！时光倒流的感觉！你会看到一个八岁的小女孩，孤零零地站在院子里！"

我走过去，趴在门缝上看了看。我什么感觉也没有，也没看到那个八岁的小女孩。因为那只是一个破败的小院落，即便想象力超常，也无法把它跟女人故事中的"阔宅大院"联系到一起。王伟眼巴巴地看着我的表情，见我不以为然，他很失望，眼里瞬间蓄积起无限的同情和怜悯："马茫，你……

算了，中国像你这样的作家太多了，我无话可说。'沉醉不知归路，误入藕花深处……'这些，你根本就不懂。"

我据理力争："'误入藕花深处'这谁不懂？李清照的词嘛！"

"可是，你，根本，看不到，鸥——鹭——"王伟一字一顿、两字一顿地说。

我们各自怀着复杂的心情，坐上车子，离开了王伟和女人所说的"槐花洲"。不知为何，短短几十步的村路，却让我们很疲惫，谁都不想再说一个字，甚至连回烟台的路接下来到底怎么走都没人去管了。我也索性像女人那样，把头靠在座位上闭上了眼睛。这一个下午，我可真是受够了。反正我们一直在烟台附近转圈子，又不是跑到了外星球，迟早会转回去的。实在不行，还可以报警，让警察开着警车来领我们。

当我迷迷糊糊小睡一觉醒来后，发现外面大不一样了：两旁是成排的树木、一片一片的田野、远远近近的建筑物。那片一直笼罩着我们的黑云消失了，天空也不再那么阴沉压抑，而是显得柔和明丽。甚至有大片金黄色的霞光，照射到车窗玻璃上，星星点点的金光洒在女人的头发上。女人头上的那根白头发，在暮色里终于看不清了。

我看了看表，时间显示的是下午五点半。我问王伟："到哪了？"

"马上就到市里了，现在在开发区。妈的，两个小时的车程居然开了五个半小时。现在该堵车了……看来得在外面吃饭了。"王伟看了看女人，说："干脆，我请客，咱们在开发区找个地方吃上一顿，纪念一下。这一路……感觉像过了一年，咱们都是老朋友了，是不是。"

女人没有反对，只是说："终于到了。这条路可真长。一切都变了样子。小时候，母亲带着我翻越过的那座山，如今早已被挖掉了。越来越多的建筑物……没有近路可抄，如今只能走公路了。我经常在中午遇见你们的那个地方搭车，我知道，早晚会有人把我带回到槐花洲……八岁那年，母亲坐着村里的大卡车去接我时，公路还没修好，还是土路。但是外祖母意外去世，我们没能如约搭上大卡车返回。邻居们帮忙安葬好外祖母，已经是几天以后的事了，我和母亲来到公路边搭了一辆陌生人的车。我在车上哭了许久。临下车前，陌生人说，他经常在这条路上走，如果我还想回刚才那个村子，可以在路边等他，搭他的车……真的，这么多年来，我搭了无数的车，终于搭到了你们……真得谢谢你们……"

我沉浸在终于回到人间的小小兴奋中，并没去理会女人的话。女人一路上说了太多这样的怪话，多说几句也不足为奇。我们把车开到王伟熟识的一家酒店。酒店门口的停车场满满当当，王伟转了一圈，总算找到一个狭窄的空位。"这是要考验我的停车技术了。"王伟说。

女人也看了看车位，说："太窄了，总得有一侧的车门打不开。还是我先下车。"女人打开车门后，一只脚踩在地面上，回头说："你们知道吗，行李在通过安检机的传送带之后，会发生许许多多的变化。"

说完之后，女人就下了车，以便让王伟把车停好后确保驾驶室门能够打开。她下车前说的这句话虽然莫名其妙，但跟她路上的话比起来，却显得没那么莫名其妙了，所以，我和王伟都没在意。王伟边倒车边夸赞女人真善解人意，说待会儿要向她要手机号码，回去后多联系一下，发展发展。

等我们下了车却发现，女人不见了。起先我们以为她去了酒店卫生间，但在大堂等了许久，也没等到。打发服务员进卫生间看了看，里面没人。那天的晚饭，是我和王伟两个人一起吃的，我们喝了不少酒，最后打电话找了代驾，送我们回了家。

几天以后，我和王伟应他的发小之约，再次去那个城市，参加他发小新公司的开业典礼。王伟和我好歹算当地的文化名人，能为他朋友公司的开业典礼增光添彩。出于对那条路的迷惑，我很痛快地答应了。

事情的结局是：那天下午我们返回烟台时根本没迷路，高速公路一路畅通，路边的景致也都是王伟熟悉的。王伟有点不甘心——到后来连我都有点不甘心了，于是我们一个劲往东开，希望能开到那天去过的槐花洲。但我们怎么开，都没有抵达公路的尽头，没看到那个一脸丘壑的收费员老头。

事后，我和王伟深刻地讨论了这件事。王伟坚信那个破败的村庄就是槐花洲，女人所说的一切都是真的。但我觉得一切都是巧合。

"那为什么我们第二次没有迷路？而且事实证明，高速公路畅通无阻，根本没有维修。"王伟的质疑，我却给不出答案。

王伟说："告诉你吧，马茫，我们那次的确是迷路了。只不过，我们不是在一条普通的路上迷了路，而是在时间系统里迷了路。"

这简直不是正常人说的话。我摸了摸王伟的额头，他弹开我的手，说："我没发烧，也没疯癫。你想想吧，那次我们一直尝试着掉头，但每次掉头都受到了阻挠。骑摩托车的男人，一脸丘壑的收费员，他们的出现，都是为了阻止我们掉头的，都是在指引我们一路进入槐花洲的时间系统。"

"时间系统？你在演科幻片吗？"我笑道。

"马茫啊马茫，你太局限了。谁敢说在这个奥妙无穷的宇宙中，只存在着一套时间系统？也许槐花洲在咱们目前的时间系统里并不存在……比如说，它可能存在于那女人的前生。"

"你不会是要说，那女人带我们回到了她的前生吧？"

"说不定呢。不过，前不前生的并不重要。重要的是，女人是一个旁观者。她来到这个世间的任务，就是观察那些人的死亡。你记不记得，女人提到过槐花洲啊宿命啊什么的。她去了槐花洲，目睹外祖父家的败落，这就是宿命。女人自己也十分清楚这一点。"王伟说。

王伟说得简直是越来越离谱了，让我忍俊不禁。

"你知道女人所说的——行李通过传送带后，会发生许多变化——都是什么变化吗？"王伟忽然换了一个话题。

"能发生什么变化？难道安检机是高压锅，能把行李中的食物煮熟？"我开了个玩笑，同时看了看王伟，他的眼神里又充满了怜悯。我问："那你知道吗？"

"我当然知道。"王伟说。

他真是一个自负的家伙。

(原载《青年文学》2015年第4期，《小说选刊》2015年第5期、英文版《PATHLIGHT》No.4/2016转载)

仙人岛

> 遂指阶下长石,令闭目坐,坚嘱无视。已,乃以鞭驱石。石飞起,风声灌耳,不知所行几许。
> ——清·蒲松龄《聊斋志异·仙人岛》

我就是那只老年公寓里的猫。我很聪明,这使我在那里有着不大不小的名气。

但是,即便比一般的猫聪明,我也并不能讨得人人喜欢。有些人恰恰不喜欢我太聪明,甚至,他们认为我身上有妖气。在这一点上表现得最明显的,是公寓里的那些中年大妈。她们是专门照顾住在那里的老年人的,脾气都不怎么好。我认为,她们脾气不好大约跟粗糙的长相有关,毕竟,如果拥有一副好长相的话,她们就不用到老年公寓这种地方工作了;而且,这是一家开在城郊的私人公寓,虽然起了一个比较时髦的名字"黄粱公寓",但各方面条件也不比她们粗糙的长相好到哪里去。

瞧,看起来,我对黄粱公寓非常了解。没错,自从几年前有了公寓,我就生活在这里了。对于一只立志不受人豢养的自由猫来说,拥有生存技能是必须的。而首要的生存技能,我认为是寻找一个理想的根据地。没有根据地的猫,是野猫,是流浪猫。我不认为自由猫等同于流浪猫,这二者之间是有区别的。

在黄粱公寓里,跟我处得最好的人,是那个名叫"蒲斋郎"的老头儿。此人名字较为古怪,让公寓里的好几个大妈感到头疼,她们只认识最后一个字。我要不是无法说人语,一定会随时对她们施以教诲,必得让每一个大妈通晓三千个汉字,不至于在念到人名时卡壳。

相比来说,那些年轻一些的姑娘也好不到哪里去。我亲耳听到有的姑娘叫老头为"蒲文郎"或"蒲而郎"。话又说回来,有文化的人,谁来老年公寓当服务员呢。人类社会最是等级分明,有什么样的本事,就吃什么样的饭。

闲话少说,以下就称呼蒲斋郎为老蒲。据老蒲自己吹牛皮说,他是蒲松龄的后代。我必须得说,人类这个乱攀亲的坏习惯真是让我们猫类不耻。在这件事上,他们天生具备强大的逻辑能力,可以把两件毫无关系的事情扯上关系。如果猫族也像人类那样喜欢攀附权贵——试想一下,有的猫说他的祖先是虎,有的说是豹,有的说是狮子,或者狼、鳄鱼什么的,那岂不乱了套?退一万步说,倘若你的祖先真是一只虎,难道这就能改变你是一只猫的事实吗?迄今为止,我还从没遇见过一只这样的蠢猫。当然,我并不是想说,仅凭这一点,猫就比人类更有智慧。这不是我想表达的思想。我的思想,百无禁忌,虽不失逻辑,却是无拘无束的。如果你用人类那一套,试图从中找出什么主题,那就徒劳了。

咳!或许你们会莞尔一笑,一只猫,竟然有思想?

随你们笑吧。

我之所以唠叨了这么多,是因为这个深秋的早上,阳光实在太美好了。就连萎靡多日的老蒲都拄着拐杖,抱着那条著名的毯子,走到院子里来晒太阳了。

要知道,他可多日没出来了。负责照顾他的马姑娘不怀好意地散布谣言,说老蒲得了抑郁症。

"喂,你这只猫,过来。"老蒲坐在一张灰色的长石条椅子上,把毯子哆哆嗦嗦地在大腿上搭好,招手叫我。这张长石条椅子恰好放在老蒲房间的窗外,是他除了床之外待得最多的地方。他的老伴儿在世时,这里是他们见面聊天的地方。哦,他的老伴儿在半年前去世了,因为分住男女宿舍,他们只能在白天见面。

他叫我"猫",而不是"狐狸",说明现在他是正常的。我这么说的意思是,他时不时有不正常的时候,那时候他认为整个老年公寓的自由猫都是狐狸。

我离开自己的窝,朝老蒲走去。

说起我的窝,那还算一个比较安逸的地方:它是两块拱起的水泥板搭建的人字形空间,从正面看,像极了童话故事里的尖顶小房子。几年前,为了保卫这个家,我打败了一拨又一拨挑衅者,如今,其他那些自由猫已经完全认可我是它的主人,再也没有敢造次的了。当然,我也在那些战斗中磨炼了一身的功夫和胆量,不是吹牛,至少在黄粱公寓方圆一百米之内,所有的自由猫都把我当成当之无愧的大哥。但我并不想做什么大哥,当大哥太累。就说人类吧,古往今来,当大哥的有几个得了善终?

我顶着秋日的阳光,沉稳地向老蒲走去,后脊背上的青白花纹一晃一晃地闪着光。别问我为什么能看到自己的后脊背,缺乏想象力的人才会有这样愚蠢的发问。

"喂,老蒲,深秋的早上好啊!"我对老蒲说。

当然,老蒲听不懂猫语。他只听到我喵呜喵呜的叫声,及我喉咙里发出的高高低低、长长短短的呜咽。从这点上来说,作为一只能听懂人类语言的猫,我比人类高级多了。虽然人类总是吹牛,说他们才是这个世界上的高级动物。

"你这只猫,吃早饭了吗?"老蒲打量着我的肚腹。

"当然吃了。"我说。作为一只充满智慧的自由猫,我在野外生存多年,如果连起码的果腹能力都不具备,那还不如早早自己了断。

老蒲总是喜欢把他的食物分给我一些,我虽然用不着他这么做,不过,这好像是自由猫必须要接受的。跟人类共处一院,有些规则不得不遵守。

我跳到长石条上,拣了毯子的一个角,卧下来。说起这条著名的毯子,整个公寓的人都知道,它是老蒲的老伴儿留给他的,是老蒲的宝贝,比他的命还金贵,谁也别想把它从老蒲的身上夺走。哪怕保洁员收走洗涤,老蒲也要跟到洗衣房,搬个小马扎,坐在硕大的洗衣机前,盯着它在洗衣机的肚子里翻滚。有时候如果赶上老蒲不正常了,他会大叫大嚷地去跟洗衣机战斗,有一次生生把洗衣机舱门给掰下来了。

在整个公寓,有幸能卧在毯子上休息的自由猫,除了我,再没有别的猫了。从这一点上说,我还是有点虚荣的。虽然我并不稀罕这条已经破了两个洞的毯子。说实话,我窝里那个小海绵垫都比它要体面。

"猫,我跟你说啊,我算了算,今天是蒲扬翅那小子来接我回家的日子。"

蒲扬翅是老蒲的儿子。我虽非人类，但多年来对人类的了解可不少，也见识过人类给自己取的那些奇奇怪怪的名字。比方说蒲扬翅，他本人简直恨透了这个名字，几次扬言要去派出所改个正常人的名字。

老蒲跟我说过，他之所以给儿子取名扬翅，是希望儿子能好好学习，一雪祖上蒲松龄"年年文战垂翅归"的耻辱。就连我这只猫都知道，蒲松龄这个倒霉的人，一生屡试不第，极为悲愤。

作为一只聪明且好学的猫，我自然也读过《聊斋志异》这本奇书。老蒲为了证明自己是蒲氏后代，当然要时时带着这本奇书。当他坐在灰石条椅子上打盹的时候，我就用爪子蘸着唾沫，一页一页地翻读，居然在这几年间，把几百个故事读完了。老实说，这家伙太有才了，我也认为他屡试不第简直是人神共愤的事情。

无奈，蒲扬翅这个人辜负了老蒲的厚望，据说他学习很差，高中勉强毕业，就终止了学习生涯。

提到不争气的儿子，老蒲抬头看了看温暖的日头，问我："今天是10月28号吧？"

"是，千真万确。"我说。实际上，在老蒲听来，我只是在嗓子眼儿里呜噜了两声而已。不过，时间久了，老蒲有时也能通过辨听我发出的声调，来判断我的意思。比如，我发出四声的时候，通常就是肯定的意思；而三声呢，通常就是否定的意思；二声通常代表疑问；一声代表不了解。

"这么说，今天确实是10月28号了，"老蒲说，"喂，猫，你记得不，去年的今天，那小子把我和老伴儿送来的时候，天儿也这么暖和，对吧？"

"才不是呢。"我坚决地否定了他。我清楚地记得，他们被送来的那天，正下着一场阴冷的秋雨，院子里抖索索地落满了枯叶，他儿子的车轮碾压着那些枯叶，从我的家门前驶了过去。

"那小子送我们来的时候说得清清楚楚，他说，爸，妈，你们就在这儿住一年。明年的今天我就来接你们，放心吧。"老蒲模仿着那小子的腔调，嘴角朝两旁咧了咧。

"那就是说，老蒲，你再也不用听那些大妈们的呵斥了。"我说。"不过嘛，马姑娘还是不错的，虽然她也呵斥你，但是，起码她年轻，呵斥得比大妈们好听。"

老蒲根本听不懂我的话，可他假装听懂了："哦，你这只猫，你说得对，我应该把行李提前收拾好，说不定那小子已经在路上了。不过呀，你真是只蠢猫啊，我的行李早就收拾好了。"

我吹吹自己的胡子，说："你老蒲能有什么行李，不过是这条破毯子，还有那本你祖先的破书。"

老蒲兴高采烈地说："我就知道你这只猫要夸我。"

这一年里，我跟老蒲之间的聊天模式，你们看到了，就是这样的。我已经习惯了。

就这样，我陪老蒲在灰石条椅子上等了一上午。期间，马姑娘出来过两次，问老蒲为什么还不回屋。马姑娘是公寓里最好看的，还没结婚，农村里来的。刚来时还一股子灰扑扑的土气，咳嗽也怕吓着人，可是两年下来，整个人土鸡变凤凰了，不仅穿戴完全城市化，而且普通话赶得上主持人了，对老蒲也动不动就吆三喝四的了。

老蒲像个小孩一样哼哼唧唧地说："哼，小马，你不用对我这样，我儿子马上就要来接我了。"

马姑娘不耐烦地说："快走快走，你们个个都要把我累死了。"

老蒲不甘心："小马，你真这么盼着我走？"

马姑娘一边往绳子上晾晒床单，一边说："看看，你们这些爷爷奶奶，多不省心，看把床单给尿的。"

马姑娘这么一说，老蒲就哑巴了，脸憋得通红。因为他也尿过床单。我猜，蒲扬翅大概就是因为他尿床，才把他送到这里来的。

我们等到中午，一直没等到蒲扬翅。老蒲的肚子饿了，只好先回屋里吃饭。我最喜欢蹲在餐厅外面的窗台上看一屋子老头老太太吃饭了，那些大妈和姑娘们（大妈居多）手脚利索地给他们在胸前围上一块布，在脑后狠狠地打个结，防止他们把汤汁弄到衣服上。

这时候往往是最热闹的时候，不是张三弄翻了汤碗，就是李四摔落了盘子。当然，为了防止浪费，所有餐具都选择了摔不碎的不锈钢材质。

老蒲吃得不多，他偷偷把几片五花肉用餐巾纸包出来拿给我。其实我之前最爱吃的是鱼，不过，大厨们很少做鱼，老头老太太们一旦被鱼刺卡了食道，那可不是闹着玩的。作为一只识时务的自由猫，我必须适应自己的生存环境，所以，几年下来，我现在成为一只爱吃肉和青菜的猫了。

闲话少说，还是说说老蒲无望的等待。午后，老蒲没有按照规定睡午觉，他辗转反侧，影响了同室里的另外两个老头，那两个老头其中的一个气呼呼地去汇报了老蒲的恶劣行径。于是，老蒲挨了马姑娘的严厉批评。马姑娘说："76号蒲文郎，您怎么就这么不听话呢，能不能叫我省省心！我一天要照顾你们几十号人哪！"

老蒲纠正道："蒲斋郎。斋，聊斋的斋。"

马姑娘气得叉着腰："谁还不知道是聊斋的斋！我就爱念成文，怎么了！"

老蒲说："你帮我给蒲扬翅打电话，问他走到哪儿了，我就睡觉。"

马姑娘气呼呼地走出去，一会儿返回来告诉老蒲："快啦快啦！你老老实实睡一觉，睡醒了你儿子就来啦！他说了，你不睡觉，他就不来。"

其实马姑娘根本没打电话，我都看到了。我觉得她这么欺骗老蒲有点不好，但是老蒲不睡觉，影响室友，也不对。

老蒲乖乖地睡觉了。一觉醒来，看看墙上的挂钟，立即问室友他儿子来了没有，室友幸灾乐祸地说："连个影子也没来。"

老蒲自言自语："都三点钟了，那小子怎么还没来？说话不算话。"

老蒲的床位靠着窗户的右边，通常我不在附近溜达的时候，就卧在窗台的右角那里晒太阳。有时也趁大妈和姑娘们不注意，潜入室内溜达溜达。

我见老蒲睡醒了，就跳下窗台，偷偷潜入房里。经过被服室的时候，听到里面传来一些奇怪的声响。作为一只对世界充满好奇的猫，我必须将门拱开一条缝隙，朝里窥视一番。原来是老板和马姑娘在里面。老板将马姑娘推拥到一辆装满床单被罩的架子车上。马姑娘的腰卡在车上，被迫仰着胸，显得那里格外鼓鼓囊囊。她快速地喘着气，仿佛被服室里氧气不足。

"老板，你要干啥？"

"你说呢？"老板刮了一下马姑娘的鼻梁。老板好调皮。

"老板，我要喊人了。"马姑娘说。

"是吗？那我看，该找个什么东西把你的嘴巴堵上了。"

老板扯过一张床单的一角。

"不要啊老板，那上面有老头老太太的尿啊。"

"是吗，那就只好用别的东西了。"

老板四下里看看，没有其他干净点的东西，就把自己的嘴巴用上了。

哼哼，这套鬼把戏我心知肚明。人类一旦在面对男女关系时使用类似的把戏，个个都变得愚蠢可笑。你们想想，一个四十多岁的中年油腻男，把自己搞得像一个纯情少男，我呸，真是令猫作呕。我们猫族在恋爱生育的问题上绝不如此猥琐。

作为一只疾恶如仇的猫，我不能对这等行为坐视不理。当然，给个小小的警告就行了，聪明的猫做事会掌握分寸。门口立着一只不锈钢垃圾桶，我把它拱倒，然后逃之夭夭。身后传来垃圾桶滚动的声音，还有被服车咣里咣当乱动的声音，接着老板清了清嗓子从房里走出来，最后是马姑娘推着被服车来到走廊里。她踹了一脚那只垃圾桶，才把它扶正立好。

我嘿嘿地笑出了声。在院子里我撞上了老板娘，她白了我一眼："又是你这只妖猫，笑得怪瘆人。"

我又加笑了三声。

这时候，老蒲吵吵嚷嚷开了，非要找马姑娘问个明白，他家蒲扬翅到底什么时候来。老板娘也问了马姑娘这个问题，马姑娘气鼓鼓地说："我没给他儿子打电话。"

老板娘说："立即打，马上打！"

马姑娘拨打蒲扬翅的电话，好几遍，然后没好气地对老蒲说："你儿子不接电话。"

老蒲不相信，夺过电话听听，的确如此。

如此这般，直到晚饭时分，老蒲儿子的电话都没有人接。公寓档案上只有老蒲儿子一个人的联系电话，打不通，就再也没办法了。老板娘说："老爷子，你就安心地住着吧，你儿子可能忘了今天该接你回家。他总会想起来的。"

其实老板娘巴不得老蒲一直在这里住下去，住到死。她第一时间去财务室翻看了老蒲的档案，发现老蒲儿子前几天刚刚转来了新一年的费用。这等事情，老板娘看多了，许多儿女来送老人的时候，都撒谎说过段时间就把他们接回去，实际上根本不打算接了。

我特别同情老蒲，想把这个可悲的消息告诉他。无奈，老蒲听不懂猫语。再说了，这也不是个什么好消息，还是算了吧。

但是，老蒲可不想算了，他没吃晚饭，一直缠着马姑娘不停地打电话。最后，马姑娘快要崩溃了，她忍不住把实情说了出来："我告诉你，76号蒲文郎，你儿子已经把明年的钱都交了，他不会来接你了！"

老蒲气坏了，劈头盖脸把马姑娘一顿骂："你这个小丫头片子，满嘴胡说八道，故意气我这个老头子！我生的儿子，能不要我了？我……我打你这个小丫头片子。"

老蒲说要打马姑娘，四处找家伙，走廊里没有顺手的，就跑到院子里去找。走出门，却忘了找家伙打马姑娘的事，而是直奔着灰石条去了。老蒲平时也就是犯犯脑子糊涂的毛病，腿脚上还算利索，转眼便骑到灰石条椅子上了，说："你这臭小子，怎么才来接老子，你失约了。"

老蒲眼瞅着我，不停地叫着我"臭小子"。哦，我的天，他又犯了病，把我当成蒲扬翅了。

"快，快开车，我要回家。"他用屁股耸动着灰石条，两只脚像鸭蹼那样划着地面。"太慢了，得加一鞭子。"他说。接着，迅速弯腰从地上捡了一根枯树枝，伸到屁股后面，抽打着灰石条，"跑，快跑！"

马姑娘气急败坏地跺着脚，说："完了完了，他又把自己当成王勉了。"

公寓里的人都知道，一旦老蒲发了病骑上灰石条椅子，便会说他自己是《聊斋志异》里的王勉，那个跟随道士骑着木杖飞到天宫，又被道士责令骑着长石条离开的人。他们还知道，老蒲一旦变成王勉，就是要骑着灰石条去仙人岛找老伴儿芳云了。

不得不说，关于王勉的故事，公寓里的人只知其一，不知其二。他们只知道老蒲只要发病要骑着灰石条飞走，就变成了书里那个名叫王勉的人。但王勉骑长石条的来龙去脉，他们却不知道。这有什么办法呢，公寓里的人无一例外都不喜欢读书看报，个个不学无术。说实话，在整个公寓，老蒲那本破烂不堪的书，除了他自己翻得多，然后就是我这只猫了。尤其是《仙人岛》那篇，我读得滚瓜烂熟。世人不是常说"知己知彼"吗？我既然是老蒲的朋友，就得了解他，不是吗？

这会儿，老蒲很心满意足。他把长石条当成儿子的汽车，而且是一辆顺利发动了的汽车，这汽车正朝着云霄飞去。虽然他知道，书里写道，不久他就会从天空中掉到大海里，但那又有什么呢？他如果不掉到大海里，就不会被救上仙人岛，也就不会跟他的老伴儿团聚。

老蒲啪啪地用树枝抽打着长石条。根据经验，不久他就会故意使自己从长石条上重重地摔下去，如果不巧的话，准会摔个鼻青脸肿。

"真是要了命了！"马姑娘跑去找保安和保健医生，边跑边说，"这样的人应该送到精神病院去才对。"

他们把老蒲强行架回房间，给他打了一针镇定药。

老蒲可怕打针了，每次打针都像将要被杀的猪一样挣扎号叫。马姑娘有足够的经验对付这个问题，她把两根宽宽的绑带——两端带弹簧扣——往床沿上一扣，唰唰几下，就把老蒲脸朝下绑在床上，然后把他的裤子褪下来，亮出屁股。

这个公寓里的有些老头已经没有羞耻心了，任人摆布，像块木头。可有些老头不一样，比如老蒲，他还要回到人世间去生活呢，所以老蒲很不愿意把自己的屁股亮出来，他跟我说过，年轻时那两瓣肉有多么结实好看，老了完全完蛋了。每次他绝望地哀号，那些中年大妈便会说："你叫什么呀？好像我们侵犯了你。其实你是在侵犯我们。"

老蒲想想，也有道理。

我觉得这全是人类咎由自取，偏要把某些部位藏着掖着，弄成见不得人的存在。像我们猫族，不穿衣服，全体坦诚相见，永远不会因为露屁股而羞臊。

他们给他打上针。不到一刻钟，他保准能睡过去，我了解这个针筒里的药水有多厉害。

这场剧暂时落幕了，我又百无聊赖起来，便也回到窝里睡了一觉。这一天，过得可真快。

半夜时分我醒过来，溜达到老蒲窗外看了看，老蒲盖着被子一动不动，还在睡。屋里另外两个老头可算能睡个好觉了。

第二天，老蒲乖乖的，除了克制性地问过两次他儿子来了没有，基本算是挺安静的。但我有点不安，觉得他在耍花样。果然，午觉醒来之后——天知道他是不是在装睡，他坐在灰色的长石条椅子上，腿上搭着他老伴儿留下的脏毯子，毯子上摊着那本书，对我说："猫老弟，我做了一个决定。"

我问："哦，什么决定？"

老蒲四下里看看:"小马说我昨天又犯病了,骑着这块长石条要飞去仙人岛找我老伴儿。我跟小马说,她以后再也看不到我犯病了。你知道吗,猫老弟,我要离开这里,我要回家。那臭小子没来接我,可是我有脚啊,我能自己回家。"

"可是,他们允许你离开吗?"我问。

这下老蒲接上我的话茬了。也许他听懂了我的意思,也许他猜到我会这么问。他说:"我才不管他们让不让我离开呢。我当然不会光明正大地从大门那里走出去,他们不会允许我那么不遵守纪律。我可以从别的地方走。这个地方,我三个月前就准备好啦。"

我心想,这个老蒲真是狡诈啊,三个月前就开始做逃跑的准备了。或者更准确地说,是越狱。

我故意从喉咙口那里发出一两声呜咽,表达我的不舍。毕竟在这个公寓里,只有他一个人称呼我为老弟。但要问我是不是真的有什么不舍,老实说,我在公寓里生存了多年,离合聚散看得太多了,一回生二回熟,三回嘛,绕指柔也变成了金刚钻,不会那么容易感情用事了。

"老蒲,你打算从什么地方逃跑?"我问道。据我所见,这个公寓的防范措施做得还是不错的。关于它的前身众说纷纭,有人说是几十年前的老监狱,有人说是头号大地主的府邸,总之是高墙深院,墙头上还栽种着亮闪闪的玻璃片,密集得很,个个利尖朝上,像林立的刺刀。别说大块头的人了,连我们这么轻盈小巧爬树第一的猫族,都不敢轻易去墙头上造次。

就是说,我首先排除了翻越墙头逃跑的设想。

那么,还有什么其他的渠道呢?难道是扒在送菜车的车底下,神不知鬼不觉地让送菜车把他带走?这个设想似乎也不太现实,老蒲虽然手脚还算利索,可毕竟也是一个老头子了,做蜘蛛侠嘛,恐怕还是有点为难他了。

我想到了一个最酷的越狱桥段:挖地道。我知道,你们人类拍过不少关于越狱的影视剧——最经典的越狱桥段,到目前为止,还是挖地道吧?可不要低看我这只猫,我知道的关于你们人类的事情,肯定远远超出你们的想象。

不过呢,据我回忆,这一年来,老蒲好像也没干过挖地道这样的事情。除非他趁我和室友都睡着了,在自己的床底下偷偷地挖。不过,那工程量太浩大了，短短一年时间根本不够用。

那么，难道是利用我和他正坐其上的长石条？难道它果真会飞？

我脑洞大开，七想八想，恨不能立即到达午夜时分，亲眼看看老蒲如何越狱。

唉，我万万没想到，老蒲是从猪圈里逃走的！我的天哪！

那天老蒲什么都没带，只带了芳云——我就用蒲松龄老人家创造的这个名字指代老蒲的老伴儿吧，因为他也是这么称呼那个作古之人的——给他留下的那条毯子。他把毯子搭在肩上，两个角在脖子那里系了起来。这样看来，在夜色里，他有点像个大侠之类的神秘人物。

可是，你们见过大侠钻猪圈吗……

我好奇地站在猪圈的围墙上，眼见着老蒲敏捷地跨了进去。为了方便喂食，他们把围墙建造得很矮。老蒲披着毯子的身影在猪圈里移动，很快就移动到了猪睡觉的地方。接着他回头潇洒地对我说："猫老弟，再见了。"

月色过于昏暗，我实在没看清猪睡觉的那块地方到底是什么样子。但我又实在是一只好奇心很重的猫……

总之，鬼使神差，我也跃进了猪圈。虽然我尽力发挥弹跳能力，还是没能一下子跃到老蒲那里，只好在猪背上停留了一下。但是不管怎么说，我完成了一个漂亮的二级跳，而且，没把自己弄得像老蒲那么脏。

老蒲不知道在黑暗里捣鼓了些什么事情，总之他猫起腰，从一个墙洞里钻了出去。我已经来不及犹豫，主要是不愿意回头再闻猪圈的臭味，便也从那个墙洞里钻了出去。

"喂，你这个狡猾的老蒲，什么时候在猪圈里挖了个墙洞？"我气喘吁吁地问。我让臭味熏得上气不接下气。

老蒲嘿嘿笑着说："我就知道你这个猫老弟要问这个问题。但是我不告诉你。"

"怪不得你没事就来猪圈旁边转悠，我还以为你是想吃猪肉了呢。"

"猫老弟呀，告诉你，上帝总是会眷顾那些善于观察的人。"他说。

哎哟，这是我听到的全公寓的人能说出来的最有学问的话，不禁让我对老蒲肃然起敬。

"猫老弟，你要不要跟着我回家？"他问。

我摇摇头。

"你确定？"老蒲不可思议地在黑暗里瞪着我，"你跟着我，就不再是一只流浪猫了，这么好的事，你竟然不同意？"

人类呀，他们只能看到一只猫在流浪，却看不到它有多么自由。天高地广，世界这么大，我为什么要被一栋几十平方米的房子豢养？

我更加坚定地摇了摇头。

"那好吧，咱们就此别过。"老蒲说。

他抖了抖像披风一样的毯子，准备启程了。

"等等！"我说。

"怎么，你是不是改主意了，猫老弟？我就说嘛，哪有猫是愿意流浪的。我知道，你刚才只是矜持一下。"他自以为是地说。

"唉！"我无奈地摇了摇头，"不管怎么说，咱们也是好友一场。你这么大年龄了，能不能顺利回家啊？我真是没有把握。罢了，我还是伴你一程吧，把你送回家，我再回来。"

也许老蒲仍然认为我是要跟他回家做一只家猫。毕竟他听不懂猫语。算了，不计较那么多了。

于是我迈开猫步，跟着老蒲踏上回家的路。

但是我没想到，老蒲根本就不知道回家的路怎么走。他风风火火地走了几十米之后忽然停下来，问我："猫老弟，我该怎么回家？"

噗！我差点吐出一口猫血。

"你别用那么鄙视的眼光看我。别忘了，去年，蒲扬翅那臭小子是开着小轿车把我送来的，我完全不知道那是一条什么路线。"

好吧，算他说得有理。但是，他总该知道自己住的地方叫什么名字吧？

我连吼带比画，老蒲总算明白我的意思了。他愉快地笑了："我住的小区名叫'镜花水月'。这个我怎么能忘了呢。"

我不禁大为咋舌。镜花水月，啧啧。我还是头一次听到这么怪诞的小区名字，简直让我怀疑它是不是老蒲的杜撰。

可是，黄粱公寓地处郊区，这深秋半夜的荒僻之地，实在找不到人打听镜花水月小区怎么走。

于是，我们俩只好暂时停步。在公寓里住了一年，老蒲早已不知道如何辨识外边的方向。况且，他也不知道镜花水月小区在公寓的哪个方向。但这个老头儿有办法，他从口袋里掏出一枚硬币。唉，我无奈地垂下了头。人类在遇到难以抉择的问题时，就爱装模作样地掷硬币来决定，以此掩饰自己的无能。

老蒲让我帮他看着，国徽朝上表示一个方向，另一面表示另一个方向。他随手用胳膊指了两个方向，一个是正前方，一个是左边。反正不能掉头往回走。至于右边嘛，老蒲凭直觉把它排除了。

我虽然对老蒲这一举动持有异议，但也实在无力反驳。就这样，老蒲心满意足地根据硬币的指示，确定了朝前走的方略。他说："我们必须马上走，要不然会感冒的。"

"你是怕被公寓里的保安追上来吧？"我说。

"你这只猫，不要罗里吧嗦地说那么多了，闭上嘴巴，赶紧走吧。告诉你，以后你就是我的猫了，凡事都要听我的，我是你的主人了。"

这太好笑了，我忍不住笑了两声。

我们走了一会儿，天色渐渐地亮了。老蒲指着前方对我说："你看，我的决定正确吧，看到前面是什么了吗？高楼大厦。"

"我的眼没瞎。"我说。

"我们很快就能找到公交站点了。喂，猫老弟，你坐过公交车吗？今天我就带你感受一下。"

"我的天哪！你知道我是为什么跑到公寓里安家吗？那是因为我厌倦了城里的生活！我在城里混江湖的时候，那可威风着呢！你们人类啊，为什么都这么见识短浅！"

"你又开始啰唆了。这只猫，太兴奋了，啧啧。"他自以为是地说。

"你先别这么得意，我问你，你有钱坐公交车吗？"我问道。

我不屑的表情帮助他听懂了我的话，他举起那枚硬币："这是什么？钱！我们不需要很多钱，只要一元，司机就会把我们送到镜花水月小区。"

我不太确定他的自信心是否会受挫，因为据我所知，几年前当我离开城市的时候，人们乘坐公交车需要交费一元。如今几年过去了，人类社会物价疯涨，一元钱还能乘坐公交车吗？

且拭目以待吧。

我们走到了一个公交站点。老蒲抬头使劲地辨识站牌上的字，末了问我："猫老弟，你看看，有镜花水月这一站吗？"

我白了他一眼。他接着说："你不是经常翻看我的书吗？我知道你识字。"

这还差不多。我看了看站牌，的确没有镜花水月。我晃了晃头，抬起左手做了一个无奈的动作。这时候，走来一个满脸倦容的年轻人，哦，要命的是，这个年轻人边走边吃着早饭！

说实话，我饿了！

老蒲当然也饿了，我听到他的肚腹发出了很不体面的鸣叫。他把手偷偷伸到毯子里，按住鸣叫的肚腹，问年轻人："小伙子，打听个事，到镜花水月小区要乘几路车啊？"

年轻人正在吃一根黄灿灿的油条，我忍不住咕噜咽了一口不争气的口水。我盯着他翕动的嘴巴，听到那张充满香味的嘴巴里吐出了让老蒲失望的语句：

"镜花水月？我好像没听说有这么个小区。"

"怎么可能呢，那小区起码有五十年了，就连流浪猫都知道。"老蒲说。

"我确实不知道，真是不好意思。"年轻人说。

老蒲不甘心，又去问刚走过来的一个老阿姨，得到的是同一个答案。老蒲有点抱怨地说："他年轻，不知道也就算了，可是大妹子，你也比我小不到哪里去，怎么会不知道镜花水月呢？"

老阿姨上下睃了两眼老蒲，不满地说："你说什么呢，我比你小不到哪里去？看你这样子，起码得有七老八十了吧？我才刚刚退休！真是的！"

该！我白了老蒲一眼。作为一只猫，我尚且知道人类女性个个憎恨衰老，他竟然冒天下之大不韪，说出这么不尊重女性的话。

先前的年轻人已经吃完了油条，我悻悻地看他把香喷喷的方便袋扔进了一只湖绿色的垃圾桶。他如果扔的是油条的话，我会毫不犹豫地跳进垃圾桶的。年轻人大概是吃饱了，脑袋灵光乍现，忽然问道："大爷，您说的镜花水月小区是在哪个城市啊？"

老蒲愣了愣，很坚定地说："就在咱们这个城市啊！鹤唳市嘛！我老头子在这过了一辈子，还能不知道它叫啥名啊？那个，行了，你们都忙去吧，我刚才是跟你们开玩笑的。"

老阿姨更不满了："这老头，年纪大了，找人寻开心哪！家里人也不好好看着，闻闻，身上这味儿！"

公交车来了，老蒲伸开两只胳膊，像赶鸭子一样驱赶着两个人。

公交车开走了。

老蒲放下两只胳膊，沮丧地蹲下来，说："坏了，猫老弟，我怎么忘了这茬了呢！镜花水月小区不在鹤唳市啊！"

我心里这个气呀，恨不得朝老蒲脸上挠几爪子。我愤怒地指责道："你什么脑子啊老蒲！你现在没犯病啊！"

老蒲好像猜到了我想干什么，他把那张老皮咔嚓的脸凑向我："怎么着，你这只猫，还想挠我是不是？"

接着，他又可怜兮兮地说："唉，猫老弟呀！我年龄大了，在公寓里住了一年，差不多已经忘了，我的家在蜃楼市，不在鹤唳市。等你也老了，也在一个公寓里住上一年，你就有这体会了。"

我就看不得老蒲可怜兮兮的。他只要一可怜兮兮的，我就心软了。尤其想到刚才他为了掩饰自己老了不中用的尴尬，告诉人家他只不过是开了个玩笑，我就更心软了。老蒲最大的优点就是要脸皮，怕丢人。

"好吧好吧！"我打断老蒲，"现在你打算怎么办？"

老蒲说："当然是回蜃楼市啦！我跟你说，你这只猫，你跟着我真是太幸运了，我要带你坐坐高铁。虽然从鹤唳到蜃楼只有区区一百公里，但我还是决定带你坐坐高铁，让你见识一下。你说，你应该怎么感谢我呢？"

哎哟，我的天！我朝他咆哮道："你以为我跟着你是为了什么？我根本不想做一只没有自由的家猫！这大半夜加一早上，我已经完全受够你了！现在我决定弃你而去，我要回家，回黄粱公寓去！"

我掉头就走，生气地摆着屁股。如果跑起来的话，我还赶得上回去吃早饭。老头老太太们都会给我留饭的，他们中总有一些人不愿意吃某些饭菜，又不愿意让看护人员看见了挨骂，所以都会用各种办法留给我的。

我听到老蒲在后面倔强地说："嘿，你这只不知好歹的猫！我不过就是忘了自己的家在蜃楼市，你就气成这样！也罢，走就走吧，一拍两散！你会后悔的，我保证！"

我俩各自往前走，距离越拉越大。走了一会儿，我忍不住回头，想看看这老家伙走了多远，是不是没影了。要是那样的话，可就太好了，我会立即奔跑起来，一口气跑回黄粱公寓。可是，天杀的，我回过头去的时候，那老家伙还有影儿，而且，他也正好停住了，转过身来了！我们四目相对了！

这真是万分尴尬的一幕。我愣了几秒钟，无可奈何地甩甩头，朝着他跑过去。我恨自己的无能。

老家伙的眼眶湿了，嘴还倔强地硬着："怎么着，你这只猫，这么快就后悔了吧？哼，我就知道会这样。"

"快闭上你的嘴，少说那些没用的话。咱们走吧！"我说。

我越走越饿。老蒲也饿得厉害，因为我听到他肚腹里发出更响的不中听的鸣叫声。但他死撑着一个退休教师的面子，不作声。

走到一个批发市场旁边，我无可奈何地叹了口气。还用说吗，该我出手了，否则，我俩都要饿肚子。

"你，老蒲，站在这儿别动，乖乖的，老实点！"我严肃地说。

老蒲能看懂我的严肃，虽然对我的话他不甚明了。我用爪子拍拍马路牙子，示意他坐下来。这个动作他还是能看懂的，于是乖乖地坐了下来。我用目光警告他别乱动，然后就跑到市场里去了。

片刻之后，我叼着一个方便袋跑回来了，袋子里装着五只包子。你们用不着问我是如何做到这一点的，对于一只走南闯北混迹过江湖的自由猫来说，这只是小菜一碟，小到不值得一提，提一个字都是浅薄的炫耀。

老蒲照例要先表一下自己的忠烈："你这只猫，真是野性不改，不是做了什么不体面的事吧？"

我用鼻子嗤了他一声。不体面？他浑身上下只有那一枚用来帮他做愚蠢决定的硬币，想要体面，那就饿死吧。

老蒲装模作样地假正经了一通，立即抓起包子吃起来。虽然他尽量保持着斯文，但是各位看官，一个蓬头垢面的老头儿，坐在城市里的马路牙子上，肩上背着一床破毯子，一小口一小口吃着方便袋里的包子，有什么体面可言？

人类啊，活得可真累。

我们俩分着吃完包子，老蒲满血复活，拍拍我："走，猫老弟，咱们去高铁车站。刚才我看看公交站牌，只有五站地，我觉得，为了有一个好的身体，咱们应该步行去。"

好吧，我还能说什么？他一定是打听过了，一元钱坐不了公交车。我觉得至少要两元钱。

我们开始往高铁车站走。有个问题一直萦绕在我的脑际：他打算拿什么购买车票？

但我把这个问题深深地压在舌头底下，没有向他提及。我们刚刚吃了一顿饱饭，这种美好的感觉应该尽可能延长一点。

老蒲也没有提及那个问题。我不知道他是没意识到那是个问题，还是有意不提。我们倒也没着急，保持着不快不慢的速度悠悠而行，走累了，就找个地方坐下来，观赏一下城市风光。无论对老蒲还是对我来说，我们的视野里都久已没有这五光十色的城市风光了。

因此，这样走走停停，居然一路走到了高铁车站。那个问题终于浮上了水面。我们站在售票厅里互相对视了好几眼，谁也不说话。然后，老蒲走到一台自助取票机旁边，看一个女孩子操作那亮亮的屏幕。女孩子动作麻利地操作完，一张车票从某个小缝隙里挤出来，她拿起它，问老蒲："爷爷，您是不会取票吗？要不要我帮您？"

老蒲慌忙摆了摆手："不用不用，我会取。"

我站到老蒲脚旁，拍了拍他的腿，说："你会取？那就取吧，快点，我等不及要坐高铁了。"

这时候，后面已经有人排队了，老蒲悻悻地离开取票机，对我说："你催什么催，时间还早哪！"

我知道，他是说给排队的人听的。

我们俩走出售票厅，四处观望。我拽着他的裤腿，往车站广场东北角走。老蒲起先不明我意，乖乖地跟着我走——主要是他也不知道自己应该干什么。走到近前，他才明白我让他看的是一个俯身在垃圾桶里扒拉的拾荒者。他立马不高兴了，问我："你这只猫，拉我到这里来是要作甚？"

我还能作甚？我只是想让他跟这拾荒者学一门生存技术而已。

老蒲明白了我的意图，他那张老脸立即拉长了，仿佛受到了莫大的侮辱。

我觉得老蒲特别不识时务。他感觉自己受到了侮辱，但是，人家拾荒者还不干了呢！各位看官，你们知道，干他们那行的，领土意识特别强——别问我是怎么知道的，我是一只自由猫，过去也曾长达一年霸占过一只垃圾桶。拾荒者警觉地停下劳动，问老蒲："喂，你，新来的，不知道规矩吧？那我来给你讲讲规矩,这里,瞧瞧,"拾荒者伸开两只胳膊,指点着他的江山,"这一排溜四只,还有那边两只,都是我的。你,到别处去吧。"

拾荒者撸起袖子,露出小臂上的一道刀疤。哦哟,我不禁对他肃然起敬。干这行的,身上有疤的,那都是有过荣耀岁月的主儿。不瞒你们说,我也是有疤的主儿,只不过,大部分疤被毛发遮住了而已,只有一道留在脸上。我有几块疤?告诉你们,大大小小一共六块。这对于一只公猫来说,意味着它会比没疤的公猫更能赢得母猫的青睐。

哦,说到母猫,我的爱情说来就来啦!

由于拾荒者的警告,老蒲意识到自己应该洗洗澡了。其实他身上穿的衣服还算体面,就算是那条比较破旧的毯子,也只是因为沾了猪粪而显得污糟而已。老蒲郑重地对我说:"猫老弟,咱俩应该洗洗澡了。要不然,别人会误会咱们是要饭的叫花子。"

我嗤笑了一声,说:"难道你现在不是叫花子吗?"

老蒲一本正经地说:"你嗤笑作甚?我不是叫花子!"

但是他没有钱洗澡。我可以为他讨来包子,却讨不来钱。你想想,谁会因为可怜一只自由猫,而塞给它一张钞票?

最后老蒲毅然决定去一个喷泉下面洗澡。他抬头看了看天空,说:"阳光这么好,不洗洗澡多遗憾。"

但我是这么想的,阳光固然好,时令毕竟是深秋了啊!

不过,想阻止老蒲是不可能的,因为他作为一个体面的退休教师,能容忍自己一整个上午都这么邋遢,已经是极限了。

我们在喷泉下面洗了一个冷水澡。老蒲最后还把那张毯子铺在喷泉下面,好好地搓了搓。阳光虽然好,晒干衣服却不那么容易。因此一整个下午,我们几乎都在晒太阳,等着身上的衣服被晒干。实际上,我们看起来惬意,脑海里却一直都在翻腾着一个问题,到哪里去弄钱买高铁车票。

傍晚时分,老蒲对我说:"猫老弟,我忽然产生一个念头——散步回家。你说这主意棒不棒?从鹤唳市到蜃楼市不过一百公里嘛,正好可以观赏一下美好的秋日风光。"

我差点喷出一口老血。

"得了,我饿了,我还是先去找吃的吧。"

我站起身,去找吃的。这对我来说很容易:一些提着蔬菜的人在路边走着,我朝他们走来的方向走去,没几分钟就找到一家农贸市场。

于是,在这家农贸市场里,我遇到了一场新的爱情。

一只花斑母猫对我几乎可以说是一见钟情。当然了,她也是一只自由猫,从她桀骜不驯的目光中,我能看到我熟悉的一些东西。我相信她也正是因为这,才爱上了我。她大大方方地走到我跟前,先是近距离地端详了一下我的眼睛,然后用她的脸颊轻轻地蹭了蹭我的脸颊。

"嗨,你好啊!"我说。

"哦,你也好啊。你叫什么名字?"她问。

"我没有名字。我觉得名字没有意义。不过,你可以随便叫我。"

"那,我就叫你没意义吧。"她说。

"那你又叫什么名字呢?"我问。

"我也没有名字。我也认为名字和它代表的东西,都是虚无的存在。"她说。

"那我就叫你虚无吧。"我说。

就这样,我们两只中年猫有了各自的名字。她叫虚无,我叫没意义。

是的,没错,我们是两只中年猫。我们不年轻了。因此,这爱情虽然突如其来,却稳妥真实,不浮夸不做作。虚无是这家农贸市场的老熟客了,我们没费什么力气,就弄到了一些吃的,而且都非常干净,不是垃圾箱里的货色。

我带着虚无去见老蒲。老蒲脑子不糊涂,他眨巴几下眼,说:"好小子,一会儿工夫就领个媳妇回来了?真是看不出来,你有什么魅力可言。"老蒲对虚无说,"他这么丑,脸上这么长一道疤,你也不嫌弃?我跟你说,你这只傻猫,那小子身上还有很多疤呢,年轻时是个能惹事的主儿。"

我亲爱的虚无宽厚地笑了笑,说:"老蒲,我就是因为这道疤而爱上他的。"

老蒲自说自话:"好吧好吧,我也管不了那么多。只是,你们少在我眼前秀恩爱就行了。要不然,我会想起我那逝去的老伴儿。"

那怎么可能呢,我们刚刚陷入热恋,恨不得每一分每一秒都耳鬓厮磨。我亲亲虚无,说:"亲爱的,咱们把他送回家就完成任务了。然后,我带你回黄粱公寓去安度晚年。"

让我高兴的不仅仅是爱情,还有,我现在可以找只猫一起商量事情了。关于老蒲打算步行回家的事,我问虚无怎么看,虚无说:"老蒲是个死要面子活受罪的人,他是断断不可能行乞的,也不会想办法赚钱买车票。我看,咱们就跟着他步行回家吧。说实在的,亲爱的,难道你不希望跟我一起在这美丽的秋天里来一场漫长的散步吗?"

我怎么会不想呢!只要跟虚无在一起,上刀山下火海我都乐意。我庆幸自己在中年时还能有这样的劲头去面对一场恋爱。

当天夜里,我们睡在火车站停车场的岗亭里。看守停车场的是个退休老头儿,有点孤独,主动跟老蒲搭话,问长问短。老蒲是个直肠子,没几句就把自己的来龙去脉讲给了老头儿。老头儿郁郁不乐,说:"老哥,咱们这些老骨头,老了都惹人嫌哪!"

俩人越聊越热乎,最后,老头要给老蒲买车票。老蒲坚决不要。我急得眼都要蓝了,虚无碰碰我,示意我不要干预。老头无奈,只好留我们在岗亭里睡觉,他说,他反正夜里也要值班,正好多个说话的人。

岗亭里有被褥和一张折叠床,老蒲高兴地躺在上面,说:"没想到离开黄粱公寓后的第一晚,能睡上这么好的觉。"

他把我和虚无也唤上床。小折叠床实在是太窄了,但正合我意。我紧紧地搂着虚无,这充实的感觉,顿时让我无欲无求了。

第二天一早,我们就上路了。看守停车场的老头真够义气,早早就给我们买了油条豆浆当早餐,还有一大包鼓鼓囊囊的食物,面包、饼干、火腿肠、矿泉水、鱼罐头。

老蒲握着老头的手摇来摇去,说回家之后一定让蒲扬翅那小子专程用小轿车拉着他回来道谢。

我和虚无女士的蜜月之旅开始啦。没错,我们两只中年猫,把这趟旅行当成我们的蜜月之旅了。

起初老蒲健步如飞。我能理解,人类有个成语叫归心似箭。但他毕竟老了,约莫半小时,他累了,于是我们坐在路边休息。我说:"老蒲,不要逞强,你不是小伙子了。"

老蒲把那张毯子搭在背上,说:"我有点冷。"

啥?这时候一阵凉飕飕的小风吹过来,我心里打了一个寒战。我跳到老蒲的膝盖上，伸出爪子摸他的额头。老蒲老老实实地让我摸，完了问我："猫老弟，我发烧了没？"

我又把爪子放在虚无的额头上摸了摸。虚无说："你真傻，人类的体温和咱们猫族的体温不一样的。"

那我就没办法判断老蒲是否发烧了。但我还是忍不住要斥责他一番："你这个任性的老蒲，别忘了，现在是深秋了！你偏要跑到喷泉下面去洗澡！身上臭点就臭点吧，死要面子。"

老蒲打了个喷嚏："得，看来真感冒了。咱们得尽快赶回家。"

所幸我们还没有走出鹤唳市，还能找到人烟。有人烟的地方就有药店。如今，据说因为环境污染太严重，人类的身体状况大不如前，需要很多药来对抗各种病菌。街上的药店不能说鳞次栉比，每隔几百米就有一家倒是不夸张的。

问题是，我们没有钱买药。

"亲爱的虚无，我有件事要跟你商量一下。我想去那家药店给老蒲搞点药，但需要你的配合。你愿意做吗？"我问虚无。

"亲爱的没意义，我愿意。只是，我想知道，你打算如何搞点药？"

"店里只有一个小姑娘，你去吸引她的注意力，然后，趁她不备，我到货架上拿点感冒药。"我说。

"这样不好吧？这是偷啊！"虚无说。

"如果我们不给老蒲搞点药，老蒲在路上万一感冒加重，不治而亡，我们不好跟他儿子交代啊。我们不是偷，而是在救命，你这样想，不就行了吗？"我循循善诱。

"好吧，我都听你的。"虚无说。

我了解人类，特别是药店里这样二十出头的小姑娘，都喜欢小狗小猫。何况我的虚无是那么国色天香，艳压群猫。于是我很轻松地从货架上拿到了感冒药，这可真是难不倒我，在黄粱公寓，我见识过的药品那可比普通猫一辈子见过的都多。

虚无说："亲爱的，我们留点东西做交换吧，毕竟这样做有点不太好。"

我同意了她的建议。不得不说，这是一个绝佳的建议，也只有像虚无这样善良的猫才能想到。她留下了一根火腿肠，放在那姑娘的饭盒旁边。

老蒲顾不上问我们是从哪儿搞来的药,毕竟他也怕自己病在半路上。但我还是警告了他,我说:"你要是聪明的话,就不要问我是从哪里弄来的药。否则,我就把它扔到河里,不给你吃。"

我知道,我看起来很凶。但我如果不凶的话,老蒲就会对我凶。

老蒲吃了药,我们继续上路。按说他应该休息一下,但他坚持上路。因为他定了个计划,赶在天黑前回到蜃楼市。我觉得他这个计划有点浪漫主义,不现实;转而又想,目标嘛,总要定得高一点,人类已经习惯好高骛远了。

中午时分,我们行进在公路旁边。这说明我们已经彻底离开了鹤唳市。公路上来来往往的车辆那么多,假如老蒲站在路边朝着它们挥手,我想,总归会有一辆能停下来,捎我们一段吧。或者直接送回家也说不定。我把这个想法跟虚无一说,虚无直摇头:"我看不会有车停下来。难道你不知道吗?司机们现在什么都不怕,就怕老年人碰瓷。"

我想想,虚无说的也对。再说了,老蒲这个死要面子的老家伙,他是不会去乞求别人捎我们一段的。

可是这样走下去,真令人绝望。主要是老蒲空有雄心壮志,奈何老腿不给力呀。好在我亲爱的虚无女士一直兢兢业业地监督老蒲服药,控制了他的感冒病情。很快到了傍晚,眼见计划要泡汤,老蒲给自己找借口,说他是故意走得没那么快的。我很生气地对他咆哮:"故意?你那死要面子的德行什么时候才能改改?"

真痛快。我好像从来没这么大声地咆哮过老蒲。此刻我只觉得太阳穴在不停地跳动,脑子里像有什么东西要冲出来一样。我继续咆哮了几句其他的,说实话,有些话,从在黄粱公寓时,我就想说了。

老蒲有点蒙,他不可思议地看着我:"猫老弟,虽说你时不时地会对我表示出不敬,但从来没这样激动过。你是怎么了?是不是病了?"

"你他妈的才病了呢!我看你是脑子病了!你病得很严重!你不该住在老年公寓,而应该住到精神病院去!你为什么今天不叫我狐狸了?你不是经常在犯病的时候叫我狐狸吗?你叫啊!只要你一叫,我保证立刻把你扔在公路上,转身离开,从此相忘于江湖!"

我亲爱的虚无也让我吓蒙了。虚无在市场上看到我时,我根本不是这个样子。我想跟虚无解释一下,却觉得肚腹里翻江倒海地闹腾起来。我说:"妈的,停车场那老头买的什么垃圾食品,我闹肚子了!"

作为一只讲究的猫,我不能随便拉溺在公路上,何况我亲爱的虚无还在那儿。我忍着巨大的便意,冲下公路,找到一丛比较隐蔽的灌木。这家伙,憋得我一脑门子汗。我痛恨停车场那个老头,他一定是买了过期食品,害得我在虚无面前这么丢人。哦不,丢猫。

当我打算离开灌木丛的时候,我发现自己刚刚便血了。哦,虽然年轻的时候我也叱咤江湖,战斗过,流过血,但我是一只晕血的猫!

我跌跌撞撞地返回到公路上。虚无担心地看着我,问:"没事吧,亲爱的?"

"没事,我壮实着呢。"我说。

其实我很虚弱。我想,我是让血吓着了。老蒲坐在公路边上,唤我过去,说要给我试试体温。这个老家伙,以为我像他一样感冒了吗?

虚无听他那么一说,立即把爪子搭到我额头上试了一下,说:"亲爱的,我觉得你好像真有点发烧。我觉得你还是让老蒲给看看,人类对付病痛毕竟比猫族有经验。"

这一点我倒是极其赞同的。人类是一个多灾多难的族群,他们生过各种各样的疾病,简直骇人听闻。

老蒲抱起我,试了试我额头的温度。他确定我发烧了,立即把感冒药拿出来,要给我服用。我挣扎着,反抗着他。我又不是人类,服药太可笑了。老蒲嘟嘟囔囔地说:"看来你是让我传染了。我得把你治好。"

他把我牢牢地夹在两腿之间,让我动弹不得。唉,说到底,猫族还是太弱小了,人类一个老头子都能轻而易举地把我控制住。我紧紧地闭着嘴巴,但他用左手冷不丁夹住我的双颊,哟嗬,好疼,我立即被迫张大了嘴巴。他右手速度极快地把一粒感冒胶囊塞到我嘴里,啊,我简直要疯狂了——他把两根手指直接伸到我的喉咙口,把胶囊硬生生地塞进了我的喉咙。然后,他松开左手,扶住我晕乎乎的头,右手在我的脖子底下刮弄。他就这么三刮两刮,又给我灌了一口水,胶囊就进入了食道,进而进入了我的肚腹。

这太不尊重我了,特别是当着我亲爱的虚无的面。但是有什么办法呢,人类最善于欺凌弱小了。

我气鼓鼓地从他腿上跳下来。不好,肚腹里再次翻江倒海起来!我第二次冲下公路。

就在我站起身打算返回的时候,老天爷啊,我亲爱的虚无正站在离我两米远的地方,温柔而担心地看着我!还有什么事比如厕被爱人看到更让一只恋爱中的猫发窘的吗?我甚至还没有来得及舔舐我的肛门,让它不要散发出臭味!

亲爱的虚无女士,她看到了我在便血。

"亲爱的没意义,你生病了,不是感冒。你以前有过这种情况吗?"

"有过。但只是偶尔。"我说。

"那,你的肠胃是不是有问题呀?"

"当然了,亲爱的女朋友,"我说,"对于自由猫来说,谁的肠胃没有问题?别忘了,咱们不能像家猫那样正常地一日三餐,温度刚好。"

"可是,我很担心。"她说。

她走过来蹭我的脸。我说:"这里太臭了,不适合接吻。"

我们回到公路边上。虚无忧心忡忡地看着我,看着看着,我就觉得肚子痛起来了。老蒲本来还打算趁着夜色再行进一段,见我这样,又重新把我抱进怀里了。我真不希望他当着虚无的面这么宠爱我,显得我像一只吃奶的幼猫。特别是,老蒲居然开始抚摸我的肚腹。唉,你们都知道,作为一只猫,谁不愿意被人类抚摸呢?尤其是肚腹,那个部位简直是抚摸饥渴区啊!

太舒服了,我禁不住哼唧起来,忘记了自己的原则。谁知,老蒲摸着摸着忽然停了下来,他自言自语:"这里好像有一个包。"

接着,老蒲在他所说的那个部位重重地揉了一下。嚯!我吸了一口凉气,太疼了!

老蒲看到我的反应,下手轻了些。他反复地揉摸着那个部位,最后确定了那里有些异样。

"有个肿块。"他说。

"亲爱的,老蒲在说什么?"虚无问我。

"他说,我肚子里有个肿块。"我说。

"哎呀,亲爱的,肿块!那不就是肿瘤吗?!"虚无大惊失色地说。

我安慰她道:"别大惊小怪,咱们猫不像人类那样,动不动这里长个肿瘤,那里长个肿瘤。我觉得,咱们还是上路吧。"

但是,我竟然不争气地头晕起来,不能走了。老蒲见状,不由分说地抱起了我,说:"猫老弟,让我来抱着你走吧。虽说我年岁有点大,但抱你一只区区的猫,还是没问题的。"

这真是伤我的自尊啊,我本来担任的是护送使者的使命,现在反倒成了拖油瓶。

而且,这还不算,很快老蒲就觉得我发热的程度又提高了。他看了看天色,说:"看来,我们需要拦一辆车尽快去蜃楼市了。我得带你去看病。"

我虚弱地说:"你这个老蒲,终于找到借口放下你那高傲的面子了。我知道,你早就想搭顺风车了。"

老蒲开始站在路边拦车。车子一辆一辆视若无物地从我们身边开过去,我数了数,一共开过去八辆。谢天谢地,第九辆车终于停了下来,司机是个中年男人,他放下车窗问老蒲:"要搭车啊?"

老蒲点点头,把怀里的我向前送了送,让那人看,说:"其实本来不想搭车,但这只猫生了病,我得赶紧带它回家,去看医生。"

唉,为了搭车,我不得不接受老蒲对我做的这个举动,这对于一只有尊严的猫来说,真不是什么好感觉。

中年人重重地说:"上来吧。"

车子发动了。我长长地吁了一口气:如果搭不上车,今天夜里我们就要露宿荒野了。

陌生人主动跟老蒲聊起天来:"老爷子,我今天心情好,所以才让你搭车,你偷着乐吧。"

老蒲问:"哦,有什么高兴事儿说出来,大家分享一下吧?"

陌生人说:"我他妈的今天离婚了。"

老蒲奇怪地问:"年轻人,我不明白,离婚是件高兴事儿吗?"

"高兴!我他妈的高兴得简直像是刚从娘胎里出来!什么他妈的麻烦也没有了,一身轻!一身轻!"陌生人说。

我亲爱的虚无有点忧伤地看着我,问:"亲爱的没意义,会不会有一天,你也觉得离开我是个解脱?"

"绝不会,亲爱的,"我抚摸着她忧伤的脸庞,"他们是人类,人类的许多做法在我看来很荒诞可笑。咱们到死也要在一起。"

"不要说那个字，"虚无害怕地捂住我的嘴。

陌生人扭头看了看我和虚无，对老蒲说："这两只猫呜噜呜噜地在说什么呢？"

老蒲说："谁知道呢，这是两只怪猫。"

陌生人说："一公一母吧？是不是谈上恋爱了？喂，我说，你们俩是不是傻？"

呸！我真想呸他一口。

陌生人对老蒲一路上絮絮叨叨地说了许多没人性的话，主要是控诉他的前妻和丈母娘，继而控诉他的工作和不相干的事情。人类啊，总喜欢给自己找烦恼。比如说，他控诉房价太高，都四十好几了还没买起一栋房，这深深地引起了我的同情。他们为什么要住在那么讲究的房子里呢？我们猫族随便搭个窝就能睡得很香甜。

汽车就是快啊，我们在夜色降临时分赶到了蜃楼市。因为跟老蒲聊得很畅快，陌生人发扬雷锋精神，干脆把我们送到了镜花水月小区。

但是，让老蒲崩溃的是，镜花水月小区不存在了。对，您没听错，它不存在了，被拆了！

陌生人不是蜃楼市的人，他也只是来这里办事，所以并不了解这个情况。"老爷子，"他说，"你还是赶紧打听一下，这附近有没有人知道你儿子搬去了哪里。我还得去赶一个饭局，为了送你，我已经迟到了。"

老蒲挥挥手："去吧去吧，好心的年轻人。我这就给那小子打电话，他马上就会来接我的。"

打什么电话呀，老蒲根本就没有手机。他儿子把他们老两口送到黄粱公寓的时候，压根儿没给他俩配手机。

老蒲茫然四顾。我们两只猫呢，倒是因为对这种拆迁场地看得太多，早就没有了四顾的欲望。有什么可看的呢，到处都是旧楼被推倒后的建筑垃圾，虽然运走了一部分，但余下的那部分看来很久没有清运了，因为其间已经长出很高的野草，随着秋风一日紧似一阵，大部分野草已经枯萎了。对于人类这种工程，作为一只自由猫，我看得太多了，这些场地也成为我们许多自由猫理想的家园。

果然，立即就跑来两只半大自由猫，警惕地看着我和虚无，嗓子眼儿里发出示威的呜呜声。他们以为我们要来抢地盘呢，真是见识短浅的猫。想当年我叱咤江湖的时候，他们都还没出生呢。

老蒲找了块空心砖，在上面坐下来。我走到他腿边，蹭了蹭他的腿，发现那条可怜的腿在颤抖。我顿时心里涌上一股子同情，老蒲太可怜了。他的儿子，蒲扬翅那小子，自从去年把他们老两口送到黄粱公寓后，期间只去过一次，就是带着做治丧生意的人，把老蒲的老伴儿送到火葬场烧了，然后把骨灰带走了。之后他就再也没来看过老蒲。

我和虚无都不知道怎么安慰老蒲，只好静静地陪着他。同时，我身上在一阵阵地发冷，肚腹里面的痛感在加重。老蒲大概也感觉到我在他腿边瑟瑟发抖，他站起身，说："蒲扬翅，臭小子，等我见到你，一定把你摁到地上一顿猛揍。"

他抱起我，往大概几百米远亮灯的地方走去。那是另外一个小区，也挺老旧的了。老蒲走到一家超市，问里面一个肥胖的女人，镜花水月小区怎么回事。那女人说："拆了啊！"

老蒲说："我知道拆了啊。你知不知道原来那些住户都搬到哪里去了？我儿子叫蒲扬翅，他以前来你家打过麻将。"

"来我这里打麻将的人多了去了，老爷子，我哪能一个个都记住呢。哎，我这里有电话，你给他打个电话吧。"胖女人大概在超市里见过各种各样的人，她拿那瘦瘦的眼睛一睨，就猜到老蒲是让儿子给遗弃了。

老蒲拿起柜台上的座机，拨了拨蒲扬翅的电话，关机。他又拨了一次，还是关机。这验证了胖女人的猜测，她说："老爷子，你是从养老院跑出来的吧？依我看哪，你从哪来还是回哪去吧。现在的年轻人也不容易，竞争太厉害啦，要养家糊口的，能不给他们添麻烦，就不要添了啊。"

老蒲硬挺着说："哪是啊，我儿子孝顺着呢，他说明天要去接我，我这不是今天有个顺风车嘛，就提前回来了。这小子，也没告诉我拆迁的事，肯定是想直接把我带到新楼房里，给我个惊喜，我知道。"

胖女人撇了撇嘴，没再说什么。老蒲有点尴尬，问她附近那家宠物医院还在不在，胖女人说："在呢，生意火得一塌糊涂。如今哪，给畜生看病比给人看病贵，一只小狗崽儿治个感冒的钱，能治好几个大活人。"

我心里有点窃喜。凭什么畜生就不能好好地治病？再说了，治好了病还不是供你们人类耍着玩？

老蒲抱着我，去那家宠物医院。谢天谢地他一直这么清醒，没犯病。

宠物医院还亮着灯，看来生意确实好。医生是个男的，还有个女护士在给他做助理。其实我很不希望自己被人类摆弄，但我实在太虚弱了，已经无力反抗。再说了，我亲爱的虚无也不会让我反抗的。

好了，我的疼痛部位再次被揉捏起来，这真是让猫不爽的事情。那一瞬间我突发奇想，如果有一天，人类和猫族的身份颠倒过来，人类生了病，由猫医生在他身上揉来捏去，给他一个吓人的诊断，那会怎么样？

我被揉捏了好一顿，最后，那位男医生的确给了一个吓人的诊断，他说："据我的经验，初步认为这只猫患了癌症。"

"我的天啊！"老蒲不相信地说，"猫居然也会得癌症？"

医生说："猫也是生命啊！凡是有生命的动物，都有长癌细胞的可能。"

"这可怎么办，啊，这可怎么办，我的天哪！"老蒲喃喃自语个没完。

老实说，我也被吓了一跳。因为我太了解癌症有多可怕了，黄粱公寓每年都有癌症老人去世，迄今为止人类还没有找到攻克这种病的办法。

我亲爱的虚无面无血色，她哆嗦着，哭泣起来，眼角流下晶莹的泪水。

我也很想哭。我他妈的还没活够呢，特别是我刚刚有了一场新的爱情。我还只是一只中年猫啊！

懵懵懂懂中，我被老蒲抱着离开了宠物医院。还好，鉴于我已经是一只垂死的猫——医生说我最多只有两个月的日子了——医生没收老蒲一分钱费用，这样，老蒲幸运地保住了他那枚硬币。

我们在黑夜里不知不觉又回到镜花水月的废墟之中。老蒲从停车场老头送的食物中找出火腿肠来喂我。但我吃不下去。神啊，我只是一只猫，我不是什么厉害的家伙，面对死亡，我也感到恐惧和绝望。

老蒲怀着一丝侥幸的心理，说："说不定这医生只是信口开河呢。明天我带你再去找别的医生看看。"

我努力从鼻腔里挤出一声嗤，我说："你只有一元钱，今天夜里在哪里睡还不知道呢，别说什么大话了。"

再说了，作为当事猫，没有比我更清楚的了——我肯定得上了癌症。因为某些不适症状已经存在有段日子了，比如便血、肚子疼、偶尔低烧。但你们也知道，对于饥一餐饱一餐的自由猫来说，肠胃有点问题那是再正常不过的了，谁会往癌症那儿想呢。

悲伤一重一重地笼罩着我们三个可怜虫。特别是我亲爱的虚无，她刚刚找到了爱情，这爱情就被宣判死亡了。我说："亲爱的，你走吧，不要跟着我们两个倒霉蛋了。趁你现在还有半把好时光。"

虚无拼命地摇着头，哽咽着，说不出话。

后来，我们都有点困了。毕竟这一天从早上到晚上，我们经历了太多，再棒的身体也快要垮了。

"睡吧，睡吧，你们这两只猫。一觉醒来，看到太阳的时候，一切就都好了。"老蒲说。

但我们还没看到太阳就被吵醒了。约莫三四个人，有人推搡铺着毯子躺在地上的老蒲，有人踢我和虚无。我们不得不又回到讨厌的现实中来，而且要命的是，当我们看清他们是黄粱公寓的人时，简直惊愕得不相信这是现实。

"我是不是做梦了？你拧我一下。"我对虚无说。

"亲爱的，你没做梦。"虚无说。

我又认真地辨认了一下，没错，一共四个人，其中一个是马姑娘，另外一个是黄粱公寓的副经理，剩下两人是保安队长和一个保安队员，保安队员手里拿着一卷绳子。

马姑娘跺着脚，看起来很想踢老蒲几脚，但又不敢踢。万一踢骨折了可不好办。她气急败坏地骂老蒲："我说，你这个蒲文郎，你到底在瞎闹什么？啊？！还越狱了！要造反是吧？你说你怎么没让野狼给吃了，让人贩子给拐了，让杀人犯给杀了！"

老蒲嘟嘟囔囔地反驳："蒲斋郎。跟你说过多少遍了，我叫蒲斋郎。城市里没有野狼。人贩子都去拐妇女儿童，我又不是妇女儿童。"

"嚯，还敢顶嘴！"马姑娘气得直跺脚，跟副经理说，"您看哪，您看哪！"

副经理好像不太敢惹马姑娘，赔着笑脸："小马，你别生气，老蒲他老糊涂了。"

这下我有点看不过去了，这副经理对马姑娘如此赔着小心，八成是知道马姑娘跟老板有染的事了。难不成，马姑娘想挤走老板娘，小三上位？还反了她了！

大家吵吵嚷嚷半天，嘴仗打够了，就要把老蒲带回去。他们开来了黄粱公寓的一辆小面包车，就把它停在废墟边上。

"回去吧，老蒲。你也看见了，你家拆了，没地方去了，只能回公寓去。"保安队长说。

"为什么我只能回公寓去？我要去我儿子的新家。"老蒲梗着脖子说。

这下马姑娘又生起气来了："儿子，儿子！你那是什么烂儿子！直到现在电话打不通！我们实在没办法，只好按照档案上留下的地址，一路找过来！实话跟你说吧，你儿子不要你了！你别再天真了！我看你还是把那兔崽子给忘了的好！我咒他出门被车给撞死，喝酒呛死，吃肉噎死！"

总经理息事宁人："小马小马，别扯远了，他儿子死了对咱们有什么好处？没有好处。"

老蒲还是不走，最后保安队长只好跟队员两人动用武力，要把老蒲架上车。老蒲用两条腿在地上拖拉着反抗，那两人干脆把他抬了起来。老蒲眼见反抗无望，又怕他们给他打针，就提了个条件："我得把这两只猫带上面包车。而且，你们得答应我，回去后，带这位猫老弟去看病。他肚子里长了个瘤子，要是可以的话，你们必须给它做手术。"

他们为了更顺利地把老蒲弄回去，就答应了他。但我明显能看出，他们是在敷衍老蒲。给一只猫看病？还做手术？老蒲，你没病吧？他们一定在心里这样想。

但不管怎么说，我和虚无得以乘坐面包车回到了黄粱公寓。

接下去的事情，唉，怎么说呢……简单说，老蒲又犯病了。几乎是刚回到公寓，老蒲就赖在长石条椅子上不走，还用手啪啪地抽打着它，想要乘风而去。护士赶过来，给老蒲打了镇静剂。他们肯定加大了药量，因为老蒲一会儿就无声无息地睡着了。

我和虚无蹲在窗台上，一点都听不到老蒲的咆哮声了。天空黑沉沉的，月亮隐入云层里，没有什么光亮。星星也没有。深秋的冷风一阵紧似一阵，带来湿漉漉的几星细雨。我说："亲爱的，咱们回窝里去吧。"

虚无一下子就喜欢上了我的宫殿，她东看看，西摸摸。当看到我的床铺时，她的脸红了。我说:"亲爱的,我们睡觉吧。"

虚无试了试我的额头,说:"亲爱的没意义,你的烧好像退了些。"

"嗯,也许是因为回到家了吧。年轻的时候,我并没有家的概念,现在年岁越来越大,倒想过过安稳日子了。"

我和虚无搂抱在一起,静静地看着外面的夜色。细雨变成碎雪的时候,我们安静地睡了过去。

第二天我们很晚才起床,因为实在是太累了。路面上居然积攒了一层雪,白得耀眼。我想到了老蒲,不知道他怎么样了。

我们相伴着去看老蒲。跳到窗台上,发现他还在睡觉。看来,不出我所料,这次他们给他注射的镇静剂有点多。趁他睡觉的时候,我和虚无吃了早饭——公寓里的老人们见我带了一只秀气的猫,都知道我谈恋爱了,他们争先恐后地偷偷塞给我们好吃的。

然后,我带她参观了黄粱公寓,包括老蒲越狱的那个猪圈。他们当然找到了这个越狱点,已经把它修好了,看样子十分坚固。

也好,老蒲再也不要有越狱的蠢念头了,反正蒲扬翅那小子也不想接走他了,就在这里安度晚年吧。

但愿明年那小子能记得给公寓汇钱。

老蒲一直睡到傍晚才醒过来。马姑娘摔摔打打地又怼了他一通,警告他以后不许越狱,否则抓回来后就要连饿三天。这次就从轻处罚,只饿晚上一顿。

哟,俨然老板娘的架势了。那天晚上老板娘不在,她又跟老板在总经理室里拉拉扯扯地胡来,我带着虚无去偷窥了一下,听到她在逼老板离婚。她说:"我一个黄花大闺女,现在这样,以后还怎么嫁人哪!"

我差点没忍住笑出声来。照我看,人类在感情方面是最虚伪的。他们一边给自己定下许多条条框框,一边去违反。我们动物多好,从来都是赤裸相见,爱就爱,不爱就不爱。

老蒲很饿,他找大妈们要吃的,大妈们都不敢给。因为马姑娘不让给呀。现在马姑娘是大妈们的领导。

我带着虚无去食堂里,拿了一些吃的,偷偷给了老蒲。虚无说:"咱们这不是偷窃吗?"

我说:"助人为乐不算偷窃。"

老蒲吃得很斯文。他表现得如此安静,让我觉得有些不对劲。饭后,他去找马姑娘,让她兑现带我这只猫去看病的承诺。马姑娘大牙二牙都快笑掉了,她说:"您是不是觉得我们都闲得发慌呀?觉得我们的钱都是大风刮来的呀?"

老蒲明白自己遭受了戏弄。他对我说:"猫老弟,我对不住你。他们骗了我。"

我怜悯地说:"老蒲,你太单纯了。"

当夜,我和虚无互相搂抱着睡到半宿,一阵猛烈的腹痛不合时宜地再度袭来。为了不打扰熟睡着的虚无,我悄悄地爬起身,走出我们的宫殿。

那夜的月光皎洁而美好,月亮静静地向这个死寂的老年公寓洒着光华。我习惯性地朝老蒲的窗外望去,忽然发现他正骑坐在长石条椅子上。莫非他又犯病了?我立即向他跑去。但腹痛影响了我的速度,事实上,我是一小步一小步蹭过去的。在我蹭过去的过程中,我看清了,老蒲手里挥舞着一根树枝,正在抽打身下的长石条椅子。

这深更半夜的,可怜的老蒲。他披着老伴儿留下的毯子,把两个角在下巴颏儿处打了一个结,正在死命地抽打着长石条椅子。如果月光不够亮堂,不明情况的人会以为他正骑着一头猪,或是一条狗呢。

我加快速度往他身边蹭,打算去喊人来架他回去。就在这时,不可思议的事情发生了:老蒲离地而起了!

他骑坐在长石条上,因此,毯子就显得很长,一阵秋风吹来,它华美地鼓荡成一个饱满的帆状,仿佛是长石条椅子上鼓起的一面帆。这么看来,长石条椅子毫无疑问就变成了一艘船。一艘飞船。

老蒲飞走了。他往下看了看,看到我,喜出望外地喊:"猫老弟,再见了!我要去仙人岛了!"

……

从那以后,我再也没有见到老蒲。

黄粱公寓的人们想当然地认为老蒲再次越狱了。他们首先检查了猪圈,确定那里不是越狱通道,接着又去检查其他地方。他们检查了两天,一无所获。谁也不知道老蒲怎么无端端就没了。马姑娘气哼哼地说:"真是一个越狱高手啊！"

我拖着羸弱的身子，想把老蒲去了仙人岛的事情说给他们，但是，无奈，他们听不懂猫语。也没有懂猫语的人来当翻译。

其实，就算有懂猫语的人来当翻译，又有谁会相信我说的话呢？人类是一个怎样自以为是的族群，想想这点，你们就该泄气了。

就连我亲爱的虚无都不相信呢。她忧心忡忡的，觉得我的病加重了，让我产生了幻觉。我不能强迫她相信我说的话，毕竟它的确不像真的。虽说长石条椅子的确消失不见了，但那又能说明什么问题呢？

以后的几个夜里，我经常悄悄从宫殿里走出来，踽踽独行在黄粱公寓。有时，在老蒲窗外静静地卧一会儿。我知道，我也要走了，要跟这个我本来打算在此养老的公寓告别了。我亲爱的虚无，我的宫殿就算是我留给她的礼物吧，让她在这里安静地度过中年和老年，不要再出去奔波流浪了。

我离开之前，搞了一个大大的恶作剧。那天，老板和马姑娘又在经理室鬼混。老板娘刚刚出门要去银行，老板就忍不住了。马姑娘嘟着嘴巴不乐意，说："总是这么偷偷摸摸的。你给我买个房子，以后任你逍遥快活。"

老板说："小马啊，别说这么俗的话。"

我当时没犯腹痛，真是天助我也。我飞跑出去，拦住了刚刚打算关上车门的老板娘。老板娘奇怪地看着我，说："你这只野猫，拦着我干吗，饿了吗？去，自己找吃的去。"

我不依不饶地咬着她的丝袜，不让她上车，边咬边说："你还不赶紧去经理室看看那对狗男女在搞什么勾当，还有心思去银行？"

她听不懂我的话，但终于没上车，而是狐疑地跟着我往回走去。我不得不说，人类女性的第六感的确太强了。在走到院子一半的时候，老板娘已经猜想到了什么，她怒不可遏地随手拿了大树下面的一把铁锹，奔进大门，拐个弯，咣当一脚就踹开了经理室的门。

还用说吗，马姑娘被辞退了。

关于这件事，虚无曾经问我，有没有觉得这种告密的做法有点不道德，我说："是人类自己不道德。"

在又一个飘着雪花的夜里，我独自起身，最后亲吻了我亲爱的虚无，然后离开了黄粱公寓。我的身体越来越羸弱了，还是早一天离开得好。否则，难保某一天虚无醒来，发现的不是活着的我，而是一具尸体。

雪下得越来越大，我的足迹很快就被掩盖了。

（原载《山东文学》2018年第12期，荣获东阿阿胶杯·山东文学奖优秀中篇小说奖）

坦克

一

因为沉在一片黑暗里，李丸失去了时间和空间概念。有那么几个混沌的时刻，她以为自己死了——她听到了乌鸦呱呱的叫声。

车轮摩擦着的地面不那么平整，李丸在颠簸中搞清了自己的处境：她两手反剪，腿蜷在腹部，膝盖顶着一个硬物。由于穿着一条质地较厚的牛仔裤，无法分辨硬物的材质。李丸动动手，摸到身后也是硬物，根据手感推断应该是木板。这让她的空间感得以复苏——不出意外的话，她此刻应该是手脚被缚，困在一个木箱子里。

乌鸦呱呱的叫声时远时近，李丸把捆成剪刀一样的两只手尽力地合起来，左手掐住右手尾指，使劲。疼。李丸笑了，没死。不是阴间里的乌鸦在叫。刚才，不，谁知道是刚才还是很久以前呢，她在青天白日下让人绑架了，当时她快要走到一家名叫小站的咖啡屋了，那是一条环境幽雅的小街，行人稀少，不知道怎么回事，忽然眼前一黑，一件什么东西兜头蒙下来，与此同时两脚唰地离了地。她只来得及本能地踢蹬了几下腿，就觉得后脑忽然钝痛，什么也不知道了。

"脱。"

李丸从虾米状态中解放出来，面对着一把杀气凛凛的刀。持刀男人把她掼到床上，就用这把刀唰唰两下挑断李丸手脚上的捆绑物，然后用它跟李丸身上那件黑色短风衣打了下招呼。李丸看了看刀,又抬起头来不解地看了看绑匪,绑匪又用刀挑了一下李丸的风衣,简短地说:"脱。"

干什么?强奸?奸杀?李丸脑子里滚过无数案例。是反抗,还是顺从?面对一把闪着杀光的刀,这是个问题。事实上,并没有多少时间可供李丸权衡利弊,她只弄明白了一件事:反抗和顺从都只不过是一种接近无意识的下意识行为而已。她几近无意识地脱下那件黑色短风衣,又在刀子的招呼下相继脱掉其他衣物,最后只剩下文胸和底裤。这种半裸式的亮相,除了绑匪,她只贡献给过老武。

一个女人,面对一把刀,还能有什么选择?除非她本来就不想活了。可李丸想活,虽然活得无聊,却没有什么理由不活。那就脱吧,李丸做好见机行事的思想准备。没想到绑匪却不再用刀跟她的文胸和底裤打招呼了,而是拿来一卷胶带,重新把她绑起来,然后扯过一床薄被子。

现在,李丸身上盖着被子,只露出脖子和头脸,在床上一动不动地躺着,一副要睡觉的样子。

事实上,李丸一丁点睡意都没有,经过层层盘剥,有惊无险的结局把李丸的恐惧似乎也盘剥掉了,她快速打量一下房间,对正要转身出门的绑匪叫一声:"哎,现在几点?"

绑匪转过身来,似乎不太相信李丸在此时此刻还会这么冷静地提出这样一个问题,他研究性地站在那里看李丸。

"算了,"李丸说,"我也真是够傻的,被绑架了还问东问西的。我是不是现在就剩下一个权利了——等死?"

绑匪无动于衷。

"你知道吧,小时候我可没少见过乌鸦,它们成群结队地在坟地里乱飞,有时早晨在乡路上走着走着,它冷不丁就在头顶某棵树上呱地叫上一声。谁要是早上出门让乌鸦这么在头顶叫上一声,那天就会倒霉。我今天就挺倒霉的。你把我弄什么地方来了?坟地?深山老林?我刚才听到乌鸦叫了。"

李丸并不想卖弄自己的观察力和分析力,她只是天真地企图从气势上先压倒对方。几秒钟后她就后悔了,因为绑匪一声不吭地把胶带拿过来,把她的嘴巴给封上了。而起初他似乎并无此意。

可是，该吃饭了啊，李丸呜呜两声，提示绑匪此刻是晚饭时间。绑匪不为所动，关上门，咔嗒一声，似乎是一把大铁锁锁舌弹进锁芯里的声音，接着是哗啦啦锁链的响声，外屋也安静了；然后是脚步声从窗外渐渐消失；最后是铁门擦着地面的声音，还有更大更粗的锁链穿过锁鼻的声音。李丸把所有精力都放在耳朵上，一、二、三。她被三道锁囚禁着。

显然应该逃跑。绑匪离开之前，李丸就四处打量过了，希望能找到刀剪之类的锋利物，然而房间里除了一张床之外别无他物，绑匪事先给这个囚禁之所做了必要的清理。那么就只有窗玻璃了，只要能移到窗户旁边，李丸会不惜头破血流，把玻璃撞碎，求得一片碎茬茬当刀子使唤。

然而问题是，怎么才能移到窗户旁边？绑匪离开的时候把灯关了，此刻没有一丝光亮供李丸借用，窗户那里黑沉沉的。关灯之前，李丸已经注意到了，那里挂着一块不辨颜色的破窗帘。

好在李丸已经适应了黑暗，至少能影影绰绰看清墙的位置。她在床上前后左右腾挪，只恨自己懒惰，没听白兰的建议去练瑜伽。身子骨太刻板了，一点柔韧性都没有。李丸想起美剧《迷失》里那个名叫kate的女孩，身子那么一团，一钻，就把反剪变成正剪，再找个东西把捆绑物一割，没几下就逃之夭夭了。

李丸费了很大劲才挪到床沿，本来是想站到地上去的，没成功，滚地上去了，又费了很大劲才蹭着床边站起来。李丸气喘吁吁，站在地上找了一会儿平衡，然后才一步步往窗户那里跳，尽量避免摔倒。再摔倒一次，估计可就爬不起来了。

终于跳到窗户旁边，李丸用脸去触摸窗帘，好像是天鹅绒，散发出一股浓郁的灰尘味，李丸打了几个喷嚏。她有轻微过敏性鼻炎。除了过敏性鼻炎，李丸还有洁癖，但现在洁癖必须靠边站了，李丸毫不犹豫地把脸贴紧窗帘，尝试往旁边蹭。蹭不动，看样子是拿钉子钉住了两个角。李丸又毫不犹豫地把头钻进窗帘后面，除此之外，又能有什么办法呢？

李丸想好了，先用肩膀撞玻璃，实在撞不破，再把脑袋贡献上。然而，把脸贴上去试了试，太糟糕了，不是玻璃，是砖块。绑匪把窗户也给封上了。

李丸傻眼了，再也控制不住平衡，扑通一声栽在地上。黑暗压得李丸透不过气来，她想，老武现在是不是知道她失踪了？她跟白兰约了六点见，如果白兰把她爽约当回事，可能就会打电话给老武，问她去哪了。但多半不会，因为她们两人都不把爽约当回事。什么叫闺蜜，就是可以因为某些私密事情随便爽约，知道对方爽约了非但不生气还主动打掩护的朋友。李丸就没少给白兰打掩护，白兰明明是去见情人了，却告诉老公是去见李丸了，或者明明说好跟李丸吃饭，半道又关了手机跑去见情人了。李丸只要接到白兰老公的电话，就骗他说，白兰跟自己在一块呢。

　　李丸越想越傻眼，只能干巴巴地躺在那儿等着绑匪回来。想到自己从进了这间房子之后就没怎么感到恐惧，李丸自嘲地在黑暗里笑了。电视剧里那些瑟瑟发抖的情节，现在想想是多么假。你被绑架了，首先就应该分析被绑的原因，无非就是老公太有钱了，既然如此，怕什么呢？你是一个交换物，而且必须是活的，死了就没交换价值了，所以他们不会让你死，还会定时给你点吃的。

　　刚想到这里，铁门响了，水泥地发出痛苦的呻吟声，脚步声由远及近，外屋的门又哗啦啦响了几下，绑匪回来了，打开灯，站在门口研究了一会儿躺在地上的李丸。李丸大声喊："我饿了！"瞬间这三个字又让胶带给挡回嗓子眼儿去了，只稀释出一声不辨音节的闷响。

　　绑匪倒是听懂了，或者他就是刻意出门搞吃的去了。李丸觉得这是他的一个失误，明智之举是在屋子里储备上足够的食物，以免经常出入让人给盯上。

　　不久李丸闻到一股泡方便面的味道，绑匪端着一份大碗面进来了，撕下李丸嘴上的胶布。李丸说："我是从来不吃泡面的，这东西不好消化。"绑匪拾起胶布，很利索地把李丸的嘴又一次封上了。李丸后悔得要命，泡面就泡面呗，都什么地步了，还挑挑拣拣的。她在胶布后面发出一连串的闷响，向绑匪示弱，绑匪想了想，到外屋去拿回一盒牛奶，还有先前那把充满杀气的刀。他先把牛奶插上吸管，然后提着刀逼近李丸的嘴。

　　看着那刀熠熠生光，李丸还是很害怕，难道他要拿刀豁了我的嘴？绑匪不说话，只专注于那把刀，刀尖很精准地戳破胶布，从李丸上下嘴唇间穿过。李丸一动都不敢动，生怕它接下来戳到自己的舌头。绑匪抽出刀，把吸管从小孔里塞进去。李丸想，牛奶就牛奶吧，至少能充一会儿饥。

　　喝完牛奶，绑匪把盒子扔到一边，胳膊伸到李丸脖子和腿下面，一抄，把她抄起来，端回床上了。虽然是四月了，但李丸这半天只穿着文胸和底裤在地上躺着，早就冷得浑身起小米粒了。

二

李丸做了个梦，她在一条很窄的路上走，走着走着，路边传来呱的一声叫，抬头一看，一只黑鸟从榆树上冲下来，爪子里抓着一块小石头，朝她头上掷，像一个铅球运动员。李丸被砸中了，见那黑鸟又抓起一块石头，便忍不住大叫起来，可是嗓子眼儿让什么东西堵得死死的，叫声憋回肚子里去了。

一急，醒了。

头昏，李丸的思维还游离在半醒半梦状态中，觉得梦里那只黑鸟——不就是乌鸦吗，钻头里去了，一下一下在啄她的脑仁。她使劲睁开眼，看到绑匪正趴着身子观察她，手里拿着那把刀。干什么？一大早，一睁眼就有一把刀杵到眼壳子里来，李丸彻底清醒了，下意识地紧了紧身子。这一动不要紧，浑身骨节都在疼。完了，李丸想，我病了，还怎么逃跑？

绑匪拧着眉头，站在床边做了一个决定：解开李丸。他把李丸翻了九十度，拿刀挑断她手腕和脚踝上的绳子，把李丸的两只手从剪刀状态拆开，又把她翻回来，使她平躺着。李丸疼得想哭，咧了咧嘴，腮帮子也在疼，胶布上像有千万只小手在撕扯皮肉和骨头。绑匪最后伸手把胶布撕下来了，李丸接受昨晚的教训，不敢轻易开口。况且她也没力气开口了。

绑匪做了一个很有人情味的动作，把手背分别贴在李丸和自己额头上，比较了一下温度，得出一个结论："发烧。你平时吃什么药？"

这是李丸从昨天黄昏时分在小街上跟绑匪相遇以来，第二次听绑匪说话。第一次就是昨晚，绑匪简单干练地命令她："脱！"

那个字太短促，闪电一样稍纵即逝，这次就不同了，李丸立即听出了一种改良不彻底、尚带有不少乡味的半城半乡口音，并从中得出推断：这是一个根在乡下、后来挣扎到城里的人。她现在被囚禁的房子，保不齐就是他在乡下的房产。而这个从乡下挣扎到城里的人，跟她丈夫老武有什么过节，需要把自己搞成绑匪来解决呢？李丸和老武也都是农村出身，深知挣扎到城里去的不易，即便老武后来发了迹，他们也还是有一种根深蒂固的卑微感，尤尤其是老武，创业之前和创业初期受的那些轻视和屈辱，都成了他发迹后想方设法脱离乡下味的原动力。

　　老武都干了一些什么生意，李丸不是很清楚，她三十三岁那年起就不再工作了，已经长达三年。她只知道家里的日子越来越阔绰，他们甚至买上了一套小别墅。她在别墅里住着，两耳不闻窗外事。但是，不闻归不闻，她明白这种程度的发迹，肯定不是那么规矩的。所以，绑架算是他们生意场上解决纠纷的一种非正常其实又正常的手段而已吧。

　　李丸吃下绑匪专程出去买回来的退烧药。绑匪出去了接近一个小时，开车出去的，车很破旧，发动机发出拖拉机一样的声音。院门应该很宽，因为这辆拖拉机一样的汽车昨晚是停在院子里的，想必它把李丸绑到这里来后就一直没外出过，刚才它苟延残喘着从外面开进院子，吐出绑匪，绑匪把院门从里面又锁上了。

　　接近一个小时——李丸猜测她现在很有可能被囚禁在一个偏僻的地方，需要开车跑上这么久才找得到药店。李丸的老家也算是一个偏僻的地方，但她父母要是有个头疼脑热，在村里赤脚医生那儿就能买到药，要是到外面买，开上手扶拖拉机，两三分钟就能到邻村稍大一点的小诊所，十分钟就能到另外一个更大的诊所，二十分钟就能赶到镇上去。镇上有很多相当有规模的药店，还有设施齐全的正规医院。

　　出了一身汗，李丸觉得好多了。从某种意义上来说，她觉得应该感谢这场发烧，这给她换来了身体上的自由。不被绑着多好啊。李丸尝试跟绑匪说话，毕竟他给自己买了药，他们之间的关系，怎么说呢，李丸希望不要像电视里看到的那样紧张。如果事态能在她的斡旋下得以好转，那就再好不过了。

　　"我可以说话吗？"李丸对绑匪表达她的和平愿望。任何事情，想要向好的方向发展，都需要真诚。

　　这是一句绑匪没有料到的话，他绷着脸，但李丸能看出他有点小小的受惊。一个好不容易挣扎到城里去的乡下人，四十出头的样子，穿着打扮都是城里人的风格，李丸注意到他买药回来时，胳肢窝下面甚至夹着一个黑皮包，上面贴着兔头商标。这个价格不菲的包，就算是别人送的吧，至少也能显示出一种身份来，就像发出拖拉机一样的声音的轿车。然而这一切只是……怎么说呢，一件器物上的油漆，要是被剥掉一块，还是会露出里面的底子来，底子是不变的。

绑匪去买药时顺便买了一箱八宝粥，开出一罐来放到床头柜上。他则搬了一把椅子，在门口坐下来，意思是"你可以说话了"。

李丸小心地寻找着措辞，决定开门见山——这样的场合，绕圈圈没什么好处："你打算跟我丈夫要多少钱？"李丸本来想用勒索这个词，想了想觉得这词太硬，有可能恶化事态，就临场换了。

"你不用管这个。"

"你是不是以为我心疼我丈夫的钱？不是的，你误会了，我……只是好奇，问问而已。"

李丸差点就告诉绑匪，她是想知道她值多少钱。在绑匪这里值多少钱，在她丈夫那里又值多少钱。

绑匪看了看李丸横下心来的样子，说："他欠我五万八，两年工钱，我跟他要六万！"

李丸差点就要忍不住，笑声滚到舌尖，又憋回去了："他欠你钱，干吗不赶紧还你？"

"我还想问他呢！流氓！恶棍！黄世仁！周扒皮！"

李丸终于轻松地笑出声来了："六万块，老武肯定是忘了，或者是让什么事耽误了，否则早就还你了。他前几天买个破瓶子回家都花了十万块。"

"你嘲笑我？"绑匪噌一下从椅子上站起来，面露愠怒，"前年就没给结账，说好去年年底一起结，春节都过去两个月了，龟孙子就是不给！你们有钱人觉得六万块不算钱，拖拉上一年半载的没关系，是吧？我们穷人能拖得起吗？我们要指着它给孩子交学费，给庄稼买化肥，给老爹买药打针！"

"没没，"李丸吓一跳，赶紧把八宝粥放下来解释，"我了解我丈夫，他不会赖你这五万八千块钱的，我们刚刚大学毕业时也特别穷，过过苦日子，他知道那滋味。"

"你以为他就赖我一人的钱？他赖我们好几十号人的钱！"

"那他肯定是资金周转有问题。这样吧，你放了我，我回去让他把钱先给你。他还你一个人这五万八千块还是还得起的。"

"你以为我会相信你？"

"那，你把我的手机还给我，我给他打个电话，这样总可以了吧？我让他带上钱到这来，你们俩一手交钱一手交人，行不行？"

"闭嘴！什么时候打电话我说了算！你要么就老老实实喝粥，要么就让我把嘴给封上！"

李丸赶紧闭嘴喝粥，边喝边给自己打气，没事，慢慢来，循序渐进。

三

接下来的两天是这样度过的——插上几句必要的交代，为了保持足够的清醒，李丸采用了一种原始方法来计量她的囚禁生涯。鉴于囚室里除了床没有可用的工具，李丸用上了自己的指甲，天亮时在墙上画一道杠杠，表示她迎来了新的一天。

这项工作从李丸吃了退烧药以后开始，画在床头上方的墙上。李丸画了两条杠杠，把昨天的也补上了。画完后，李丸继续躺下休息，养精蓄锐。因为药物的作用她又睡了一觉，醒来已经是中午了。判断中午的依据，是绑匪送进了午饭，大碗面，外带一包榨菜。

李丸蹙着眉看萦绕在大碗面上的热气，意识到她除了下叉子动嘴之外别无选择。人要适应环境，不能让环境适应人，况且，李丸已经饿了。算起来，从昨天中午在家正经八百地吃了一顿饭后又过去整整二十四小时了，她摄入的食物共计一盒牛奶，一罐八宝粥。李丸身材一直不错，天生苗条，所以从来不必亏嘴，也就没养成挨饿的习惯，这种历史基本没有过。

不得不正视的现状摆在眼前，李丸就老老实实吃完了一份大碗面，外加那袋榨菜。她听到绑匪也在外屋吃面，整个过程进行得不是那么顺畅，比起李丸来差远了。做了这么一件大事，想必让这个男人不吃饭都觉不出饿来。李丸断定这男人平日里一定老实巴交，这件事说不定是他这辈子干过的唯一一件大事了。

李丸趁绑匪进来收空碗的时候，朝他笑了笑，提了一个要求："能让我穿上衣服吗？出汗太多，床单和被子都潮了，继续躺在上面我怕还得发烧。"

绑匪说："你就别指望逃跑了。"

李丸说："我认为，衣服并不是逃跑与否的决定要素，如果有机会逃跑的话，别说我还穿着文胸和底裤，你觉得一个女人光着身子就不可能逃跑吗？让我穿上衣服吧，我保证老老实实等我丈夫送来钱再离开。"

李丸用很浅显的逻辑说服了绑匪，换回自己的衣服。下午，她把被子翻过来，搭在床沿晾着，做这件事情的时候李丸忍不住笑了，她觉得自己的行为有点莫名其妙，仿佛要安了心在这儿住下去似的。

那个时候，她丈夫老武应该知道她失踪了。她跟白兰一起去酒吧或者咖啡屋泡着的时候也挺多，但从没有过泡一整夜的历史，通常都是半夜或凌晨时分回家。老武这几天没外出，天亮见她没回来，多半会打电话给白兰。那还用再分析吗？失踪了无疑。

她确信她的手机已经让绑匪给关机了。她不清楚外屋是什么样子，绑匪把她的包放在什么地方。她的活动权限仅止于这间只有一张床的卧室，还没有窗户。

黄昏时分，李丸又听到乌鸦的叫声，她站在垒满砖块的窗户旁边听了一会儿，分辨不出叫声的远近。但有一点可以肯定，这里很僻静，没有城里的声音，就连乡下的耕种之声都听不到。

晚饭他们吃的还是大碗面。由于活动量太有限，李丸没感觉到有多饿，但考虑到有一个漫漫长夜在等着，还是勉强吃了。

这个夜晚相比第一个夜晚，李丸冷静从容了许多，进而多了一些别的忧虑。绑匪是用一把大铁锁把她囚禁在房间里的，门里面还有一个插销，她过去把插销插上，不放心，检查了好几遍。实际上，这插销也就是个摆设，在外面一踹就完蛋。李丸躺在床上，用耳朵密切关注着外屋，她听到绑匪翻来覆去的，时不时出一口长气，好像从脚底板一路发上来似的。李丸想，他不会非礼我的，他哪有这闲心，愁都要愁死了。绑架不是一件好玩的事情，开弓就没有回头箭。

早上醒来，李丸主动要了一罐八宝粥喝，她想，还是间隔一点好，中午再吃大碗面，就不会那么反胃了。

李丸在墙上画上了第三道杠杠。绑匪出去了，临走之前，拿进来两份大碗面和一暖瓶热水，李丸问："要出去啊？"

绑匪没答话。

李丸又问："是不是去找我丈夫？"

绑匪还是不答话，手脚利索地把李丸捆绑上，这次不是用绳子和胶带，而是用一条铁链子。李丸说："怎么，要给我上脚镣啊？商量商量，不用这么对我吧，我又没跑过！再说了我往哪儿跑，你看我一个小女子，手无缚鸡之力的！"

绑匪根本不理会，站到床上去了。李丸也抬头看，发现天花板上有一个小铁环，绑匪正在把铁链子从中穿过来。李丸说："你准备这么充分，看来是想打持久战，我丈夫会为了区区六万块钱跟你打持久战吗？"

无论李丸用软的还是硬的，绑匪都无动于衷。他把铁链子两头分别跟李丸的两只手系到一起，倒是很富人情味地先在李丸手腕上缠了一层毛巾。

之后的一整天——也就是李丸来到这儿之后的第三天，她都是在这个再度缩水的空间里活动的。铁链子足够长，长到她可以围着一米二宽的单人床转圈，但也仅限于此，她连房间门都够不到。

当然，她也用不着够门，一应生活用品都齐全，包括大碗面、暖瓶，还有排泄用的一个破脸盆。当然还有卫生纸。李丸没事就扯铁链子玩，左胳膊拽到身后去，铁链子哗啦啦在天花板的铁环里跑一阵，把右胳膊拽到前面去。

其实李丸并不是有这份玩心，已经第三天了，老武铁定知道她失踪甚至遭遇不测了。现在他在外面只有两种状态：一，绑匪还没有通知他在什么时间什么地点交钱的事情，因此老武在满世界找她，报没报警李丸不好揣测；二，绑匪在绑了她以后第一时间就通知了老武，因此老武现在正在积极想办法，或许绑匪今天再次出门，就是跟老武交易去了。

李丸寂寞地玩着铁链子，同时不忘给自己打气：好好活着，好好等着老武来救我。这种情况下自己首先不能乱了阵脚，不能崩溃，要稳住。稳住就是胜利。

中午李丸咬牙切齿地又吃掉一份大碗面，晚上又吃掉一份。再没事干了，就听乌鸦叫。她试着在房间里大声喊："呱，呱！"外面的乌鸦没听见，依然按照自己的韵律在叫，她又提高嗓门叫了两声。

她努力大声叫唤。如果乌鸦听到她的叫声，那么外面要是有人，应该也能听到。后来乌鸦忽然停下来了，似乎在分辨这声音来自同类还是异类。她不失时机地又叫了两声，乌鸦听出她的蹩脚，轻蔑地大叫两声，很专业地回应了她。她不再用乌鸦的语言，而是拼足力气，大叫两声："救命啊！"外面无声无息，只有乌鸦的嘲笑。她泄气了。

半夜时分，院门呻吟，李丸从床上跳下来，恭候绑匪。

绑匪脸色阴郁，进了门就哗啦啦开锁，然后站在门口直勾勾地盯着她。她站在床的另一侧，跟绑匪保持一定的距离，小心地问："不顺利？"

绑匪不说话，李丸又问："今天没跟我丈夫谈判？"

绑匪掉头回了外屋。李丸听到他走来走去，一直到凌晨时分才安静下来。

第四天早上，李丸醒得很早，醒了很久绑匪才进来。

"早啊！你可真能睡，我都跟乌鸦说了好一会话了。"

"说了什么？互相说早安？"

"是啊！我现在也就只能跟乌鸦说说话了。你信不信，外面那乌鸦能听懂我的话。大家都说乌鸦的叫声没什么韵律，千篇一律的呱呱声，很难听，可我不觉得，我觉得里面还是有起承转合的，那些自以为是的笨人才听不出来呢。"

"是吗。我也听不出来。"

"告诉你啊，我还能听出外面有几只乌鸦，两只，很有可能是一公一母，不信你就出门数数去。这里太安静了，我这几天别的本事没见长，听力发达了。"

绑匪没心情听李丸说乌鸦，皱着眉头打算退出去。李丸大叫："你把我解开，我得把这脏盆子刷了，再去洗洗脸。你有牙刷吗，我都好几天没刷牙了。"

"没有。"绑匪没好气地走进来，把盆子端走了。李丸说："这算什么啊？我还没到生活不能自理的程度吧？"

其实李丸平时说话不是这味的，她没兴趣这样说话，老武八成也没兴趣听。之所以这么拿腔拿调的，一是尽可能让自己跟绑匪之间的关系多点人味儿，多点家常味儿，这当然有利无害；二呢，李丸觉得绑匪并非十恶不赦的那种坏蛋，他是个老实人，没什么底儿，李丸很容易就能看出来。他是被逼急了。狗急了还跳墙呢。

中午，李丸跟绑匪商量："咱换换口味行吗？总是方便面，我昨晚都做噩梦让方便面缠死了。"

绑匪很难得地笑了，问："你想吃什么？"

李丸说："该吃点蔬菜什么了吧？长时间不吃菜，对身体不好。尤其像你这样成天为生活奔忙的，更得注意饮食。要不这样，家里有没有菜？我给你露一手？"

"别耍心眼！"绑匪立马变了脸。

"好好，我不露，不露行了吧？我也真是，搞不清自己的地位，一个囚犯而已。"

中午，李丸绝食了一顿。方便面泡好了，都泡肿了，绑匪吃了，噎得一个劲打嗝。李丸说："一碗面，倒了呗，遭这罪，撑坏胃就不划算了。"

绑匪说："只有你们富人才不拿粮食当回事！"

午饭后绑匪又出去了。

四

第五天，早上醒来，李丸发现绑匪不在。似乎从昨天午后出门了就没回来。床边地上照旧是大碗面和暖水瓶，她不得已，又吃了一份大碗面。

这天，绑匪是黄昏时分回来的，脸色铁青，不过，破例给李丸带了一个盒饭。李丸掀开盒盖子，一眼看到一个黄澄澄的煎蛋，几片青白色的卷心菜叶子，两块红烧肉。她喵地大叫一声，把绑匪吓了一跳。

李丸说："不好意思啊，我上大学的时候外号就叫猫。你肯定想知道为什么吧，因为我一看到好饭就喵喵乱叫。没办法，小时候挨饿嘛。那时候我们家养着一只猫，人都挨饿，它就更得挨饿了，每当看到小碟子里有了吃食，它就喵喵叫着扑过去，浑身的毛乍得像刺猬。"

李丸边说边狼吞虎咽，间隙里还讨好绑匪："谢谢你啊大哥，多亏这盒饭，否则你半夜看见我能吓一跳，为什么？因为我眼睛肯定是绿的。"

当然李丸还不动声色地观察绑匪，绑匪闷闷不乐，这就等于说，事情办得不顺利。

吃完盒饭，绑匪居然又提了一个袋子进来，里面有牛肉干、沙琪玛、瓜子和苹果。李丸叹了一口气："大哥，看样子你打算让我长住沙家浜了。"

绑匪哗啦把袋子里的东西倒到地上，说："他妈的！是那龟孙子要让你在这长住，不是我！我告诉你啊，你想长住我还不一定答应，惹急了我就撕票你信不信？"

"别呀别呀大哥，不是有句老话说了吗，好事多磨。我丈夫肯定有迫不得已的原因。"

"那我的原因谁替我想？我儿子春节都没回来过，在大学里给寒假的函授班打扫卫生，刷厕所，为的就是省点路费，挣点学费！你要有儿子你舍得叫他吃这苦吗？"

"我倒是想有这样一个儿子，可是我没有，老天爷不给我。"李丸有点黯然神伤。生育是她的心头病。"你看我丈夫有钱，你就觉得他活得风光是吧，你就恨他是吧，可是某些方面他比你可怜，你有儿子，他没有，他死了以后万贯家产都找不着人继承。你死的时候能闭上眼，他闭不上啊！还有比死了闭不上眼更可怜的事情吗？"

李丸滚出眼泪来，吓着了绑匪，绑匪不说话了，从外面找来一条脏兮兮的毛巾。李丸说："麻烦你下次去超市买两盒纸巾来好吗？"又说，"唉，算了，你要那点钱不容易，还得自己掏腰包负担我在这儿的饮食起居。"

李丸掉泪有一半是因为老武，都第五天了，老武有什么理由为了那五万八千块钱把她晾在这里不管不顾？

"大哥，你给我电话！必须给我！否则我就当着你的面咬舌自尽！你把我舌头绑起来我也能咬到！"

李丸把舌头伸到上下牙齿之间，开始使劲。绑匪说："行了，别闹了！"出去把手机拿进来。

开机，拨快捷键3，屏幕上出现老公俩字。拨通了，却没声音，李丸分明听到老武在里面喘气，就说："老武！怎么不说话？"

还没等老武说话，绑匪就过来夺过手机，摁了扬声器键。

老武在那边放下心来，说："我不是怕是那歹徒拿你电话给我打吗？"老武叫绑匪为歹徒。"你没事吧？他没对你怎么着吧？"

李丸本意是想没好气地告诉老武歹徒没加害于她，但是绑匪不知道什么时候又把刀子拿到手里了，比着李丸的右脸，刀锋挨着皮肤，冰凉冰凉的。李丸就学电视剧里那些花容失色的女主角，对老武哭诉："老武，快来救我！"

"别哭，先告诉我你在什么地方？"

"我不知道，我是蒙着头，给打晕了搬来这里的，窗户都堵死了，我缺少日照，老武……"

"你别哭！"老武声音有点不耐烦，李丸立即停下来。老武又换了语气，"丸啊，是这样，我短时间内还不能给钱。"

绑匪把刀往下压了压，李丸又叫："为什么啊？"

"你别叫！好好听我说！"老武说，"丸啊，你也知道我刚上马一个新项目，资金周转不灵，另外，我要是答应了这个歹徒，回头还会有好几十个歹徒来效仿，你难道愿意整天被绑吗？还有，你别怕，你见过几个真正撕票的案例？他现在比你还害怕呢。"

"不行老武，快点来救我，你再不来我就真要被撕票了，我现在脸已经给划了好几道，都要毁容了！"李丸这次不是在绑匪的指点下才叫的，而是自觉主动地叫，她意识到老武是想跟绑匪较劲下去，看谁能耗过谁，说白了，就是一种心理战术。老武赌的是绑匪不敢撕票，为了区区六万块而撕票，到头来把自己送上断头台，除非绑匪神经不正常。可是，他们两人较劲，那她怎么办？

她还想继续叫下去，老武匆匆安抚了最后一句："你理智点啊李丸，现在要跟我站在一条战线上。你毁容也是为我毁的，我会养你一辈子。这样，你先跟他周旋着，以你的智商，对付一个农村出来的打工仔没问题，我在外边想办法，会想出办法的。就这样啊，自己保重。挂了。"

李丸不可思议地看着手机屏幕上的光暗淡下去，浑身无力地坐到地上，半天没吭声。绑匪也没吭声，俩人就那么坐着，都很茫然。后来李丸哭了，眼泪一颗一颗地掉。绑匪有些不安，好半天才找着一个话题："我看了，外面的确有两只乌鸦。在院子里的大榆树上。"

李丸说："告诉你啊，我有十几年没哭过了，早想哭一哭了，可是，一直找不着什么理由哭。"

"没事，你哭吧。"

"你是不是觉得我可怜，在同情我？你同情我什么？同情我三十六了，人老珠黄了，吸引不住我老公扛着枪炮来救我？"

李丸简直打算撒泼了。

"我……我没那意思，真的，骗你是小狗。"

"你才小狗呢。你知道吗，你就是一只可怜的小狗，抢了一根没有肉的骨头。快把我放了吧，留着我干吗用，还得倒贴，伺候我吃喝拉撒。"

绑匪一下子警觉了："谁知道你是不是在跟你丈夫演戏给我看？你们这些富人，太狡猾了，一群无赖！"

这次绑匪不仅给李丸带回除了大碗面之外的吃食，还给自己带了酒。当夜，一脑子茫然的绑匪在外屋不停喝酒，李丸听到他在用牙齿咬啤酒瓶盖，瓶盖和他的牙齿互相恶狠狠地啃啮，发出搏斗的声音。她朝外面叫："你才四十多岁，不要牙了？拿进来，我给你开酒。"

李丸用两根筷子开酒瓶盖子，筷起盖落，把绑匪看呆了。李丸说："怎么样，潇洒吧？我们刚创业的时候，老武就喝这种瓶的酒，都是我给开。总说要去买个瓶起子，总是没买。老武那时候也用牙齿开，为了保住他的牙，我就学会了用筷子开。咱俩商量个事行吗，我能不能也喝一瓶？"

要是绑匪还没喝酒，肯定会对此要求提高警惕，可是他已经喝掉两瓶了，迫切希望有个人陪酒。喝酒的人都怕一个人寂寞地喝。不过绑匪的警惕性也不是全面放松，他进来之后就关上门，背靠门坐在地上。他块头大，一下子就把门堵上了，李丸甭想通过门逃生。

"还真是想喝酒了，"李丸说，"真想喝个酩酊大醉。"

"我知道，你心里不好受，所以才让你喝点。不过，你趁早别给我动什么歪脑筋。"

"你放心吧，深更半夜的，我跑出去让狼吃了，还不如躲在这里呢，"李丸拿起瓶子咕咚喝一口，咕咚又喝一口，品味片刻，说，"其实，挺奇怪的，我倒是谈不上多么难受，多么万念俱灰，只是觉得疑惑。跟老武结婚十二年了，原本以为互相都从头发梢了解到脚后跟了，现在看来完全错了。你说，是我从来都没了解清楚他，还是他半道上变了，我没察觉？"

"坏人生下来就是坏人，怪你善良，没看透他。"

"你不许说他是坏人啊！再说了，人是一种多么复杂的动物啊，能简单地用好人坏人来区分吗？打比方说吧，我看得出大哥你是个好人，也许你从生下来就是个好人，截止到目前没干过任何坏事。但是，你明白吗，你现在犯法了，你绑架人质！单就这一件事来说，就是一件坏事！但你承认你是个坏人吗？肯定不承认。"

"我说不过你，你们城里人都狡猾。我告诉你啊，你别看我喝酒了，我头脑清醒着呢,你别打算用花言巧语蒙蔽我。"

"警惕性还真是高。我告诉你啊,其实我最怕的不是狼,而是蛇。有段时间我怕跟蛇外形相似的任何事物,包括裤带。看书时如果不小心看到蛇这个字,我都要把它抠出来扔掉才安心。要说我为什么喜欢城市超过农村,最大的原因就是城里看到蛇的概率低。所以,我宁愿在这屋里困死,也不愿出门冒险。"

李丸喝高了,喋喋不休,不知所云。反正她今晚是不打算逃跑了。

五

第六天。

一觉醒来,李丸也不知道是什么时间,绑匪把她的手机又收起来,门反锁,又出去了。

不管什么时间吧,憋了就尿,饿了就吃,李丸现在完全凭借生理需要过日子。之后就拖着铁链子围着床转圈,转了一百圈,权当锻炼。

除了转圈,李丸还跟外面的乌鸦对话。她现在听力十分了得,隐约能听到除了两只大乌鸦,似乎多了几只小乌鸦,叫声稚嫩稚嫩的。她惊喜得要命,全副精力都集中到耳朵上去,听那几只小乌鸦的叫声。生活发生了重大变化,她下意识地去找手机,想打电话告诉绑匪。之后她自嘲地笑了——这不是昏头了吗,手机在哪,绑匪又是谁?乌鸦只是她生活里的一个内容,关绑匪什么事,绑匪才没这闲精力。

第六天的整整一天,绑匪都没回来。他留下的那些吃食都让李丸消灭干净了,再不回来,李丸就有断顿挨饿的危险了。

第七天黄昏时分,铁门终于响了,李丸简直要热泪盈眶。拖拉机一样的轿车开进来,铁门呻吟着关上,之后是外屋门的响声,脚步声有点重,最后是里屋门大铁锁,吧嗒!门开了,李丸吃惊地瞪大了眼——绑匪抱着一个蓝白条纹编织袋子进来了,火车站随处都可以见到打工仔扛着的那种编织袋。

李丸说:"太恐怖了,难道我还要在这儿住上一年半载的?要储备这么多粮食?"

绑匪不说话,很小心地把袋子放在床上,拉开拉链。李丸探头过去,天,一个孩子!

"干吗你?弄头小野猪回来咱还可以吃顿烤乳猪,你弄个孩子回来干吗?吃烤孩子?"

"你说对了,不是小野猪,是小野孩。"

绑匪示意李丸帮帮忙。两人一起把孩子从袋子里抱出来,放到床上,盖上被子。孩子在沉睡,三四岁的样子,李丸问:"这谁?"

绑匪不说话。垂着手站一会儿,出去了,李丸听到他在院子里开关车门的声音。之后,他提着一个袋子进来,这次里面全是粮食,不过都是孩子的,果冻、饼干、优酸乳、QQ糖,一大堆。

"没我的?"李丸说,"我的都吃完了。"

绑匪扯起嘴角笑一下,大概嘲笑李丸在吃一个小孩子的醋。

"他是谁?到底多少有钱人欠了你的钱?我说你也真是,你去绑他老婆,就像绑我一样,或者你去绑他老爹老娘,干吗去绑人家孩子?孩子这么小,你真忍心。"

"老婆都不管用,老爹老娘也管用不到哪儿去。"

"两天不见,你怎么变得阴森森的了?还聪明了。看来是从我身上接受经验教训了,绑老婆不管用。这孩子他爸欠你多少钱?"

绑匪还是不说话,心思复杂地看着李丸,李丸说:"你有话就说,我受不了你这样。"

孩子忽然在床上蠕动一下,李丸吓一跳,绑匪也吓一跳,都去看孩子。孩子慢慢睁开眼,看看李丸,又看看绑匪,不认识,就慢慢坐了起来,又看看四周,说:"找妈妈。"

李丸看看绑匪,说:"你作的孽,自己解决吧。"

孩子警惕地看看李丸,大概在琢磨李丸的话是好话还是坏话,琢磨一会儿,跟他妈妈没什么关系,就撇撇嘴,打算哭。绑匪手足无措,求救似的看李丸,李丸白了绑匪一眼,在床边坐下来,说:"宝宝乖啊,妈妈有事,跟阿姨玩行不行?"

"阿姨你是谁?我不认识你。"

"阿姨啊,是你妈妈的好朋友,妈妈有事出去了,给阿姨打电话,让阿姨接你来住两天。"

李丸郑重其事地撒谎，心里也很诧异，她是从来没跟孩子打过交道的，竟然无师自通了。

　　"这是你家吗阿姨？怎么没有电视，我要看《喜羊羊与灰太狼》。"

　　"有电视吗？"李丸压低声音恐吓绑匪。绑匪说："有，就是不知道坏没坏。""哪儿？""外屋。""给我解开！犹豫什么，再犹豫你就自己收拾烂摊子！"

　　李丸转头朝小男孩说："谢谢你啊！"李丸是发自肺腑地感谢小男孩，她就要第一次迈出这间屋子，看看外面是什么天地了。

　　电视倒是打开了，但没有《喜羊羊与灰太狼》，因为没接有线信号，小孩想看的频道收不到。李丸与绑匪面面相觑，小孩可不管这些，终于抽抽搭搭地哭起来，李丸无论怎么哄都像是在推波助澜，小孩索性放开嗓子大哭了。

　　"不许哭！再哭我送你出去喂大灰狼！"绑匪烦躁不安起来。

　　李丸打量了一下外屋，外屋面积比较大一些，没有床，原来这些天绑匪睡在地铺上。整个房间里除了地铺，就是一口农村做饭用的大锅，还有一个单头小液化气灶，一个水泥砌成的水池子，都灰头土脸的。

　　"还哭？"绑匪嗖嗖地走到门边，打开，又嗖嗖地回来，把小孩夹在胳肢窝底下，一路夹到门口，朝外扔。外面漆黑一团，乌鸦听到开门，呱地叫一声。小孩踢蹬着腿，往回挣扎。

　　"干什么你，疯了！"李丸也跑到门边，跟绑匪抢小孩，绑匪也不是真的要把小孩扔出去，就顺坡下驴，把小孩一路又挟持到里屋，同时驱赶李丸："进去！"

　　完了，李丸刚在外屋待了不到半小时，又返回来了，绑匪哗啦哗啦拾起铁链子。李丸说："求求你了，让小孩子看见我戴这玩意儿，多不好意思啊！再说了，我夜里照顾他需要方便点，你说是不是？你把这房子里三道外三道都锁了，我插上翅膀也飞不出去呀！"

　　绑匪思忖再三，接受了李丸的请求。

　　小孩让绑匪这么一吓，很识相地闭了嘴巴。等绑匪出去了，才敢扁着嘴哭，李丸说："我的小祖宗，你就别哭了，你再哭，我也不罩你了啊！"

　　不久小孩就被方便袋里花花绿绿的小零食吸引了注意力，李丸尽心尽力地伺候着这个小祖宗吃了两个小果冻，又打开一盒酸奶。小孩躺在床上喝，喝着喝着睡着了。李丸敲门，把绑匪叫过来，问他："小孩怎么这么快又睡了？"

绑匪说："可能是没睡够吧。来时我给他吃了小半片安眠药。"

"什么？你给孩子吃安眠药？真够歹毒的。"

"哼，我歹毒？世界上再也没有比他爹更歹毒的人了。"

"你才认识几个人？就敢放眼全世界地豪言阔论？"

"教训我？你再教训我，我就把你扔出去喂蛇！"

"你！我算明白那句话了，可怜之人必有可恨之处！我掏心窝子跟你说的话到头来成为你要挟我的砝码了，是不是？"

"少说废话！我看你才是全世界最可怜的人！"

"我可怜？我可怜什么？我不就是凤凰落到鸡窝里了？有本事你就撕票，我起码还是为了六万块死的！你呢，你迟早要被抓住，吃枪子儿！你吃枪子儿不说，六万块也没机会享用了！看你这样子，不定连老婆都跟人跑了呢！"

李丸以为绑匪能受刺激，现在李丸真是有点绷不住了。要是绑匪受了刺激，跟她动起手来，打上一仗，没准还好一些。但是很奇怪，绑匪没动怒，倒是很平静地听李丸发完怒，说："真是可怜。"

然后锁门了。李丸垂着门，不依不饶："你说说，我为什么可怜，我可怜在哪，你说！"

六

夜里李丸睡得很小心，头一次跟一个这么小的孩子睡一起，总觉得不习惯，生怕压着他，还怕他蹬了被子，频频爬起来摸摸。

半夜，这小孩忽然翻来覆去，两条腿还不耐烦地蹬了两下床板，李丸不知道他要干什么，就欠起身子观望。小孩更不耐烦了，一骨碌爬起来，睡意蒙眬地站着，说："尿尿！"

李丸慌手慌脚地下床打开灯，拿起盆子伸到小孩小鸡鸡下面，说："尿吧。"小孩闭着眼，哗哗尿完，咕咚躺下了。李丸放下盆子，刚要闭灯，绑匪警惕地拿钥匙打开门："你要干什么？"

"小孩尿尿了！"李丸没好气地说，"我算是倒霉了，被绑架，还要兼职当保姆。"

绑匪理亏地说:"你是女的嘛。我怕照顾不好他。"

"嗐,什么时候变这么好心眼儿了?你要好心眼儿就不该绑这孩子来!你充什么好人哪。我是女的,我是女的就倒霉啊?我不管了,你抱走,抱你地铺上去!"

李丸真转身到床上打算抱孩子了,头一低下去,发梢拂到孩子脸上,孩子抬起手来就抓住了,捏在小手里轻轻地揉,李丸抬一抬头,小孩的手揪得紧了。李丸叹口气,不再抬头了,别别扭扭地躺下去,说:"麻烦你,给关一下灯!"

可是不久又出事了,孩子捏着李丸的头发,捏着捏着,发觉不是他妈妈的,越捏越不像,又伸过小手摸李丸的脸,这下确定了刚才的推断,不干了,抽抽噎噎:"找妈妈,找妈妈!"

李丸又下地去开灯。小孩坐起来,看看四周,哇地哭了。李丸说:"阿姨给你唱歌?跳舞?"小孩都不干。李丸说:"你再哭,外面那灰太狼就进来了,把你抓住扔出去喂真的灰太狼。"

"哪一个灰太狼?"小孩被吓住了,暂时不哭了,但是开始提问题。

正好绑匪开了门探进头来,李丸指着他说:"就这个灰太狼,像不像?"

小孩说:"像。"

李丸哈哈大笑。绑匪说:"你还看动画片啊?"

李丸说:"当然了。我天天不用上班在家待着,除了上网就是看电视。其实我特别爱看动画片。怎么,可笑啊?你就笑吧,有你哭的时候。唉,看在我替你看小孩的份上,电话拿给我,行不行?"

"你就别做梦了!"

李丸垂头丧气地坐在床上,小孩说:"灰太狼走了。"

李丸说:"可恶的灰太狼。明天我学红太狼,拿平底锅敲他脑袋。"李丸其实也不知道自己为什么爱看动画片,她不肯承认是因为没孩子,心里空虚。

小孩破涕为笑,抓着李丸的头发睡着了,很快就大概做了什么梦,扯起小嘴角笑了。李丸支着头,看着小孩梦中笑起来的样子,嘴角扯起来的形状,心里忽然跳了两下。她再也睡不着了,索性坐起来端详小孩的脸,越端详心越跳，最后干脆掀起被子看小孩别的地方，从肩膀一直看到脚，又翻过身子来看后面。

最后李丸在小孩屁股上发现一颗小痣，这痣的形状和位置她太熟悉了。李丸翻身下床，砰砰敲门。绑匪打开锁，问："小孩又哭了？"

李丸说："两个选择，一，你进来，二，我出去。我有话问你。"

"你出来吧。"绑匪大概怕了小孩的哭闹。

"这孩子是谁？"

"不关你的事。"

"你从哪把他绑来的？"

"幼儿园。"

"他爸爸是谁？"

"都说了不关你的事，问多了对你没好处！"

"你怎么知道不关我的事？"

"你怎么知道关你的事？"

"好，我不告诉你你就不会说实话是不是？我告诉你，我丈夫屁股上长着一颗痣，他爹屁股上也长着这么一颗痣，还有，他爷爷，他爷爷的爹，他爷爷的爹的爹，屁股上都长着这样一颗痣，这小孩屁股上也长了！你说他关不关我的事！"

"这也说明不了什么问题呀！"

"这小孩做梦时笑起来的样子跟我丈夫一模一样！还有，他不笑的时候也像，他的神态、表情、五官、脸型，甚至发际线，都跟我丈夫一个模子里刻出来的！我跟我丈夫一张床上睡了十几年了，这点还看不出来？怎么，哑巴了？刚才不挺能说的吗，不是说我是全世界最可怜的人吗？怎么不说了？"

"我无话可说。"

"你是怕说了我脸上挂不住是吗？我丈夫在外面养了私生子！你可真行啊，我还真没看出来你这么狡猾，绑了我不管用，终于绑了一个管用的来！原来失踪两天就是办这事去了！我原来还以为你笨，现在看来你一点都不笨，你贼精！这下你就快拿到你的六万块了！"

李丸打算大闹一场，她太需要大闹一场了。这个时候绑匪的手机来电话了，静音，只有屏幕一亮一亮。李丸下意识地喝止绑匪："不许接！"

绑匪把手缩回去了。李丸拿起电话看，屏幕上显示武老板。李丸说："从现在开始，武老板来的所有电话，没有我的允许，你都不许接！"

"你别搞错了，在这里我说了算！"

"不听是吧？不听你就甭指望拿到你的六万块！你信不信？不信你就试试，我让你拿不到钱还倒大霉！我的丈夫我了解，我知道拿什么办法对付他！"

绑匪让李丸的气势镇住了。李丸说："你现在给我关机，明天再说。"绑匪就真的关了机。

李丸说："还是你跟那小野种睡吧，我怕我待会儿控制不住把他掐死了。"

绑匪说："你可别，你要把他掐死了，我下辈子做鬼也不放过你。"

李丸又呵呵地笑了："这话应该是女人说的，你看看你，都成什么样子了，六神无主是吧？早知今日，何必当初呢。有些事啊，就是开弓没有回头箭，这世上没有后悔药可吃。"

说实话，依着这气愤劲，李丸真有掐死那小野种的心。她返回里屋，坐那继续端详小孩，越端详，那小孩脸上身上跟老武相似的地方，越戳得她眼尖子疼。这样呆坐到快天亮，想七想八的，人又困倦，终于走了极端，也不知道怎么的，神思恍惚，拿起铁链子就把小孩绑起来了。小孩醒了，撒撒嘴："找妈妈。"

李丸不搭理小孩，拿指甲盖去墙上画道道。第八天了。小孩见这阿姨脸色阴暗，很像他妈妈生气时的样子，就识相地闭了嘴，想自己下床去盆子里尿尿。一动，发现手腕上绑着铁链子，觉得好玩，注意力就被吸引过去了。李丸一跃而起，拿起铁链子就往小孩脖子上套，套上了，咬牙切齿手上用力。

小孩觉得脖子疼，阿姨的样子很吓人，不好玩了，终于哭了。外面绑匪才刚刚睡着，听见小孩哭，一个猛子扎进来，让眼前这阵势吓得不轻，过去抓住李丸后衣领就把她提溜起来了，往地上一蹾，就慌里慌张地过去解救小孩。绑匪把铁链子绕了好半天才取下来，给李丸戴上了。

小孩哭得快没气了，脖子上一道勒痕逐渐变成红色。绑匪呵斥小孩："不许哭！再哭我就拿刀去宰了你爸爸！"

这一招管用，小孩立马不哭了，哭声憋在口腔里，噎得一抽一抽的。李丸靠墙坐着，不忍心再看，两只手捧住脸，也哭了。哭一会儿，对小孩说："对不起啊小孩，阿姨刚才跟你玩呢，做游戏。"

小孩将信将疑，李丸拿眼神示意绑匪替她圆谎，绑匪气咻咻地瞪李丸一眼，对小孩说："对呀，阿姨在跟你做游戏呢。"

"做什么游戏？"

李丸接过去说："绑人游戏呀！你看，叔叔把阿姨绑起来了，是不是特别好玩？"

"不好玩。阿姨，我不叫小孩，我叫武林。"

"哦，武林。你爸爸是不是叫武林高手啊？"

"不是。"

"我觉得你爸爸应该叫武林高手。"

"我饿了。我要吃煎蛋、面包，还有豆浆。"

李丸盼咐绑匪："还不快去？"

绑匪为难地说："叔叔这儿没有鸡蛋，也没有面包，更没有豆浆。"

"可是，我妈妈每天都用豆浆机给我做豆浆喝，还有面包和草莓酱。我饿了。"小孩连解释带强调。

"该！"李丸幸灾乐祸地对绑匪说，"你以为弄个小孩回来，会跟弄我回来一样省力？你真是遭报应。"

"你闭嘴！"绑匪又呵斥小孩："别给杆就爬啊！家里有什么就吃什么，你们幼儿园中午吃午饭的时候不就是做什么吃什么吗？再不听话我就告诉你们老师去，罚你站！"

不提醒还好，一提醒，小孩想起幼儿园这码事了："我要上幼儿园！"

"不许去！你给我在这儿好好待着！"

小孩又哭了。李丸忽然听到外面有什么响动，就说："武林，快听，外面有乌鸦叫，还有猫呢！"

三个人的注意力都被吸引到院子里了。李丸凝神一听，果真有乌鸦叫声，还有猫叫，大乌鸦叫得很急很愤怒，小乌鸦叫得很悲惨，猫喉咙里则发出呜呜的示威声。李丸对绑匪说："快去看看！"

不久，绑匪两手托着一只小乌鸦进来了："一只野猫，爬到树上叼出小乌鸦，让大乌鸦发现，打起来了。"

七

第八天一整天，李丸都跟小孩一起照顾小乌鸦。刚生下来没几天的小乌鸦羽毛还没长全，更不会飞，李丸猜它哺乳期应该都没过。对哺乳这类问题李丸没有发言权，她只是猜测，因此，倒了一些牛奶给小乌鸦喝。

小孩跑前跑后配合李丸。在李丸的指挥下，绑匪去附近找了些草回来，他们按照大榆树上的鸟窝模式，在里屋给小乌鸦搭了个窝。小乌鸦很惊恐，瑟瑟发抖，大乌鸦则在院子里呱呱乱叫。李丸让绑匪出去把大乌鸦也弄进来，让大乌鸦看看小乌鸦没事就放心了。绑匪说："不就是一只鸟吗，还是只丧鸟，弄得比人还金贵。"

李丸说："你就是一个冷血动物，没爱心！"

绑匪无法在言语上跟李丸抗衡，就说："我可没工夫，我还有重要事忙。"

李丸说："给老武打电话是不是？我告诉你啊，先别打，你等他打过来，别接，等他打到第一百遍再接。"

"为什么？"

"你说呢？榆木脑袋是不是？前些天他都是怎么折磨你的？你给他打了多少电话他都没接？不应该返回身去折磨折磨他呀？心理战术你懂不懂？什么都不懂就绑人。"

"说得也对。不过，你不会倒回头来帮我吧？谁和谁是一帮的我还分不清啊？以为我是傻子？"

"你以为你不是傻子？你听好了，我能帮你多要钱，我了解老武。你让他折腾成这样了，不多要点钱于情于理都说不过去，况且这点钱对他来说还不是九牛一毛？我还告诉你，我跟谁都不一帮，我这样做，说白了吧，一是我生老武的气，为什么生气你知道；二是为你打抱不平，我生来就这性格。"

绑匪有点心动，问："你意思是，我可以多跟他要钱？"

"当然！我告诉你，你等他打够一百遍电话，然后给他发一条短信，别啰唆，就一句话——改价码了，五十万。"

"啊！太多了！"

"你就是烂泥扶不上墙！我告诉你，老武买一个号称古董的破瓶子都花十万块。算了,我看给你五十万能把你吓出心脏病来,这样吧,二十万,你跟他要二十万。二十万你还愁花不完吗?你儿子将来买房子也就只够买一间!你不知道现在的房价啊!"

"那……那行,我听你的。"

之后绑匪就神经质地盯着手机,屏幕亮一次他就哆嗦一下,跟李丸汇报一次。李丸让他好好数着,别每次都汇报。

老武拨绑匪电话到一百次的时候,已经是第八天的下午了,李丸算了算,平均三分钟拨一次。"够了吗?你给他总共拨过多少次?"李丸征求绑匪的意见,绑匪说:"不够,不过也可以了。"

接着绑匪就给老武发短信,李丸在旁边看着发的。五分钟后,老武的短信回过来了:"我答应你。不过,请叫我妻子接电话。"

李丸说:"你给他说,他妻子让你打昏过去了。"

"然后呢?"

"然后你告诉他,什么时间什么地点交人交货,等你短信。这期间叫他夹起屁股,别骚扰你,更别报警,否则他孩子死无全尸。"

之后李丸又交代绑匪要沉住气:"男人做事就得往狠里做,反正你现在已经是绑架勒索了,勒索六万和二十万,下场一样。"

老武很听话,没再来电话和短信。李丸对武林说:"你爸爸很爱你是不是?"武林说:"我也爱爸爸。"李丸说:"你真有个好爸爸。"

傍晚,李丸吩咐绑匪出去购物。她列了个清单,包括她要的大红枣酸奶等零食,还有干纸巾、湿纸巾、换洗衣裤,武林需要的食物和换洗衣裤。另外还有一堆易放的菜、大米、面粉、挂面、肉。"你别心疼钱,我钱包里有张超市消费卡,你拿它去买。""安全吗,这卡?""安全,这不是银行卡,就是单纯的消费卡,没有账户的。其他东西你要是觉得有用就买,多储存一些,就不用老是往外跑了,不安全。"

这下轮到绑匪不干了:"我可不想在这多住!"

"这不是有备无患嘛。"

这天晚上,李丸用外屋的大锅和小灶煮了粥,炒了菜,小乌鸦也打了打牙祭,吃到一些碎肉。李丸和武林都大口小口猛吃,绑匪吃不下,李丸告诫他,人是铁饭是钢,都已经这样了,什么都别想了,填肚子养身体是第一要务。

武林看看这个看看那个，问："叔叔阿姨说的什么，我怎么听不懂？老武是不是我爸爸？"李丸说："不是，老武是喜羊羊，灰太狼要去抓喜羊羊。""电视上喜羊羊不叫老武。""我指的是现实生活。电视上喜羊羊还是只好羊呢。""叫老武的喜羊羊不是好羊吗？""不是，是一只从里往外淌黑水的坏羊。""哦。"武林似懂非懂。"你几岁了武林？""三岁半。""几月生日？""十月。"

李丸闭眼掐算，绑匪问："琢磨什么鬼点子？我现在觉得你比我狡猾。还是富人狡猾。"

"别打扰我，我告诉你，这几天我让你囚禁得反应能力急剧下降，算数都不会了。灰太狼，你知道吧，三年半之前我三十三岁，那一年发生了什么事情，你肯定不知道。"

"不知道。你被潜规则？"

"去，你才被潜规则呢。那年我受伤了，从台子上摔下来。你不知道摔得有多惨，骨盆四分五裂，到医院好不容易才拼起来。"

"有那么严重？"

"你就不许我适度地夸张啊？反正从那以后，我就失去了生育权。这个小孩，就是那时候有的。他娘一月份怀上他，十月份生下他。他爹在那一年遭遇了三个重大事件，老婆骨盆摔裂没让他绝望，倒是促使他快马加鞭地弄了个小野种。看不出来吧？不过我也挺佩服你灰太狼，我都不知道的事，你是怎么知道的？"

"我哪知道啊，不就是那天你说老武可怜，死了以后巨额财产没人继承，我就灵光一闪，出去查他有没有小野种。"

"呵呵，跟我泡这些天，出息见长，脑袋都是灵光啦？"

"这不是被逼的嘛。我可是花了大价钱，雇了私家侦探的。"

"我给你报销，给你报销！喝酒！"

武林在旁边逗弄小乌鸦玩，绑匪问："能养活吗？"李丸说："告诉你，乌鸦最好养了，本来它们就是靠吃垃圾食物为生的嘛，还吃死尸、腐肉。咱给它新鲜肉，它不更跳着高地茁壮成长？过几天它娘就不认识它了，一看，打哪跑出来个小青年呢。"

有了新换洗衣服，晚上李丸和武林都从里到外洗了个澡，用大锅烧水。

李丸抱怨这里没热水器，绑匪说："这是我以前养貂的房子，哪有热水器。这一排并肩八间房，另外六间从前都是貂房，只有这两间是看门人睡觉和做饭的地方。看门人一个孤老头子，人家不要求用热水器洗澡。"

"你以前养过貂？"

"我干过很多事。养貂的前两年也小发过一笔，第三年行情不好，原来一张貂皮卖两三百，第三年连一百都卖不上。貂可比乌鸦能吃，我天天得去批发小鱼小虾，回来粉碎了，跟玉米面和在一起，蒸熟了给它们吃。小貂还得吃鸡蛋呢。一张貂皮连一百都卖不上，我就破产了。然后去城里打工，两年一个子没拿到。"

李丸对绑匪刮目相看起来，人家先前也发过，也不是一个从头到脚都穷得冒烟的人啊。想必那花花公子皮包就是发迹时置办的吧。也算是虎落平阳了。呵呵，李丸笑了，她是凤凰落鸡窝，绑匪是虎落平阳。一对倒霉蛋儿。

八

第九天，李丸给绑匪设计了一条很迂回的路线，受电视启发，反正就是拖着老武换地点，一共设计了五个地点。李丸交代绑匪千万不要跟老武见面。"我了解他，今天他绝对不会给你钱，肯定埋伏了人等着抓你，他要是轻易能给钱，还用等这么些天？还是那句话，心理战术，把他拖垮了，拖崩溃了，他就一摊烂泥任你揉搓了。你要不听我的，今天就是你蹲大牢的日子，戴你手腕子上的可就不是那轻飘飘的铁链子了，而是手铐，手铐你懂吗？"

然后李丸在后方陪武林玩。武林时不时就放下手头的玩物，可怜巴巴地找妈妈。李丸问他："妈妈漂亮吗？""漂亮。""风骚吗？""阿姨，风骚是什么？""现在不告诉你，你长大就知道了。""哦。阿姨，我想出去。"

"你以为阿姨就不想出去呀？不过不行，咱们得做游戏呀！还要养小乌鸦呀！"李丸忽然想起奥斯卡获奖影片《美丽人生》，就骗小孩："叔叔在跟咱们做游戏呢，谁要是老老实实在屋里待着，待好多好多天，叔叔最后就送谁一辆大坦克。你喜欢坦克吗？""喜欢。""对了！你知道吧，叔叔到时候送一辆真的大坦克，咱开着坦克回家，然后开着坦克上幼儿园，好不好？""好。"

"咱还得把小乌鸦养得胖胖的,养到长翅膀,能飞了,咱才能回家。你知道吧,小乌鸦长大了就会学说话,它可聪明了。""真的吗?我说金甲战士,它也会说金甲战士吗?""当然了!所以你可要好好养它呀,知道吗?""知道。"

小乌鸦开始长羽毛了,软软的,稀稀的,却也已经发出紫蓝色的金属光泽。其实乌鸦的羽毛并不是纯黑色的,世俗的眼光什么时候准确过?

绑匪这天很累,全身心地累,不过完全遵照李丸的设计行动,没有临场发挥。晚上李丸教他跟老武短信交涉:"你告诉老武,他很不老实,极端不老实,因为他不是一个人去的。"

"你怎么知道?万一他是一个人去的呢?"

"咱俩谁是他老婆?"

不久老武回短信了:"对不起,我只是找人帮我提包拿钱,不是便衣。"

李丸教绑匪:"你问他,当我三岁小孩啊,保镖吧?继续等我消息,考虑清楚了,下次要还敢这样,我提着小兔崽子的耳朵去见你。发完就关机。"

"怎么样灰太狼?我说得没错吧?你今天要是跟他交易,当场就给逮起来了。快,手机还我,我有事。"李丸很骄傲。

灰太狼警惕地掖一掖口袋,那里装着李丸的手机。

"这样吧,咱俩商量件事,首先呢,我得告诉你我不是守财奴,我这人,钱够花就行。我打算出去以后跟老武离婚。我只要跟老武离了婚,就能分到一大笔钱,很显然他是离婚的过错方。要是你听我的,我分到钱后,再分给你一部分,至少五十万,你看怎么样?"

绑匪彻底迷糊了,六万块才几天工夫,就驴打滚地翻番?祖坟上冒青烟了,还是只不过做了一场长梦?

"怎么,你别惊讶,我说过了我这人不贪钱,够花就行。我估摸着,要是连存款带车子带公司,怎么也得分个几百万,你说,我上哪去花这么大一笔钱?我也没儿子,还不如资助你给儿子买房结婚。只要你听我的。"

"我怎么听你的?"

"现在给我手机,你放心我绝对不报警,我要是报警,你现在就把我撕了票。我找律师咨询离婚的事情。要不,不放心的话,你打,我告诉你打给谁。"

在李丸的指挥下,绑匪从通讯录里找到白兰的电话,按照李丸的要求跟白兰通话。白兰一上来就问："死哪去了你？"绑匪说："我是李丸的朋友，我们在外地办点事情，她让我委托你办件事，她想知道如果她跟她丈夫离婚的话，过错方是她丈夫，那么她能分到多少钱，如何操作。""她在哪？""她在洗澡。""你是谁？""她朋友。""情人吧？"

李丸嘎嘎地笑："你愿不愿意当我情人？"

绑匪说："你们富人哪有真心实意的，别耍我了。"

小孩睡了，两人很认真地规划明天的行动。李丸的意思还是试探敌方虚实，不宜过早交易，绑匪左右拿不定主意。李丸分析，绑匪快崩溃了。晚上十点多，白兰电话来了，让绑匪转告李丸，要是坚持把公司也折现分割的话，就可以申请财产保全，单这一条，就能把公司拖垮，置老武于死地。

"你真要这么干？太狠了吧？"绑匪问。"你没听说吗，世上唯女子与小人难养也。无毒不女人！""我告诉你啊，我可不参与，我不打算分你的钱，我就要我那六万块。""你现在已经收不回腿了，还是先把二十万要到手再说吧。没见过你这样的。""太贪心了没有好下场。""没听说吗，人有多大胆，地有多大产，你这样的，活该让人欺负。"

第十天，李丸照样跟小孩玩小乌鸦。昨天晚上做饭的时候，李丸偷藏了一根草里捡出来的铁丝，估计是绑匪以前貂笼子上掉下来的。这天李丸就把这根铁丝伸到窗户上的一个砖缝里，不屈不挠地挖掘，边挖边把掉下来的土用卫生纸扫到床底下。到黄昏时分，终于撬下了一块砖，屋子里立即射进一道光，尽管是黄昏的光，李丸也禁不住掉下泪来。

连院子什么模样还没好好打量清楚，绑匪的小汽车就震耳欲聋地开回来了。李丸赶紧把砖块塞上。

绑匪今天情绪再度低落了几分，这天按照李丸的安排，他应该是当贼去了，偷的不是别人，是武林家。李丸让他尽可能偷到一些能指控老武跟那女人非法关系的证据。她让绑匪拿着她的卡去买一个数码相机，可能的话，拍几张那女人的照片。

李丸逗他："灰太狼，是不是今天没抓着小羊？"武林说："红太狼，你拿锅敲他脑袋。"李丸说："我不敢，他心情不好。"

晚上，绑匪说他不想再这么不死不活地耗着了，明天就交易，是死是活都认了。李丸循循善诱："你别把绑架搞得那么没品位好不好？咱不绑便罢，绑就要绑出个水平来，要有艺术性，懂吗？下次再绑架，你最好事先向老前辈取取经。得，我先灌输给你一点啊，有一个特别厉害的绑匪，当然了，他们是集团作案，有时候为了让一个绑架案做得万无一失，他能安排手下人潜到对方公司里做卧底，你知道卧底多久吗？一年！看人家这绑架，多有智慧，多有胸襟，多能忍耐，你呢？你才十天就扛不住了。"

好说歹说，李丸才说服绑匪再观察一天。回到床上，李丸拿着相机一张张翻那女人的照片，越翻就越来气，那女人真年轻。

绑匪偷回来的东西，也不知道能不能算是证据，一大堆相架，里面镶着老武跟那女人或者他们一家三口的合影，还有房产证，当然写着那女人的名字。从房产证上的日期推断，老武跟那女人早就有一腿了，比李丸摔伤骨盆要早三年。

九

第十一天，李丸让绑匪去监视老武。理由是，知己知彼，百战不殆。绑匪走后，李丸一边跟武林玩一边继续撬砖，这次到黄昏时分已经撬下一半的砖了，李丸让小孩在屋里待着，她从窗户里跳出去，好好在院子里溜达了一下。

正如绑匪所说，一共并排八间房，另六间房里还有铁笼子没拆，一股腥臊味。囚禁李丸的那间房外果真有一棵大榆树，两只乌鸦高高低低地叫着，几只小乌鸦从窝里探出头来，朝李丸张望。

院门是两扇大铁门，很厚。李丸过去推了推，确信以她的力量是不足以把它弄开的。绑匪在外边不知道怎么上的锁，估计不只一道。院墙呢，更是超出李丸想象的高，想必是怕附近野猫野狼黄鼠狼什么的跳进来吃貂，墙头上栽了密密的玻璃碎片。

这处养貂的房子大概是建在山里，李丸趴在门上，透过门缝朝外看，只看到一条山路，野草都有两尺高了，绑匪大概每天就是开车顺这条道进出的。往两边看看，就是更高的树和草了，风吹过去，满耳都是树叶子的沙沙声。

纵观大局，李丸觉得，要是在墙头拉上电网，这里就可以当监狱用了。

李丸不敢逗留太久，观察了地形地貌，就原路返回，小心地把砖码上去，尽量保持原貌，然后扯平那块不辨颜色的天鹅绒窗帘，告诉小孩："不许跟灰太狼说咱俩把砖撬下来了，听到没？要是他知道了，坦克就没了。"

这天绑匪好像没把主要精力放在监视老武上，晚饭后，他阴着个脸，等小孩睡了，质问李丸："你是不是特别恨我，就想让我倒霉？"

李丸说："这话从何说起？我这不是一直在帮你吗？你见过这样为绑匪着想的人质吗？"

"你不想问问我今天都干什么了？"

"干什么了？"

"我问明白了，要是我只要回我的六万块，那我也就是犯个非法拘禁罪，但我要是要了二十万，就真犯了绑架罪。"

"我不太懂，你给我讲讲？"

"我要是只要六万块，那就是说，我索取债务只是为了实现我自己的权利，没有非法占取他人财物的目的，也就没有非法侵犯他人的财产；但我要是要了二十万，超过了我应该索取的债务，就得犯绑架罪了。"

"为什么呀？你要六万块不也是通过绑架实现的吗？"

"《刑法》就这么规定的。我差点上了你的当。"

李丸又好气又好笑，还感到低估了这个看起来一直让她牵着鼻子走的绑匪。谁说这绑匪粗线条，没有主见？今天这事他办得可真够有主见的。

绑匪说："你就是说出花来，我也不听你的了，我已经通知那龟孙子了，明天交钱换人。"

"那，我能问问你的行动计划吗？没别的意思，就是帮你推敲一下可行性。"

"说给你听听也无妨，因为明天你也要参与到我的行动中来。这样，明天我去跟那龟孙子交易，他把钱放到车上，停在大润发北门外的停车场，什么车他自己看着办，反正我也不要他的车，只是借用。然后我开着他的车回来，钱留下，你和这只小羊走人。我已经问过那龟孙子了，你会开车。到时候就由你把那龟孙子的车开回去。然后我们两不相欠。"

李丸没想到绑匪会有这么周密的计划，她这几天还沾沾自喜，以为把他控制在掌心了呢，没想到这家伙只是貌似愚笨。

分析一下绑匪的行动计划，就不难发现其中的周密性：一，他打破了人和钱同一时间同一地点交易的常规，这对保障他自身的安全来说，堪称妙招，当然他心中有数，主动权在他手里，老武必须答应这个不平等条约；二，除了六万块，他还"借用"了一部车，这部车也算是一个砝码，除非老武提前老年痴呆了，才会放一个空包包在车上，而搭上一部显然不止六万块的车。老武哪部车不值个几十万上百万；三，老武不敢造次，即便老武让警方或者他自己找的保镖跟踪绑匪回来，主动权还是在绑匪手里，他可以把李丸和武林现场当成人质。她死不足惜，武林要是死了，老武这辈子还有什么活头？

李丸由衷地说："灰太狼，你属于高智商绑匪，我说的是真心话。不过，我必须得问你一下，你手机关了没？""关了。""那就好。到明天取车之前，千万不要开机，你不知道吧，现在网上流行很多软件，输入对方手机号码，就能截获跟这个号码相关的很多资料，包括通话记录，短信记录，还能定位跟踪。你不希望在取车之前就被抓住吧？"

"真有这样的软件？"

"当然了，那些有钱人家的老婆为了抓丈夫的出轨证据，都采用这种办法。一看你就是个菜鸟。"

"菜鸟什么意思？"

"就是不懂网络。"

"要真有这样的软件，这些天他不早就找着我了？"

"那只能说明前些天他没想到这辙，你就庆幸去吧！但前些天没定位你，不一定明天就不定位。明天可是真正的交易日，你得杜绝一切有可能失败的漏洞，知道吗？他可是认识黑道上的人，要是半道把你截住，你就鸡飞蛋打吧，搞不好还得给卸掉一条腿一条胳膊什么的。"

当晚李丸开始收拾行李，她跟小孩的换洗衣物，小孩的零食，还有那一大堆相架，房产证。收拾好了，又拿了小孩的裤子洗。绑匪说："明天就要回家了，还洗什么？"李丸自嘲地说："跟这小孩待了几天，有感情了，真是贱。"又问："灰太狼，你说，我出去后，跟不跟老武离婚？"

"那要看你想不想离。不想离，就不离；想离，就离。"

"你这说的都是废话。"

"照我说，离什么呀，男人哪个不吃腥？再说了，你不能生养，真的要看老武断子绝孙？其实，你想问题太片面了，要是老武不在外面生一个，那他那么多钱，肯定就会花得很分散，花在一大帮子乱七八糟的女人身上。有个小孩,他就收住心了,钱都花给小孩一个人。你说,花给一大帮子乱女人和花给小孩,你要哪种?"

"问题是他不是只花给小孩一个人呀,不还有那小婊子吗?"

"你傻呀?没有小婊子哪来的小孩?倒过来说,没有小孩,老武会给那小婊子花钱?花也是就花那么一两年,新鲜劲一过,还花什么呀。所以,实际上,老武给那小婊子花的钱,就等于给小孩花的钱。"

"你说得没有逻辑性,什么呀,乱七八糟的。"

"我就是不如你会表达,但意思是对的。还有,将来你们俩老了,不得靠小孩养活吗?无论如何你是正室,小孩不得叫你大妈吗?"

"可要是不离,我哪能咽下这口气啊。"

"看你怎么想了。要是为了这口气,你就离。也不想想,三十五六岁的人了,拿你的话来说就是人老珠黄了,去较那真干什么。要我说,你不也可以在外面找个情人玩玩嘛。"

李丸斜眼看着绑匪:"你给我当情人?"

绑匪正色道:"打住!我就是找情人也不找你们这样的阔太太,不靠谱。再说了,我只要我那六万块,多了一分也不要。拿回这笔钱,我把貂场重新开起来,不跟富人来往。"

"真是死心眼。哎,小孩哭了,快去看看,瞧我一手肥皂沫。"

+

第十二天早上,李丸听到绑匪关上大铁门离开,院子里一片寂静,忍不住大喜过望。昨天晚上她就跟自己赌了一把:绑匪今天不会开车出去。当然,这个大胆的猜测是经过系统分析得来的,李丸照着绑匪的思路一路想下去:绑匪今天会开着老武准备的车回来,那么,他肯定要做好不那么顺利的准备,一旦老武派人跟踪来了,他自己的车就停在院子里,可以当即发动起来,寻求逃跑的机会。而如果他今天把车开到城里去,放到城里某个地方,再开着老武的车回来,那不就等于断了自己的后路?

李丸很高兴,看来,有时候要学会把自己的思路跟别人的思路重叠起来分析问题。

她马上行动，把小孩从床上叫起来，边穿衣服边尽可能简练地让他明白接下来他们要干什么："我们待会儿就离开这里，带上你的衣服和零食，阿姨开车带你回家。不要问为什么，因为这也是游戏的一部分。"

忽然小乌鸦不恰当地呱呱叫了两声，小孩睡眼惺忪，问："带上小乌鸦吗？"

"不带。"李丸言简意赅，有条不紊地打开了那条蓄意掩藏的通道，率先从洞开的窗口爬出。

"不！我要带！我要让它长大了跟我说话！"

"阿姨告诉你，院子里有棵大榆树，树上有两只大乌鸦，是小乌鸦的爸爸和妈妈，还有好几只小乌鸦，是这只小乌鸦的兄弟姐妹。如果我们带走小乌鸦，小乌鸦就没有爸爸妈妈了。你愿意小乌鸦离开爸爸妈妈吗？就像你离开妈妈这样？"

"不愿意。"

"这就对了。快点，咱们把小乌鸦放生。"

小孩似乎是被说服了，从窗口托出了小乌鸦。

这段日子，小乌鸦一直养在家里，基本没锻炼过飞行，每天就是扑腾几下而已，回到院子里以后，被强烈的阳光吓住了，一动不动，连扑腾都不会了。倒是大乌鸦见了小乌鸦，一路惊喜地飞下来，两只一起围着小乌鸦转圈，其中一只甚至把翅膀放下来，要托小乌鸦的样子。

"我们走吧，"李丸伸手，几乎是将小孩提溜出了窗口，"乌鸦爸爸和乌鸦妈妈会想办法把小乌鸦弄回窝里去的。"

小孩恋恋不舍地上了车。李丸发动起车，想想不对，又下车把小孩抱下来，让他在大榆树下站着。她重新上车，系好安全带，运口气，朝着大铁门撞过去。

大铁门被成功撞开，车也撞得不成样子了，不过还能开。李丸把小孩重新抱上车，顺着长满野草的山路开。此时绑匪已经离开一个小时，估计出了山，坐上公共汽车赶往城里了。

李丸一路跌跌撞撞开下来，顺着曲里拐弯的乡间小路拐上公路，又开了一会儿，看到路边立着一家小商店，店里坐着一个红脸腮大婶。李丸给她一百块钱，跟她借手机用。大婶说："拨一个电话一百块！再拨就得另花钱。"

李丸拆下后盖，换上昨夜窃到的手机卡，边换边说："我发短信。"

大婶说:"一个价,一条一百块。"

李丸运指如飞,以绑匪的口吻给老武发短信:"立即丢掉这张手机卡,十五分钟后用新卡跟我联系。过时不候。"发完,把钱包里的钱倒出来,数一数,一共四千五百块,放回一千块,剩下的拍在柜台上:"你这破手机我买了。另外,告诉我,到烟台还要多久?"

大婶喜气洋洋地往抽屉里收钱:"照直往北开,开得快的话,两个小时就到了。"

李丸用的是绑匪的手机卡。昨天晚上,李丸一箩筐一箩筐地跟绑匪说掏心窝子话,说到快结束时,撒谎说听到小孩哭了,挖挲着两手肥皂沫,让绑匪进里屋看看,绑匪让李丸糖衣炮弹轰得云里雾里,也觉得跟小孩处出感情了,一听小孩哭了,一时疏忽,没拿地铺上的外套就进里屋了。趁这工夫,李丸把绑匪手机卡卸掉了,顺带把自己的手机也从外套口袋里掏出来,卸掉了手机卡。被李丸恐吓了一通,绑匪早上起来也不敢开手机,揣着两个没用的手机就上路了。

十五分钟后,老武用新卡给李丸刚买的破手机回复了短信:"卡换好了。"

李丸回:"改地点了,马上把车开到天清泉洗浴城停车场,钥匙交给前台服务生,就说乌鸦来取,然后马上赶往威海。十点之前,我要听到你用威海的公话给我回电话。"

发短信的时候是八点五十,从烟台到威海至少得一小时,李丸算好了,老武得屁滚尿流地往那儿赶。

快到市里的路上李丸办了两件事,一是去自动取款机取了一些钱,二是去一家规模较大的商场买了顶假发。她原来是短卷,从商场出来就变得长发飘飘了,鼻梁上还多了副眼镜。

小孩歪着头看:"阿姨不像阿姨了。"

"像谁呀?"

"像别人。"

老武果真用威海的公话打来了,李丸摁掉电话,给老武手机回短信:"每隔十五分钟给我拨一个公话,说一句,我是个混蛋。"

回到烟台后,李丸把车停在一家酒店的地下停车场,然后带小孩打出租车去天清泉洗浴城,从前台顺利拿到车钥匙。老武把装钱的黑塑料袋放在驾驶座底下。李丸给白兰打电话，让她在家等着，帮忙带带一个小孩。小孩问："阿姨，你要送我去哪儿？找妈妈吗？"

李丸说："游戏还没结束呢，快了，你先去一个阿姨家里，要乖乖的，不许哭啊。"

不久白兰就来电话，说小孩哭着闹着找妈妈找阿姨。李丸交代白兰，三大政策，一哄二骗三吓唬，如果都不管用，就任小兔崽子哭去。白兰问这小孩哪儿来的，李丸说回头再告诉她。

李丸在大润发北门的永和豆浆店坐着吃午饭，喝豆浆，一个脏兮兮的叫花子拄着拐杖蹭进玻璃门，挨张桌子讨钱。李丸指指窗外，说："你去把那个转来转去的人叫进来，就那个穿土黄色夹克衫的，就说有个熟人请他吃饭。你叫他进来，我就给你十块钱。"

"刚刚一上午没见，怎么，不认识我了？"李丸甩甩长发，眼镜摘下来，说："鼻梁都压塌了。"

绑匪张着嘴巴，好半天，说："我就知道，你还是跟那龟孙子一伙的。你们合伙把我蒙了。"

李丸说："我赢了，承认不？"

绑匪说："一群无赖！"

李丸吃完油条，喝完豆浆，把装钱的黑塑料袋放到桌上："这是你的六万块，"又从钱包里掏出一沓钱，"这是一万块，我答应给你报销的，还有十三天的误工费，多算你一天。够不够？"

绑匪目瞪口呆地看着李丸，李丸说："看什么看？我说你智商高，你还以为真高啊？你蠢死了，以后别干这种事了，这种事也是你能干的啊？绑架那也算是一门功夫，一门学问，一门智力加胆量的黑色艺术！你说你懂什么呀？你是有智力还是有胆量还是懂艺术啊？你什么都不懂，所以还是老老实实回去养貂吧。到虹口宾馆地下停车场开你的车去，不过得修，维修费你自己出。另外，手机卡我给你扔了，去买张新卡，以后干干净净重新过日子。买卡也自己掏钱。最后，跟我去趟商场，别问为什么。"

在商场里李丸想买一个超大型坦克，她跟售货员解释，要小孩能坐进去的、仿真的、能开炮射击的那种。售货员说没有，但她能提供一个卖这东西的地方，在南郊汽车城起亚4S店对面，有家店专卖这种模拟军用坦克。

李丸开车拉绑匪去买坦克。坦克非常气派，1:10 的比例，的确挺仿真，可以前进后退左右转向，炮塔双向 360 度旋转。总之哪儿哪儿看着都满意，就是价位不满意，有点高，小一万。

李丸斜眼看着绑匪："这钱应该你出。为了糊弄那小孩老老实实待着，我可是告诉他咱们三人在做游戏的啊，我替你答应他，游戏结束你送他一个坦克，他要开着上幼儿园。"

"真的？"

"那可不！要没这块肉在前边吊着，你以为他能陪你在那兔子不拉屎的地方待这么些天？"

绑匪想了想，说："你太善良了。我知道，根本就不是什么游戏不游戏的事儿，你是怕小孩将来有心理阴影。跟你一比，我不是人。这钱我出！你要是不让我出，这六万块你就拿回去，我不要了！"

"嘀，有钱了，款起来了？这样吧，咱俩对半，不要争了啊。小孩跟咱俩待那么些天，总得送点什么留个纪念。"

午后李丸给白兰打电话，约她在小站见。带着小孩。

李丸特别喜欢通往小站的那条窄街，行人寥寥，路两旁的银杏树叶发出沙沙的响声，有时还有鸟叫。李丸抬头搜索那只鸟，说："我忽然想念起那只小乌鸦来。"绑匪在旁边扛着那个重达几十千克的坦克，说："想了就回去看看呗。"

喝了咖啡，李丸对绑匪和白兰说："你们俩都该回哪儿回哪儿吧。"她在秋千椅上坐着，荡来荡去，看着小孩，等着老武。

小孩完全被坦克吸引住了。

（原载《人民文学》2010 年第 5 期，《小说选刊》2011 年第 1 期转载，荣获第二届山东省泰山文艺奖）

枕中记

> 卢生欠伸而悟,见其身方偃于邸舍,吕翁坐其傍,主人蒸黍未熟,触类如故。
>
> ——唐·沈既济《枕中记》

喂,集市上摆摊的,听我给你讲个故事。

下雨之前,山上燃了一场三天三夜的大火。树木噼里啪啦地倒下,成群的动物奔走呼号。

我躲在一个岩洞里。岩洞隐藏在半山腰的一块巨石下。我已经记不起自己是怎么躲进那里的,只知道当我醒来时,外面哗哗地下着大雨。洞口有一棵老银杏树,风掠过树枝和叶子,送进浓烈的焦煳味——我注意到银杏树在一场大火之后居然毫发无损,展示着夏日绿意盎然的美好。我不明白这是怎么回事。

在岩洞里,我认识了我的师父。

师父是一个隐居者。他有多大岁数,在岩洞里隐居了多少年,是为了什么而隐居在深谷里的岩洞中——这些问题,在我们相处的那些年里,他从未向我提起过。我跟着他学会了轻功,从我们居住的岩洞出发,沿着陡峭的山壁,下到谷底,或是攀到山顶。

幽深的山谷里除了我们,再也没有其他人出现过。这说明,我当年的逃亡之路异常深邃。他们追到这里后,先是花了两天时间搜山,然后点起了一场骇人的大火。三天三夜的大火,连地底下的鼹鼠都被烧死了,通常来说,人是断断无法存活的。

"你已经不存在于人世了。"师父说。

这是一个令人费解的问题。在那些追杀我的人眼里，我早已成为几根焦黑的骨炭；或许经过了这些年，他们甚至已经把我遗忘。在他们的生活中，又出现了新的人和事。这等于说，我已经不存在了。但我却真实地存在着。我只存在于这个特定的时空，跟山谷里的日月星辰和飞花流水做伴。

师父教我武功。我们的生活单调而孤寂。我努力地记住飞逝的日子，却时时被打乱了秩序的时间干扰。在山谷里，你是别想记住日子的，因为它不像外面那样，有恒定的晨昏和四季。当我在岩洞中睁开眼，看到绿意盎然的银杏树时，我就亲身感受到了这一点。因为我逃到山谷里时，外面明明是萧瑟的冬天。

理所当然的，在大雨浇灭了三天三夜的大火之后，山谷里的植物变化无常：有时，它们回到大火之前，山高林密，鸟雀云集，千年老藤在地上匍匐；有时，它们来到大火之后的时间里，深埋在地下的根破土发芽，或者已经长成新生的丛林，鸟雀从遥远的异地飞来，在这里安家落户。

我尝试在岩壁上刻录时间。师父在洞里盘腿打坐，闭着眼睛，对我说："你要忘掉时间。在山谷里，时间是不存在的。"

"可是，师父，我觉得它是存在的。只是，它处于一种失序状态中。"

"在时间之内，冬天和夏天永无聚首之日。而在时间之外，它们可以相遇。"

师父的话，我听不懂。我也不打算听懂。因为我还没做好准备，像师父这样在山谷里终老。

"我还有事情要干，"我说，"我苦练武功，不仅仅是像师父您这样，为了强身健体，修身养性。"

我有一把宝剑，自从父亲死后，它就一直跟随着我，像另外一个我。师父从来没问过我这把宝剑的来历，但那天在我们探讨了时间之后，师父让我把宝剑拿给他看看。

"如果为师没有看错，这就是江湖上失踪已久的湛卢吧。"

我睁大眼睛看着师父。我并不知道这把剑的名字和来历，只知道它在江湖上失踪很久了。据父亲说，数十年来，许多人都在四处寻访它的下落，而因为失传已久，没人认得它的真实面目。父亲把它交到我手里时，它刚被父亲从后院的湖心中挖出来，剑身上还带着亮晶晶的水滴。

老实说，第一眼看到它的时候，我一点都没觉得它有什么与众不同。相反，它作为一把剑，却缺少应有的逼人寒光，而是通体漆黑，看起来只不过是一个凡俗之物而已。

父亲没来得及对它的其貌不扬做出任何解释，他只简单地对我说，人们寻找它的下落已有数十年，你要保护好它，善待它，绝不可丢失！

我在父亲的安排下，通过一条密道逃生。父亲中年时就谙晓世事，带着一家老小在远离都城的小县城安身，本以为可以躲过世事，没承想，到头来还是被仇人找上门来。他倒在密道口，血顺着地板的缝隙，滴落在我的脖颈上。

在山谷里的那些日子，我没有一天忘记过父亲倒在地上的样子。这使得我手里的黑剑显得越发神秘。

"师父，它有什么来历？"我问。

"这把湛卢剑的来历，说起来可就有讲究了。它出自春秋时期的铸剑名匠欧冶子之手。相传，当年在越王允常的恳请下，欧冶子带着妻女来到山高林密、海拔一千多米的湛卢山，找到了铸剑所需的神铁和圣水。欧冶子辟地设炉，用了三年时间，才炼成了湛卢剑。它虽然通体纯黑，看起来还不如一把最为普通的剑，但它是有眼睛的。"

我笑了。

"师父，它的眼睛长在哪里？"

"湛，是澄清和明亮的意思。卢，是纯黑和瞳仁的意思。湛湛然而黑色也。因此，它是一把剑，更是一只眼睛。懂得它的人，看到的不是杀气，而是宽厚和仁慈。它就像上苍目光深邃、明察秋毫的眼睛，注视着人们的一举一动。此剑后来传到越王勾践的手里，勾践战败后，无奈之下把湛卢剑进贡给了吴王夫差。然而吴王无道，湛卢剑竟自行离开，飞到了当世明君楚王身边。

"湛卢几经辗转，后来传到岳飞手中。岳飞父子被害之后，它就从江湖上失踪了。"师父抚着湛卢，目光慈蔼，"自此剑出世千余年来，多少人无法通晓它的要义所在。你父亲定是晓悟了湛卢的意义，才把它埋入湖心之中，免得让它落入世人之手，用来杀戮。"

父亲是如何得到湛卢的？他跟数十年前被害的岳飞有何关系？……那

天，一场突如其来的白雪，使山谷里的时间从春天换到了寒冬。我躺在岩洞之中，望着外面白花花的飞雪，感到人世间充满了疑问和谜团。

我用了整整一夜的时间，用来思考和决定一件事。实际上，我无法肯定那是一夜，因为那个夜晚格外漫长，拂晓迟迟没有降临，鸟雀们蹲在树枝上沉默不语。我疑心许多白昼被时间拿走，导致许多个夜晚直接连缀到了一起。我耐心而焦灼地等待曙光降临，因为师父在这样的夜晚是入定不醒的。

白昼终于降临了，师父睁开了眼睛。这么久没有吃喝，师父反而红光满面。我跟随他修行多年，虽说也能空着肚子挨过漫漫长夜，但长夜过后，还是疲弱不堪。

"师父，我做了一个决定。"我说。洞外柳絮飞舞，时间转到了春天。

"我早就料到了。"师父说。

师父目光深邃，能看到我的心里去。

就这样，师父用他的易容术，把我变成了另外一个人。在山谷里的小溪旁，我照见了自己现在以及未来的样子。

"过去的你已经不存在了。就像过去的时间已经不存在了一样。这把湛卢剑，它也不存在了。"师父话里的意思我懂，他仍然不希望我回到外面去。

"师父，我办完事情就回来。"我说。

"你认得路吗？"

我沉默了。我早已记不清当年是怎么逃亡到这个山谷中的。"我会找到来路的。"我只好这么说。

余下的日子，师父教我使用湛卢剑。"你要记住，剑法永远不是习武之人的根本。"

我不明白师父的意思。一个持剑之人，剑法不是根本，那什么才是根本呢？

那个夜晚，师父教给我最后一招湛卢剑法之后，对我说："我能为你做的，只有这些了。别忘了，湛卢是有眼睛的。"

"师父，您为什么会湛卢剑法？"我提出了这个让我疑惑不解的问题。

师父没有回答。

那天夜里，师父一直在岩洞里打坐，我则睡在他的玉枕上。这是我第一次被准许睡他的玉枕。师父的枕头是墨玉做的，无论冬夏他都枕着墨玉枕入睡。在稀薄的月光下,墨玉枕泛着黑亮的光泽,从玉的深处透出隐隐的绿光。

"睡吧,孩子。"师父轻声说。

我隐隐想起,父亲把我送进密道里的时候,我才只有二十岁。我在山谷里待了多少年?我如今是多大?……我不知道。白天在小溪里,我照见的自己,已经是一个中年人了。

我带着许许多多的问题,进入了一场对我至关重要的睡眠。一只蝙蝠飞进岩洞,翅翼搅动着黑暗的空气。岩洞外壁上的山泉水瑟瑟地流动,老银杏树发出微微的叹息。

睡到什么时候了?是午夜还是凌晨?在山谷里,我永远辨不清跟时间有关的一切。我醒来是因为头颈下的墨玉枕,从它深处发出的莹莹绿光更加翠生,一束绿光像一把利剑穿透枕头,照亮了我放在头边的湛卢。

我趴在地上,看了看墨玉枕。的确,一束绿光把枕头洞穿,中间现出一条幽深的通道。奇怪的是,我从通道这一头却看不到另外一头。通道在墨玉枕里,却那么漫长,像一条幽深的山洞隧道。

我走了进去。我清楚地知道,那就是为我准备的路。

但我又确信,那一刻我是身处梦中的。除了梦境,没有什么能让我相信那个夜晚的存在。包括此时此刻,我蹲在这里,熙熙攘攘的集市的一角,跟你说话,自然也是在梦中的。喂,集市上摆摊的,我注意到,你的眼神里流露出一种深深的怜悯。你是在怜悯我这些年来一直活在梦里吗?活在梦里需要怜悯吗?或许这是另一种更好的活法……

先不讨论活在梦里是不是另外一种更好的活法了,我还是继续讲述这些年我的生活吧。

那天夜里,我顺着那条发出幽绿光芒的通道,义无反顾地走了下去,腰间挂着漆黑如墨的湛卢剑。

我没有回头。期间有那么几次,我停住脚步,差一点就要把头扭回去了。我想看看我生活了多年的岩洞,想看看师父是不是正在那里目送我离去。但我终究还是忍住了。

不必多说我离开山谷后经历的种种了。重要的是,我离开了山谷。当白昼来临,绿光消失,我看到自己走在一条官道上。往来的车马,人们的衣着,跟我逃亡之前有了一些变化,这说明,我在山谷里待的年头不短了。

经过了不少日子，最后我在白晓巷落下了脚。白晓巷是城中最繁华的一条街巷，我站在巷口，足足有半个时辰，它的喧嚷、香气、繁华令我不知所措，头晕目眩。我知道，我远离尘世太久了。

在白晓巷里有一家药铺，我顺利地成为铺里的伙计。过去我对药草一窍不通，但在山谷里待的这些年，除了跟着师父习武打坐，我余下的时间就是攀爬绝岩峭壁。在那些人迹罕至的绝岩峭壁上，石缝里生长着奇妙无比的植物，它们可以驱除病疾，滋补身体。每天我和师父各自背着一只藤篓，师父教我认识和采摘那些奇妙无比的植物，回到岩洞之后再进行分拣，熬制。

所以，在药铺里，当不苟言笑的掌柜从抽屉里抓出几种药草，摊到柜台上时，我毫不费力地说出了它们的名字。掌柜年近六十，是一个挑剔的人，他接着考察我的刀工和秤工。我得感谢在山谷里的那些年月，让我不知不觉地练得了一手做药房伙计的好活儿。年龄更老的药房主管捋着胡子对掌柜说："此人头刀和头柜都可胜任。"

我在药铺里干了一些日子后，就顺利晋升为头柜了。我们的药铺名叫悬壶药铺，铺门口挂着一只硕大的铜壶。药铺是个三进院，平日，关掌柜绝少出门，总是待在内院打坐念佛，侍弄花草。他们让我住在药铺旁边的一间倒座房里，跟一名厨子住隔壁。倒座房的门开在院子里，只有一扇窗户对着白晓巷。我常常趴在窗台上，看街对面的无双铁匠铺。

无双铁匠铺里的程铁匠是干了二十多年的铁匠，城里所有耍刀弄剑的人，都是铺子里的常客。白晓巷里的铁鹰镖局使用的所有刀剑，都出自无双铁匠铺那红通通的炉子。有那么几天，我总想着把湛卢剑拿到铁匠铺里，让他们给我重新锻造，改头换面。在药铺安顿好后，我把湛卢装在剑套里，藏在席子底下。父亲死前说过，一定要护好这把剑。

瞧，白晓巷就是这么一条热热闹闹的街巷。除了舞刀弄剑的镖局，巷子里还有数不清的茶楼酒肆、布店食坊。在无双铁匠铺的旁边，就是白晓巷最简单干净的一家茶肆，名叫寻常茶肆，门面不大，屋子里只可摆下六张桌子。

但这间茶肆里的茶汤，却是整个白晓巷里最好喝的。人们都知道，老板娘沈寻常做得几十种茶汤。薄荷汤、杏霜汤、香苏汤、豆蔻汤、木星汤、姜枣汤……几天不来茶肆，你就会闻到陌生的、新鲜的香味。

在这座城市里，没有人认得我。我也不认识任何人。不，确切地说，除了沈寻常，我再也不认识任何人了。

现在你可能要问，我为什么认识沈寻常，或者你可能会接着想到，我是为了沈寻常而来的。这就对了。我不是冲着白晓巷的热闹而来的。离开山谷之后，我见识过比白晓巷还热闹一万倍的街巷。实际上，我是费尽千辛万苦，才找到白晓巷来的。我并没有想到，过去在江湖上鼎鼎大名的雌雄双杀中的"雌杀"，如今隐居在这条市井小巷里，开着一间平常得不能再平常的小茶肆。

我认得沈寻常的眼睛。即便过去了这么多年，我仍记得，我在密道里透过地板缝隙看到的这双眼睛。她那时候名叫铁心。

药铺里没人的时候，我会趴在柜台上，看一看对面的茶肆。这个如今名叫沈寻常的女人，也已经年过三十，但她却是白晓巷里长得最好看的女人。她穿着粗布衣裳，梳着再平常不过的发髻，在茶肆里烧水煮茶，招呼客人，无论是谁，也想不到她有当过杀手的过往。

现在你大概猜到了，我是来寻仇的。多年前的那个黄昏，她跟"雄杀"铁血一起，血洗了我的府宅。父亲把我推进密道里，我眼睁睁地看着铁血用他那把江湖闻名的血剑，把父亲杀死。

我要在白晓巷里等待。等谁？当然是铁血。离开山谷之后，我多方打听，得到的消息是，雌雄双杀已经解体，不知所踪。然而我要找到他们。

茶肆里终日飘着各种茶香。我难以想象，沈寻常那双握剑的手，如今整日在烹煮茶汤。我从茶肆里看不到一丁点习武的痕迹。这天，沈寻常穿过街巷，来到药铺里，对我说："给我称二两香苏叶，五两龙眼。"

我放下算盘，拿起秤，去抽屉里抓药。"又要煮新茶啊？"我问。

"是啊，"她说，"你是新来的吧？"

"新来的。"

我给她称了龙眼，告诉她说，香苏叶暂时没有了。

当我背对着她在抽屉里抓药的时候，我的心跳得很厉害，手有点发抖。我闭上眼睛平息了片刻，才转回身去。

我面前的沈寻常，身上脸上没有一丝戾气，我差点要怀疑自己，她是当年的铁心吗？她脸上没有擦粉，很干净，眼睛里看不到任何讯息。

"空了到我那里去喝茶。"她说。她拿着包有龙眼的纸包，走到街巷上。街巷上洒落着春日的阳光，她浅绿色的布裙拖曳在阳光里。茶肆门口有一棵槐树，依稀开出了鹅黄色的小花。自从离开山谷，我在查访雌雄双杀的路上花费了两年，这两年中，我再也没有遇见过时间失序的现象。尘世里的时间是如此秩序井然，春日开花，夏日落雨，秋日枯叶，冬日飞雪。

但我仍在某些混沌的时刻，被山谷里的时间记忆所缠绕。有时候从昏睡中醒来，看到窗外柳絮飞舞，我会想，是冬天来了。但当我打开窗户，看到那并不是雪花，而是柳絮，时间丝毫没有逆转。我会怔怔地呆立很久。

两天后，我称了二两香苏叶，穿过白晓巷，送到茶肆里去。实际上，香苏叶一直都有，满满地装了两个抽屉。

"尝尝我新做的茶。"

沈寻常给我倒了一杯几近无色的茶，看起来像白水，但分明又散发着奇异的香气。茶肆里除了我之外没有别的顾客，我是特意挑了这个时间来的，刚刚用过了早饭，又还不到半上午，这个时候一般没有人会悠闲地坐在茶肆里喝茶。

我端起杯子喝了一口，起初没有什么特别的感觉，只觉得香气很奇异，从鼻孔里一丝丝地钻进去。等茶汤流过喉咙，缓缓下行，我情不自禁地闭上了眼睛。这时候我好像看到了山谷，在那里，东方的天际正燃烧着瑰丽的晚霞。

等我再睁开眼的时候，看到沈寻常坐在门里边的椅子上，手里正做着女红。这是一双握过剑的手。

看到我睁开眼睛，沈寻常站起身，过来给我又斟上一杯茶。

"过了多长时间了？"我问。

"还不到一刻。"沈寻常说。

"可我觉得好像过去几个时辰了。"我看了看外面的大街，卖烧饼的郑小六还在附近叫卖，看来的确没过去多少时间。

我又喝了一口茶，问："这茶叫什么名字？"

"无尘茶。"沈寻常说。

无尘。"怪不得刚才我的思绪跑走了。这茶是用什么烹煮的？"我问。我很好奇，什么食材或是药材烹煮成茶汤，能让人暂离凡尘。

但是沈寻常没给我答案。

我站起身，胳膊在衣袖里暗暗使力，把茶壶碰倒了。那是一把上好的琉璃壶。沈寻常叫了一声，哎呀！两只手握起来，紧张地擎在半空中，张皇无措。

以我和她的武功，半空里捞起那把琉璃壶易如反掌，但我们眼睁睁地看着它掉到地上摔碎了。我注视着沈寻常，她蹲在地上捡拾破碎的瓷片，丝毫没露出半点马脚。我甚至产生了疑惑：她是铁心吗？抑或，她已然废掉了武功？我拂倒茶壶是成心的，所以自会装出惊慌失措的样子，而她并没有预知这一幕，出于本能，她也应该出手把茶壶捞起来的。若非她废掉了武功，那就实在是伪装得过于老道了。

我提出要用银两赔偿那把琉璃壶，沈寻常笑了笑，说："我想煮点槐花茶，要不然，你帮我去摘些槐花下来，就算是赔偿吧。"

老槐树枝干粗壮，叶冠庞大，遮挡了半条街道的阳光。作为一个习武之人，爬到树上去很容易，况且我在山谷里跟着师父学得一身轻功，攀爬峭壁都不在话下。但我不能露出丝毫破绽。

一个习武之人，想要装作不会武功，委实不是一件容易的事。我很佩服沈寻常。我朝手心里吐了两口唾沫，搓搓手，抬头看了看老槐树，然后，又紧了紧腰上的束带。我手脚并用箍住树干，朝上爬了两下，又出溜下来。

"有……有没有梯子？"我问。

旁边铁匠铺里的雇匠矮三抄着胳膊笑话我说："连棵树都爬不上，真是怂包。"

沈寻常从茶肆后院里搬来一架竹梯，嘱咐我小心。

我小心翼翼地爬到树上去，给沈寻常摘槐花。树上清香扑鼻，槐花扑簌簌地落下去，落到街上，落到沈寻常的头发上和肩膀上。从树上看沈寻常，恍惚间，我感觉身上落满槐花的她是一个不谙世事的少女。我忽然想，倘若把沈寻常带到山谷中，待有一日时间倒转，把我们两人都转回到不谙世事的少年时期，相伴长大，不会武功，不懂恩仇，那该多好。

啊，该死的！我不知道为什么，在这条街巷中，我时时会对沈寻常生出一种惺惺相惜之感，仿佛就因为我们拥有一个共同的秘密。我们是会武功的江湖之人，如今却隐居在这条街巷中，不知来日如何。

但沈寻常又分明是我的仇人。

我被这些矛盾的情感纠缠着，有时难免郁郁不乐。药铺掌柜姓关，这是一个多数时候脸色荫翳的人，就连跟了他二十年的管家老曲都猜不透他的心思。有一日，铁鹰镖局里的两个镖师来药铺抓药，他们受了不轻的刀伤。关掌柜恰好到前堂来转悠，看到两位镖师的刀伤后，叹息道："刀剑横行，世风日乱。药只能治伤，不能救人。"

关掌柜说完，就背着两手回到后院去了，瘦削的后背写满了没有说出来的话。曲管家说："掌柜的经常说，开多少药铺都没用。刀剑太多了，仇怨太多了。看看对面的铁匠铺，炉火整日红彤彤地烧着，客人络绎不绝。"

"既然掌柜不喜欢铁匠铺，为什么还要把药铺开在铁匠铺对面呢？"我疑惑地问。

"世上之事无不相生相克。掌柜这么做，自有他的道理。"曲管家给了我一句模棱两可的回答。

是啊，铁匠铺的生意太好了。实际上，据我观察，镖局里的那些人武功实在平平，平日里也就是吆喝个场面而已。白晓巷里那些不会武功的老百姓也没把他们放在眼里。倒是从外面来到铁匠铺里的那些人，值得暗暗观察一番。

我在药铺里，没有顾客的时候，除了看街上来来往往的人，余下的时间就是看茶肆和铁匠铺了。我关注茶肆是因为要寻找铁血的下落，关注铁匠铺则是一种本能。来铁匠铺里打制铁器的，有附近耕种的农民，他们需要打制一些锄头、铁耙之类的农具。另外就是三教九流的所谓江湖中人了。我能从他们的神态中，看出哪些人武功还不错，哪些人只是会点花拳绣腿。当然，还有一些人是看不出来的。

春天过去了。夏天里的一日，几个浪荡公子哥儿来到白晓巷，先是到铁匠铺里转了一圈，嚷嚷着要世上最锋利的宝剑，不锋利就砍下铁匠的头，两天后来取。接着晃荡到茶肆，开始调戏沈寻常。曲管家对我说："去，帮忙去。"

我站着没动。我希望看到沈寻常好好地教训一下这几个家伙。但是沈寻常一点都没有那个意思，让我禁不住怀疑她是不是失忆了，忘记了过去自己曾经是一名剑客和杀手。

直到沈寻常的衣裙被刺啦一声撕烂，我才跑出药铺。我要再说一次，假装不会武功真的很难。我跟他们撕扯在一起，最后成功地被撂倒在街上，嘴角流着血。

这是几个外地来的皮货商，住在城北的客栈里。当天，沈寻常换了衣裙，依然像往常一样在茶肆里烹煮茶汤，似乎什么都没发生过。晚饭的时候，她用食盒提来一碗羹汤，算是对我表示感谢。我的脸上有一点外伤，已经自己涂了药粉。另外，衣服被几个浪荡子撕破。沈寻常回家拿了针线，穿过白晓巷，来给我缝补衣服。厨子忙完了活儿，也坐到我房里来，跟沈寻常聊天。不多久，曲管家也来了。

沈寻常离开之后，厨子对曲管家说："我看沈老板对咱家释无念有点意思。"

曲管家说："倒是般配。"

释无念是师父给我取的名字。在山谷里，师父从未问过我的姓名，他对我说，来到山谷里，过去的你就不存在了，我给你取一个新的名字，叫释无念吧，放下所有的凡尘之念。

离开山谷之后，我曾经想过这个问题：我是谁？

大仇未报，我自然不能暴露身份，哪怕已经易容换面。离开山谷后的那天，在尘土飞扬的官道上我做了一个决定：继续作为释无念在尘世里活着，寻找雌雄双杀，为父亲及万家满门报仇。

曲管家和厨子打趣，要我回家请爹娘来提亲。我说，我已无双亲，在世上孤零一人。

曲管家说："那我让掌柜替你做主。"

"我还不想成家。"我说。

"你就痛快点说，你对沈寻常中意不中意？"厨子不耐烦了。

啊！这个问题真是让我为难。我不想违心地说，我不中意沈寻常。但我中意沈寻常是错误的！天下还有比这更谬误千里的事情吗？

当天夜里，我一直没睡。厨子在隔壁打着响亮的鼾声，大块大块的乌云遮住了本就稀薄的月光，郊外传来乌鸦的啼鸣。我站在窗户旁边，注视着白晓巷，及对面的茶肆。茶肆后院里有两间房，沈寻常就住在那里。

我已经穿上了夜行衣，湛卢也紧紧地贴在腰上。

午夜时分，从茶肆里闪出一个人影，用不着猜想，一定是沈寻常无疑。她也穿着夜行衣，一柄长剑佩在腰上。我的心又开始怦怦地跳：她腰上的那把剑，就是著名的心剑吗？据说心剑依情志而动——主人冷酷，剑也冷酷，指谁杀谁；主人犹疑，剑也犹疑，会在触及敌人肌肤的瞬间，软化变形，像流水一样。所以，江湖之上使得了心剑之人，必是心如磐石之人。当年，铁血和铁心的主人耗时十余年，对几十名他捡来的弃孩日夜授武，严苛考察，最终选择了铁心来使这把剑。

师父教授给我的轻功派上了用场。铁心的轻功也不在我之下，她轻盈如风，在街巷里、屋顶和树梢上无声地掠过，一路向着城北而行。不多久，来到客栈门前。

我猜得没错，铁心是要来杀那几个皮货商的。我躲在瓦房顶上，看铁心越过院墙，捅破一间间客房的窗户纸，寻找皮货商。我不知道，这个夜晚，我应该称她为沈寻常，还是应该称她为铁心。她显然不是白天我所看到的茶肆老板娘沈寻常，但是，奇怪的是，我十分不愿把身穿夜行衣的她称为铁心。

她终于找到了皮货商的房间。我掀开房顶上的瓦片，朝里张望。铁心已经神不知鬼不觉地进入了房间，她戴着黑色的面罩，只露出两只眼睛。没错，这是铁心的眼睛，当年我在密道缝隙里看到的，正是这双眼睛。

几个皮货商喝醉了，横七竖八地歪倒在铺上打呼噜。我替他们感到遗憾，因为他们马上就要上路了，却不知道送他们上路的，是那把江湖闻名的心剑。

我当然也想见识一下心剑是什么样子，我更想见识一下铁心用心剑杀人是什么样子。然而，我不得不说，那天夜里我非常失望。因为我没有见到铁心用心剑杀皮货商。她用心剑指着离她最近的皮货商的胸口，却迟迟没有动手。她在想什么？是武功荒疏了因而害怕吗？

总之，铁心把剑收回腰间，离开了皮货商的房间。

第二天我醒得有点晚，厨子在外面砰砰地敲门："早饭快没了啊！"

没了就没了吧，我一点胃口也没有。

关掌柜也在前堂，他看了一下我的脸色，问："昨晚没睡好？"

"可能是开着窗户，着凉了。"我说。

"你知不知道，城北客栈里死人了。"曲管家说。

"是吗？"我假装很惊讶，"什么人死了？"

"就是昨天来茶肆找事的那几个皮货商。死了也好，要不然，今天来铁匠铺取剑，少不了又得一番闹腾。无双铁匠铺咱们还不知道吗，虽然有点名声，但怎么可能炼出天下最锋利的宝剑呢。但是，掌柜的，"曲管家问关掌柜，"您说，什么人杀死了皮货商？这沈寻常来咱们白晓巷落脚已有很多年了吧，一直安安分分，也从没见她跟外边的人来往，总不见得是她深夜去客栈杀死了那几个皮货商吧？"

"不可能吧，"我说，"沈寻常只会烹煮茶汤，她哪像是会杀人的人呢。"

关掌柜听着我们说话，一声不吭，只是眺望着巷子对面的茶肆。茶肆里只有一个客人，沈寻常坐在门里边的凳子上刺绣。

"这世道，谁也看不出谁是干什么的。"

关掌柜看了我一眼，就转过他那瘦削的肩，回后院去了。不知为何，他那一眼，让我心里有点发慌。

没错，是我杀死了那几个皮货商。我如果不杀死他们，他们天亮后就会来铁匠铺收取天下最锋利的宝剑，同时，他们还会去调戏沈寻常。这对我和沈寻常来说都是极大的风险，我们很有可能会暴露自己。另外，那几个皮货商是该死的，因为他们调戏了沈寻常。

当然，还有一个原因：我想试一试父亲留给我的湛卢剑到底怎么样。在山谷里的那些年，我日日用湛卢剑习练武功，却从没试过它究竟如何。

实际上，直到回房，我仍然不敢相信，我杀死了那几个皮货商。这让我意识到了一个事实：我是有杀人天赋的。我的父亲生前在江湖上也有不小的名声，但不知为何，他反对我习武。但他拗不过我。他不教我，我就去求几个师兄。后来父亲无可奈何地默许了。但他反复教导我说，你习武只可强身，不可用来杀人。

从客栈回来的那个夜晚，我隐约弄懂了一件事：父亲知道，我身上流着他的血，只要学会武功，必定无法做到剑不沾血，所以他反对我习武。

皮货商死了的事，很快就传开了。这个城市太小了。程铁匠和三矮子先是高兴地把那几把显然无法成为天下最锋利的宝剑的宝剑扔到地上，接着有点忧心忡忡。他们害怕皮货商还有其他的同伙，接下来会陆续来到城里。得知了消息，他们难保不会赶来血洗铁匠铺。

沈寻常听到皮货商死了的消息，倒没显出多少惊讶来。我想，她内心里一定是非常惊讶的，但多年来她已修炼得处变不惊，什么都不会表现在脸上。

铁匠们的担忧是多余的，接下来，没有其他的皮货商来到城里。日子按部就班地过了下去。在那些日子里，我和沈寻常的感情发展得也很好。茶肆里的大小活计，慢慢地都由我插手做了，比如劈柴担水，修缮桌椅。我的衣食起居，也不知不觉被沈寻常揽了过去，比如缝制衣裳，送汤送饭。

夏天不知不觉过去了，秋天到来的时候，在曲管家的极力撮合下，我和沈寻常拜了堂成了亲。我搬到茶肆后院沈寻常的房里。曲管家很是高兴，说两个店铺一街之隔，亲上加亲，真是天造地设的好姻缘。

我和沈寻常相敬如宾。她是一个好女人，我是一个好男人。每天早上，我们坐在一张桌子旁边吃早饭。早饭有时是她亲手做的油饼、包子，有时是到街上买的烧饼、酥果。我们喝着她煮的各种茶汤。之后，我去药铺干活，她在茶肆里忙活。有时中午药铺有顾客，她就把饭食送到药铺里去，等我忙完，和我一起坐在柜台后面吃。晚上，药铺打烊，我不再回到厨子的隔壁去睡觉，而是穿过白晓巷，回到我和沈寻常的家里去。我帮她把茶肆的门板装上，一起回到后院。

我们的后院里种着一株桑树，还打了一眼水井。我劈的柴火整整齐齐地码在墙根下。我们成亲后，沈寻常买了几只鸡，我给它们在窗户底下盖了鸡窝。我和沈寻常躺在床上，时常能听到鸡在窝里咕咕噜噜。鸡窝旁边种着几丛花，月季败落了，但秋菊正开得繁盛。

"明年春天，咱们让母鸡孵几仔鸡。"沈寻常说。

我抱着沈寻常，心里感到万分的满足。但冷不丁的某些时刻，我背上会滚过冰凉的汗水。每当这种时候，我都会听到湛卢剑在地底下跳动，发出唰唰的声响。我知道，早晚有一天，我会用湛卢剑杀死躺在我身边的这个我爱的女人。

我把湛卢剑藏在床底下。自从跟沈寻常成亲，我就决定把湛卢剑藏起来，不到万不得已，我不会让它出来见天日。我曾找过心剑的下落，但没有找到。茶肆和我们住的地方一共就那么大，我找遍了角角落落，甚至房梁都看过了。我觉得我们真是非常登对的夫妻。

白晓巷来了一个卖针头线脑的人，他夜里在城北客栈落脚，白天在白晓巷挑着担子叫卖："针头咪，线脑咪！针头线脑咪！"

秋风瑟瑟地吹，叶子落在街巷上，打着滚儿地飞跑。我注意到这个四十多岁的男人腿脚功力深厚，石板被他踩得微微下陷，却没有丝毫碎裂。

"老板娘，来一碗茶。"他把担子放在茶肆门外。

"客官，给您来一碗菊花红枣茶。菊花和红枣都是新鲜的。"沈寻常说。

这个外地人担子里有不少新鲜玩意儿，其中有几样很讨沈寻常喜欢。沈寻常这几天在绣秋菊图,她最想要一卷金黄色的丝线,可她只有明黄色的。

隔着街巷,我看到沈寻常和卖针头线脑的在茶肆里说话,两碗茶喝过了,这个人还没有离开的意思。曲管家拨拉着算盘,对我说:"释无念,你家娘子挺讨人喜欢的。"

"那是自然。"我说。

晚上回家,我问沈寻常白天跟卖针头线脑的聊什么了,沈寻常说:"聊针头、线脑、茶,以及城里都有什么新鲜事。"

"哦。"我说。

"对了,还聊起前不久死在客栈里的北方皮货商。"

我不动声色地继续吃饭,心里却像外面一样刮起了秋风。"哦,他问那个做什么?"

"谁知道呢。可能是在客栈里住的时候,听伙计们谈论,有点好奇吧。对了,他就住在皮货商住过的房间里。"

我不得不说,这真是一件非常巧合的事情。

"寻常,你觉得是什么人杀死了皮货商?"我看了一眼沈寻常,她已经吃饱了饭,把刺绣拿在手里。她给我打了一点酒,所以我吃得有些慢。

"官府不是说了嘛,是仇杀。做生意的,这种事很寻常。"

我看不透沈寻常。她对我是否怀疑,我一点也看不出来。

当天夜里,我睡得很沉。我记得我睡过去之前,沈寻常正在外面喂鸡。我眼皮发沉,只记得沈寻常喂完鸡,进了屋,吱的一声关上门。我说:"睡觉吧。"

说完,我就睡了过去。我做了一个非常混乱的梦,在梦里,我见到了师父和山谷。山谷正燃着熊熊大火,师父拿着我的湛卢剑,把它丢到了大火里。我还看到了沈寻常,大火消失了,山谷里重新变得郁郁葱葱,沈寻常变成了一个小女孩。我欣喜地想,我一定也在时光倒转里回到了童年时代。然而我在小溪里照了照,却发现我已变成了一个白发老头。

我大叫一声,从梦里醒了过来。

醒来后,我头痛得厉害,口唇也焦渴万分。

"水,寻常,我要喝水。"我把胳膊伸出去,却发现沈寻常不在被窝里。窗外挂着一轮清冷的弯月,看时辰,应该是午夜了。我正要起身,沈寻常却回来了。她穿着一身夜行衣,闪身进入屋子,轻轻拴好门。

我一动不动地躺着,尽量发出均匀的鼾声。沈寻常脱下夜行衣,走到床边看了看我。她蹲在床前,把手伸到床底下去,我听到窸窸窣窣的声响。然后,她轻轻上床,在我身边躺下。

我差点要笑出声来。瞧,我们真是非常登对的两口子,藏东西都选在同一个地方。

第二天,趁沈寻常去豆腐坊买豆腐的时候,我找到了她藏夜行衣和心剑的地方。我真的笑了。她的夜行衣和心剑藏在床头,我的夜行衣和湛卢剑藏在床尾。东西藏进去,再把砖头原封不动地盖上,谁也不会知道,这张老旧的木床下,藏着两把江湖闻名的宝剑。

卖针头线脑的商人也莫名其妙地死在城北客栈里,这个消息不出早上就传到了白晓巷。沈寻常端着一盘豆腐回来的时候,旁边卖蜜饯干果的初大妈在街上拦住她,神神秘秘地把这一消息告诉了她。

"是吗?真的吗?"沈寻常非常惊讶地站在街边,"昨天不还好好的吗?"

"就是啊,谁说不是呢,"初大妈闲时喜欢给人看个卦相什么的,"我看哪,城北客栈那家客房八成闹鬼。"

街巷里的人听了初大妈这么一说,都频频点头。他们找不到其他的合理解释。上次皮货商死后,官府像模像样地派出捕役,在城里城外四处侦查,最后不了了之,说是商人之间的仇杀。这次自然也可以确定,那些腰间别着腰牌的捕役,到头来肯定仍是一无所获。沈寻常的身手,那是绝对不会有闪失的。

"还会有事发生的。"关掌柜看着街巷,说。

我在药铺里观察着沈寻常。但我又能看出什么来呢?有那么几个恍惚的瞬间,我甚至疑心昨天夜里是我的幻觉,沈寻常根本就没穿着什么夜行衣出去过。但明明这又是千真万确的:沈寻常在晚饭的酒里给我下了药。她想让我沉沉睡去,一觉睡到天亮。

晚上,沈寻常没有提卖针头线脑的商人的话题,却提到了别的话题,她说:"要不,咱们搬到别的地方去住吧?"

"为什么?"我问。

"也没什么,就是在这条街上住够了。"

"城北客栈接连死人,你是不是觉得这里不安全？"我说,"其实也没什么。这年月,死人是很平常的事情。我觉得咱们在这里过得挺好的。"

沈寻常没再说什么。我现在相信了,她是真的想做一个隐居者,把过去的事情全都忘记。但卖针头线脑的商人的出现,把她平静的生活打乱了。我不清楚她去了客栈后,是否搞清楚了商人的来历。这其实也是我想弄明白的事情：那人是冲沈寻常来的吗？是她的旧交,还是故仇？她杀他,是为了灭口吗？

我当然不会同意搬离此地。卖针头线脑的商人的出现,让我嗅到了铁血的气味。我相信,早晚有一天,铁血会来到白晓巷。不管卖针头线脑的商人和铁血有没有关系。

秋天过去了,街上不再有打着滚儿奔跑的落叶。日子继续往前滑行着,没有什么特别之处。但我知道,我和沈寻常心里都在等待。等待着有陌生人来到白晓巷,等待着某些事情的发生。

城西的梅花开了。那里有一大片梅园。早上,沈寻常挎着一只竹篓,说要去采摘梅花回来烹煮茶汤。白晓巷里的人都说,沈寻常烹煮的温梅汤好喝得很。

沈寻常是早饭后去城西的,快到晌午了还没回来。西郊虽然偏远,但也不至于耗时这么久。我在药铺里渐渐有点心神不宁,曲管家说："我看你是身在曹营心在汉,快去找找你家娘子吧。"

我想回家带上湛卢剑,但看看外面白花花的天光,还是放弃了。

天气寒冷,天空洋洋洒洒地下起了雪。虽然梅花开得值得一赏,但是梅园里依然没有什么人。我循着雪地上的足迹寻找沈寻常,起初还看到她的绣花鞋踩在雪上的鞋印,后来鞋印就消失了。我抬头看看旁边的几棵梅树,发现枝条露出了棕褐色的树皮,不像其他树枝那样,落着厚厚的积雪。看样子,我那轻功十分了得的娘子不满足于踏雪寻梅,而是踩着树枝在摘梅花了。一个习武之人,要在世人面前装出一副不会武功的样子,老实说,那种滋味是非常不好受的。看到这么一大片空无一人的梅园,我也心里发痒,想跃到树枝上去走一走,练练身手了。

但随后我就发现,事情没有那么简单。在几株黄梅旁边,我发现一个倒在雪地上的蒙面人,他头朝下一动不动地趴着,看起来似乎已经死了。

蒙面人的后背上插着一枚暗器，我把它拔了出来，查看了一下伤口，七个均匀的针刺点呈月牙状分布……我认识这枚暗器，它名叫月牙镖。我感到一阵头痛。小时候，我曾偷偷打开过父亲藏在墙壁暗格里的一个盒子，发现那里放着许多枚暗器。我偷拿了一枚，把它掷在柱子上，柱子上呈现出来的图案，就是眼前的月牙状。后来我拆开它研究了一番，发现是七枚尾部相连的钢针藏在暗器里，发射出去的时候，钢针头部散开，呈月牙状刺入人体。再大一些的时候，有天夜里，父母的卧房门楣上出现了一枚同样的暗器，父亲拿着它，沉默不语。母亲颤着声音说："月牙镖！是不竞回来了吗？"

父亲摸了摸母亲的头发，说："目枝，不要怕，有我在。"

……

蒙面人身子抽搐了一下，我把他翻转过来。看来他还没死。

"你是谁？来梅园干什么？是谁袭击了你？"我把所有的问题都抛给他，像月牙镖的钢针一样，希望在他死之前得到答案。

蒙面人脸色苍白，张了张嘴，却没说出一个字。

蒙面人很快就死了。我观察了一下周围，在十米开外的一棵红梅树下发现了沈寻常的竹篓。竹篓里面的梅花散落在地上，周围脚步凌乱，之后，足迹向着西北方向去了。我认识那足迹，是我娘子沈寻常的绣花鞋留下的。我循着足迹疾行了一会儿，足迹消失了，看看头顶，梅花枝上的雪被踩踏得有些零落。看来，沈寻常嫌行路太慢，不得已，使用了轻功。她那么着急是为了干什么呢，连竹篓都不要了……

我正打算继续追赶下去，我的娘子沈寻常却出现了。我隐藏在树上，看到她踏雪而行，停在蒙面人的尸体旁边。她探了探他的鼻息，然后把尸体翻转过来。蒙面人后背上的月牙镖自然已经不见了，只有七个针刺的伤口。

沈寻常警觉地抬起头，朝四周张望。看样子，蒙面人不是沈寻常所杀。我很快地做出了一个这样的猜测：除了沈寻常和蒙面人，另有一个人曾经在这个地方出现过。或许沈寻常急匆匆地扔下竹篓，施展轻功朝着西北方向去，是追赶另外那人去了。或许那人正是使用月牙镖杀死蒙面人的人。

我提前离开，在半路等候沈寻常。我接过她胳膊肘里的竹篓，埋怨道："摘梅花怎么用了这么长时间？"

"哦，我看梅花开得特别美，就多待了一会儿。"

我们两人一起走在白晓巷里，跟行走的人打招呼。人们羡慕我们夫妻两人这么相爱。曲管家拎着算盘站在药铺门口，说："沈老板哪，你看，我家释无念对你多好！"

沈寻常对梅园里的事情只字未提，我自然也不能询问。下午，沈寻常说，她身子有点不舒服，不煮茶了。

我说："那就打烊吧，你躺下好好睡一觉。"

我找了一块木牌子，写上"今日下午打烊"，挂在门上。一整个下午，茶肆的门都紧紧地关闭着。

没有顾客来抓药，我从怀里掏出月牙镖，反复地看。月牙镖非常小，只有一寸长，你不得不对它这么小巧却有那么复杂的构造而惊叹不已。小时候，我就对从父亲盒子里偷拿的那一枚着迷不已，可惜父亲发现了柱子上的针印。他要弄清是谁偷拿了月牙镖是易如反掌的，在我记忆中，他是一个无所不能的人。此后我再也没在我们家的武馆里见到过月牙镖。

"要是我没看错的话，这应该是江湖上失传已久的月牙镖吧。"这个声音让我异常惊骇。喂，集市上摆摊的，你知道吗，说话的人居然是关掌柜。

我惊骇的原因是，关掌柜悄悄近身，我却半点也没有察觉，仅凭这一点就可以断定，他是一个身怀绝世武功的人。

"跟我来吧。"关掌柜转身走回后院，好像对街巷里的天光过敏似的。他很少来前堂。

"我一点都没看出，您是一位江湖前辈。"我很惭愧地说。

"无念，修行之路永无尽期，你才刚刚走了几步而已。"

我和关掌柜坐在厅堂里喝茶，良久都没有说话。雪已经停了，夕阳透过格子窗户，在灰砖地面上缓缓移动。我盯着那些格子，它们在逐渐拉长。恍惚间，我想到了山谷。

"我从一个山谷来。您相信吗？山谷里的日月星辰、节气冷暖都有它们自己的模式。它们很自由，完全不遵循外部世界的秩序，而是想来就来，想走就走。朝霞要是想偷懒，它就在晚上出现。还没等到天黑，月亮若想出来，它就大中午地出现在天空上。冬天若是迫不及待地想来，它就在夏天还没结束时调皮地降下一场大雪。花朵啊什么的，更是想开就开，想败就败。"我盯着那些灰砖，对关掌柜说。我也不知道自己为什么要提起山谷。自从离开山谷，我没跟任何人提起过它，它就像我身体隐秘部位的一个痂，新长的肉总是嫩生生的，下面的疼一直在。

"我相信。"关掌柜笑了笑。我还是第一次看到他笑。我很想听听他的见解，并且相信他一定有一套高深的理论来解释山谷里那神秘的一切。但他似乎并不想就此多谈论什么。

"您一定知道月牙镖的来历。"我说。

"江湖上有一个万家武馆曾经赫赫有名，是万家世代传承下来的。到万世因这一代，武馆空前繁盛，许多青年才俊投至门下。在一众弟子之中，万世因最喜欢的是万识藏。万识藏是个孤儿，从小被万世因收养并认为义子，跟万世因亲生的儿子万不竞一样，享受着万家的百般呵护。万世因是收养了万识藏之后才有了万不竞的，从小，万家就教导万不竞，什么事情都不许跟万识藏争。但万不竞自小顽劣，不肯上进，长大后沾染上了赌博的恶习，万世因隔三岔五就要去帮他还赌债。这还不算，万不竞爱上了女佣的女儿姚目枝。但姚目枝从小跟万识藏青梅竹马，这是万家上下都知晓的事情。万不竞为了得到姚目枝，多次对万识藏暗中下手。那些年，世道动荡，万世因的武馆里经常有各路英雄豪杰出没，其中有不少是被官府通缉的要犯，他们到武馆里来暂时避难。万世因和万识藏对他们来者不拒，悉心照顾，暗中把他们安全送走，走时还附送盘缠。万不竞不知怎么，竟然和官府勾结到一起，有一日突然袭击了万家武馆。万世因非常敬重的一位武林中人因此遇难，死在武馆里。万不竞是万家的独子，眼看着武馆就要败落在他手里，万世因把万不竞驱逐出门，令他永远不得回到武馆。之后，万老爷子忧急交加，得了重病。临死之前，万世因找了保人，签字画押，把武馆正式交给了万识藏。随后那些年，江湖上流传着一个说法，那位在武馆里遇难的武林中人，到武馆里去时，带了一把江湖闻名的宝剑，名叫湛卢剑。此剑存于世间的时间非常久，几易主人，最后传到岳飞之手。然而，忠良岳飞最后还是难逃奸臣迫害。他死后，湛卢剑就神秘地失踪了。那些年，有不少人打湛卢的主意，想方设法去万家武馆，意欲求得湛卢的下落，其中当然少不了万不竞。这场寻找湛卢的拉锯战一直持续了几十年，万识藏和万不竞都已娶妻生子，成家立业。万不竞和一位官宦家的女儿成了亲。"

关掌柜停下来，喝了一口茶。这时候，夕阳已经落山了，灰砖地上的格子窗影子已经消失不见。关掌柜没有点灯，我也觉得坐在黑暗里很好。至少，我不用担心在听到父亲万识藏的名字时，流露出悲戚的表情。

是的，万识藏是我的父亲，他受万老爷子重托，接下了万家武馆，也如愿以偿地跟我的母亲姚目枝成了亲。但最终他还是没能保住武馆。从山谷里出来之后，我回家去看了看，那里早已没有什么武馆了，而是一家客栈。当夜我就在客栈里住下，负责看管马匹的人是我小时候最好的朋友，但他没有认出我。从他那里我得知，在那个黄昏，父亲死在铁血之手，武馆也付之一炬。我的母亲姚目枝紧随着父亲咬舌自尽。

"关掌柜，您还没说月牙镖的事呢。"我手里一直在摩挲着月牙镖。

"说起这月牙镖，它也是万家祖传的暗器，只传男不传女，更不传外姓人。所以万家虽然开了武馆，能学得月牙镖的，却只有万家人。到万世因这一辈，就只能传给万不竞了。但万世因老来知道武馆不能寄付于万不竞，就破例也传给了万识藏。万不竞后来被逐出家门，万识藏接管了武馆。但万识藏行事非常稳妥，轻易不使用月牙镖。而且，万识藏不希望自己的儿子万天倚习武，他不喜欢杀戮。虽然经不住万天倚软磨硬泡，最终还是答应了他跟着师兄们一起习武，但月牙镖却是封存不用了，"关掌柜从我手里拿过月牙镖，"所以，这枚重出江湖的月牙镖，应该是来自万不竞。"

这么说，万不竞应该是我的师叔了。父亲万识藏从没有跟我讲过这位师叔的事情。在万家武馆，没有任何人谈论万不竞。

我想起那天夜里，父亲从门楣上拔下月牙镖，母亲颤着声音说："月牙镖！是不竞回来了吗？"

父亲说："目枝，不要怕，有我在。"

这么说，武馆被烧，父亲被杀，都跟我这位师叔有关？我不敢往下想了，因为很显然，继续往下想的话，就要涉及我的娘子了。铁血和铁心，就一定跟我的师叔万不竞有关了。

我犹豫着要不要跟关掌柜说一说今天上午梅园里的事情，至少我得对手里这枚月牙镖的来处给个说法。但关掌柜什么也没问，而且也不打算问。他站起身，捶打了一下腰，说："老啦。"

"关掌柜，恕我冒昧，我想问一下，您是不是认识万识藏？"

"万识藏啊，他虽然不是万世因亲生的，行事却跟万世因一样厚道。他掌管武馆之后,那些江湖中人及落魄之人,还是会慕名而去。万识藏像万世因一样,来者不拒,慷慨相助。"关掌柜答非所问。

"我斗胆猜测一下,您当初也曾去过武馆小住?那么这么说,您是一位隐姓埋名的武林高手?"我时刻没有忘记假装自己不会武功。虽然可能我自从来到药铺就被关掌柜一眼识破了。但至少,他看不清我的脸。虽然我小的时候,他曾去过武馆,跟我父亲切磋武艺,谈兄论弟,并且见过我的样子,但我现在易容了。

"我啊,只是一个落魄之人,当年到武馆里小住,只为了混几口饭吃。"关掌柜说。

我踩着昏黑的月光回去。沈寻常正坐在饭桌旁边,手托着腮。桌上的饭菜早已凉了。

"我去给你热热。"她说。

"不用了,"我说,"你怎么样,好点了吗?"

"好多了。"沈寻常拿起酒壶。她又要让我睡觉了。但我这次从药铺里拿了解酒药。

半夜时分,我跟踪沈寻常来到城北客栈。冬日的城北客栈裹在哀号的寒风中,门口的灯笼早已被吹熄刮跑。马匹在后院里冻得瑟瑟发抖。

在那间死过皮货商的客房里,住着一个很特殊的客人。他站在屋子中间,没有点灯,我趴在房顶上,只能看到他肩上披着一件厚重的毛氅。我的娘子沈寻常站在他的对面。

"这么多年,你终于还是找来了。"沈寻常说。

"我听说你现在名叫沈寻常。当真要过寻常日子了吗?"

"你是知道我的。"

"我只知道,当年闻名江湖的铁心,有着一颗比刀剑还冷硬的心。"

"一切都是会变的。"

"自从咱们血洗万家武馆之后,你就变了。"

"你既然懂我,为什么还要来找我?师兄,我回不去了。"

"铁心,其实我也不想来找你。如若不是因为湛卢剑重出江湖,我是不会来打扰你的生活的。"

"湛卢剑?"沈寻常若有所思,"你确定吗?"

"那几个皮货商，就是死于湛卢剑。"肩披毛氅的人——喂，集市上摆摊的，听到这里你大概也明白了，他就是铁血——在屋子里踱了几步，"住店的人三教九流，难免会有江湖中人，识得湛卢剑的剑伤。"

"怪不得这段日子总有神秘的外乡人出现在白晓巷，"沈寻常叹了一口气，"看来，我躲到哪里都是没用的。"

"既然湛卢剑的消息已经传了出去，你就别想安安生生地过茶肆老板娘的日子了。那些人既然能得到湛卢的消息，自然也能知道白晓巷里隐居着曾经大名鼎鼎的铁心。不管你跟湛卢剑是否有关系，你都摆脱不了。这就是你的命。你知道吗，西郊梅园里那个跟踪你的人，是远在南海的无息门派来的人。"

"无息门不是一直自成一派，跟江湖素无瓜葛的吗？"

"师妹，湛卢是值得让躺在坟墓里的人也跳出来争抢一番的。"

"今天，是你杀死了无息门的人，而且使用了月牙镖。江湖上都知道，月牙镖是万家传下来的独门暗器，轻易不用。看来，师兄，你是成心要搅乱我的生活了。"

"算你说对了吧，"铁血笑道，"月牙镖一出，你就别想躲清闲了。"

"但我已经把无息门的人埋了。没人知道月牙镖的事情。那个卖针头线脑的也被我杀了。但我不是用心剑杀的。我虽然带了心剑去，但……我已多年没用它了，说实话，我很害怕。我用了一把普通的短剑，杀死了那个卖针头线脑的，"沈寻常说，"师兄，我劝你还是离开这里吧，说不定湛卢剑早已不在城里了。要我说，八成是住店的人杀死了皮货商，接着就离开了。"

"师妹，你忘了，我的嗅觉最灵敏了。湛卢剑就待在这个城里，我能嗅到它那独一无二的气味，"铁血笑了一下，"你这么急着赶我走，莫非知道湛卢的消息？"

"我懒得跟你理论。师兄，我对湛卢不感兴趣。而且照我看，城里也没有能使得了湛卢的江湖高手。你愿意在城里待着，那就待着好了。我要回去睡觉了。"

喂，集市上摆摊的，你应该知道，我是多么想杀了铁血。当年，就是他，把我的父亲万识藏一剑刺死的。但我并没有动手。我不知道我在等什么。

我的娘子沈寻常在悄悄地做着各种准备。她从钱庄里取出积攒多年的银钱，交给我保管。

"我们把茶肆卖了吧，搬到别的地方住。"她说。

"为什么呀，咱们在这里不是住得好好的吗？"我假装很诧异。

"哦，也没什么，"沈寻常坐在桌子旁边，听着鸡在窝里嘀嘀咕咕，说，"恐怕等不到明年春天看母鸡抱崽了。"

"寻常，你是不是有什么心事？"

"没有。"沈寻常把被子铺好。我们躺在床上，絮絮叨叨地说着话。"无念，你了解我吗？"

"了解吧。"我说。

"你说，咱们两人能白头到老吗？"

"这个……"我觉得，这是天底下最难回答的一句话。

"无念，我从来没问过你是从什么地方来的。"

"我从一个山谷来。"我老老实实地说。

"山谷？那是一个什么样的地方？"

"那是一个非常神奇的地方，时间对它没有约束力。它的四季和晨昏都是没有秩序，随意来去的。人在山谷里生活，根本没有年龄的概念。因为你今天是中年人，明天可能就会变成少年。那里的所有花朵和植物，都适应了这种变化，它们说开就开，说败就败。"

"世上居然还有这么美的地方……这么说，人完全可以在山谷里变回到小时候？"

"是这样的。当然，他也可能在变成小孩之后，转天就变回大人。"

"嗯，那倒无妨。只要有那么一次神奇的变化，就应该知足了。你知道，在尘世间，每个人经历过的事情、走过的路，都是不可能抹掉重来的。"

"当然，我知道这一点。"

"我觉得你不应该走出山谷。那是一个多么美好的地方啊！"沈寻常无限神往地说。她睁着眼睛，里面燃烧着火花。"山谷里还有什么人？"

"还有我爷爷。我离开山谷的时候，他还活着，但现在，说不定已经不在了。"

"你还会回去吗？"

"说不好。也许还没等回去，我就死了呢。"我笑着说。

"不许胡说！"沈寻常转过身，捂住我的嘴。"无念，你记住，不管发生什么事，你都不要管我，拿着我给你的银钱，离开白晓巷，离开这个城市，回到山谷里去。"

啊！此时此刻，我是多么爱眼前这个女人！可是，我同时又听到湛卢在床下的地砖下面发出抗拒的声音。

第二天，茶肆里一早就来了特殊的客人。我和沈寻常还在吃饭，他就砰砰地拍打着门板。我拿开门板，一眼就见到了我的仇人铁血。十几年过去，他只是从一个青年变成一个中年人，但那副我记忆中的模样一点没变。

"这是妹夫吧？"他抖搂着毛氅上的雪花。

"哦，无念，这是我的远房表哥，到城里来做生意。"沈寻常赶忙过来打圆场。

"那你们坐着，今天我来煮茶。"我说。

铁血的眼睛像鸟的尖嘴，啄在我的身上。他在观察我。"我总觉得在什么地方见过你。"他说。

"别乱说了，"沈寻常替我解围，"无念从小跟他爷爷住在一个山谷里，直到三十多岁才走了出来。"

"住得好好的，为什么要出来？"铁血问。

"想出来见见世面。"我说。

我拿起一把扫帚，到白晓巷上去扫雪。在山谷里，一切都是安静的，除了风声和鸟语。我跟随师父打坐修炼，练就了一副好听力。我一边哗哗地扫着街，一边和街坊们打着招呼，这都妨碍不了我听铁血和我娘子说话。

"你别说我疑神疑鬼了，你忘了，当年咱们血洗万家武馆的时候，万识藏的儿子万天倚神秘失踪了？"铁血说。

"是啊，万天倚从密道里逃跑了。你不是在万家武馆里安插了你的人吗？"

"你忘了吗，那条密道通往一座大山。"

"没忘啊，你不是找人点了一把火，把大山足足烧了三天三夜吗？那么大的火，别说一个活人了，就是一个铁人，也给烧化了。"沈寻常埋怨铁血，"师兄，你别折腾了，湛卢说到底也就是一块铁而已，即便万天倚把它带到了大山里，也早就在那场大火里烧成铁水了。"

"我总觉得你这个官人不那么寻常。"

"你别疑神疑鬼了,还是赶紧离开这里吧。"

铁血大概是嗅到了我身上的气味。我的容貌改变了,气味却没变。我想到了一个问题:铁血和铁心在我的师叔万不竞的命令下,曾经不止一次到万家武馆找碴生事,对我当然也是不陌生的。既然铁血能够嗅出我的气味,那么铁心难道就不能吗?

我的后背上滚过一层冰冷的汗水。

扫完街巷上的积雪,我回到药铺工作。关掌柜站在柜台后面的暗影里,说:"树欲静而风不止啊。"

我看不清关掌柜的眼睛是在看哪里。好像是白晓巷,又好像是茶肆,抑或是铁匠铺。铁血在茶肆里待够了,溜达到铁匠铺里去搭讪。他摸摸那些打好的刀剑,频频摇头。"你听说过湛卢吗?"我听到他问雇匠矮三。

"湛卢?好像听师父说过。"矮三说。

"那可是一把天下无双的宝剑啊!"铁血叹道。

"你见过吗?我听师父说,湛卢是长眼睛的,这是真的吗?我长这么大,还没见过长眼睛的宝剑呢。"矮三问。

铁血神秘地笑了笑,在一张长条凳上坐下,没有回答。这样一来,矮三更好奇了,他在长条凳另一头坐下,缠着铁血,让他讲一讲湛卢的眼睛长在哪里。

"呵呵,世人都傻。"关掌柜在身后笑道。

"他是我娘子的远房表哥。"我回头对关掌柜说。

"无念,你见过一把宝剑会长眼睛吗?"关掌柜问。

"我没见过。"我老老实实地说。我的确没在湛卢上看到什么眼睛。

"你知道我为什么说世人都傻吗?因为他们都妄想驾驭一把长了眼睛的宝剑。"

"关掌柜,莫非您见过宝剑上的眼睛?"

关掌柜没有回答我的话。他离开柜台后面的暗影回到后院去了,瘦削的后背写满了我无法破解的话语。

不速之客接连到来,就像冬日一场一场的大雪。我在城北的隘口等到第八天,终于等来了我的师叔万不竞。

我知道,他就像一条猎狗,一定会循着湛卢的气味赶来的。这么多年来,自从血洗万家武馆后,万不竞似乎也从江湖上销声匿迹了。关于他的传闻有很多,其中之一是他在血洗万家武馆之后生了一场大病,不治而亡。随着他的销声匿迹,这个传闻逐渐成立。

但我不相信他死了。

那个夜晚,照例下了一场大雪。天上没有星光,但雪把隘口的窄路照得很亮。我的师叔万不竞身穿夜行衣,浑身上下只露出两只眼睛。这并不妨碍我嗅到他的气味。

当我从树上一跃而下,我听到自己的心跳得像在擂鼓。我告诉自己,师父在山谷里教给我的武功,就是用来在此时此刻对付这个人的。

隘口周围只有荒凉的山脉和河滩,呼啸的北风掩盖了我们的打斗声。我不是没有预想到失败的结局,毕竟,独步天下的武林高手只存在于江湖传说中,我并没有那么自负,认为自己拥有了天下人都没有的湛卢剑法,就可以打败任何人。凌乱的飞雪冻结了我的眼泪,我的后背上被砍了一刀,心里只想着死亡两个字。

不知道过了多久,两个人的单打独斗变成了三个人的,最后又变成了四个人的混战。后背上的刀伤疼得我直冒冷汗,但我确信自己数得没错。一共四个人。其中当然有我的娘子沈寻常。虽然我们都穿着夜行衣,戴着黑色头套,只露出两只眼睛,像四个孪生子,但我娘子的气息,割掉我的鼻子我都能嗅闻出来。

那晚,我先跌跌撞撞地回到家中,沈寻常比我晚回了半个时辰。我是被第四个人拎着脖领子带走的,他把我放在院子里,就越墙而去。我给自己敷了一点刀伤药,换上平日衣服,在床上躺下。

沈寻常回来后,轻手轻脚地换下夜行衣,在床下藏好。她躺到我身边后,探头看了看我。我呼吸得很均匀。

第二天早上起床后,我看到沈寻常已经做好了早饭,并煮了一壶龙眼红枣茶。我们平静地吃着早饭,仿佛刚刚过去的那个夜晚什么都没有发生过。

"昨晚我起床小解,回来的时候发现你不在。"我说。

"哦,我听外面风刮得紧,去前面看看店门关好了没,"沈寻常说,"你这些日子好像经常半夜去小解。"

"嗯,是。"我说。

雪停了,白晓巷中除了出现久违的阳光,还有一个新消息很快地传播开来。城北隘口昨夜死了一个异乡人!人们七嘴八舌地谈论着。

我不愿意相信那个异乡人是我的师叔万不竞。然而的确是他。他嗅着湛卢的气味而来,却没有死在湛卢之下。是谁杀死了他?

铁血在茶肆里坐着,对沈寻常表达着他的猜测。他的目光劈开街上的阳光,直射到药铺里来。他对我充满了疑惑,从来到白晓巷看到我的第一眼就开始了。

而我在想,当我和救我的人离开之后,隘口只剩下了我的师叔万不竞和我的娘子沈寻常。假如没有第五个人出现的话,那就是说,是我的娘子沈寻常杀死了万不竞。万不竞是沈寻常的师父,她竟然杀死了自己的师父?然而,这又有什么不可理解的呢,谁规定徒弟就杀不了自己的师父?

她为什么要杀死自己的师父?仅仅因为,他又来扰乱她的隐居生活吗?

还有,救我的人是谁?以我对这座城市的了解,并没有这样的绝世高手,包括天鹰镖局里那些成天吆五喝六的镖师。假如有可能的话,我只想到了一个人,那就是发给我工钱的关掌柜。

我用目光询问着关掌柜,然而他仍像过去那样,在后院里安静地喝茶打坐。

整整一天,空气里凝聚着一种不安的力量。铁血在城里四处走动,渴了就回到茶肆里坐着,用荫翳的目光监视着我。我的娘子沈寻常看起来跟平日没什么不同,却来药铺抓了一些创伤药。我问她:"娘子,抓创伤药做什么用?"

"表哥是舞刀弄剑的人,备点药总是好些。"她说。

黄昏时分,关掌柜喊我到后院喝茶。我的直觉告诉我,这不是一般的喝茶,某个重要的时刻要来临了。

"无念,你要记住,湛卢真的是有眼睛的。"关掌柜轻轻吹拂着茶叶。

"这真是不可思议。"我说。

"不要轻易使用湛卢。因为它的眼睛就是它的心。"

"您的意思是说,它能看到和感受到?"

"世人都蠢,妄想控制一把有灵气的宝剑的眼睛和心,那怎么可能?"

"掌柜,您是不是想告诫我什么?"其实,我隐隐地知道他想对我说的话。

"不要轻易地拿它去杀人。"他说。

"想当年岳飞不也拿它杀了很多人吗？"

"那不一样。岳飞是英雄，他拿它去杀该杀之人。"

"可是，掌柜的，谁能告诉我们，什么人该杀，什么人不该杀呢？"我看了一眼关掌柜，"比如说，昨天夜里死在城北隘口的那个人，他该不该杀呢？"

关掌柜放下茶碗。在傍晚的昏暗的光线中，我想我读懂了他眼睛里面的话。但我并没有做到真正无念，起码那个黄昏是如此。

"你大约听说过，湛卢曾经离开无道的旧主吴王夫差，投到了明君楚王之手。"

"是的，我听说过。但我以为那只是个传说，"我看了看话里有话的关掌柜，"您是不是想说，如果湛卢被人用来进行它不愿意的杀戮，它就会离开它的主人，自行离去？"

关掌柜没有给我答案。他缓缓地站起身，引我走进一间内室，从墙壁的暗格里取出一本书。"这是湛卢的全套剑法。"

"关掌柜，您……这是什么意思？"我知道自己在关掌柜面前已经无所遁形。也许从我来到白晓巷的第一天起，我在他眼里就是无所遁形的，哪怕我易了容。

"世上所传的湛卢剑法都是不完整的，缺失了至关重要的两招。"

"您跟湛卢……到底是什么关系？"我感到了巨大的迷惑。

关掌柜依然没有给我答案，"我来到白晓巷也有好多年了，从来的第一天起，我就知道，这一天迟早会来。"

"好多年？"在昏暗中，我看到了山谷里的那场大火，此刻它仿佛燃烧在我的脑海里。到这时，我已经不想猜测关掌柜的一切——他是不是湛卢曾经的主人；他好多年前来到白晓巷是不是跟我的娘子有关；他是不是早就料到了今天将要发生的一切。

"做你认为该做的去吧。"关掌柜说。

我一天都不想再等下去了。

城北隘口依然风声阵阵，荒木发出空洞的声音。"约我的人是你？果然是你。"铁血把手按在腰间，那里悬挂着他杀过很多人的血剑。

"正是我。"我说。

"自从来到白晓巷，我就嗅出了你身上的气味。你身上的气味跟万识藏那老家伙的气味一样。当年那场大火烧了三天三夜，你居然还活着。"

"我活着就是为了等到今天杀死你的。"

"恐怕不那么容易。"

"那就试试吧。"

我必须杀死铁血。我缓缓地抽出湛卢，这把漆黑如墨的宝剑，它沉默着，我不知道它在想什么，它那双眼睛又在看什么。

"今天这把湛卢就将易主了。"铁血说。他的眼睛里放射出占有的亮光。

那是我平生最难以忘记的一场激战。我不清楚那场激战持续了几个时辰，只知道后来沈寻常也来了。她帮我挡了一剑，又帮铁血挡了一剑，不知道自己应该帮谁。"不要打了！"她喊道。

但我必须杀死铁血。我的脑海里烧着熊熊的大火。最后关头，我用刚学的那两招世间缺失的剑法，杀死了铁血。

"释无念！"沈寻常叫道。

"你应该改口了。我叫万天倚。"

沈寻常用她的心剑指着我："看来你是一定要报仇的了。"

我沉默不语。

"你和我成亲，仅仅是为了找机会报仇吗？"

我依然沉默不语。我无法回答这个问题。

"好吧，今天就让我们做个了断，看看是我杀了你，还是你杀了我。"

沈寻常抖动手腕，心剑直逼而来。我的脑海里依然燃烧着大火，它告诉我，不能停。当我的湛卢指向她的胸口时，她的心剑也抵在了我的胸口。那真是一个痛苦的时刻！我迟疑了一秒钟，然而沈寻常却没有迟疑，她胸口朝前一挺，湛卢无声地刺了进去。

沈寻常的胸口流出了鲜红的血。我低头看了看自己的胸口，我想，一起死了也好。然而，我的胸口没有血。那把心剑奇异地变得弯曲，柔若无骨，像软绵绵的绳子，垂落在半空中。

"心剑是世间最无情也最有情的剑。我只见过它的无情，今天终于见到它有情的样子了，"沈寻常眼里滴下了泪，"你的仇终于报了。"

她把那柄软绵绵的剑扔到地上，说："它死了。它只有一次死亡的机会。"

我不希望那柄剑死掉。然而它的确死了。我的娘子沈寻常也死了。

喂，集市上摆摊的，我的故事讲到这里，差不多快结束了。你一直没说话，对那些问东问西的人也爱答不理。你是被我的故事打动了吗？你一直在看我的腰间，是的，那里空空如也。你是想问我为什么没把湛卢挂在腰间吗？你点头了。我终于明白了，你是个哑巴。但你的耳朵没有问题，我确认。我告诉你，湛卢离开了。我曾经怀疑过那个湛卢离开旧主寻找新主的故事，认为它只不过是人们编造出来的一个神话传说而已。但事实上，它的确离开了。我是亲眼看到它离开的。你大概觉得好奇，它没有腿和脚，是怎么离开的呢？这个问题，恕我不能相告了。

好了，集市上摆摊的人。你其实在听到故事的前半部分时，就已经知道了我的用意。你在集市的角落里摆了一个摊，除了在卖一只墨绿色的玉枕，其他什么东西都没有。我的故事里也有一只玉枕，跟眼前你打算卖的这只玉枕一模一样。我告诉过你，我是在梦里走进了玉枕，然后有了这样一个故事。我觉得我现在仍然在梦里。

那么，说要紧的吧，我要买下这只玉枕。我不知道它是不是我走进去的那只。假如是的话，我不知道它是如何从我师父的岩洞中来到了这里。当然了，假如我此刻是身在梦中，那就不足为奇了。我要买下它，带着我的娘子重新走进去。你大概明白我的用意了，对，我想带着沈寻常走进玉枕，顺着原路返回山谷。

现在是冬天，我的娘子尸骨未腐。她就躺在我身后的这架独轮车上，盖着被子。但她冻得冷冰冰的。

我确信我们能够回到山谷里去。你也知道了，山谷中自有一套独立的时间系统，它并不喜欢秩序，它很随性。在山谷里，沈寻常总有一天会跟随失序的时间回到过去，也就是从死亡回到活着。

我们还会回到幼年、童年的时候，而且还有可能回到刚刚出生的时候。

喂，集市上摆摊的，我不知道你的来历，我也不想知道。我偶然走到这个集市，偶然看到你在角落里卖一只玉枕。整个经过就是这样。

（原载《作品》2017年第5期，《中篇小说选刊》2017年第4期转载）

一墙之隔

献给曾经迷茫的我们。

一

许多年前，我跟在父亲身后，穿过一片黑沉沉的棚户区。天上没有月亮，只有稀疏的几颗星星，发出稀薄得可怜的光亮。因此，所有的小巷仍然是昏暗的，加上巷子两旁低矮的房屋里没有多少人声，让人感觉那里像坟场一样。

那个夜里，一切都显得很怪异。父亲出门前带了一盏手提信号灯，但不知为何，他一直没把它打开，仿佛只是为了让手里抓着个东西。父亲不停地小声提醒我，小心点，慢点。他走在我前面，踩到坑的时候就停下来，说，一个坑。我耷拉着头，睡眼惺忪。我们踩到了不少土坑，后来，父亲忍不住说："人这一辈子啊，总是要踩到坑，躲是躲不过去的。"

在我记忆里，父亲很少说这种有些深度的话，他毕竟只是一名铁路巡道工。在铁路部门，从事这个工种的，都是些文化水平不高的人——父亲初中毕业就被招工进入铁路部门，成为一名巡道工。这还得仰赖我的祖父，他当年也在铁路上工作，所以父亲才有资格被招工，成为一名背着巡道袋在铁轨上走来走去的工人，手里提着一盏让人羡慕的信号灯。

只有初中文化水平的父亲，在成为巡道工后，原先掌握的那些半生不熟的知识很快就忘个差不多了。因为当巡道工只需要记住一些技规、安规之类的，知道巡道时应该检查哪些东西就行了——我的意思是，说来说去，父亲说出"人这辈子总是要踩到坑"这句话时，他实际上连初中文化水平都不够。我记得，他当时在那个促使他说出这句话的土坑旁站立了几分钟，回头看了看我们来的方向。我们是骑着一辆自行车来的，父亲载着我。他穿的是平日巡道时规定穿的土黄色工装，工装因为多日未洗而发出一股汗馊味。除了汗馊味，还有一些别的味道，复杂难闻。这个回忆总是提醒我，父亲离家的时候是夏天。他身上散发着汗馊味和其他味道，骑着自行车，把我带到那片我从没去过的棚户区。在离那里还有一段距离的时候，他停下来，把那辆破旧的自行车支在一棵老槐树的树干旁，给它上了锁。

接着，父亲带着我徒步穿过棚户区。他肩上背着巡道袋，左手提着信号灯——却不把它摁亮，右手提着一把道镐。道镐也是他巡道时必带的工具，我们来的路上，他把它挂在自行车把上。在一堵墙跟前，他停下了，再次回头往来路上看。他看得鬼鬼祟祟，还问我："缪线路，有没有人跟着咱们？"

"没有。"我说。这个棚户区荒凉极了，要是有的话，大概也不会是人，而是鬼。从一扇窗户里透出来的灯光，也像鬼火一样，倏忽间就灭掉了。但父亲仍被那灭掉的灯光所吓，他下意识地蹲到墙根下，说："咱们被发现了吧？"停了停，他又自我安慰说："大概是半夜起床解手的人。"

父亲蹲在墙根下，小心翼翼地伸手锤击那堵墙，使它发出了窸窸窣窣的泥块掉落的声音。"太破了。"父亲判断道。随着他的敲敲打打，从黑暗中不知蹿出一个什么家伙，父亲眼疾手快，扔下信号灯，举起道镐就扎了下去。

那不明物让道镐的尖头扎扎实实戳中，球成一团在地上乱抽搐。道镐头是铁质的，像一根略带弧度的粗铁棍，一端尖头，另一端扁头，它们都是用来拨弄道砟的。父亲摆弄这铁家伙驾轻就熟，握住木柄抬起来一掂，就能掂出镐头是尖头朝下还是扁头朝下。

到这时候了，父亲仍不肯打开信号灯，他从地上把它捡起来，犹豫着要不要试试摔坏了没有。但最后他还是放弃了。他蹲下身子仔细查看不明物，好不容易才看清，对我说："一只野猫。好家伙，真肥，我从没见过这么肥大的猫，大概是成精了。"

父亲长出了一口气，看样是受惊不小。我提出是不是看一下信号灯摔坏没有，父亲没看，而是估摸着说："八成是坏了。不过也说不准。"

父亲说话时有些心不在焉，心思完全没放在信号灯上。说起这种信号灯，自从有一次父亲偷偷带我到铁路线上巡道，我就日思夜想，想拥有那么一盏，因为它能发出三种颜色的光，一定会让我的小伙伴们羡慕不已。他们只有能发出一种光的手电筒。但是，信号灯不是父亲的私人财产，他交班的时候必须要把它交回去。这甚至让我生出一种念头：长大后我也要被招工到铁路部门，去当一名巡道工。

我正牵挂着那盏信号灯，父亲却又蹲到墙根下面了。他蹲了一会儿，像在找什么东西，后来还将上身趴伏到地上，撅着屁股，在那里捣鼓。天知道是在钻研什么。后来，我感受到大地的颤动——根据过去陪父亲巡道的经验，那八成是一列火车正要驶来。可是，这里哪来的火车呀？

正在诧异间，大地颤动得厉害起来，铁轮子摩擦着钢轨，轰隆轰隆，似乎就是从我眼前飞驰而去。父亲站起身，对我说："缪线路，我得巡道去了。"见我不解，他补充说："这是一堵挡墙，铁路就在墙那边。我抄了近路。"

我这才有些明白了：他明明是晚饭后就离开家巡道去了，却在深更半夜返回家，把我从被窝里喊起来，原来是忽然决定带我去巡道啊。为此他还抄了个近路，大概是为了避免把上半夜巡过的铁路线再走上一遍。想到这里，我有些同情父亲——巡道工可真是个枯燥的工作，白天还好，至少可以看看风景啊什么的，可是夜里就不同了，他要孤寂地走上一夜。

"你回家，把自行车骑回去。"父亲把手伸进裤兜里，掏出那把他用了两年的车钥匙，放到我手里。

父亲的话让我感到很诧异，他既然不打算带我去巡道，干吗还要中途离岗，深更半夜把我从被窝里带到这儿来？

我赖着不走。我猜测父亲是在报复我，因为之前他把我从被窝里喊醒时，我因为太困而朝他发了一通脾气。可现在我的瞌睡虫已经彻底被赶跑了，而且他带我抄了一条我从未走过的近路，我还没搞清楚我们将如何走到铁路上去，这太让人好奇了！可偏偏这时候他却要打发我回家！什么意思嘛！

但父亲根本不打算考虑我的意愿，他再次把车钥匙往我手心里塞，并把我的手握拢。我扭摆着，表达我的不满。后来，父亲考虑了一会儿，找到了收买我的方法——把那盏信号灯送给了我。他把那弧度圆润的黑色提把塞到我另外一只手里，见我不相信，便使劲把我的手握拢："以后它就是你的了。

我知道你做梦都想有这么一盏灯。"

我不太相信父亲的这一招。信号灯又不是他的个人财产，那是国家财产，他只有在巡道时才有权利使用。父亲大概看出了我的顾虑，他夸张地笑了一声："这东西，我们班组里多得很，丢一盏也没什么大不了。再说了，我这次……我跟你说实话吧，我可能很长时间不能回家了……我要执行一项秘密任务，所以，放心吧，没人会找你要灯。"

天啊！怪不得父亲深更半夜把我从被窝里叫醒呢！他是假装先去巡道，然后，趁下半夜神不知鬼不觉的时候，才悄悄出发去执行秘密任务的！但那是什么任务呢？我不免感到好奇，便问："是《红灯记》里李玉和那样的任务吗？"

父亲想了想，点点头："差不多吧。"

"可是……现在明明没有日本鬼子呀！"我对父亲的话半信半疑。李玉和，那个著名的无产阶级英雄，铁路工人，把密电码埋在铁路路基里，跟那个叫鸠山的日寇大坏蛋斗智斗勇，宁死不屈，这个故事我们都知道。爷爷和父亲都是铁路工人，他们都爱讲李玉和的故事，仿佛李玉和是我们家里的亲戚。

"现在嘛，倒是不打仗了，但是，不一定没有坏人哪！"我看不到父亲的神色，但他的声音听起来倒是有点凝重，不免让我肃然起敬。他补充说："和平年代，更容易有敌人来搞破坏。那些不死心的人，一撮一撮的指不定都潜藏在什么地方，企图破坏我们的革命成果呢。"

"爸，这么说，你真的要去当李玉和了？他们让你保护什么东西？是密电码吗？"我太想看看密电码究竟是什么样子了。但父亲却卖起关子来，他挠着一头芜杂过耳的头发——天知道他本来长期留的是光头，那天夜里为何莫名其妙有那么一头乱糟糟的头发——他思考了半天，像是在考虑要不要告诉我。最后他咬紧牙关，说："这是重大机密，不能告诉你。"

我虽然略有失望，但考虑到他接受的是秘密任务，必定得像电影里那些大英雄一样，对秘密守口如瓶，便决定支持他。我像个大人似的说："爸，我理解你。你是个地下党。但是，你得让我摸摸你的头发。"

"这是假发。你知道，执行秘密任务……"父亲笑了笑，不好意思地说。

"我知道，要乔装打扮，迷惑敌人。"

看样子，父亲在前半夜干了不少事，包括找到这样一顶假发。不，假发一定是他事先准备好的吧，执行秘密任务，什么都要提前准备好……他可真镇定啊，晚上我们在家里吃饭的时候，他还跟往常一样，挑剔母亲把地瓜面条煮得太软了。但他吃得很香，连吃了三碗，母亲说，嫌软还吃这么多，不怕撑死？父亲总喜欢说违心的话来逗母亲。其实，街坊邻居都知道，缪轨道是个对自己女人好得不行的人……

各种各样的念头在我的心里冲撞着，搞得我胸腔膨胀得很，不得不张开嘴巴大口喘息。父亲蹲下身子，让我抚摸他的假发，说："缪线路，你八岁了，听喘气声都有男人味儿了。你要好好地长大。希望下次回来，你就是个男子汉了。"

"爸，你要去那么长时间啊？" 我一听这话就不干了。

"也不一定，"父亲模棱两可地说，"不好说。这是个长期的工作。但我尽量找机会回来看你和爷爷。我不在家的时候，你要好好学习，我在那边可是什么都知道，你别想糊弄我。"

当然了，我完全相信，父亲的战友肯定很多，会随时跟他保持联系。我跟他提了一个条件："要是我期末考了双百，你就要回来一趟。"

父亲沉思了一会儿，说："好吧，我答应你。但你也要答应我一件事，那就是，不许对任何人说我在执行秘密任务。这个任务永远都不能让任何人知道……就算是他们把我当成坏人抓起来了，我都要严守机密，不能对他们说，你明白吗？"

"明白。"虽然我不太明白，但还是觉得应该尽量地明白。

为了给双方的承诺加个保险，我跟父亲拉了勾。我勾着他粗糙的小指头，说："拉钩上吊一百年不许变。"

这时候，父亲忽然抱住我，把我的头狠狠按在他胸口上，我听到他使劲咽唾沫的声音，咕噜，咕噜。声音顺着吃饭的管道落到胸腔里，轰轰地响。他用低得不能再低的声音很费力地说："你妈妈……她妄图偷走密电码……"

"啊？难道我妈妈是特务？可千万不能让她偷走！" 我吓了一跳。

父亲赶忙捂住我的嘴巴，说："小点声！这是个秘密，不要对任何人说！"

"放心吧爸，你走后，我负责监视妈妈。"我向父亲打了包票。然后，父亲毅然站起身，像电影里那些大义凛然的地下党一样，说了声："我该走了！再不走就要耽误事了！现在，你要听我的命令——向后转，齐步走！一二一，一二一……"

我乖乖地转过身，左手提着信号灯，右手攥着车钥匙，拼命忍住回头看看的欲望，朝来时的方向走去。父亲的声音渐渐地低下去，最后彻底听不到了。

二

我骑着自行车，在篆村的小广场上转圈圈。场上有几个跟我差不多大的孩子，都是篆村的孩子，也在学骑自行车。篆村在城郊，这一带的孩子上学要到几公里外的学校，所以得学会骑自行车。

几辆新旧不一的大金鹿牌自行车，像没头苍蝇一样，歪歪扭扭地乱撞。男孩子学得快，女孩子就不行了——最笨的女孩子得花上足足一星期的时间。大金鹿车子真没有愧对它的名字，个个高大，有些个子矮的女孩子，她们的家长不得不把车座卸下来，缠绑上一条麻袋，权且冒充车座。那些聪明的家长还给车后座横着捆上一条长木杠子，这样当她们把车子骑倒时，木杠子着地，像张开的两臂撑住地面，这样就可以避免把她们摔坏了。

女孩子们每人车后驮着一条木杠子，这景象真是有意思，惹得男孩子们嗷嗷叫唤，故意冲撞她们。有几个还不怀好意地冲撞了我几下，其中有一次把我撞到了广场边的臭水沟里。水沟里残存着几天前的雨水，上面漂浮着附近菜市场流过来的菜叶子，腐烂了，臭烘烘的。

他们为什么撞我？有人告诉我，因为我是杀人犯的儿子。他们说我父亲缪轨道是杀人犯，这真是好笑！每当这三个字从他们不明真相的嘴巴里嘟噜出来，我都为他们的无知而遗憾。但遗憾归遗憾，我克制住了为父亲平冤昭雪的欲望，牢牢地管住了自己的嘴巴，对父亲出走的真相只字不提。

孩子们没心没肺，街坊邻居那些大人还都是很同情我的。西邻王奶奶经常叹着气，给我和爷爷送来饭菜。这天她腌好一缸咸菜，捞出一碗，端到我们家院子里来。我正在水龙头下面洗脸上的血，那几个臭孩子用自行车把我拱到臭水沟里，擦伤了我的脸。王奶奶放下碗，过来帮我洗脸，边洗边说："缪轨道真是造孽啊！看在孩子的份儿上，也不应该杀了玉兰哪！好好一个孩子，现在没爹没娘了。"

"王奶奶,我有爸。我爸没死。"我不太高兴。

"唉,可怜的孩子。死没死有什么分别。"王奶奶唉声叹气,仿佛我爸已经是个活死人了。

"不对。我爸还会回来的!"我说。

"小祖宗,你可千万别盼着你爸回来,还是让他在外头待一辈子吧。最好能躲在一个谁都找不着的地方,隐姓埋名。"

玉兰是我妈。他们说我爸那天夜里杀死了我妈,然后趁夜逃跑了。他为什么要杀死我妈,这已经不是什么秘密了,整个篆村的人都知道,我妈是因为跟市场街上的肉贩子老武私通,才丢了命的。他们这么说的根据是,那天夜里老武也死在他的肉铺子里——但是,他们只是推断而已,谁能证明?他们管能证明的人叫目击者,谁是目击者?

没人站出来承认自己是目击者。公安局的人说,父亲是用道镐杀人的。为了自圆其说,他们特地到父亲工作的铁路工务段,找到许多把道镐,做了一些实验,证明伤口的确是道镐扎出来的。而且,父亲畏罪潜逃时带走了凶器,显然证明了他们的推断是对的……

随他们怎么说吧!父亲的秘密只有我知道!

王奶奶查看了我的伤口,说要带我去赤脚医生那里擦点药,被我拒绝了。我都八岁了,这点小伤算什么。这时候,爷爷在屋里吭吭地咳嗽起来。他是老慢支。每当他咳嗽的时候我就憋得难受,恨不能用煤钩子插到他嗓子眼那里,把引起他咳嗽的那口痰勾出来。爷爷咳了好一阵子,到后来,嗓子眼里发出的声音倒像是二胡声。

"线路,你在跟谁说话?"爷爷终于止住了咳嗽。他的耳朵其实一点都不背,但自从我爸出走,每当有人走进我们家院子时,他就要这么问,假装自己已经耳聋了。

我妈还活着的时候,有一次曾经挤眉弄眼地对我爸说,隔壁王大妈对线路爷爷有点意思。我爸说,那等我回头问问王大妈什么意思。过了几天,我听到爸对妈说,不成,人家子女不同意,说线路爷爷毕竟是有残疾的人。我妈惋惜地说,可惜了,她是烈军属,有抚恤金,房子还比我们家的大。她要是同意,线路爷爷搬过去住,多好。过了一会儿,我妈又愤愤不平地说,她子女凭什么不同意?线路爷爷要不是为了给她家的菜园子浇水,能把一条腿弄残吗？我爸只好说，各事各码。

爷爷的确是给王奶奶浇菜园子，受了凉，才把一条腿弄残的。不过，这并不影响他的日常生活，只要拄上一根拐棍就行了。但他不喜欢拖拉着一条不中用的腿出门上街，所以老是在家里待着。

"线路，线路！小兔崽子！"爷爷见我不吱声，又叫。我不喜欢他假装耳背。王奶奶拍拍我的头，批评我说："爷爷叫你哪，怎么不吱声？唉，这爷孙俩。"她直起身子，从井台边端起那碗咸菜，朝着窗户喊道："老缪，是我。"

我坐在井台边上，盯着我们家那条名叫福莱尔的狗。福莱尔百无聊赖，跟我一样。他是一只长毛狗，浑身上下披挂着长长的毛，连头脸也不例外。自从我爸离家出走，我妈被杀后，没人给福莱尔洗澡打理，搞得白色的它变得黄不拉几，原本挺顺滑的毛，如今结成了许多绺儿，额头上有一绺儿好像还沾了点血。看来是其他那些长了势利眼的狗看到我们家遭了难，也来趁火打劫，欺负福莱尔了。

"福莱尔！"我叫了一声。福莱尔努力抬起头看了我一眼。但我不确定他能不能看清我，因为他额头上的毛实在太长了，完全把眼睛给遮挡住了，这让我忽然惆怅起来。夏天快过去了，初秋很快就要来临，我即将上学了……这些事情都怪让人惆怅的……

我正胡思乱想着，福莱尔忽然站起身，朝门口汪汪叫唤起来。从门外走进一个人，这人我见过，这些日子没少来我们家晃悠——他是公安局的。我喝住福莱尔，很反感地看着这人。我知道，他又要来问这些天重复过很多次的那些问题了。他大大咧咧地在我身边坐下，把自己搞得很和蔼可亲，还从口袋中摸出两块糖。我一下子就透过那些花花绿绿的玻璃糖纸，看到了藏在里面的长方形糖块：乳白色的或是棕色的糖块！舔一舔，就能在嘴巴里甜丝丝地化开。

我想起柜子里的饼干筒。它漂亮极了，上面画着一个长着圆脸、扎着两只朝天辫的双眼皮女孩。妈妈平时都是把糖块放在那个筒里，我生病时，或是哪天她特别高兴时，才会打开可爱的圆形盖子，从里面捏出一只来，奖赏给我。如今，那个筒早就空了，因为再也没有人限制我，所有的糖块都被我在一天之内全干掉了。我等着我爸下次回家时买了给我带回来。

公安局的人——假惺惺地跟我套近乎，说他叫小方——把糖块往我眼皮子底下送了送。那玻璃糖纸紧紧地裹住糖块，两头拧成两个金鱼尾巴状，密密实实地把诱人之物完全掩盖住了，真是神秘。我抵挡住这两块小玩意儿散发出的气味递带来的诱惑，把头扭到一旁。

"这不是交换条件，放心吧。"小方说。他向我靠了靠。我们两人坐在水龙头旁边的水泥池子边上，一个人坐很舒服，两个人就有点挤。他剥开一颗糖，自己吃了起来，把另外一颗放在池子边上。"你爸这几天回来过没有？"他问。果然，又要开始新一轮的调查了。

我朝他翻了个大白眼。

"你快要上学了吧？上学之后，你知道自己很快就会成为一名少先队员了吗？"他问。我警惕地感到，他不仅仅是想聊一聊关于少先队员的事。"你知道加入少先队需要什么条件吗？"他又问。我继续等着他的下文。"需要诚实、善良、明辨是非。这三条都很重要，其中最重要的是第三条。一个人做了坏事，你不能因为他是你的爸爸就包庇他。"

果然，他绕了一个大圈子。真狡猾。

"你爸爸逃走的那天夜里，你真的一直在家里睡觉吗？"他故意把糖块放在牙齿之间咀嚼，咯嘣咯嘣，听着就让人流口水。

"当然了，我一直在家里睡觉。"我说过好几次这句话了。

"那你听到过什么动静没？"

"没有。一点没听见。"这句可是实话。我跟爷爷住在西屋，我爸和我妈住在东屋，两屋中间隔着一间灶屋呢，太有可能什么都听不见了。再说了，我白天总是忙得很，在村街上跟小伙伴们玩耍，有时还穿过附近的公路，到那边的篆山上玩。篆山山谷里有个大水塘，虽然大人们企图管住我们，不让我们接近那座水塘，但我们还是能找到无数的时间，偷跑到水塘边上去。

那天夜里，如果我妈真是我爸用道镐扎死的，那我爸肯定是铆足了劲一下子干完的，所以我妈根本没来得及喊叫。她没来得及喊叫，我当然就听不到了。至于我爷爷，老人家上了年纪，一睡下去就沉入了梦乡，更是听不到什么声音了。爷爷自从老待在家里不出门，就特别爱睡觉和做梦，醒后就跟我讲梦，大多都是他小时候和年轻时候的事。他老了，怕死，讨厌如今这副破样子，巴不得老在梦里待着。

"线路,线路!"爷爷扯起那副让我听厌了的嗓子,又隔着窗户喊我了。"你在跟谁说话?"他问。这回他可能真是没听出跟我说话的是谁。

"没谁,公安局的。"我说。

没一会儿,爷爷拄着拐杖,笃笃地从屋里出来了,王奶奶在旁边跟着。"公安同志,你这是欺负小孩。一个毛还没长的小孩,你老是问来问去的,这像话吗?还用糖块来哄骗人,这不是典型的糖衣炮弹吗?咱们糖衣炮弹是用来对付敌人的,可不是对付自己人的。"

爷爷的这番话我听着不知怎么有点刺耳,不太中听。"什么叫毛还没长?我爸都说我喘气声儿像个男人了!"我抗议道。

小方马上抓住了大好时机:"我觉得你爸说得对!你已经像个男子汉了!你爸什么时候跟你说的这话?"

我差点就要中计,刚想说"那天夜里",爷爷使大力咳嗽了一声,马上提醒了我。我很生小方的气,这分明在侮辱我的智商。我故意气他:"就不告诉你。"

小方临走前对我和爷爷说:"缪轨道要是回来了,希望你们能大义灭亲,马上联系我们。还希望你们能劝他投案自首,争取宽大处理。"

"宽大?捅死两个人,能得到宽大?那不是没天理了?"爷爷不紧不慢地说完,就拄着拐杖回屋去了。小方还妄图在我身上下功夫,用下巴颏儿指指水泥井台上的糖块,意思是送给我了。我看了看他的下巴颏儿,没吱声。他走后,我剥开糖纸,把棕色的糖块丢进嘴里。爷爷在屋里的窗户旁咕哝了一句,大概是嫌我没骨气。我懒得理他。

小方走后,我到灶上热了两个馒头,跟爷爷两人就着王奶奶送的咸菜吃了一顿午饭。王奶奶腌的咸菜特别咸。饭后我睡了一个很长的午觉,醒来发现已经快傍晚了。我走到灶屋去倒水喝,发现窗户外面有个人正在溜溜达达,仔细一看,原来是二舅。转到院子里,又见我三舅在门外的胡同里溜达。我的两个舅舅看到我后都无动于衷,仿佛根本不认识我。我有四个舅舅,自从家里出了事,他们就不定时地到我家周围来溜达,大舅和四舅一帮,二舅和三舅一帮,两帮轮流着。爷爷用的词是"监视",说他们是在监视我爸是不是回了家,一旦发现他回了家就立马逮住,在我妈坟前把我爸捅了。

"你姥爷那一家子人,都是红胡子!"爷爷这样说。起先我不懂得"红胡子"是什么意思,他告诉我说,就是土匪的意思。这我也不太懂得——都七十年代了,土匪早已经演变成只能从电影电视里看到的历史了。不过我多少能懂得的是,爷爷对我的四个舅舅印象极坏,对他们一家人印象极坏,包括我妈。

我在院子里溜达了几圈,整了整自行车。上午被几个臭孩子拱到沟里后,其中一个脚镫子上的塑料配件掉了,只剩下一根光光的蹬轴;另外,车铃转到车把下面去了。我先把车铃转回上面,又看了看脚镫子,决定不修了。

我的两个舅舅很警惕地溜达着,大概是以为我要修好自行车,骑着去跟我爸接头什么的。其实我特别想跟他们说说话,在这个世上,我真是没几个亲人了。但他们忘了我是他们妹妹的儿子,只把我当成他们的仇人缪轨道的儿子。如果他们把我当成亲人看,我可能会考虑把我爸的秘密告诉他们,那样他们会为我爸感到骄傲的。我多想让他们知道,假如真的是我爸捅死了我妈,原因也不是像人们传的那样,而是因为,我妈想盗取密电码,我爸不得已才捅了我妈。电影里这样的英雄可多了去了,他们哪一个不是为了党和国家而大义灭亲的?

但是,还是算了吧。爷爷说得没错,我的四个舅舅如今真像四个红胡子。

三

棚户区的房子虽然矮趴趴的,但是很密集,这就显得那里的小巷子都很窄。我骑着父亲留下的大金鹿自行车,在棚户区里穿行。

大金鹿自行车太高了,只比我矮两个头,这比例根本就是可笑的。我要是打算像大人那样,堂堂正正地坐在车座上骑行,倒也不是没可能,我试过,只要左脚先踏稳脚镫子,右脚飞快点地助跑,速度稳定了,再把右腿猛地收回来,使出吃奶的劲儿,还是能跨过跟我胳膊肘一样高的车大梁的。但问题是,跨过去后怎么办?我试过,十有八九无法把屁股放到车座上,要知道,车座可是比大梁还要高,我的腿长却是有限的。不过,也偶尔出现过顺利坐到车座上的情况,但脚镫子转到下面时,脚却够不到了。在这种情况下如果还能骑行,那就是相当滑稽的场面啦:脚镫子转上来时,两只脚要飞快地蹬它们,让它们靠惯性做圆周运动。

所以我只能把右腿从大梁底下插过去，踩住右边的脚镫子，整个身子歪在车旁边，别别扭扭地骑行。女孩子们可以让家长把车座卸下来，捆上一个麻袋，但我是男孩子，绝不能做那样的可笑事。这就叫骨气。由于这样骑本来就不容易保持平衡，加之左边脚镫子只剩下一根轴，小巷子又很狭窄，因此我时不时地要歪到两旁的墙壁上。我把信号灯挂在车把上，车子歪歪扭扭，信号灯也摇摇晃晃，让我心疼不已。

福莱尔这条忠实的小狗，一声不吭地跟在我后面，每当自行车歪倒在墙壁上，它就停下来，满怀信心和耐心地等着我再次别别扭扭地把它骑起来。福莱尔那被长毛遮挡住的眼睛，看路是多么费劲哪！说不定他为了忠实地跟着我，用上了十八般武艺呢，比如听力啊触觉啊第六感啊什么的，否则，只靠视力的话，那是断断不可行的。我时不时地从内心深处涌起对它的愧意，决心找个日子，给他把毛发修剪一下。

自行车前面有个小铁筐，是父亲装上去的。我本可以让福莱尔坐在小铁筐里，但想来想去，还是决定让他跟在后面跑。他最好熟悉一下地形，说不定以后有用处呢。

我是半夜来这里的。离开篆村的时候，我小心又小心地观察了周围的情况，确定没有二舅三舅等人在屋前屋后溜达，才骑上大金鹿自行车，偷偷出发。篆村在城市南郊，棚户区在城市北边，虽然城市很小，但我那样费力地骑车，也是需要几十分钟的。好在，进入棚户区后，我凭借记忆，没怎么兜圈子，就找到了那堵挡墙。

距离父亲离家已经有一个多月了，尽管我每天都想来这里看看，但还是忍住了。小不忍则乱大谋，这是爷爷平时喜欢叨叨的一句话。爷爷没事就背诵几句孙子兵法什么的。但今天我太想来了，因为明天就要开学了，我即将成为一名小学生，坐在教室里读书认字了。未来将会是什么样子，我有点惶恐，有点担心。

这天夜里依旧没有月光，星星也不怎么明亮。真是奇怪，这么鬼鬼祟祟的夜晚！真是跟李玉和密电码不怎么相配。来到那堵挡墙跟前，我先蹲在墙角，确认身后没有可疑的人，附近那些矮趴趴的房子里也寂静无声，这才伸手摸了摸墙壁。我摸到了砖块、水泥、缝隙，都粗粗拉拉，残破不全，很硌手。

我还记得，那夜父亲数着一二一，让我先转身回家——这就是说，父亲是如何从这堵挡墙跟前离开这座城市的，我不得而知。一个月了，我按捺住八岁孩子那强烈的好奇心，谈何容易！

我决定先弄清这堵挡墙是什么情况。虽然四下里寂静无声，我还是不敢大意，暂时没开信号灯。但我一直用手提着它，左手提累了，就换到右手上。我不停地摩挲着提把上的开关——我对它们的功能了如指掌：往前推一格，近光；两格，远光；往后推，手电白光；左拨，白灯；右拨，绿灯；中间档，红灯。自从它归我所有，我花掉了大量的时间和精力，来了解它的构造和功能，培养跟它之间的感情。

我贴着墙根走了有一段距离，墙壁还是没到尽头。这里是个非常脏的地方，我的脚时常踢到一些破烂东西，估计都是棚户区里的人扔下的垃圾。而且，这里的气味很不好闻，我不得不捏着鼻子，抵挡一股股味道的袭击。

后来，我感受到大地开始颤抖，知道是火车就要经过挡墙那一面的铁道线了。既然是这样，那就说明，这堵挡墙大概很长很长，因为它是做屏障用的，要把铁路跟居民区分隔开来。否则，要是老百姓随随便便就能跑到铁路上去，那岂不是太危险了！于是我折身往回走，坐在上次父亲和我停留的地方。

火车不知从哪一头开过来了，轰隆轰隆，像巨兽用脚掌拍打着大地，连残破的墙壁都在颤抖。福莱尔没怎么见识过这种动静，起先被吓了一跳，接着打算勇敢地吠叫以示威，被我及时阻止了。

我们一人一狗坐在墙根下，听火车这只巨兽逐渐走远。我忽然想到，父亲一定是乘火车走的！要不然，他为什么要选择到这里来？

"一定是了！他不能光明正大地去火车站乘车，便找了这么一处隐蔽的地方，中途上车！"我对福莱尔说。我脑海里瞬间闪过《铁道游击队》小人书里"飞车夺药"的画面：一列冒着滚滚蒸汽的火车在山岭之间飞驰，铁道游击队员挽着衣袖，束着布腰带，戴着鸭舌帽，飞身上车，像壁虎一样紧紧扒在车厢上。他们要到火车里去抢夺一批药品。

福莱尔晃晃头，说："是啊。"

实际上，他只是嗓子眼里发出了呜呜的两声。但我知道他说的是"是啊"。它在我家里八年了，对，我妈生我那年，它被我爸抱回了家。我爸是在巡道时发现它的，它的母亲是一只流浪狗，当时在铁道边上一个废弃的小道口房里生下了它，还有另外几个兄弟姐妹。我爸发现他们一家子时，只有它还活着。我跟它朝夕相处八年了，怎能不知道它说的是什么话呢。

"那这么说，我爸他一定有很厉害的武功，要不然，火车没停，他是怎么上车的？"我越想越兴奋，禁不住手舞足蹈起来。后来我摸到了一个硬邦邦的东西，毛乎乎、臭烘烘的，一下子想起那夜父亲用道镐扎死的那只肥猫，心想，莫不是它？

火车开过去之后，世界重又寂静下来，连个鬼影子都没有，我决定把信号灯打开。为了让它发出的光不至于太亮，我脱下小褂，把它罩了起来。这下，灯光就暗了许多，安全多了。我凑近那毛乎乎的东西一看，的确是让父亲扎死的那只肥猫，早就风干了。我记得，它当时是突然蹿出来的，父亲把它扎死后，还在它蹿出来的那地方研究了许久。莫非是那里的墙壁藏有什么玄机？

我用罩了小褂的信号灯在肥猫蹿出来的地方研究了一会儿，就发现那里原来是有个洞的。这太简单了，就像窗户纸，一戳就破了——没有洞的话，大肥猫是怎么蹿出来的呢！

不过，原来是个洞的地方，现在塞满了破砖头碎瓦片，还有两处小窟窿眼，里面塞的是道砟石。我已经八岁了，这么容易的逻辑推理是难不住我的：父亲当时从肥猫推理出来的洞里爬了出去。他爬出去后，用附近的砖头瓦片，把洞给封住了。那两处小窟窿眼大概是太小了，只能用道砟石塞住。虽然信号灯让小褂罩着发出的光不很明亮，我还是能看出，父亲把洞掩饰得很好。假如不是像我一样有上次的经历，估计没人能注意到这里原先有个洞。

可以推测，父亲早就侦察好了地形；甚至可以推测，这个墙洞也是他事先搞出来的。他可真沉得住气，我们平时竟然半点都没发觉！这么说，他是揣着密电码，穿过这个墙洞，到那边搭上了一列火车，执行秘密任务去了。差不多是去送密电码吧！

"这还用说嘛！"福莱尔哼哼了两声，说。

我犹豫着要不要把墙洞再次打开，钻过去，看看那边是个什么样子。虽然我跟着父亲巡道也不是一次两次了，知道那单调的铁路线上无非就是铁轨、路基、道砟石、线杆和无数的电线，但说真的，被这么个小墙洞一阻拦，我反而觉得那些东西充满了神秘感。

正在犹豫的当儿，福莱尔忽然发出一声很严肃的哼哼，在信号灯朦胧的光晕里,我看到这小家伙把头朝向我们来时的小巷子,警觉地用被长毛遮挡的眼睛,拼命朝远处看去。我本能地摁灭了信号灯,一声不吭地在墙角处蹲伏着。大概五分钟过后,福莱尔放松下来,疑惑地哼哼了一声,朝我走回来。经过这么一折腾,我也不打算穿过那个墙洞了,这有点冒险。

我骑上自行车,摸着黑,跌跌撞撞地穿过棚户区,回到亮着路灯的马路上。这让我感觉像从阴间回到了人间。父亲上次支靠自行车的那棵大槐树还在,我骑得有点累,主要是那小巷子太窄了,就把自行车靠在树干旁边,休息一下。

休息了一会儿,我骑上车子,往家走。我把福莱尔抱到小铁筐里。想必他也跑累了。路上有些大概是下夜班的人,骑着自行车飞驰而过,他们急着回家,所以骑得快。福莱尔本来是把头朝前帮我看路的,忽然转过身,朝后面汪汪叫唤起来。离开了小巷子,福莱尔也敢大声叫唤了。他一叫,我立马一踩脚镫子,刹住车,往回看了看。好像模模糊糊看到一个人影,也骑着车子,在我身后闪了一下,不见了。那儿有两棵树,一个小商店,一家理发厅,我刚才路过那里时,看到商店和理发厅之间有条小胡同。那人八成是骑到胡同里了。

"不要叫了,可能是下夜班的人,咱们不认识。"我对福莱尔说。福莱尔哼哼了一声,我听着不太像是附和,倒像是反对。这么一来,我心里又嘀咕开了,开始觉得那个影子有点熟悉了……我想我是神经过敏了,难道还有人跟踪我不成?

爷爷在东屋翻了个身。自从爸妈……我就不再跟爷爷一起住在西屋了。我搬到东屋去这件事,街坊邻居都评论说我胆子大。没想到,缪线路这小孩,这么点就胆子老大,他们说。我觉得他们有点大惊小怪,不就是我妈死在东屋吗?他们要是看到墙上还有我妈的血迹,还不知会怎么说呢。

只是,我搬到东屋来以后,梦做得比以往多了。而且,都跟我爸有关。这些梦我记得都不是很清楚,零零碎碎的。

我刚打算上床躺下,爷爷在西屋喊我:"线路,线路!"

我不理他,他喊得厉害了,还开始咳嗽。我只好去西屋,给他倒水喝。爷爷喝了两口水,止住咳嗽,开始审问我:"你个小兔崽子,深更半夜跑哪儿去了?"

"上茅厕了。"我说。

"你别以为我老头子耳朵背，什么都不知道。"

"你耳朵才不背呢，都是装的，我知道。"我毫不留情地说。

"看到你爸了没有？"他终于要问他想问的了。

"看到了，在梦里。"我说。我不能说出我爸的秘密，哪怕是对爷爷。

"你个小……"爷爷又要骂我，忽然止住了。他紧张地听了听窗户外面，换了种语调，大声地说："让你别喝那么多凉水，非喝，这下好了，拉肚子了吧？你说说，你一晚上跑了几趟茅厕了？"

我有点不太明白爷爷这是唱的哪一出，他却朝我使眼色，故意大声说："小兔崽子，快回东屋睡觉去。"

然后，爷爷拽住灯绳，拉灭了电灯，小声问："是不是有人跟踪你了？"

我不敢确定，就说："不知道。"

"你还是给我老实点吧，别把你爸害死！不过，他死了也好！"爷爷老谋深算地说。

四

毫无疑问，我的童年时光是这样度过的：头上扣着一顶杀人犯儿子的帽子，走到哪里都被人指指戳戳。学校里没几个人肯跟我玩，课间，那些臭小子打打闹闹，玩各种游戏，都不让我参加。每到放学时分，他们骑着自行车结伴在路上飞奔，我却总是落单。

这样的日子，一过就是几个月，从初秋一直过到冬天。

隔壁王奶奶家的孙女鲍小和，本来跟我关系挺好，后来慢慢也变了。我们在胡同里遇见，她有时低着头假装没看到我，有时快快就跑回院子里去了，仿佛跑晚了会出什么事。有段时间，我确实琢磨来着——要不要把我爸的秘密告诉她，以使她不像别人那样看我。有一次我差点就要脱口而出了，我说，鲍小和，你别躲，我有个秘密要跟你说一下。鲍小和很警惕地站在离我十步远的地方，说，你说吧。我说，太远了，容易让别人听到。鲍小和却不肯再走近。我琢磨着是不是给她写封信，越想越觉得这个办法可行。我花了好几个晚上的时间，字斟句酌，那是我这辈子写得最用心的一些字。但是当我在校园里的水塔旁边打算把信交给她时，她却忽然尖了嗓子大声嚷嚷道："缪线路！我要告诉老师，你想对我耍流氓！"

水塔在学校西北角，是个人少的地方，我可是费尽心思才决定在那个地方把信交给鲍小和的。我约鲍小和的时候，她也没有什么拒绝的表示啊！你不愿去，可以不去啊，没必要去了水塔边儿上却忽然大叫起来！

鲍小和这个做法让我伤透了心。这个天大的秘密，我连爷爷都不打算告诉，却想告诉她……让我更伤心的是，她还叫了另外两个女生，她们就埋伏在水塔西边，鲍小和则在水塔东边跟我见面。当鲍小和叫嚷起来后，那两个女生迅速绕着圆柱形的水塔冲出来，其中一人手里还拿了一卷粗绳子。没拿绳子的女生一眼看到我手里的信，就临时改变主意，对鲍小和和拿绳子的女生说："抢他的信！这是证据！"

我可是花了很多功夫对待这封信的！先说内容吧，一个一年级的小孩，刚学会写"上中下人口手大羊小羊"，拼音也没学几个，却要把关于我爸的秘密这件大事写成信，谈何容易！我记得，我花费了好几个夜晚，勉强写出了两句：我爸不是坏人，他是李玉和，他去保护密电码了。"李玉和""密电码"等大多数字都是我从《铁道游击队》小人书上一笔一画抄下的；其他那些不会写的字，只好尽可能地辅以拼音或是同音字甚至图画；还有些字写得根本就是错的，这世上不存在的。说真的，我并不敢保证鲍小和能读懂它。当然，除了内容，还有别的地方花费了我巨大的心血，比如折信。我想把它折成一只鸽子，但到头来我想了很多办法，也没把它折成理想中的样子，只是勉强折得像只鸟吧。

学校里总有一些男生女生很有号召力，身后跟着几个忠实的同伙，我们管这些忠实的同伙叫狗腿子。鲍小和的两个狗腿子张牙舞爪打算来抢我千辛万苦完成的信，鲍小和则像个公主一样，斜靠在水塔墙壁上，观看那一幕。那一刻我的心冰凉冰凉，比前几天下过的一场雪还凉。要知道，我和鲍小和可是光着屁股一起长大的。她爸妈在外地，工作忙，从小就把她放在王奶奶家里。小时候，我可没少保护鲍小和！

那可能是我头一次感受到世态炎凉带来的苦痛吧。值得骄傲的是，悲伤之余我没有昏头，而是急中生智，把那封信球成一团，塞到了嘴里。谢天谢地，我只写了两句话，用了一张32开的作业纸，虽仍难以下咽，却不至于咽不下去。

可想而知，我的这个举动让那两个狗腿子恼羞成怒，她们立刻要把我五花大绑，交给学校处理。可千万别小看了这俩狗腿子的力气，尽管她们肚子里装的是地瓜干等粗粮，我挣脱她们还是费了不少的力气。我虽然挣脱了她们，她们却把我的流氓行径四散传播开来。

班主任老师找我谈话，我却紧紧地闭着嘴巴，不发一言。班主任老师是教数学的，长着一张小白脸。他跟别的老师一样，因为我是缪轨道的儿子而对我另眼相看。这下，我的流氓行径验证了他们对我的态度是正当的。只不过，他实在不知道一个八岁小孩是怎么搞流氓行径的。要想搞清楚这个，就必须搞清楚那封信上都写了些什么东西。但是，无论班主任老师如何循循善诱，我都没有上当，这让他非常气恼。自然，我就不能像别的同学那样，光荣地加入少先队了。

不能加入少先队虽然让我很失望和难受，但比起父亲的伟大秘密，那又算得了什么呢。我庆幸没有把这个秘密轻率地说给鲍小和。自那以后，我决定，谁也别想从我嘴里得知这个秘密，除非有一天我爸完成任务，回到我们中间来。

王奶奶因为鲍小和的事，往我家多送了好几次饭菜，爷爷大度地说："都是小孩，懂什么事？再说了，线路这个小兔崽子犯的错更大。要是把小和的名声毁了，我这把老骨头也没脸活了。"

王奶奶息事宁人地说："八岁小孩，能犯什么流氓上的错？老缪大哥，没事儿。"

他们两人轻描淡写地解决了我们之间的纠纷——其实只是貌似而已。只有我知道，这件事是如何钻到了我的内心之中，再也没法赶跑了。日子依然过下去了，我依然会在胡同里跟鲍小和遇见。但我再也不跟她说话了。鲍小和却奇怪得很，几个月来，我想跟她友好的时候，她却跟其他人一样，把我当成杀人犯的儿子躲着；我不再理她了，她却表示出想跟我和好的态度来。可她深深地伤了我的心，就算我仍然想对她好，行动上却没法那么做了。

我记得，从那次事件之后，我头上的帽子就多了一顶——小流氓。我不在乎这两顶帽子下的我的躯体被人想得多么肮脏可怕，我在乎的是躯壳里面的东西，比如精神什么的。只要想到我爸那崇高的秘密，我就觉得精神上的痛苦只是暂时的。电影里不都那么演的吗，英雄最后都会获得该有的荣耀。

我们的班主任老师很讨厌他的班里有我这么一个危险分子。他这么讨厌我，除了众所周知的原因，还因为我给他起了一个外号"酸老师"。这能怨我吗？他一个小城市里的老师，离北京那么远，却非要学说普通话，说得又不好，"34"硬读成"酸十四"。虽然我跟着这样的老师是断断学不好普通话的，但爷爷的收音机里有刘兰芳啊，人家说的《岳飞传》和《杨家将》，那可是字正腔圆——只要肯用心，还怕学不会吗？

"酸老师"打算把我弄走，不让我在他班里待了。听说他去找了教导主任，教导主任让他去找校长。爷爷听说了这件事，翻箱倒柜找出奶奶留下的一枚金扳指，拿去送给了校长，这件事就不了了之了。那可是奶奶留下的唯一一样值钱东西，说好了要留给我媳妇的。

"反正是用在你身上，"爷爷生气地说，"将来找不着媳妇，别怨我。不过看你这样子，将来是不用指望找媳妇了，我们老缪家的香火算是要断了。"

爷爷把气都撒到我身上，自然还有其他的原因，比如我们的日子过得很拘谨，钱不够花。以前我爸每月都能领工资，现在，他是杀人犯，什么都没有了。不光如此，他还让公安局的同志把很多的时间和精力花在抓他这件事上。公安局的同志也都是要吃饭的，等于说，我爸在浪费国家财产。爷爷是个觉悟很高的老铁路，他是这么认为的，并想把这种想法强加给我，整天叨叨来叨叨去，企图给我洗脑。爷爷也有退休金，但是太少了，而且，我家出事后，他把所有钱都赔给我四个舅舅了。就算是这样，我的四个舅舅还是隔三岔五地来，在我们房前屋后溜达，往我家窗户里扔石头。爷爷每个月都给他们钱。所以，他常常叨叨："火柴三分钱一盒了！""酱油两毛钱一斤了！"

在这样的情况下，我自然是不敢跟他开口提任何要求，哪怕鞋后跟磨破了一个洞，我也忍着。后来，爷爷开始打大金鹿自行车的主意，想把它卖掉。那是我们家唯一一件值钱家当，当初买它的时候，花掉了我爸两百块钱呢。

我说什么也不能同意爷爷打自行车的主意，那是我爸留下来的，他回来后还得骑呢。从此我整天看守着自行车，从学校回来就把它锁在东屋。有两样东西我是要誓死保护的：自行车、信号灯。那个冬天，我骑着自行车，带着信号灯，又偷偷去了棚户区两回。第二回，我抠掉了墙洞上的一块道砟石，把眼睛贴上去，尽情地看了看一墙之隔的世界。

那世界跟我无数次想象中的样子差不多：铁路线，道砟石，线杆和电线，路基旁干枯的杂草。父亲，他就去了一墙之隔的那个世界。他是不是飞身搭上了一列火车，去了更远的那块我看不清楚的地方？不得而知。

我恋恋不舍地看了好久，特别希望从小孔洞中神奇地看见父亲，看到他背着巡道袋，拎着道镐，在枕木上一步一步地走着。他喜欢数枕木，一根，两根，三根，四根。十根，一百根，一千根。啊！成千上万——不，上亿根枕木，火车能跑到多么远的地方啊！

那天晚上，我在回家途中，又感觉到了异样。先是福莱尔有所警觉，他向我反复传递着异常的信息。我心中也有不安的感觉，就耍了个心眼，在骑车经过小商店和理发厅之后，又骑了一段，假装车链子掉了，下车捣鼓车链子。我在余光中看到一个人影唰地隐进了小商店和理发厅之间的胡同，就也推起车子，躲到旁边的一个公共厕所后面。

公共厕所可真是臭啊，连福莱尔都嫌恶，不停地缩着鼻头。但我们俩一动不动地蹲伏着，倾听着街上的动静。下半夜，没有什么夜生活的小城安静极了，很容易就听到了从小商店和理发厅之间的胡同里，渐渐传来的自行车轮在柏油路上滚动的声音。我和福莱尔猫在厕所后面，忍受着熏天的臭气，听到车轮轧过厕所前面的街道的声音。我和福莱尔小心翼翼地探出头去，惊讶地发现，那人居然是小方。

小方骑着自行车，狐疑地左右张望——他一定在懊悔自己跟丢了监视对象。看来老谋深算的爷爷说的对，我要是再不小心一点，就把我爸给害了。

看来小方还不死心。小方是个年轻人，我觉得他是想破了这个案子，捞点好处，比如立功受奖什么的。这么一来，我基本可以确定，上次跟踪我的也是他了。毫无疑问，眼前我面临着一件非常危险的事情，因为我们已经放寒假了！按照父亲和我的约定，只要我考了双百分，他就在春节时回家来看我，而我果然考了双百分！早知道这样，我就故意做错一道题了。

我陷入从未有过的焦虑和孤独之中。日子飞快地向前奔跑，转眼腊月二十三过小年了。过了小年，隔壁王奶奶开始扫灰了，她把家里的桌子、椅子、箱子什么的都搬到了院子里，她头上包着一块头巾，举着一把大扫帚，扫墙角里的灰网。她要把灰尘都扫走，好迎接鲍小和的爸妈回家过年。以往我们家里也是要扫尘的，但现在情况不同了。王奶奶扫完自己家里的灰，又拿着扫帚要来帮我们扫，被爷爷谢绝了。他说："扫干净了又有什么用？什么用都没有。扫得再干净，该去也还是得去。"

自从过了小年，我就整天提心吊胆，害怕父亲回到家里来。我再也不像过去那么盼着过年了——新衣服、糖块、肉，这些对我都不再有吸引力。我感觉自己一下子长大了，再也不需要那些幼稚的东西了。尤其是，随着春节这个可怕的节日的临近，我的四个舅舅更加严密地监视着我们的房前屋后。以前是隔些天来一次，现在是天天都来。小方来得也频了，有一次他引诱我说："你看，你那么多舅舅都在等着抓你爸，你爸是逃脱不了的。他还不如回来自首，争取宽大处理。否则，要是让你舅把他给抓住了，我们也保护不了他。"

　　我才不上他的当呢。我爸说了，就算是他们把他当成坏人抓起来了，他都不能吐露自己正在执行的秘密任务。眼前的事太紧迫了，他们正准备抓他，我爸他可千万不要回来呀！

　　腊月二十七那天，我最终想了个办法，虽然不知道是否可行。我给父亲写了一封信，告诉他这里很危险，千万不要回来。写这封信对我来说照样不是易事，好在我有好几本小人书，除了《铁道游击队》，还有《智取威虎山》等，"危险"这样的词，在小人书里太容易找到了。

　　我冒着危险，再次来到棚户区那堵挡墙下面。从城南郊区到城北棚户区，我骑行了好几个小时，主要是甩开跟踪者。虽然我事先在那天进行了反跟踪，得知小方那天休班，而且他正在谈恋爱，晚上跟他女朋友去了电影院看电影。我看了海报，他们要看的是《两个小八路》。我觉得我就像一个小八路。

　　小方和他女朋友看电影去了，并不表示我就安全了。公安局还有别的公安呢。所以我骑着自行车在城里兜了很长时间的圈子，去过溜冰场、文化宫等许多地方，直到确认身后一个尾巴都没有。我把那封卷成一个卷儿的信，塞到了墙洞里的道砟石下面。父亲要是回来了，肯定要先拿掉那两块道砟石，再抽去砖头，然后从墙洞里爬进来。

　　这真得感谢小方的女朋友。

五

　　父亲再也没有回来。

　　这有两种可能：一，他回来了，但是，在一墙之隔的那边，他拿掉道砟石，及时看到了我给他写的信，然后，他回去了，毕竟秘密任务要紧；二，他根本就没回来。没回来的理由可以有许多,就像他说的,虽然我们身在和平年代,但伺机破坏的敌人并没有彻底被消灭,因此,形势是复杂的。他碍于某种复杂的形势,只能违反和我之间的约定。

正月那几天,我家房前屋后的形势也很严峻,我的四个舅舅轮番在那里溜达不停。节日让他们报仇的想法比平日更强烈,大年夜,他们甚至点燃了我家院子里的一堆劈柴。那还是我爸没出事时,用从铁路边上拉回家的废枕木劈成的劈柴,冬天用来生炉子取暖。枕木可是最好的生炉子材料。

我的四个舅舅之一,把我家堆在院子东南角的劈柴点燃,熊熊的火光蹿上天空,发出噼啪的响声。街坊邻居都拥到我们家院子里来,好心的那些人手忙脚乱地提水往火堆上浇,看热闹的人则探头探脑,有些小孩还爬到了我家院墙上。

爷爷拄着拐杖站在院子里,看着那逐渐委顿下去的火势,说:"也好,给这年增加点热闹劲儿,就当是放鞭炮了。"

爷爷说的对。别人家里大年三十噼里啪啦放鞭炮,我家没放,太冷清了。隔壁王奶奶的女儿女婿从外地回来了,买了很多鞭炮在街上放,鲍小和吱哇乱叫的声音一个劲往我耳朵眼里钻。她是故意想引起我的注意,让我到街上去跟她一块儿乱叫,像往年那样。我虽然非常想出去,把鞭炮挂在树枝上,狠狠地放上一挂,但今时不同往日,她再也别指望了,我是永远都不会再跟她一块儿放鞭炮了。除非……除非将来她做我媳妇,还给我生个儿子。

瞧我都想了些什么!我应该想想我爸,他到底回来了没有,看到那封信了没有?他回来了又离开了,或者,他根本就没回来,这两种可能,到底哪一种才是真的?我带着极度的忐忑和好奇,进入了大年三十所剩无几的短暂的睡眠。

大年初一那天,我还是没有按捺住想要一揭谜底的冲动,骑着自行车绕城转了好些地方,重又去了棚户区。我的舅舅们把我家劈柴堆点燃了,又监视到天亮,太累了,都回家睡觉去了。公安同志们大概也在过年,特别是小方,应该可着劲儿地在巴结他新交的女朋友,我趁着这当儿去棚户区,应该危险性不大。

那是我第一次在白天去那个地方。棚户区虽然像个坟场,但毕竟住着一些人,多数是儿女不在身边的半孤寡老人,还有拾破烂儿的,做小买卖的。

这些人当然也得过年，有几户在灰扑扑的门口挂上了红灯笼，街巷上难得地有三两个人在走动，甚至有提着点心来拜年的。这样一来，就显得我并不那么扎眼。我在棚户区转了两圈，并没发现可疑的跟踪者。

那堵墙在白天看来，比夜晚感受到的更为破败，灰泥一块块地剥落了，露出灰不拉几的砖块。沿墙根堆着许多垃圾，还有风吹到那里的枯枝败叶。这么臭烘烘的地方，可能连那些拾破烂儿的都不愿来，父亲可真是找了一个好地方。

周围没人，我快速找到那个墙洞。实际上，它跟周围破败的墙体没多少分别，这说明，父亲把它修饰得很完美。他一定是事先准备好了砖头等材料。可想而知，在取下那块道砟石的时候，我心里是如何忐忑，就像几百只小兔子在我身体里左蹦右跳。

虽然那时候我还小，不懂人世间的许多哲理，但我知道，那个时刻至关重要，大概在我今后一生中也难以遇到几回。后来，许多年后，有一天我忽然明白，那就是上帝在向我昭示我在这人世间的定数和宿命的一刻。当时，他们把一块沉重的木板挂在我胸前，一根细而坚韧的铁丝，一点点地陷进我后脖颈的血肉里，一切世间的奥秘，在我心里迎刃而解……那是后话了。

总之，父亲再也没有回来。道砟石下面的纸卷儿也不见了。在长达一生的时光中，八岁夏天的那个夜晚，是我看到父亲的最后一个夜晚。我从不愿认为父亲没有履行跟我之间的约定，而是坚定地认为，他回来了，回到这个城市一墙之隔的那个世界。那长长的一堵墙，两头都望不到头。他马上就打算穿墙而进了，是我的信阻止了他。

那年的正月很快就过去了。随着正月的离去，我的四个舅舅也逐渐减少了在我家房前屋后溜达的时间。大过年的我爸都没回来，平日就更不太可能回来了。那些公安，不断地遇到新的案子要破，也不太像过年之前那样，动不动就腋下夹着些文件什么的，到我家里来了。只有小方还不死心，隔段时间就来找找我。他最常对我说的一句话就是："杀人偿命，谁也躲不过去。"

……

阳光哗哗地晒着，大雨哗哗地浇着。随着年月不断地过去，随着我长成一个少年，我从没怀疑过父亲所说的那个秘密任务。我骑着那辆很破但依然很结实的自行车，升入另外一所初中学校。我的历史就像阳光下的影子，暗暗的，一直跟随着我，形影不离。友情跟我无关，爱情也跟我无关。女生们读琼瑶的书，在本子上贴周润发、秦汉、林青霞、林凤娇的照片，男生们有时候用打架的方式来争夺一个女生。老师们成天逼我们学习，以便让我们考上好的高中或是中专。校园里种着一排排芙蓉树，花季的时候，一团团粉色的芙蓉花香气扑鼻。鲍小和有一次把空墨水瓶装上水，摘了一朵芙蓉花，插在里面，被老师狠狠地批评了一顿。老师说，桌子上摆着花，容易分散注意力。

鲍小和出落得是越发漂亮了，还风骚得很，好几个男生都喜欢她；另外，我们的体育老师也喜欢讨好她。体育老师是个年轻人，像个二流子，总把"立正"故意喊成"立啦"，无非是想让自己显得跟旁人不同。我私下里给他起了个外号叫"立啦老师"，很快就遭到了他的残酷报复。他罚我围着操场跑三十圈，还让我跳一百个山羊。跳到五十个的时候我就支撑不住了，两腿一岔重重骑坐在山羊上。那玩意儿里面虽然絮了海绵，但只是貌似软和，撞着命根子却还是受不了，疼得我眼冒金星。

我还跟争夺鲍小和的男生打架，当然都是我找碴。渐渐地，有人看出来了，议论说，谁跟鲍小和好，缪线路那个小流氓加杀人犯的儿子就跟谁过不去，莫非是癞蛤蟆想吃天鹅肉？

我呸。

我不认为自己是癞蛤蟆，更不认为鲍小和是天鹅。自从那年她在水塔边上对我干了那样的事，我没有一天不在想两件事：一，让她将来成为我的媳妇，给我洗衣做饭生孩子；二，迟早有一天，报复她一下。

看来，让她成为我的媳妇是不太可能的，她如今眼珠子都长到脑门子上了。但也不是毫无希望，这需要慢慢观察分析。爷爷这把老骨头，脑子一点不糊涂，早就看出了我肚子里的歪歪肠子，他动不动就讥讽打击我："想找小和那样的媳妇？你也不撒泡尿照照自己。"

我已经不像小时候那样对爷爷言听计从了，有时候他讥讽我，我会反唇相讥。比如我会说："还是你先撒泡尿照照自己什么样儿吧。爷爷一听这话就生气得不得了，因为他知道自己头发都白了，牙齿也掉光了"。他以前拖着一条不太灵光的腿，许多时候还得刻意假装很费劲，如今是真的很费劲了，而且用上双拐也才只能磨蹭着上个茅房。他为自己这副样子伤透了心，就越发嫉妒我了，常常歪斜着眼打量我，说："长那么高干什么？费布。"

"哪儿费布了？我的裤子都盖不过小腿，大冬天的还得露一块脚脖子。"我把脚脖子抬上去给他看，他咽口唾沫，不甘心地说："挡光。"

"把窗玻璃砸了不挡光。要不你到院子里去睡，院子里有的是光。"我说。

王奶奶在西院隔墙听我们吵嘴，老是爱管闲事，动不动就跑来数落我们："这祖孙俩，上辈子是仇人哪？"

爷爷哪都不行了，只有耳朵灵光，半夜里一根针掉到地上都听得见。怪不怪。我看他这听力都是练出来的，因为他老是深更半夜竖着耳朵听声儿，谁也不知道他在听什么。我猜，是那几年我的四个舅舅老在房前屋后溜达，让他长了心病。

有天夜里他忽然鬼鬼祟祟地出现在我床边，吓了我一跳。他趴在床边上，说："嘘！别出声，你爸回来了。"

我花了十几秒钟的时间让睡意跑走，这才四下里看看。"哪儿呢？"我没看到我爸。

"反正我听到声儿了。"爷爷说。

我们俩都控制住鼻息，不让自己发出很大的喘气声。到处安静极了，什么声音都没有。"我听见他把道镐支在门边上。"爷爷又言辞凿凿地说。

爷爷既然说得这么肯定，他听觉又灵敏得很，我就打算相信一回。况且，他说出了我的心声，我是多么希望我爸能回来一趟啊。爷爷拄着拐杖，跟在我身后，我俩一起走出东屋，先是站在堂屋地上看了看后窗，确保没有蹲伏的可疑人，这才轻手轻脚地走到门边。

关于那天夜里的事，我和爷爷有过持续多日的争论。爷爷坚持我爸回来过，且把道镐支在门框旁边的地上。他甚至说，地上有道镐支放过的痕迹，院子里还有父亲走过的痕迹。但那天夜里既没下霜也没下雪，在我看来，没有丁点痕迹证明父亲回来过。虽然我盼望爸爸回来的程度比爷爷有增无减，但也不能睁着眼睛说瞎话呀！更不能幻想呀！

我认定爷爷是在睡梦中出现了幻觉。爷爷见接连几日都说服不了我，最后只好摇着头，说："你毕竟只是他儿子，而我是他爹。"

这个逻辑我并不认同。

在那之后，同样的事情又出现过几次，但爷爷不再试图说服我了，只是一个人久久地坐在门外的台阶上，看着他所说的父亲支放道镐的地面。

又是一两年过去,爷爷越来越老了,骂我的力气越来越小,但他没有一天不骂我,仿佛那就是他活着的动力。我有时候很烦他,甚至盼着他……但有时候我又害怕他不在了。

这就是我少年时代的重点:我一直认为,父亲再也没有回来。但我从未丧失过信心。他迟早要回来的。至于那个秘密……在我的少年时代,李玉和已经成为老皇历了。我们再也不看小人书了,武侠小说什么的才好看呢。不过,我一直保存着《铁道游击队》那本小人书,虽然放在抽屉里一年也不去翻动。

至于那个促使父亲离去的秘密……随着我年岁的增长和对世界认识的打开,它也不再像儿时那样时时让我陷入迷狂的骄傲当中。它只是一个存在。但我从来没质疑过它的真伪。它一定是真的,必须是真的。

六

我和鲍小和之间的问题,也随着年月的增长,一天天抵达必须解决的地步。

在我八岁跨入校门,进入人生中一个较为漫长和重要的新阶段开始,我的命运就跟某些东西拴在了一起:我爸,我爸的秘密,鲍小和。因为这些,我小学时没有加入少先队,初中后没有加入共青团。那些白色布上印着红色的两道杠或是三道杠的臂章,从来没在我胳膊上出现过。

我是写过入团申请书的,而且不止一次。"敬爱的团组织,如果我光荣地加入共青团,我一定培养自己高尚的情操,做到德智体美劳全面发展,成为社会主义新一代的接班人。"我如此热切地表着决心,他们却没有批准我。有的老师认为,我爸杀人的犯罪行为不应该由我来承担后果;但反对我的老师认为,我八岁就在水塔边上骚扰鲍小和,这件事情又能栽赃给谁呢?

我唯一的希望,是让鲍小和来出面帮我澄清。但我已经好几年没跟鲍小和说话了,我已经对她患了失语症了,这恐怕不好解决。

到初中三年级的时候,我不再想入团这件事了。有更为重要和严峻的事情摆在我面前,那就是关于未来的问题。未来的问题,就是考学的问题。基本可以概括为,是考高中,还是考中专。实际上我一直觉得学习不是个事儿,在小学一年级的时候我就考了双百分,这就说明我是个聪明人。不过,在以后的历次考试中，我再也没考过双百。到了初中，课程多了，就更没有了。并不是我不够聪明，而是，自从我把那封信压到道砟石下面之后，我就主动不想考双百了。我不考双百，我爸他就不用惦记着要践行跟我的约定。渐渐的，我厌恶了学习，因为那些老师都认为我是因为蠢笨才考不好的。

也就是说，我已经没有未来了。但好像人只要活着就必须要有未来，如同每个人都有过去一样。因此，如果硬要说有的话，那我的未来就是，初中毕业后找份工作干干，养活我那一条腿已经迈入阴间的爷爷。老师们大概认为我连普通高中都考不上。实际上，普通高中对我也没什么吸引力。总的来说，我面对的严峻的事情，不是我自己的，而是我跟鲍小和两个人的——我头上戴着那顶小流氓的帽子多年，全都是拜她所赐，但是她，随着初中学习生活的即将结束，而溜之大吉了！

简言之，在距离中考还有两个月的时候，鲍小和坐上火车，去了外地。她的爸妈在外地工作，决定把她接到那边去考学，听说那边分数线低。她爸妈可真有本事，把她连她的学籍一起转走了。

这消息太突然了，根本让我反应不过来。王奶奶把这消息告诉爷爷，爷爷斜拉着眼对我说："说你是癞蛤蟆，还不服？"

当时，鲍小和的爸妈已经把鲍小和的行李收拾好了，两只鼓鼓囊囊的军绿色帆布包，像两只大饺子似的摆在院子里。看样子，鲍小和这次是要彻底走了。

可我的所有关于鲍小和的那些纯洁或肮脏的念头，都还没来得及实施！她走得那么突然，从得知消息到两只帆布包鼓鼓囊囊地在院子里放着，一共也就三两天的时间。这简直像是预设好的一个阴谋。

我没有任何办法，只能眼睁睁地让鲍小和被她的父母领走。她就要坐上火车了。她乘坐的火车下面，那两条铁轨，无数的枕木和扣件，可都是我爸曾经一点点检查过的。没有我爸他们这些巡道工，火车的行驶安全可就没法保证。我多想在鲍小和离开前，跟她讲这些话。但我没有机会。一切都很混乱，我连走到小胡同里目送一下她的勇气都没有，有的只是无穷无尽的沮丧，还有仇恨。

说实话，我已经长成一个准青年了，时光走进了某一年——哦，鲍小和离开的那个年份，我想想就难受得想号哭，想奔跑，想高歌，想打架，想杀人，想强奸，想放火，想打劫……世上的一切坏事，我都想狠狠地干上一干。

恰好，很快我就成了一个游手好闲的无业人员。初中毕业了，我连一所普通高中都没考上，这验证了一部分老师对我的估算。其实，在考场上我根本就没打算好好答卷，而且有一门卷子我写的不是缪线路这个名字——我写的是：小流氓。这件事，使我们那所本来没什么名气的学校一下子名声大振。以后每到中考，我和这件事都要被学校当成反面教材，狠劲儿翻腾着说来说去。特别是，初中毕业后，很快我就成了一个他们经常说的"不良社会青年"。

别看在学校里没有我缪线路的市场，在社会上可不是那么回事。起先我游荡了两个月，我爷爷老缪动用了他的老关系，帮我在发动机厂找了个活干，让我跟着一个老师傅学徒。没几天，我就跟人打了一架。这一架其实我是打抱不平的，但厂里给了我警告处分。他们不分青红皂白就乱给处分，这让我很不服气，我就不告而别了。但我仗义的名声却在社会上流传开来，很快就有不少人跑来找我，要跟我拜兄弟。我挑选了几个人，然后我们在市场上随便抓了只老母鸡，割了脖子放血，喝了血酒。

那一年，我可是过足了逍遥日子。别看我没有正经工作，但爷爷从来没少了吃穿。我和我的兄弟们选择了一个农贸市场，我们帮他们维持秩序，他们交给我们保护费。起先有一些达不成共识的，最后都让我们给说服了。我们的办法是拳脚教育，这比劳动嘴皮子要省事有效多了。

爷爷喜欢吃虾，那一年他吃了多少虾，恐怕连他自己都数算不清。鱼贩子从海里刚打上来的虾，新鲜得乱蹦高，有时我看着高兴，整箱子就搬走了。我对爷爷说："吃吧，使劲吃，这样去阴曹地府的时候才不觉得亏嘴。"

"你这个小兔崽子，才十五岁，就当上混混了。"爷爷起劲儿地骂我。

"十五岁怎么了？刘胡兰十五岁还躺在闸刀底下英勇就义呢。"我说。

那一年，家里只剩下了我和爷爷。福莱尔已经老死了。直到它死的时候，我都没给它好好修剪一下毛发，洗个澡什么的。我让它那么邋里邋遢，他却多年忠实于我，我太对不起它了。

"哪天我也死了，你就无法无天地混吧。早晚有一天会让人抓进去。"爷爷没有一天不这样咒我。

是的，那一年，不知道从什么时候开始，街上忽然动不动就喧闹起来；一喧闹，街坊邻居们就奔走相告：又游街了。

于是大家就呼啦啦拥到街上去看。其实每次场景都大同小异：穿白色制服的公安押着犯罪分子，在街上边走边放大喇叭。通常那些犯罪分子都被绑在军用大卡车上，胸前吊挂着大牌子，上面用黑墨水写着些字，说明他是一个犯了什么罪的坏人。有的还给制作了尖帽子，插在后脖颈里。人们最喜欢干的事就是认读大牌子上的字，最喜欢读的就是流氓强奸犯某某某。这些人在街上走一趟，让老百姓得到一下教育，然后，有的关进去改造去了，有的就拉到别的地方枪毙去了。

随着这些场景频繁地在小城上演，我们中也有一些人陆续出了事。有一次他们很多人，男男女女的，在其中一人的家里放着音乐跳贴面舞，都给抓起来了。那次我恰好闹肚子中途离场，否则也进去了。好几天我也没出门，在家里躺着。爷爷幸灾乐祸地说："我说的没错，早晚有一天。"

这老东西！我要是进去了，他不得等着饿死吗？

那年除夕，我跑到大舅舅家里，给他们放了一把火。我终于熬到可以给他们放把火的时候了。别看我只有十五岁——不，过了年就十六岁了，个子却蹿到了一米七五。我的几个舅舅可都见老了，他们见了我都很害怕。公安们也想抓我，给我定个纵火罪，但我跑得快，没被抓着。他们到家里调查爷爷，爷爷说："我孙子一夜都在家老老实实躺着睡觉做梦娶媳妇，连挂鞭都没敢放，怕爆出火星子，不小心烧了别人家的柴火。"

爷爷脑子一点都不糊涂。

春天到了，小城里的气氛一点都没放松，我们这些不良青年被抓的抓，跑的跑，剩下的都老老实实在家里待着。小方又来了，给我们分析当前形势，让我们尽快说服父亲回来自首。爷爷半闭着眼听小方说了半天，慢悠悠地说："这种形势，自首也活不了命。就让他死在外头吧。"

小方说："那不一样啊大爷。"

爷爷腾地火了："我这把老骨头都没人送终了！你当我不想让他回来，给我披麻戴孝摔孝盆子吗？"

我走到小方身边，撞他一下子。他比我略矮点儿，也没我频繁打架练出来的蛮力，让我撞一下，还是多少够受一阵子的。我说："你有这么多时间和精力，还不如找个女朋友看电影去，演《大桥下面》呢。哎，你想不想找个龚雪那么漂亮的女朋友？想找的话，包在哥们儿我身上了。"我手里还真不缺此等资源。

　　小方这些年谈了好几个女朋友，都没成，也不知怎么回事。所以，一晃眼他也三十好几了。活该。

　　爷爷被我气得整天哼哼，说活不了几天了。王奶奶安慰他说，大小子长到十六七都这样儿，天不怕地不怕，恨不得把坏事做绝了。别管他，老缪大哥，他浪荡上几年，自己就改好了。你不让他这样，他就出息不了。

　　这个逻辑我不认同。我认为，一切的根源都要追溯到她外孙女鲍小和头上。想当初，八岁那年，我是一个多么优秀的小学生，我轻而易举就考了双百分！要不是她找了两个狗腿子来抓我，并指证我是小流氓，我能有今天吗？这些年，一想起她鲍小和，我心里就像有几千几万只爪子在抓挠，那个疼！她知道吗？

　　我隐隐约约觉得，问题的逻辑就在鲍小和身上。一旦我和她之间的问题得到解决，逻辑就明朗化了——谢天谢地！夏天的时候，鲍小和居然从外地回到我们这个灰扑扑的小城了。

　　机会来了，但很可能转瞬即逝。我要向鲍小和求爱。这一年来，我泡过许多个女人，也知道女人是怎么回事了。我有的是经验。

　　鲍小和个子长高了，也更漂亮。她回来过暑假，难保不是为了炫耀自己的漂亮。我也已经变了，不再像一年前那样，想跟她道别都没胆量。这次是我主动约的她，当时她正和几个老同学站在街边说话。老天，她穿着一条长裙子，上身束在腰里，黑头发披散下来，耳后别了两只发卡，像龚雪似的。

　　"鲍小和，玩去？"我站在街对面朝她招手，我的小弟也跟着叫喊："鲍小和，我大哥叫你哪。"

　　"玩什么？"鲍小和两手弯成喇叭状。

　　"滑旱冰。"我说。

　　鲍小和飞快地跑过来了，我们几人一起去滑旱冰。我外号叫冰场王子，谁也别想滑过我。鲍小和不会滑，教她滑冰的任务谁也抢不去。鲍小和挺高兴我能主动跟她说话，因此很卖力地做我的学生。滑旱冰可不是个容易事儿，像鲍小和这样一点基础都没有，只能把整个身子都靠在我身上，以免摔倒。自从我把她带到旱冰场上，我的那些小兄弟们就把旁人都挤跑了，人家也不敢惹我们，所以场上只剩下了我和鲍小和，其他人都围在场边看。鲍小和不时地吱哇乱叫,真是出尽了风头。她边滑边问我:"缪线路,你不是不和我说话了吗?怎么又和我说话了?"

这个傻丫头。她以为我对她前嫌尽释了。

那个夏天的前半部分,我带着鲍小和到处吃喝玩乐。她学会了滑旱冰,我又带着她去学跳霹雳舞。我的小兄弟们肩头上扛着录音机,随便到一个广场上去,那里的人就得乖乖给我们腾地方。

我忽然发现自己居然这么会追女孩子!而且我还给她写信——我又重新给她写信了!这次没有她的狗腿子来抓我,我给她堂而皇之地写诗!我自己作的诗!

太美好了。我有时被自己感动得不知道怎么办,就特别想做个好青年。

暑假一天天过去,又快到她离开的时候了。后来我就带她去我兄弟开的录像厅玩。录像厅可不是满大街都有的!我们先看一些当时流行的片子,到后来就看毛片了。鲍小和是第一次看那玩意儿,屋里又有五六个人,她臊得不行了。最后,其他几个人都搂抱着到别的房间去了,鲍小和有点害怕,哆哆嗦嗦地说:"缪线路,我要回家。"

我什么都没说,脑子里翻腾着无数个求爱的词语,却怪了,一个都没说出来。最后的结果是,我把她摁倒在沙发上,她则使出吃奶的劲儿奋力反抗。我差点要得手了,她那漂亮裙子下面的小内裤已经让我扯烂了。就差那么一点儿。不,半点儿。一丁点儿。我都已经触到那块柔软的地方了,却还是被她跑了。

七

他们把一块大木牌子拴上铁丝,挂在我脖子上。铁丝真是又细又结实,那么重的牌子,大概有几百斤吧,都没把铁丝坠断。

牌子上写着一些字,先是上面,横着一行——流氓强奸犯;下面竖写——缪线路。我低头看了看,他们故意把我的名字写得歪歪扭扭,尤其缪字下面的三个撇,像三把大刀似的。他们是恨不能砍死我这个社会渣滓吧?唰,唰,唰!

我数了数,那天和我一起游街的共有九人,其中有两个我认识。这两个人中,其中有一人居然是我的初中同学,据说初中毕业后,托他舅舅找的关系,在一所小学当上语文老师了。我俩走在一块儿,过了好久我才找着机会问他犯的"强奸幼女罪"是怎么回事,他告诉我说,强奸的是班里的小学生,共五个。一路上我都在想,这真是应了那句老话:多行不义必自毙。我想,我跟这强奸幼女的罪犯绑在一起游街,说明我也是罪大恶极。虽然我没强奸成,但动机跟那小子是一样的。要是鲍小和像那些八九岁的小学生一样老实,我不是也能得手了?

街边上跟平常一样,站着一些看热闹的老百姓,他们辨认着牌子上的字,以便决定把正义的憎恨发泄给谁。不知道从哪个方向摔来一坨稀屎,摔得有点偏,但还是有一大半贴在我左脸颊上,把我熏坏了。

随着日头越来越强,我感到后脖颈上开始流汗了,铁丝大概把我的皮肤磨破了,汗浸到伤口里,疼得我直想跳高。但我什么也干不了,脚脖子上还戴着镣铐呢。

本来我以为游街后就要吃子弹了——我们都管这叫"吃花生米"。但在里头关了好些日子,他们把我的罪名又改成了"强奸未遂流氓罪",说是不用"吃花生米"了,改成在里头蹲十五年。里头太挤了,一个七八平方米的小号子里关了三十多人,我情愿被拉出去喂一粒花生米。

关于我到底是强奸犯还是强奸未遂犯,这个只有我和鲍小和知道。那年月,估计他们不会有工夫给鲍小和做体检,查查她到底是不是个处女。反正鲍小和良心发现,跟他们说我没得手,就差一点。因此,他们就把我的罪名改了。什么叫实事求是?这就叫。

这里我要略去许多字,以便把这十五年用一句话说完。其实,实际时间不是十五年,而是十二年。我又不是那种顽固不化的死硬分子,我进去后一直在努力改造,所以他们把我提前释放了。

我出来后的头一件事,是去棚户区看那堵墙。在里头我也不是没结交铁哥们儿,但无论何时何地,我都没把我爸的秘密透露给任何人。我先去家里骑大金鹿自行车,谢天谢地,那家伙虽然生了锈,但还结结实实地活着,而且还能骑。我只是给车链子加了些油而已。我还拿上了信号灯。实际上,那家伙早在我小学还没毕业就是个废物了,因为它是要用电瓶的。我没有给电瓶充电的家什。

但我要去看的是那堵墙，不带信号灯是不对的，即便不亮，也得带着。

天知道，我在里头那些年，把我之前之后所有的事儿都回忆和预想过了，就是没预想到，那堵墙居然给推倒了。岂止墙，就连棚户区都不在了。

我在棚户区旁边的大街上站着，有点傻眼。时间也是夏天，不过不是夜里，而是中午，太阳毒辣辣地对我施展着鞭刑，抽得我头晕眼花。谢天谢地，我看到了那棵老槐树，它过了这么多年居然还没死，而是越发粗硕，当然也越发地老了。在它旁边，本来应该是那片低矮的像坟场一样的棚户区，此时却完全不是了，而是一个小型汽车站。公共汽车一辆接一辆地从院子里开出来，拐到大街上，朝着大街两头陆续开走了。

我以为自己找错了地方，就顺着大街往两头又走了走，谁知，汽车站东边是一排商业网点房，西边则是一个立交桥，都不是棚户区。这真是咄咄怪事！我又返回到那棵老槐树旁边，它枝叶婆娑地立在汽车站出口旁边的街口，一声不吭，完全不理会我遇到的困境。我爸可是把大金鹿自行车支靠在它身上过呀！

这可真是离奇的遭遇，当然不能让我甘心。我走进商业网点房其中的一间，是卖干海产品的。玻璃柜台里摆放着各种海洋动物僵硬的尸体：虾米，海参，小鱼。它们都用塑料袋装着，朝外散发着它们这一类尸体应该有的腥臭味道。老板坐在一把露出海棉絮的破椅子上，面对着一台电视机。

电视机这玩意儿，我进去那年还不是很多，现在可好，普及了，还都是彩色的了。我凑过去看屏幕上花花绿绿在演什么，只见一个女的，长相一般，留着短发，穿着红背心和红短裤，肩膀上披着一面五星红旗，绕着一个操场在跑；周围看台上许多人在乱叫唤，都很激动。

"什么节目？"我问。

"这都不知道？"海产品店老板不可思议地看了我一眼："亚特兰大奥运会呀！王军霞，真厉害，冠军。五千米呀！"

"哦。"我假装知道奥运会是怎么回事。其实我哪儿知道呀。

他很激动地在看什么奥运会，过了好长时间才问我想买点什么海产品。我都快让那些东西熏坏了，赶紧问他："这排房子西边那片棚户区哪去了？就是汽车站的位置。"

"哪来的棚户区？那里一直是汽车站呀！"他不假思索地回答了我。

"就是一片矮趴趴的房子，没几个人住，跟坟场似的。"

"坟场？你家开店开在坟场边上？怎么这么不会说话呢。"他有点不高兴。

我也没说错呀！要按过去我那脾气……但我如今一点脾气都没有了，那里边改造人的效果真是好。我说："你再好好想想……棚户区北边有堵破墙，墙那边是火车道。"

"你是本地人吗？"他先对我进行了质疑，然后斩钉截铁地告诉我一个事实："火车道根本不在这块地方。"

"那在哪儿？"

"还往北。离这有八里地呢。"

"你说的都是真的？"我问。

"这还有假？汽车站火车道这些东西能随便搬来搬去的吗？你以为是搬个大金鹿自行车啊？"他看了看我支在门口的自行车："咱们火车站上面那几个大字还是想当年毛主席写的呢，都用了几十年了。"

他大概是嫌我耽误了他看奥运会，说话夹枪带棒的。我在那里面待了十二年，脾气已经被磨没了。我悻悻地走出海产品店，又打听了两家，答案都一样。后来我离开商业网点房，骑上自行车往西走，经过汽车站，上了立交桥。我站在最高的位置上俯瞰四周，发现火车道果然在离这里很远的地方，目测距离，应该跟海产品店老板说得差不多。

回到家后，我躺在床上百思不得其解。是我的记忆出问题了吗？所谓的棚户区、一墙之隔的铁路线，难道都是我记忆系统出错后乱想出来的东西？还是我在里面改造得过头了，把坏的东西改没了，好的东西也改没了，比如美好的记忆？

爷爷早已经去世了，据说是在我游街后没几天的事。这么说，他是羞愧而死的吧，我可真是一个不肖孙子。

掐指算算，我都快三十岁了。胖胖的居委会大妈挺着鼓胀的胸脯子来看我了，带来了组织上的亲切问候，并拍着那让人担心的胸脯子，说一定尽快为我安排一个工作。

"有了工作，就不愁找媳妇了。"她说。

找媳妇……我想起鲍小和。这丫头，名声可算是让我给毁尽了。居委会大妈告诉我，隔壁王奶奶也在几年前被女儿女婿接到外地去了。瘫痪了，不能动了。

我开始了待业生活。那些日子里，我到大街小巷里转了转，发现世界变了大样了，让我很不习惯。旱冰场没有了，人们一群群地组织在一起跳扇子舞。大街上看不到当年我们那样的浪荡小青年，人们都神色匆匆地上班下班，或者做生意。在街上转完了，我就回家躺着想我爸的事儿。脑壳子要是想事就能想能破的话，估计我的早就破了几百回了。

过了些日子，小方找到家里来了。现在应该叫他老方了，估计他也得有四十多岁了，虽然叫老方是早了点，但小方是不太适合了。我懒洋洋地躺着，不爱搭理他。我爸的事都过去了那么多年，他还没死心，可真是阴魂不散。

老方也没跟我聊多少我爸的事儿，只是问了问我在里头的情况。但我知道，他是醉翁之意不在酒。果然，他离开之前又说了多年前的那句话："要是你爸回来了，我还是希望你能劝他自首。"

……

这就是那年夏天的事儿。我浪荡了几个月，居委会大妈没有食言，给我找了份送报纸的活儿。很简单，每天早上到发行站去领报纸，然后去我分管的片区，把报纸挨家挨户塞到报箱里去。发行站给我发了辆自行车，墨绿色的，但我一直骑着那辆大金鹿。

送报纸这活儿不需要技术，也不需要跟人打交道，就适合我这种从里头出来的人，所以我很满足。而且还可以免费读报，学习文化知识，了解国内外形势。在里面那些年，我可是养成了学习的好习惯。再没有比这更好的活儿了，我决心好好干下去，攒点钱，让居委会大妈帮我介绍个媳妇，离异的、丧偶的、离异或者丧偶后带着孩子的，都行。

送报纸这活儿我一干就是十多年。这期间，居委会换了一茬领导，两任领导都没能解决我的终身大事。不是我没改造好，而是那些女人不能接受我的历史。到后来我也认了，想想这半辈子都过去了，剩下的半辈子，怎么不能糊弄过去？鲍小和现在怎么样，有孩子吗，幸不幸福？有时候我也会想想这些离我很远的事儿。

岁月过着过着，就过到了那一天。我领了报纸，骑着自行车，像个机器人似的上楼下楼，把它们插到报箱里。送完一个小区后，我站在大门口看两个老头下象棋，顺便浏览一下报纸，忽然看到一则新闻，说是有个犯罪嫌疑人潜逃三十年终于自首了。我读了读内容，居然写的是我爸，旁边还有照片，注明是缪轨道。新闻里说，我爸三十年前得知我妈和肉贩子偷情后，手持道镐杀死二人，随后潜逃外乡，隐姓埋名。三十年来，他虽然重新娶妻生子，却一直过着提心吊胆的生活。一年前，他被确诊为癌症。当得知自己将不久于人世后，他没有一刻不受着良心的折磨，终于主动回来自首。他回来后，还主动上交了当年刨死人的凶器——道镐。

我不敢相信那是真的。三十年来，我从未怀疑过父亲所说的那个秘密任务。我重又仔细看了看那张照片，似乎依稀能看到一些父亲的影子；但再仔细看看，又不太像。若仅仅说是岁月让我不敢认自己的亲爸了，这说不太过去吧？

这件事情在小城还是引起了一些反响的，特别是篆村这一带还记得当年杀人事件的那些老人，那几天只要见了面就议论这事。这使得我在街上很是抬不起头来。我如今可是有自尊心了。要仅仅是抬不起头来，那倒也简单，最让我难受的是，我不知道应该相信什么……

其实，想搞清这个也不难，我可以去见见我爸，当面问个清楚。可我爸回来后就直接去自首了，都不回家来看看我，这让我非常有意见。

更重要的是，我发现了一个可怕的事实：几十年来，父亲在我心里一直是个抹不掉的存在，我思念他，渴盼他，愿意为他承受所有人世的凄惶和凉薄，可是……他如今回来了，我却忽然对这个活生生的人没有了那些情感！这岂不是咄咄怪事？我想破了脑壳，也想不出原因所在。

老方又来找我了，他说："你爸终于幡然醒悟了。"

他一提到"你爸"这两个字，猛然让我产生了质疑：那个人是我爸吗？

那天一整天我都在想这个问题，想着想着，脑壳就真得疼起来了。我摸了摸，热得很。我迷迷糊糊地在床上躺了一下午，时睡时醒。后来我做了个梦，梦见那个不知道到底存在不存在的墙洞，它大模大样地敞开着，一列火车正轰隆隆地疾驰而过。

我也不知道自己是怎么醒来的，又是怎么骑上大金鹿自行车的。我还没忘记带上那盏早已不亮的信号灯。我发着高烧，居然找到了那片棚户区，这可真是神奇——它并不存在呀！

棚户区外还是那棵老槐树，一看到它，我立刻热泪盈眶。我把大金鹿自行车支靠在树干上，并给它上了锁。然后，我提着信号灯，步行穿过了棚户区。棚户区还是像过去那样，黑沉沉的，没有什么灯光，像个坟场。头顶上没有月光，星星也不亮。

　　在那堵破败的挡墙上，我很容易地凿开了墙洞。墙洞不大，但只要把身子缩紧，还是能钻过去的。

　　我钻过了墙洞。我终于到了一墙之隔的那个世界。这时候，一列火车轰隆隆地开过来，缓缓地停靠在我身旁。太神奇了，这里没有车站。而且长长的铁道线旁边，只有我一个人。想当初，我爸也是这样登上火车，去了另外那个世界的吧。这么说，《铁道游击队》里飞车夺药那样的神技，我爸可能根本就不会。

　　我登上火车，对正要关门的列车员说："我要去找我爸。"

　　（原载《江南》2015年第6期，《中篇小说选刊》2016年第1期、《小说月报》2016年增刊1转载）

陈北坡的火车

一

这样庞大的停车场，是给一家大型购物中心准备的。黄昏到来之前，陈北坡站在购物中心八楼落地窗户前，眺望了一阵那密密的车场。夕阳正缓缓地离去，余晖照拂着那些趴住不动的铁家伙——陈北坡被那庄严的、闪光的队列迷住了。

夜幕降临，陈北坡走进那巨大的队列，很娴熟地干着一件事，往车门玻璃缝里插名片。远远看去，陈北坡像一个发育不良的中学生，他长得瘦嶙嶙的，左肩上斜背着一个发白的牛仔布包。那包鼓鼓囊囊装满了名片，一下下拍打着陈北坡窄窄的右臀。

总共二百一十个停车位。陈北坡闭着眼睛，也能穿绕自如，在半小时内给所有车子都插上名片。之后陈北坡站在购物中心门前的小广场上，像检阅部队一样，满意地打量着那些铁家伙。停车场后面矗立着一个大屏幕电视，上面流光溢彩地播放着各种广告。由于屏幕过于巨大，许多画面里的东西像要突破限制，凌空飞走。一辆白色轿车从屏幕左下角猛烈蹿出，沿着一条完美的对角线轨迹，准确无误地钻入右上角，仿佛蹿入茫茫宇宙。陈北坡顺着那车子消失的方向朝夜空看了一眼。接着他看到一辆白色轿车从东南角的入口处开进来，慢腾腾地，插进一个刚刚空出来的车位里。那车看起来和广告里的很像。陈北坡往前慢慢地踱着步。他背包里还有几百张名片，但他一点都不愁——这庞大的停车场每时每刻都车来车往，轮换不休；午夜时分，他鼓鼓囊囊的背包就会瘪塌得像块破布。

没错，陈北坡是分发野广告的。他靠这个在城市里混。如果那女人没有出现，陈北坡会混得很开心。可以这么说，那女人从车里出来的瞬间，仿佛一把刀，把陈北坡的生活一切两半。陈北坡右手插进背包里，习惯性地摸索到一张名片，捏住，在车子前方五米远的地方站住，等着。女人从车门里出来，抬脸先看了看热闹的小广场——那女人，直发，尖尖的下巴颏儿，穿一件奶油白色针织外套，薄薄的，上面缀着一些密密匝匝的小亮片，小亮片闪闪烁烁，撞击着暗沉的夜色。尖锐的悲伤突如其来，像一记拳头，来历不明却重重地捣中陈北坡。陈北坡用力地捏紧名片，又往前走了两步。那女人已经打开后车门，从里面牵出一个六七岁左右的男孩。陈北坡冒失地、粗鲁地辨认着女人右眼睑下的一颗小痣——他有失礼貌的样子引起女人的警觉，女人下意识地把男孩朝自己身上紧了一下，让他贴住自己的肚腹。陈北坡嗓子眼儿发痒，他移开目光，去看那面巨大的电视屏幕。白色的那辆车再次出现，依旧从左下角到右上角风似的一刮而过。陈北坡忽然发现女人的车正是广告里的那一辆。他靠近它。女人已经不见了，在他把脸别到大屏幕电视上的时候，她牵着那男孩不知所踪。陈北坡把汗湿的右手从背包里抽出。他看了一眼那张名片，是一家汽车装饰公司印制的。不是什么黑诊所、美容机构、假发票制造商，这多少让陈北坡在把它插到玻璃缝里的时候感到一丝坦然——或许那女人用得着它呢。

余下的时间，陈北坡蹲在小广场上，盯着大屏幕电视发呆。不断地有车子离开，另有新的补充进来，陈北坡懒洋洋地蹲着不动。他摸了摸背包，那里面还鼓鼓囊囊的。

两小时之后，女人牵着男孩从购物中心出来；她正打算离开，却发生了一件事。陈北坡看到她坐进车里没多久又站出来，打开后备厢检视，然后举着手机打了一个电话。五分钟后，一辆警车闪着灯开进停车场。女人和警察比比画画地说着话；警察拿出相机，拍了拍女人的车，又在一张纸片上写了些字，女人在纸片上签了字，警车闪着灯开走了。陈北坡热切地看着年轻的女人，她气愤的神情，激起陈北坡深深的怜惜。女人徒劳地扫视着庞大的停车场、停车场和购物中心之间的小广场，试图从来来往往的人流中找到那个偷盗了她车里什么东西的贼。她的目光落到陈北坡脸上，警觉地停留下来。

陈北坡下意识地把右手插进屁股后面的背包里，看起来像是要摸里面的一件什么凶器。女人再次盯视了陈北坡一眼。

这一幕深深地伤害了陈北坡。余下的时间，陈北坡不再往车上插名片，也不再无聊地看大屏幕电视。他背着鼓鼓囊囊的包，让那家伙一下下抽打着屁股，在广场上转来转去。陈北坡发现了几个可疑的人，接着一一排除掉了，最后他锁定一个和他年龄差不多的小子，跟着他转进购物中心附近的地下通道。

陈北坡右手紧紧地插进背包，摸住那里面的一把小弹簧刀。那小小的冰冷的铁器，是陈北坡在昏暗的地下通道地摊上买的。当时他刚把这小东西拿在手里，通道拐弯处就亮起两柱雪白的电筒光；摊主手脚麻利地卷起铺在地上的一张破麻袋，将所有铁器包进去，甩到背上，大步流星地跑走了。陈北坡记得那人脸上有一道弯弯曲曲的疤痕，这是他欠那人一把刀钱的凭证。

地下通道照旧昏暗着。黑白间隔的大理石凉幽幽的，很多地方渗出一汪汪地下水。曾卖管制刀具的刀疤脸不在。陈北坡摸着那把小刀，和前面的小子缩短着距离。那小子比陈北坡高不了多少，也瘦瘦嶙嶙，穿一条布料软塌塌的运动裤；肥肥的裤管灌进通道里的风，鼓着，像两根香肠。猛然间，这小子撒开两腿开始奔跑；陈北坡唰唰几步赶上去，一把薅住他的后脖领。

五分钟后，这两个瘦嶙嶙的少年——陈北坡从内心里并不承认自己只是个少年——互相扭缠着，从通道另一头钻出地面。那少年在一个街边大排档请陈北坡吃米线。米线柔软得令人不忍咀嚼。陈北坡低头猛吃几口，先填饱肚子，然后盯视着自称"龙哥"的少年。

你多大？就敢叫龙哥？

十……八。

陈北坡从鼻子里发出一声嘲笑。他来到城市几个月了，像小龙这样的少年，也是见过不少的。

十六。我看你也大不了我多少。但我来这混江湖五年了，你呢？有这么厉害吗？

小龙改了口。但他迅速找到陈北坡的软肋。他混江湖五年了，一看陈北坡的眼睛，就知道那是一双初来乍到的眼睛。

五年又怎么样？我还不是一眼就认出你是个贼？陈北坡说。

陈北坡不提这个还好，一提，小龙不干了。这偌大的停车场他来过不是一次两次了，还没遇到把他追赶到地下通道的人，就连警察都知道这里贼多，有人报案，来做个现场笔录，就忙别的任务去了。

你死追我，什么意思？小龙问。

陈北坡噎了一下，说，也没什么意思。

没什么意思是什么意思？我观察你不是一天，也不是两天了！你发你的野广告，我做我的江洋大盗，咱们井水不犯河水，这样才有的混，对不对？你要懂江——湖——规——矩！

小龙正处在变嗓期，他低低地捏住嗓子，左手食指一点一点地戳着空气，说出江湖规矩四个字。陈北坡忍不住想笑。

谁不懂江湖规矩？就你懂？我只是觉得你不该偷一个女人和孩子。

就为这个？我不信。你不够哥们儿。

陈北坡想了想，说，那我告诉你，那女人长得像我姐，你信不信？

咻！

小龙笑了一声，像你姐？又不真的是你姐。

陈北坡捧起碗，喝两口热辣辣的汤，说，说不定呢。我姐十年前就失踪了。我只记得她失踪前的模样。

小龙不说话了。两个少年一起扭头看街上来往的车辆。很多肥胖的白灯泡呈螺旋状扭结成无数的灯柱，矗立在街边，照得街道亮如白昼。

这得花多少电啊。小龙说。

就是嘛。得花多少电啊。陈北坡附和道。

小龙忽然把手伸进裤子口袋，摸索起来。运动裤发出滑腻的塑料纸似的哗啦声。

给你。那娘们儿车里只有一袋子菜，两本童话书，二十几块零钱，还有这个。我拿了二十块和这个。二十块恰好买米线。这个给你，算见面礼。你多大？十七？那我认你当哥。

小龙所说的"这个"，是陈北坡大拇指那么长的一个小东西，上面写着蚂蚁似的英文，还有个透明的塑料耳挂。陈北坡看了看，说，这是蓝牙耳机。

陈北坡在停车场的大屏幕电视上看到过，一个外国男人耳朵上挂着这东西，在和别人打电话。他知道这东西还能听歌，只要和手机配上对就行。两个少年头挨着头，在脏腻腻的塑料桌子上，给陈北坡的手机和蓝牙耳机配对。陈北坡的手机虽然有点旧，却是智能手机；费了不少的时间，总算顺利配上了对。

二

陈北坡是一个十七岁的乡下青年——把他称作"青年"有点早，但陈北坡认为自己已不是一个少年了。正月十五吃完饺子，他肩上背着蓝红条纹尼龙袋子，跟着村里一个真正的青年，坐上一辆赶集的手扶拖拉机，接着又坐上一列长得有点怪模怪样的火车——那巨长的铁家伙在原野上奔跑的时候，陈北坡目睹了另外一列白色的铁家伙，奔跑得更快，气势汹汹简直，像是要去打一场架。它唰唰地从窗外一闪而过，让陈北坡目瞪口呆。同村的人是陈北坡没出五服的堂哥，他吱吱地喝着一小瓶二锅头，告诉陈北坡，那叫动车。陈北坡在火车上做了一个梦：一条火车煞是壮观地飞上了天，每只轮子下面都跳跃着几簇金光闪闪的火苗。太帅了，陈北坡想。

当然，城市里太帅的事物还有许多。比如这个偌大的停车场、它前面那铺着黑、白、黄三种颜色方砖的小广场，场边卖书报、冰激凌、奶茶、糕点的小亭子，不远处那粉刷成黄颜色的麦当劳店……卖冰激凌的女孩脸小得只有一巴掌大，眼睛漆黑，右腮长着一个深深的酒窝——多像于小亭啊。于小亭也是右腮上长着一个酒窝，左腮却顺顺平平的。

小龙管这女孩名叫"冰激凌妹妹"。

你才多大，小不点，就叫我妹妹？

冰激凌妹妹眼睛一翻一翻地，拿一柄怪模怪样的勺子，在玻璃柜里的几个不锈钢盆里挖冰激凌，甩到一只纸杯里，递给小龙。小龙要了一份杧果冰激凌；陈北坡看中那盆粉紫色的，冰激凌妹妹介绍说，那是草莓冰激凌。

陈北坡刚来购物中心一个星期，对一切都没熟稔起来。小龙和他拜了把兄弟，带着他熟悉地盘。

看见没？这么大的停车场，却没有监控，你信不信？

小龙叉着腰，环视停车场。

陈北坡自然不信。停车场要收费的，既然收费，就应该负责保安。

切！小龙嗤笑。停车场归三家管。看见没？购物中心、旁边那家大超市，还有北大西街派出所。但都不管。只在门口安了个摄像头，监控出入口。看见门口岗亭了吧，里面有两台小电视，画面永远停在出入口上。墙上那面大大的广告栏，里面写着什么，看到没？本停车场只负责提供车位，不负责财产安全。这么大的购物中心，真他姐姐的小气。

陈北坡有点羡慕小龙嘴里蹦出来的那些词，尤其是"真他姐姐的"，陈北坡听着很新鲜。他没出五服的堂哥也说脏话，但不是这个味儿。

这里的安保的确是个问题。人们花了钱在这里停车，说不定什么时候，就让你这样的人给偷了。陈北坡说。

你什么意思？你就比我这样的人高尚？你不也分发野广告，坑蒙拐骗吗？安保是个问题？对，的确是个问题。但如果所有的地方安保都不是问题了，你去哪发野广告？你这个活也是违法的，知道不？

我这活怎么能是违法的？

陈北坡梗起脖子，和小龙据理力争。他认为他发广告和小龙做贼有天壤之别，他是靠劳动吃饭。人们是否跟广告上的内容发生关系，那取决于人们的意愿；小龙呢，是用不正常手段不劳而获。况且，他认为广告作为一种宣传手段，方式是多样化的，人们可以选择花大钱在大屏幕电视上打广告，也可以选择低成本印制名片，到处分发。

又一辆车开进来，吐出一个肚子大得惊人的男人，腋下夹一个黑得发亮的皮包。这个人的出现，让陈北坡和小龙的辩论告一段落。陈北坡把冰激凌换到左手上，右手伸到屁股那里捏出一张名片，往车跟前走。小龙一手举着冰激凌，一手窸窸窣窣地插在裤兜里，亦步亦趋地跟着他。陈北坡插完名片，回头一看，小龙撅着屁股，脸贴在车门玻璃上，死命地往里看。玻璃上贴着车膜，但不是很遮光。

你干吗？

陈北坡拽小龙一把。

不干吗。进去看看。看那肚子大的。我最恨这种人。

你这是仇富。不健康。

陈北坡不无忧虑地又拽一把小龙。

你，走开，找冰激凌妹妹玩去。要懂江——湖——规——矩。

小龙一提江湖规矩，陈北坡就感到了一股震慑力。他跟上两辆新来的车，往西南角去了。停车场西边有条小胡同，在熙熙攘攘的路口趴着一个中年汉子。汉子整个人绑缚在一张和他差不多大的木板上。木板下装着四个小轮子，因此那汉子看起来就像一个趴在舢板上正在冲浪的人。陈北坡来到城市已经有些日子了，知道城市里也有乞讨的人。他两肘扒住栏杆，盯着汉子脸前那只搪瓷缸，默数落到里面的钱。他注意到那些钱的面值多在五元以下，一块钱的钢镚最多。当啷啷，钢镚发着颤抖的尾音。陈北坡还注意到，诱发人们同情心的人，并非那个残疾的冲浪者，而是旁边一个健健康康的女孩。陈北坡扒在栏杆上的时候，那女孩脏兮兮的小脸看向他。陈北坡迷茫不解的是，这个只有五六岁的女孩，却安详得像个少女。这让陈北坡生出一种冲动，想把她混乱的头发理理顺……最好有一只漂亮的发卡。陈北坡小时候曾偷偷送给于小亭一只姐姐的发卡。因为那只丢失的粉色塑料发卡，姐姐犯了病，光着身子跑到大街上。

陈北坡离开栏杆的时候，女孩撩了一下自己的头发，把一绺遮住眼睛的头发别到耳后。这少女化的动作，让陈北坡忧伤得不能自已。他跟着两手插在裤兜里的小龙，走出停车场。

小龙腰背挺直，头向上昂着。他留了一个很奇怪的发型，侧面看上去很像大公鸡的鸡冠。在昏暗的地下通道里，小龙向陈北坡展示他到车里"看看"的成果：一包拆开的香烟。并告诉陈北坡，一支值四块钱呢。两人把头凑在一起数了数，共十八支。

我连火机一块拿了。

小龙从另一只裤兜里掏出一只打火机。陈北坡说他不会吸烟，招致小龙的嘲笑。

切！烟都不敢抽，怎么混江湖？

两个少年头凑到一起，各自点着一支烟。小龙教陈北坡，要把烟吸到肚子里，那才带劲。不过你刚学着抽，在嘴巴里打个转，意思意思就行了。

让陈北坡不解的一件事是，小龙是如何弄开别人车门的。他记得自己扒在栏杆上数钱，不过就是几分钟的事儿。小龙从一只裤兜里神秘地掏出一件东西，形状古怪，像一杆烟袋锅。陈北坡的爷爷至今还用那种烟袋锅抽烟。小龙把它们在陈北坡眼前晃了一下，忙不迭地又收回裤兜里去。陈北坡追着小龙的手，看了看他那神秘的裤兜。

它叫"传奇"。

传奇？

我起的名字。帅吧？在江—湖上混，没有个好名字，怎么行？

切！

陈北坡感到说出这个字的时候，舌头拱起顶住上颚的感觉很来劲。一把撬锁工具，居然取这样一个帅气十足的名字，是世界上最嘲讽的事儿。

这是我做的。三十秒开门。踏雪无痕。谁也看不出来。

小龙手插在裤兜里，握起的关节使大腿处的衣服鼓出一个大包。他慢条斯理地说出这句话。陈北坡刚体验到嘲笑的快意，就被这件惊人的事情震慑住了。做出这杆三十秒就能撬开车门的烟袋锅，完全是一个技术活啊！

这有什么。江—湖，藏龙卧虎。

小龙昂着鸡冠头，对他如何做出"传奇"秘而不宣。

三

小广场上来了一个流浪歌手。

流浪歌手脑后时髦地扎着马尾，前额光光。他把一些东西从三轮车上搬下来，立在地上，两台破音箱、一支麦克风，另有一张印刷拙劣的宣传广告——上面是歌手和一些人的合影，他把这张广告单工工整整地在地上铺平，四角各压上一块小石头。流浪歌手抱起一把破吉他，开始调音。提供电源的电线弯弯曲曲，不知道源头在哪里。

陈北坡已经发完一遍名片，他和小龙一起看铺在地上的宣传画。

那不是房祖名吗！

陈北坡简直要惊呼出声了。租屋里有一台破旧的电视机，陈北坡认出合影里的那个小眼睛，就是鼎鼎大名的成龙大哥的儿子房祖名。这牛仔裤破了洞的流浪歌手，看来很不简单哪。

少见多怪。混江—湖的人，什么没见过？再说了，一张合影能说明什么问题？

小龙撇撇嘴，对陈北坡表示了自己的蔑视。

那这个总能说明问题吧？

陈北坡手指着宣传画上的一行字，说：

那上面明明写着——本人曾和房祖名同台唱歌。同台，你懂什么意思吧？就是在同一个舞台上唱歌！房祖名唱歌的舞台，那是什么舞台！你想去吧！

陈北坡感到些许气愤，仿佛在替房祖名承受小龙的蔑视。小龙很快地委顿下去，脸别到一旁。

边上的冰激凌妹妹哧哧地笑起来，说，他根本不认识那些字。

这太让陈北坡开心了。在江—湖上混，不认得字怎么行？

流浪歌手接连唱了几首歌，陈北坡听得津津有味。小广场上人来人往，没有多少人停下认真听完一首歌，但流浪歌手非常敬业，只管一首一首地唱下去。这个夜晚跟往常那些夜晚似乎有所不同，但陈北坡总结不出原因。他只是感到了少许忧伤。流浪歌手开始唱一首奇怪的歌，歌词很少，大量的咿咿呀呀，这更增加了陈北坡的忧伤。

女人是什么时候站在身边的，陈北坡毫不知情。他的视野里是抱着吉他、站在麦克风后面的流浪歌手，歌手后面是涌动的人流、不停旋转开合的购物中心玻璃门。门里灯火通明。小男孩忽然跑到歌手旁边，天真而莽撞地破坏了这固定的、有着流动背景的画面。歌手刚好唱完一首歌，手指在吉他弦上弄出最后一个袅袅的尾音。

叔叔，我妈妈想听《故乡》。

陈北坡一下认出这个男孩，接着他扭脸看到前几天报过警的女人。陈北坡扯扯小龙，示意他应该逃跑。小龙不满地用眼神藐视了陈北坡。

陈北坡没听过这首歌，只听到歌手的嘴巴里徐徐缓缓地吐出旅程、浪子、异乡、思念、刀、人群、孤单、夕阳、衣裙这些词语，每一个词语都像带着呛人的气味，搞得他眼里疼辣辣的。

小龙在旁边卖弄说，这是许巍的歌。我挺喜欢许巍的。哭了？不会吧，这么脆弱？

陈北坡觉得是那首歌的问题。他扭脸看看女人，发现她也在流泪。我喜欢许巍，陈北坡想。

这个晚上，陈北坡记住了女人的车牌号。除此之外，他跟踪女人到了购物中心八楼。八楼是电影城，矩形玻璃罩子鳞次栉比地挂在墙面上，里面不停变换着新上映的电影海报，亮闪闪的射灯照耀着。好几部影片都和星球有关，比如《科幻战争》和《地球大灾难》。陈北坡在玻璃罩子前踱步，不无忧虑。

余下的时间，陈北坡一边蹲在小广场上听流浪歌手唱歌，一边监视着女人的车子。他把一张名片插在驾驶室车门上，看看名片上的内容，是关于整形的，又取了下来。

小龙不知到何处晃荡一圈，回来打趣陈北坡道，你干吗，当摄像头啊？

陈北坡凝视大屏幕电视——和女人这辆车子一模一样的那辆车，又在电视屏幕上一划而过。

陈北坡说，她很有可能就是我姐。前几年，有人回村说在省城这里见过她。知道我为什么来省城混吗？主要是为了找她。要不我就去南方了。我姐，她有病。疯病。我妈也是这病，犯病了就疯跑，早早淹死在水塘里。

这叫智障。小龙很严肃地给出一个论断。

我们那里叫痴子。

你到底确不确定啊，她到底是不是你姐？

我……不敢确定。她跑丢的那年，我才七岁。她十九岁。那时候她成天光着身子在大街上跑。她小时候疯跑，我爹抓回家揍上一顿了事；后来她变成一个大姑娘，还老是光着身子疯跑，我爹就把她用铁链子锁在厢房里。

这是犯法的。电视上经常演这样的事。小龙再次严肃地定义。

我姐右眼下有一颗痣。和她那颗痣长得很像。

右眼下长痣，这不是什么稀罕事。就凭这个，好像没有说服力吧？再说了，你姐是疯子，这女人可一点都不疯。

陈北坡当然明白，他不能凭一颗痣，就断定那女人是陈南坡；而且，最紧要的是，这女人一点都不疯。当然，任何病都有治好的可能。

感觉。我有感觉。

陈北坡忽然想到这样一个大而无当的词，他觉得，唯有这个词才可以解释一切。小龙帮他出了个主意。大约九点多钟，陈北坡和小龙站在购物中心一楼电梯门口，等女人和男孩。按照时间推断，他们这晚看的是一部3D动画片。为了阐述3D究竟是什么意思，小龙费了很大力气，但陈北坡还是不明所以。3D电影比普通电影贵二十块钱，陈北坡打算过生日那天去看上一场。在江湖上混，最好什么都了解一些。

女人和男孩从电梯里被挤出来，沿着一排化妆品柜台往大门口走。中途，女人停在一个卖肥皂的专柜前。各类洗面皂、沐浴皂被费尽心思摆成许多个金字塔，矗立在亮光闪闪的玻璃柜台上，一个姑娘不遗余力地向女人推销那些昂贵的东西。女人拿起一块洗面皂，放在鼻子底下嗅。小龙推搡陈北坡，陈北坡往回缩。他们俩站在几米外的一个鞋屋门口。最后还是小龙替陈北坡喊了一嗓子：陈南坡！

事后，陈北坡和小龙的看法发生了分歧：陈北坡认为小龙喊了陈南坡这个名字后，那女人听见了，因此转过了头；小龙则认为，那女人转过头来是因为别的——当时一对情侣吵着架从陈北坡和小龙身边经过，男的怒冲冲往外直奔，女的拽住男的胳膊不放，被男的一把抡倒在地，号啕大哭，声动四野。

陈北坡和小龙争吵着走进地下通道，分歧仍无法统一。小龙认为陈北坡有了严重的心理暗示，一心把女人往陈南坡身上靠拢。

你这样不好，不客观，不理智，不利于分析判断。

小龙一连说了好几个"不"字，强调说明陈北坡在情感和理智、想象和现实的问题上失衡了。

这天，陈北坡去小龙的出租屋，参观了他自制的很多像烟袋锅似的开锁工具。这些工具可以打开多种锁孔的车门和居室防盗门，甚至某些保险柜门。他们两人喝了几瓶酒，抽了几支烟，小龙在电脑上放了一个"很带劲"的片子。小龙的出租屋是黄午村的一间民宅，房东私建的临街小房。拉上门窗帘，屋里立时诡异黑暗，加上床底下那些工具、部分赃物，特别像一个非法窝点。小龙的二手电脑卡壳过一次，小龙走近前去，熟门熟路地照着显示屏某个地方拍打三下，画面又开始了。陈北坡强装镇定看完片子，不敢发表什么议论。小龙说，我出去一下，就走了。半小时后，领回一个热情如火的女人，对陈北坡说，好好玩啊。

陈北坡没回过神来，以为是小龙的女朋友，看看年龄又有点大。正疑惑间，小龙已经走到门口了，陈北坡一急，从床上站起来，头顶在天棚上，疼了一下。

你去哪？

你别管。

小龙很仗义地皱皱眉，走出去，把门带上。女人腿上裹着紧绷绷的黑丝袜，弹力很大的紧身衫领口压得极低。她大大方方地往床上一坐，就对陈北坡动手动脚。穿这么多，不热呀？脱下来，我看看，长得怎么样。

陈北坡往后躲了一下，拉过小龙黑乎乎的被子，盖住自己，只露出一颗头。女人哈哈大笑，拿过桌上的烟盒，抖出一支，点上，开始跟陈北坡聊天。我叫凯雅。她说。陈北坡听着像个外国名。凯雅留着长头发，左鬓角被一只粉发卡别住，在灰黑的租屋里显得生机盎然。

陈北坡猛然呜呜地哭起来。凯雅说，你别哭。哭什么，我又没强暴你。不愿意就算了。

陈北坡哭得一塌糊涂，你别告诉小龙我没睡你。

四

陈北坡在购物中心三楼找到一个卖发饰的专柜。

我要买粉发卡。

在陈北坡的记忆里，姐姐陈南坡的那只粉发卡样式很简单——甚至过于简单，以至于可能再也买不到了。透明阔长的玻璃柜台里的那些发卡，都俏丽花哨得令人讶异，远远超过陈北坡记忆里的那一只。他勾着头，绕着柜台转圈，尽量不让衣服碰到柜台上。卖发卡的女孩也在柜台里和他一起转圈。送女朋友？女孩讨好地问。

……姐。

陈北坡说。他脸颊莫名其妙地烧起来，火烫火烫。

就这个吧。这个。

陈北坡隔着玻璃，指着一只亮闪闪的粉发卡。女孩拉开玻璃门，用两根细白的手指夹出那只发卡，拿一面干净的软布擦拭几下，放到台面上，真有眼光。韩国最新款，糖果粉，双排水钻。

陈北坡知道他无论买哪只发卡，都会被视为"真有眼光"，但他仍需要这来自陌生人的肯定。

多少钱？

五十八。

女孩涂了唇膏的嘴唇有细细密密的可爱褶皱，笑的时候舒展开来，让人感到五十八块并不很贵。

进口水钻。国产水钻容易掉。这个绝对不会掉。

女孩补充道。

陈北坡手伸到屁股后面的背包里，掏出钱夹子。女孩用一个透明塑料袋，把粉发卡装进去。他们两人交换了钱和发卡。

五十八块，是陈北坡一天的工资。

春节过后，陈北坡跟着村里一个没出五服的堂哥，坐上火车来到省城。堂哥把他领到幸福八村一个出租屋里，告诉他已经交过一个月房租，又给了他这部破手机，里面存着一个电话号码。很重要，堂哥说。然后堂哥就消失了。陈北坡给那个很重要的号码打过去，没有选择地成为一个野广告业务员。每天他去那人指定的地方领货，工资日结。陈北坡从小龙那里知道，那人应该是个中介，剥皮的。陈北坡管不了是不是被人剥皮——每天能赚上五十块钱，这已经让他满足得时不时要忧愁地叹息了。少许遗憾的是，城里消费太高了。而且他还要付房租。但省着点吃，还是没问题的。他爹老陈若知道他这么轻松地每天赚五十块钱……

陈北坡不能想老陈。一想老陈，陈北坡的眉头就要皱起来，上下牙往一处咬。村里人都说，北坡有福，没生成个痴子。他们家一共四口人，两个痴子。陈北坡听说，他爹老陈当年好吃懒做，四十岁了也没成亲，只好找个痴子。姐姐陈南坡出生在村东头槐树岭，当时她迎着南坡和煦的阳光哇哇地啼哭；她母亲裸着身子，肚子塌下去。人们隔三岔五看到她顶着大肚子在外疯跑，都为她的肚子担忧着。这下好了，母女都活下来了。但那和煦阳光下的啼哭并不是美好的开始，陈南坡很快就被人们确认是个和她母亲一样的痴子。人类最神秘的基因恶果，笼罩着脾气暴躁的老陈。老陈酗酒，是在痴女人不慎落入水塘后开始的。人们把水淋淋的痴女人架在一口大锅上，锅底像个坟堆，朝天拱着；痴女人肚子朝下，弯在锅底上，嘴里吐出一摊水，还有一条尚未死去的小鱼。但痴女人还是死了。陈北坡那时候三岁，他眉头深皱，站在坟堆旁。新起的坟堆黄灿灿的。他姐陈南坡痴痴地笑着，把他紧紧地拢在胸前。陈南坡那时候十五岁了，人们都说，可惜了，是个痴子。妈死了，她竟然笑。转而又说，幸好北坡不痴。

现在想起来，陈北坡觉得他姐的笑并无不妥，一个痴子死了，不该笑吗？她把一个孩子生在南坡，另一个生在北坡，自己死了也葬在槐树岭。真是功德圆满。

　　老陈就没这么好口碑了。痴女人死后,老陈时不时醉酒找事。陈北坡记得那个秋风四起的夜晚,老陈是如何把那双皱了皮的手伸进他们被窝的。陈南坡被那双手碰到脚底板,痒得她咯咯地疯笑起来。老陈喷着腥苦的酒气,扯过一只被角,捂住那张笑得不合时宜的嘴。

　　第二天,老陈从集市上回来,有人说,快看看吧,你家南坡犯痴病了。

　　陈北坡记得自己当时追赶了姐姐一段,但她跑得太快了。陈北坡站在一个小商店门口,气喘吁吁。他看到老陈蹬着一辆破旧的自行车,从村口的桥上蹬过来。他把自行车蹬得飞快,须臾间就追上了陈南坡。陈南坡跑得更欢,她觉得这游戏很好玩。

　　看看,这什么?

　　陈北坡看到老陈从裤袋里摸出那只粉发卡。他用粗笨的拇指和食指捏着它,向陈南坡晃。他晃了三下,陈南坡就不跑了。老陈蹬到她旁边,陈南坡两手拽住车后座,屁股一欠,落在后座上。老陈驮着陈南坡,在小商店门口停下,手一抄,把陈北坡提在前大梁上。

　　如果没有前因后果,那是一幅多么美的画面啊。陈北坡记得老陈那天换了干净衣服,早起没有喝酒,身上难得地透着干爽的气息……

　　那只粉发卡,此后被老陈多次利用。每当他需要,它就会让陈南坡顺服。陈南坡头上戴着它,嘻嘻地在街上傻笑,遭人逗弄。有人出其不意地摘下粉发卡,陈南坡就发疯地跑去追。摘下粉发卡的人把它扔给另一个人,另一个人又扔给更远的人。他们围成一个圈子,陈南坡在里面气喘吁吁地奔跑。陈北坡深深地皱着眉头,握着拳。他跑去攻击其中的一个,被轻而易举地推开,滑出几米远。陈北坡躺在地上,看到于小亭穿着花裙子,轻盈地掠过去,擤下一把鼻涕,抹到那群人中一只甩动的胳膊上。

　　于小亭是小商店胖爷爷的孙女儿。

　　陈北坡恨死了那只粉发卡。奇怪的是,那只遭受如此蹂躏的发卡,总也不坏。它没有进口的水钻,没有现在的工艺,却结实无比。在陈北坡六岁那年,他偷走了那只发卡。

　　他先是把发卡藏在厢房的一口面缸里。他观察着陈南坡。她掀开被子、褥子、席子、枕头,一处处搜找。搜找不到,她痴病犯了,以为又是老陈拿走了,在跟她玩游戏。她痴痴地笑着，去掀老陈的衣服，翻他的裤袋。但直到事后，老陈也没像往常那样，把它赏赐给她。陈南坡愤怒了，她在老陈脸上抓出两道血痕，光着身子跑到大街上。

陈北坡悲痛地站在商店门口。他产生过一瞬瞬的犹豫，最终还是觉得，在老陈脸上抓出血道子，比一次次领取粉发卡要好得多。陈南坡不犯病的时候，拿着一把葫芦瓢，掀开缸盖子舀面做饭。陈北坡紧张地差点喘不过气。之后他把发卡转移出来，藏到另外几个地方；但都没有绝对的把握。十八岁的陈南坡已经是这个家的女主人，她熟悉它的每一寸。陈北坡从最后一个藏匿地把发卡掘出来，在商店门口找到于小亭。于小亭庄严地和他拉了小手指。从此那只发卡彻底消失了，陈北坡也不知道于小亭把它藏在哪里。

人们越来越对光着身子跑到大街上的陈南坡议论纷纷，不少人担心她会像她母亲那样，失足跌入水塘里。老陈把陈南坡用铁链子锁到厢房里，诚然有上述的原因，但陈北坡认为，那跟他脸上一茬茬的血道子关系更大。陈北坡不再和他姐睡在一个被窝里，老陈用槐树岭上拉来的黄泥巴，在厢房抹了另外一个炕。窗上插了密密的铁条。陈南坡犯病的时候，扯着铁链子，听它和铁条摩擦发出的声音，快乐地痴笑。

几个月后，阳光和煦的一个天气里，老陈气急败坏地在厢房门口咆哮，踢踏着院子。陈北坡同样感到费解，不知道陈南坡是如何挣开铁链子的。她跑走了，不知所踪。好心的人们自发搜找了一番，包括槐树岭和水塘。几天过后，人们安静下来。

陈北坡再也没跟于小亭提过发卡的事。他们上学了。在校园里，于小亭有一次刚跟他说了个开头，陈北坡就掉头走开了。他再也不理于小亭，从小学直到初中毕业。于小亭考到很远的城市里去了。走的时候，于小亭再次试图把发卡还给陈北坡，以证明他们小时候那小手指拉得有多认真。陈北坡惊讶不已，不知道于小亭是如何把那样一只发卡保存这些年的。他虽然惊讶，还是不愿看它一眼。于小亭伤心不已。

五

陈北坡把粉发卡放在屁股后面的背包里，背了好几天。他把手伸进去摸名片的时候，常常触到那个滑滑的塑料袋。他请小龙到大排档吃米线，小龙把胸脯子拍得啪啪响，有事开口！在江湖上混，靠的就是兄弟。

陈北坡想了很多日子，觉得不说不行。他让小龙出个主意，怎么才能把发卡送给那个女人，又不让她知道。直接送？塞到口袋里？恐怕都太唐突。

小龙转着眼珠子，说，你为什么要做这件莫名其妙的事？

陈北坡说，没有为什么。

小龙把脸凑过来研究陈北坡，哈哈地笑了，难道是想搞姐弟恋？

陈北坡说，去你的。你才搞姐弟恋。

但小龙还是很仗义地帮陈北坡出了个主意：把发卡放到女人车里去。明天就是周末，那女人还会来的。交给我。

小龙裤兜里有烟袋锅一样的铁家伙，这事只能交给他来办。这天晚上陈北坡紧张得直哆嗦，小龙不得不一再地提醒他，混江─湖，这样可不行。他们蹲在地上听流浪歌手唱歌，小龙伸手到陈北坡背包里摸出一张名片，指着地上的宣传画，让他把流浪歌手印在上面的QQ号记下来。陈北坡边记边说，你又不识字，记下来有什么用？小龙说，你教我啊。混江─湖，不识字也不行。以后你一天教我十个字。

女人和男孩看完电影，照例站在门口听流浪歌手唱歌。流浪歌手眼睛贼精，现在只要看到女人，就主动唱《故乡》。唱完《故乡》，接着唱别的歌，都是许巍的。吉他盒子中面值最大的钱，都是男孩放进去的。陈北坡用小龙的电脑下载了很多许巍的歌，存在手机里。在停车场穿梭着发广告的时候，他耳朵里插着那只白色的蓝牙耳机，一首一首地放着听。

男孩饿了，小眼睛瞄向刷成黄色的麦当劳店。女人带着男孩去吃饭。陈北坡觉得这个晚上他受尽了煎熬——女人终于坐到车里去了。陈北坡和小龙远远地站在西边栏杆旁，注视着那辆白色的车子。女人坐在里面的时间，比往常似乎久一些。之后，车灯亮起，女人把车子倒出车位，开向出口。

你确定她能看到发卡吗？

陈北坡不太放心地问。

确定。我放在方向盘前面。那么粉，还有亮闪闪的钻石，怎么会看不见。混江湖的人，做事不能马虎。

那是不是可以这么猜测：她很有可能真是我姐陈南坡？她认出我了？猜

到是我送的粉发卡?

切!

小龙笑得直不起腰。他认为这个猜想比电影还不靠谱。

趴在舢板上像要冲浪的残疾男人,不断地向人磕头。脏兮兮的女孩与世无争地站在旁边。陈北坡从背包里摸出钱夹子,找到一个钢镚,递给女孩。女孩没有什么表情。钢镚落在搪瓷缸子里,砸到另一个钢镚,发出啪的一声轻微的脆响。

小龙鄙夷地说,你上当了。混江湖的人,笨了可不行。

小龙的意思是,趴在舢板上的男人并不残疾。陈北坡认为,一个不残疾的人,整晚上把自己绑在舢板上,不能动弹,还要磕头,正常人没必要受这样的罪。再说了,看那男人不像骗子,头都快磕掉了。不是为了自己的孩子,谁能这样?

小龙无奈地摇头,表示对陈北坡的怜悯,你知道像他这样的人,一晚上能讨到多少钱吗?说出来吓死你。这么说吧,他们一年能讨十万块。最少这么多。应该还不止。

陈北坡半信半疑。小龙跟他打赌,说那男的最后肯定是站起身来走着回家。说不定还打出租呢。两人就扒住栏杆,等那男的收摊。但最后,男的并没站起身来走着回家,也没打出租,而是两手扒地,滑动了舢板,隐入暗淡的胡同里。陈北坡赢了。虽然小龙仍坚持那男的只不过是在演戏。

输了的小龙在冰激凌妹妹那里买了两筒冰激凌,两人边吃边穿过地下通道。卖管制刀具的刀疤脸仍没露面。自从听陈北坡过度夸耀过刀疤脸的半麻袋刀子后,小龙就一直想买那其中的一把。走完地下通道,冰激凌也吃完了,两人各自回家。小龙问他,想不想和上次那小姐再玩玩,陈北坡说,不想。小龙说,我请你!陈北坡说,那也不想。

不过,陈北坡还是想了一会儿那小姐头上的发卡。他感到这个和煦的五月,自己遇到了一些神秘的事情,像谜。比如下一个周末,陈北坡惊骇地发现,女人额角上别了那只亮光闪闪的发卡,从车里下来了。陈北坡先是愣在那里,之后快速跑到冰激凌妹妹的食品亭子后面,躲了起来。他觉得女人看到了他,就更深地往暗影里躲去。女人带着男孩走进旋转的玻璃门之前,似乎往他这边侧目了一下。但陈北坡不敢确定。他脑子混乱不堪,像塞满糯腻的冰激凌。

许久之后，陈北坡才给小龙打电话，手指头抖着。小龙那晚换了别的地方混江湖，陈北坡听到电话里响着喘气声，又像是风声，呼哧呼哧，急促，粗闷。陈北坡说，她戴上粉发卡了！小龙仍是喘气，不说话。陈北坡以为那边风声很大，小龙听不清楚，就提高嗓门重复了一遍。小龙潦草地说，听清了，不用重复。陈北坡说，你在干吗？作案吧？

陈北坡让自己的声音吓了一跳。两个躲在旁边饮料亭子后面的男女停止动作，女的扯扯男的，两人整理一下，快速绕走了。陈北坡为自己的用词不当感到懊恼，因为小龙是个讲究的人，特别是关于江湖的那一套用语。

陈北坡想改个比作案好点的说法，但小龙已经把电话挂断了。大概半小时后，小龙打回来，说快到陈北坡出租屋了，让他回去碰头。陈北坡说，那女的戴上粉发卡了，你不来看看？小龙说，他姐姐的！我得躲躲！

听声音，似乎事关重大。陈北坡绕着停车场又补发了一遍名片，就坐车回家了。他在租屋门口没看到小龙，掏钥匙捅开门锁进去，却发现小龙正坐在他床上，吃一根火腿肠。

除了床，没别的地方坐，小破屋。他姐姐的。

小龙大口大口地吞咽，满屋弥漫着劣质火腿肠过分的香气。

陈北坡也坐到床上去。花了十几分钟的时间，小龙才不情愿地把事情经过大略说了一遍；由于难为情，说得像挤牙膏一样。他认为这件事很让自己栽面子：他在一户居民家里差点被捉住。而且，追赶他的人，竟然是一个腿脚不灵便的孤寡老头。陈北坡想到小龙在电话里气喘如牛，还以为他被持枪警察在追赶。

这样下去，不是办法。江湖，很危险。陈北坡忧心忡忡地说。

比这惊险的，我经历得多了。我还不到十八岁，未成年，捉住也没事。

小龙的说法，稍稍让陈北坡放心一些。陈北坡再有一个月就过生日了，那天过后，他就是一个十八岁的成年人了。想想这个，陈北坡又喜又忧。小龙说，到时我给你好好过个生日。请你到购物中心七楼吃好的。

陈北坡接受了小龙的许诺，并回赠给他生日那天的一场3D电影。陈北坡观察过了，电影城每周换一次片子，基本每次都有一个3D的。

那女人，戴上粉发卡了。

陈北坡见小龙平静下来，就提起这个一次次拱到喉咙口的话题。太让人兴奋的话题。小龙严肃地思索一阵,告诉陈北坡,这仍无法说明她就是陈南坡。女人,就是这样的物种。她们总是喜欢这样的小玩意儿,不管谁给的。上次那小姐,黄午村的,有时候你不用给钱,夜市上两块钱买个塑料戒指,她就让你睡。

这完全来自经验的、颇为老道的结论,以它的气势,不可辩驳地说服了陈北坡。尽管如此,总体上来说,那只粉发卡的结局,仍是让陈北坡倍感安慰。

六

陈北坡又去了一次三楼发饰专柜。这次他听从女孩的建议,买了另外一只蝴蝶结形状的粉发卡。

韩国进口,最新款,亚克力,亮粉色,雅致,蝴蝶结是……设计,一流大师。女孩简洁地总结了这只粉发卡,以便为它的价格做必要的依据。陈北坡留意地看了一下某大师设计的蝴蝶结形状,没觉得有什么特别之处。但这外国名字听起来沉甸甸的,使它的价格变得无足轻重。

事情演变成更大的谜。小龙再次潜入车里,把蝴蝶结发卡放在显眼的地方。女人在上下车及穿过停车场时,开始睃着目光四下里看。有几次陈北坡感到她在自己身上停留的时间有点长,但她很快又转向别的地方。她把粉发卡戴在右鬓角,这跟陈南坡的习惯一致。那一点点的粉,丝毫不显得夸张,反而令她又美丽了几分。陈北坡记得他姐陈南坡也长得很美,不犯病时,把自己收拾得干净利落,粉发卡松松地别在右鬓角……如果她没有痴病,媒人恐怕就踏破了门。

陈北坡拣着那些不重要的记忆,讲给小龙听。他爹老陈对陈南坡长达多年的性侵犯,让他死死地捂在心底。他早就想离家出走了,如果不是老陈领了一个来历不明的女人回家过年,他还下不了离开的决心。那女人精神多少有点不够,谁都不知道她从哪来,有什么样的过去。有人说,老陈一辈子就是这个命,两个老婆都不正常;有人劝老陈,弄清那女人的底细,别让人给骗了。这些事,都跟陈北坡无关,只是把他推向离开的最后关头。流浪歌手唱《故乡》的时候,陈北坡莫名其妙地流起眼泪,这让他更恨那个地方了。

流浪歌手有艺名,叫小鱼儿。小龙和他攀谈,为的是弄明白他到底有多大的来头。在江—湖上混,什么样的朋友都得交。小龙常常这样教导陈北坡。但小鱼儿讳莫如深。小龙花了好几天时间,只勉强知道小鱼儿曾经在这些地方的地下通道口唱过歌:北京、广州、南京、上海。都是些艺术中心,小龙对陈北坡说。但小鱼儿干吗要离开那些艺术中心?小龙说,他说那些大地方待多了,也会觉得没意思。

陈北坡感慨万分。他自从坐过一回巨大的铁家伙,就萌生了去更多地方的念头。特别是乘坐雪白的、梦幻般的动车。

至于小鱼儿和房祖名的合影——包括其他一些名人——背后的故事,小龙都不得而知。一度,小龙曾质疑那些照片的来历,说不定是PS来的,唬人的。陈北坡不懂这两个字母的意思,小龙告诉他,艺术加工。两张照片弄在一起,就变成合影了。陈北坡惊叹这种艺术手段的高级。你得学会上网,否则,对江—湖一无所知,怎么混?你们村到底是个什么地方,这么落后?小龙不满地说。

这天,小鱼儿主动告诉他两人,许巍要来了。

巡回演唱会。在东郊体育馆。我可能会去当他的表演嘉宾。

陈北坡几乎要兴奋地哭泣了——这是多么不可思议的事啊!他们认识一个要给许巍当表演嘉宾的歌手。

陈北坡第一个想到了女人。女人那么喜欢听许巍的歌。陈北坡暗示了一下小龙,小龙不愧混江湖多年,马上明白了陈北坡的意图。他执意请小鱼儿吃饭,甚至想让他饭后找小姐。小姐没找,小鱼儿爽快地答应到时候给他们弄三张票。实在不行,两张也可以。或者一张也可以。陈北坡说。只要能保证送给女人一张,他和小龙可以忽略不计。

陈北坡发现他面前有那么多事在等着,这个和煦的、幸福而又伤感的春天。他到三楼又买了两个粉发卡,每个都和上一个样式不同。他更节省地吃饭。没出五服的堂哥来过一个电话,问他干得怎么样,爱不爱干这活。

那地方,最大的一个停车场,而且管理松懈。不是我的面子,不能把你调整到那儿去,明白吗?每个行业都有行规,不能乱来。

堂哥语重心长地谆谆教导他,多攒点钱,以后想改行,没有资金不行。

陈北坡不知道堂哥在这个城市里干什么,他就像一条鱼游入大海。为了省钱,陈北坡不坐公交车了,在旧货市场买了辆自行车。有一次他看到一辆摩托车飞快地从身边呼啸而过,耍杂技一样,在小汽车中间穿梭,拐着大大小小的S弯。车上坐着一男一女，男的后影很像堂哥。陈北坡在路口亮起红灯时，拱起腰来一气猛蹬，追赶上去，好好看看，果然是堂哥。女的衣着一般，裤腿上溅着星星点点白色的东西，像乳胶漆之类。女的两条胳膊和一张脸都紧紧地盘贴着堂哥——显然不是堂嫂。堂嫂在家养着几头老母猪和两个孩子。陈北坡决定不和堂哥打招呼了。堂哥在外面打工好几年了，每年只有春节才回来住上几天，有人开玩笑对堂嫂说，小心你男人在外面再安一个家。

从那天起，陈北坡在街上骑自行车的时候，格外留意骑摩托车的人。他觉得堂哥那车骑得太狂野了，也许是想在那女的面前显摆——但也要注意安全啊。

陈北坡右眼皮子从那天起总是跳。

你看，老是跳。

陈北坡把右眼凑近小龙，让他看。

右眼跳灾。

小龙闭目思索，莫测高深。

谁的灾？

陈北坡茫然无依，希望小龙能破解这迷信的说法。小龙像个闹市中的隐士，在喧嚷的购物中心门口尽情神游，长长的时间，嘴角流下口水。陈北坡疑心他睡了一觉，小龙却说，我混江湖曾认识一个崂山道士。这事必须忘我，你不懂。你几点跳得厉害？

这事听起来有点复杂，陈北坡想。他努力想了想，告诉小龙，晚上跳得最厉害。大概七八点钟吧，就现在。

小龙掐算一番，说，晚上七点至八点，右眼皮跳，有意外的坏事发生，必须保持警惕。

冰激凌妹妹在旁边撇撇嘴，说，你别听他的。这都是迷信。眼皮跳说明你疲劳，想事太多，神经兴奋。我妈是眼科医生。

相比而言，陈北坡更相信眼科医生的女儿的说法。疲劳、想事、兴奋，这排比词用来说明他现下的状态，还是非常恰切的。

你妈是医生，那你干吗来卖冰激凌？陈北坡认为一个医生的女儿该有更好的工作。冰激凌妹妹很有理想地说，我上大学呢，周末晚上来帮忙，算社会实践。我毕业后要开中国最好的冷饮店。

中国最好的——这个词辽阔得让陈北坡立马想起那列雪白色的动车。

这个夜晚,除去被冰激凌妹妹用科学正解了的右眼皮跳,没什么别的征兆。下半夜的时候,陈北坡在睡梦中听到手机铃响。他把它摁在耳边,听到里面混合着一些杂乱的声音:呼吸声、奔跑声、尖锐器具的碰撞声。

陈北坡喂了好几声,小龙才断断续续地说,他姐姐的……栽了……竟然有红外线……紧急报警按钮……乌拉乌拉贼响……江湖越来越复杂,不是龙哥没能耐……

红外线、报警按钮,这些凶险的词汇一个个滚到陈北坡耳朵里,传送给大脑,驱逐了陈北坡的睡意。手机被压在耳朵和枕头之间,打了一个滚,落在床单上。陈北坡慌忙捡着坐起来,重新把它摁在耳边。然而手机挂掉了。陈北坡赶忙回拨过去,没人接了;再回拨,依然如此。幸福八村远离闹市,在春季慵懒的下半夜,四处安静得可怖。一只老鼠从墙洞里钻出来,在地上窸窸窣窣地啃食饼干渣屑。

七

小龙从此没在广场出现过。电话过后有两天时间,陈北坡没敢公开露面。他选择夜晚最为喧闹的时间,绕路,躲在光线暗淡的小胡同里,观察购物中心那庞大的广场。照旧车来车往,人流不息。第一个晚上,冰激凌妹妹也没来;第二个晚上来了,给三十几个人盛了冰激凌。小鱼儿弹着破旧的吉他,又唱了几首陈北坡没听过的新歌。陈北坡背包里鼓鼓囊囊的,名片一张没发出去。他瞄着停车场那些玻璃光洁的车辆,非常担心有其他业务员抢走他的地盘。

划舢板的残疾男人收入委实可观,正像小龙说的那样。陈北坡买了两个烤地瓜,送给女孩一个,他自己吃一个。陈北坡惊讶于女孩那漂亮而没有表情的脸孔——自卑、哀愁、可怜、感激、逆来顺受等等这些该有的,女孩统统没有。陈北坡能从女孩和冰激凌妹妹身上,一瞬间找到于小亭不同阶段的影子;细想又全然不像。他记得考上一所外地中专的于小亭,寒假回来在商店门口的大街上站着,完全像变了一个人。那所陌生的城市,竟然有着那样的力量。于小亭再也没提发卡的事,仿佛从没有过那么一件拉小指的往事。于小亭用商店柜台上的一部红色电话机打电话,使用好听的普通话。于小亭的声音轻得不能再轻，撒着小女孩那样的娇……

陈北坡的右眼皮不跳了。他想跟冰激凌妹妹探讨一下科学问题，又担心把小龙牵扯出来。冰激凌妹妹随口问过一次，小龙呢？陈北坡搪塞说，去别的地方混了。陈北坡每天花好几块钱，买这个城市的所有报纸，晨报、日报、晚报、快报，搜索各种可能和小龙有关的案件。

几天过去了，陈北坡慢慢解除了警戒。他把蓝牙耳机时刻戴在耳朵上，以免漏掉有可能是小龙打来的电话。有个晚上，陈北坡偷偷潜行到黄午村小龙的出租屋——为弄开门锁，陈北坡事先准备了几件工具。工具包括钳子、扳子、螺丝刀、铁丝等，没有什么针对性。陈北坡有点后悔自己和小龙混那么多日子，竟没学到一点这方面的技术。小巷子狭窄偏僻，有人骑着自行车咣里咣当经过，没看陈北坡一眼；他由此断定，在这个外来人口颇多的城郊村子，撬开一扇门大约是不会有人在意的。

陈北坡完全是使用蛮力，破坏了锁芯。他迅速拉上门窗帘。屋里黑暗静谧，残留着一些含混的味道：脚臭、饭馊、性爱的腥甜。陈北坡摸索着先在床上坐下，等待黑暗中渐渐涌现出房间的轮廓。床底下是个让陈北坡惊诧的世界，堆放着小龙所有的制作工具，成品和半成品。陈北坡用手机屏幕照亮，把成品都装进背包。

可以断定，小龙这几天没回来过，有可能永远不再回来了。如果他犯了很严重的罪行……但小龙属于未成年人啊！陈北坡担忧地判断着小龙的处境。让他担忧的还有将要中断的事：如何往女人的车里源源不断地送那些粉发卡……

完全可以说，陈北坡钻到床底下，取走小龙那些工具，有着某种隐秘的意图。他在黑夜里跌跌撞撞地骑着自行车，黄午村静谧得如同死去。他走出很远，拐到宽阔的马路上，路灯黄亮着。他一手扶车把，另一手伸到屁股后面，抚摸包里那些发出腥涩味道的工具。他如此抚摸那些东西多日。他重新在广场上出现，背包里更加鼓鼓囊囊——多了几杆名叫传奇的烟袋锅。他不知道哪一个才能打开女人的车门，因为他对汽车锁芯的结构一无所知。他只好多带几个结构不同的烟袋锅。

周末到了——从小龙出事，陈北坡准备了整整六天。他分发那些印制拙劣的名片，之后蹲在黑暗的角落里蓄积勇气。女人的车开进停车场，陈北坡在激动中发现固有的秩序被破坏——车上下来一个男人。五官容貌立即说明了他和男孩显而易见的亲缘关系。陈北坡往更深的黑暗里退缩，他看到女人下车后略微停留，隐秘地四下张望。她一定非常不安，陈北坡想。

半小时后，陈北坡到胡同里的小卖部买了一瓶啤酒喝下去，用其中一把工具打开女人的车门。真是没费半点力气，甚至没有反复尝试，仿佛那东西就是车钥匙一样。陈北坡坐到驾驶座上，手握方向盘。他看到购物中心明亮的玻璃门、正在唱歌的小鱼儿、埋头在不锈钢盆里挖弄的冰激凌妹妹。他拿出粉发卡，放在挡风玻璃里面——那位置的确很显眼。

临下车前，陈北坡把粉发卡收起来，放回背包——秩序被破坏了，多了一个男人，他要保护那女人。陈北坡对那粗壮的男人抱有不需理由的怒意。他下车后，临时做了一件莫名其妙的事：把车座往前调整了一下。他目测那距离应该适合女人。

那晚，陈北坡快意地靠在栏杆上，看着男人忙来忙去：先是钻进车里，不久又钻出来，开始一系列的检查，从后备厢到车轮胎；接着他叉腰四顾，怒气冲冲地到出口处找人交涉。陈北坡知道那根本没用。这期间，女人和孩子安静地坐在车里。男人恼火极了，显然有人动了车座，他却不知道那人想干什么。他从香港带回的两只免税名牌手表，仍好好地放在副驾座位上。

陈北坡的日子过得按部就班，但他很快就感到了前所未有的孤独。一个早上，陈北坡接到堂嫂的电话，说很快就上火车了，让他到火车站去接。陈北坡听到堂嫂在电话里哭，大意是堂哥出了车祸，没死；摩托车后座上驮着的一个女人却死了。女人的男人及家里人找上门来，要弄死堂哥。堂嫂呜呜地哭着，说那没良心的，原来在城里和别的女人搭伙过上日子了……陈北坡想起那女人裤腿上斑斑点点的乳胶漆，他对堂嫂说，我哥太孤独了……

从此这个城市，又少了一个能让陈北坡减轻孤独的人。车祸很诡异，明明是小面包从后面撞上摩托车，堂哥却要承担多得不可思议的责任。他们被告知，需要一大笔钱把他从被管制的地方领出来。堂嫂呜呜地哭，堂哥却喜不自禁，他正好不想出去。出去的话，就要被死者家里的人打死了。

你回家去，别管我。我要好好在这里改造。

堂哥让陈北坡买张火车票，把堂嫂送上车。堂哥附耳对陈北坡说：我就是舍不得那女人。我们搭伙打工过日子，五年零两个月了。

陈北坡仍然觉得，右眼皮跳不仅仅是神经问题。小龙和堂哥那么巧，都出了意外事故。而他的右眼皮仍在跳。

接着，小鱼儿不见了。

按照小鱼儿的说法，许巍就快要来了。报纸上的一则消息，也证实了这个说法。街上很多地方拉起巨幅广告，上面印着许巍的照片。当然也不失时机地印上了门票钱款，按照位置优劣分成几等。最差的也要几百块钱。陈北坡想从小鱼儿那里落实一下门票的事，但几天不见人。陈北坡就想，也许小鱼儿彩排去了。给许巍当嘉宾，不能太潦草。冰激凌妹妹很务实地指出。小鱼儿可能到别的地方发展去了。几天前又有一个流浪歌手，在距此不远的地下通道口唱。行业竞争很厉害，冰激凌妹妹说。至于许巍演唱会嘉宾这事，你别太当真。他们这些闯荡过大城市的人，不吹牛皮就不会说话。

陈北坡将信将疑——但这改变不了门票告吹的事实。冰激凌妹妹给他出主意，演唱会开场前十分钟，体育馆门口的黄牛党就会低价抛售手里的屯票。

我有经验。你听我的，准没错。

当然，陈北坡无比相信冰激凌妹妹的经验。他保守着门票的秘密，又期盼了小鱼儿一天。周五早上，陈北坡不再空等，他买了一张门票。这样一来，房租就没着落了。陈北坡想，房租每月都要交，许巍不可能老来。这么一想，一切都美好起来。

这个晚上，灯光、喝彩、女人的沉默，混杂着春天喧闹的声息，永远地进入了陈北坡的记忆。他仅仅是第二次打开女人的车门，就被堵到里面了。陈北坡记得那粗壮的男人猛地把脸贴紧在玻璃上，鼻尖压得要凹进脸里去；接着车门被粗壮的男人拉开，陈北坡被死死地摁在车座上。

小子，终于让我捉到你了！胆子也太大了！

粗壮的男人一边摁住他，一边打了两个电话。第一个是报警，第二个是打给女人。

喂，别看电影了，快下来。贼已经束手就擒。

陈北坡胳膊生疼，像是脱臼了。这让他无力动弹。几分钟后，警车和女人一同到达。警车耀眼的顶灯像变魔术一样转动，晃得陈北坡睁不开眼。男人撕扯着拽他下车，重重地推搡两下，然后才交给警察。

就这小子！上次肯定也是他！到我车里，乱动车座！问问他，是怎么打开车门的!

陈北坡忘掉了很多环节,只记得自己掏出那张还没来得及放到车里去的门票,对警察解释了很久;为了说明,他不得已地提到了那些粉发卡。

我只是觉得她很像我姐。我到车里是送她粉发卡。我没干别的。我姐丢过一只粉发卡,我偷的……

陈北坡为自己的语无伦次而羞愧。

粗壮的男人脸色变得十分难看,转头问自己的妻子,他说的都是真的吗?那些粉发卡?

女人沉默不语,但轻轻地摇了摇头。

陈北坡急得无以复加,他哆嗦着说:我没别的意思,你给我作个证……你戴过那些粉发卡的……

男人把目标转向自己的妻子,你给我解释一下,和这小子什么关系?他是不是到车里来等你的?我在香港拼死拼活,你却养小白脸?

八

陈北坡离开拘留所的时候,春天已经快要过去。他进去时,背包里装着几百张名片,警察把它们摆在桌子上,横平竖直,一大桌子,让陈北坡念:高薪招聘酒店男女公关和高级伴游;提供各类发票、证件、印章。警察敲着桌子问陈北坡,知道什么意思吗?

陈北坡老老实实地说,知道。招人、办证、办票。

什么人?什么证?

陈北坡奇怪地看着警察。警察再次重重地敲击那些名片,涉黄、造假,这些都是严重违法行为,你知道吗?

陈北坡说,……我堂哥说,干这个赚钱容易又没风险。

没风险?就该让你尝尝风险的滋味。你堂哥叫什么?你们的团伙谁是头儿?

陈北坡还被迫带警察到小龙的出租屋去了一趟,以便说明那些烟袋锅的来处。陈北坡在小龙的出租屋里垂头丧气地站着。他觉得自己很不够义气。在江湖上混,这样是要被唾弃的。

春天就要过去了。陈北坡在广场上看到一张新面孔，也像他一样，背着一个鼓鼓囊囊的包。车辆静静地趴着，每一辆玻璃上都插着一张名片。新面孔两腿细瘦，穿绕其间。购物中心门口蹲了一个漂亮女孩，卖各种木制品：木勺、木铲、木叉、木杯。冰激凌妹妹拿着一柄木勺看，说舀冰激凌应该不错。冰激凌妹妹好奇地问陈北坡，你不是被抓走了吗？未成年吧？

　　陈北坡觉得这个时候的冰激凌妹妹，特别像在商店里打电话的于小亭。他溜达到停车场西头，靠在栏杆上。划舢板的男人还在鸡啄米似的磕头，脖子像一截弹簧。女孩似乎显得比往常利落一些，原来是头发拢了起来。陈北坡看到，是许多只他熟悉的粉发卡，把那些乱糟糟的头发归拢到一起。女孩露出光光的额头。他隔着栏杆问女孩：谁给你的？粉发卡？

　　女孩根本不搭理他的话。陈北坡了悟到，世界在女孩眼里，什么也不是。陈北坡望向庞大的停车场，女人的车就像大屏幕上那辆划向宇宙的车一样，消失无踪。这个夜晚正在滑向午夜，女人不再出现并不是一件难以猜想的事——她把发卡转送给了乞讨的女孩。这一现实，本该让陈北坡感到锥心的疼痛，事实上却不是。

　　已近午夜，车辆减少，停车场逐渐空白。陈北坡惊讶地目睹了一件怪事：划舢板的男人站起来了。胡同寂寥，声响平息。男人侧身坐起，盘腿打坐于舢板上。一分钟后，男人站起身，拾起舢板，夹在腋下。他们向昏暗的胡同深处走去——临走之前，男人诡秘地看向陈北坡，嘴角撇一撇。他留下一个长久的嘲讽，在空荡无人的胡同口。而那女孩，戴着一头粉发卡，艳丽无比，在陈北坡此后的梦境中，多次重现。

　　这个晚上还发生了一件怪事：陈北坡提着自行车走进昏暗的地下通道，竟然看到了刀疤脸。刀疤脸所有行头都没有变——麻袋片铺在地上，上面摆放着林林总总的刀具。陈北坡摸摸背包，想到那把蒙古小猎刀已经被留在警察那里了，禁不住心疼。但他仍停下来，要为那把刀付钱。

　　怪事接着发生：刀疤脸不记得有一把没付钱的刀了。他皱着眉想了半天，也没想起来，遂爽快地说，那把算我送你了。

　　那怎么行。混江一湖，得讲规矩。陈北坡说。

　　哈！小兄弟，有气度！我喜欢！既然都是混江湖的，就别见外了！四海之内皆朋友，大哥我今天再送你一把。上好！削铁如泥，切金断玉！千万别给我钱，给钱就是骂我！你也买不起它，它无价……

锥心的疼痛在午夜空旷的街道上，伴随着难言的孤独，席卷着陈北坡。他骑着自行车，停在黄午村僻静的一个街角。黄午村更为死寂，白天喧腾的尘土静静趴伏着；天空落下雨滴，把它们更深地砸向地里。陈北坡给上次留电话的凯雅打过去——他本以为和那小姐永远不会发生性关系。但他实际上没有情欲。

凯雅已经睡了，但一听陈北坡粗鲁的命令，立即变得职业化。几分钟后，她打着一把伞，伞上面影影绰绰印着一句广告语：看晨报，走天下——在雨里出现。陈北坡是第一次，他粗鲁地下手，却毫无经验。凯雅指引着他的一只手，问，多少钱？天气这么不好。

陈北坡从背包里摸出钱包，抽给凯雅一百块，问，够不够？

凯雅把钱塞进胸衣里，观察一下地形，翻过身去，撑住墙，臀部耸起来。

陈北坡不知道自己的气愤打哪儿来，只觉得胸腔要爆裂。凯雅一只手举着雨伞，雨滴砸在上面，啪啪响。陈北坡带着复杂的哭腔说，他姐姐的！老子今天过生日……老子以后就是个男人了……

凯雅扭过头，讨好地说，那就多赏点钱。

凯雅沾了雨的头发很顺服地贴在脸上。陈北坡看了一会儿，又蘼过她另外一边脸看。他下手重了些，凯雅夸张地叫唤。

发卡呢！陈北坡问。

什么发卡？

你上次头上不是戴着一只粉发卡吗？

是吗？谁记得呀。

陈北坡彻底绝望了。他嗷地叫了一声，用力耸动了一下凯雅，把凯雅的头撞在墙上。

你要死啊？有这么干的吗？一百块不够了！要两百块！

好，我给你两百块。

陈北坡从屁股后面扯过背包，用力翻找。他摸到刀疤脸赠送的那把新刀，看到它在夜里竟然熠熠生光，就拿出来细看。凯雅过来抢钱，惊呼一声，要杀人啊！

陈北坡骑着自行车，跟跟跄跄逃离了僻静的街口。他脑子里回放着凯雅痛苦的表情、抽动的嘴角，还有地上随雨水流动的血迹。这一幕像购物中心八楼的电影海报。陈北坡一边奋力蹬车，一边盘算着背包里的钱，够不够逃离这座城市。加上他临走前从凯雅胸衣里拿回的那一百块，买一张火车票应该没有问题。最好是动车票。

陈北坡终于要坐上那列雪白色的、梦幻般的铁家伙了。

（原载《清明》2014年第1期，《北京文学·中篇小说月报》2014年第3期、《长江文艺选刊版·好小说》2014年第3期、《作品与争鸣》2014年第4期转载）

编选后记

为深入贯彻落实《中共山东省委关于繁荣发展社会主义文艺的实施意见》，全面实施"文学鲁军提升工程"，进一步培养推介优秀青年作家，推动我省文学事业繁荣发展，在省委宣传部指导支持下，山东省作家协会启动了《山东青年文学名家文库》（以下简称《文库》）的编选工作，集中推介10位近年来创作成绩突出的优秀青年作家的作品精选集。

省委宣传部领导对《文库》的编选工作非常重视。省委宣传部主持日常工作的副部长王红勇和省委宣传部副部长程守田多次对编辑出版《文库》提出指导性意见，给予了大力支持。

为确保编选工作的质量和权威性，省作协组建了由有关领导、专家组成的编委会。编委会对入选青年作家的人员构成、文学导向的宏观把握、题材和体裁的合理布局、风格形式的丰富多样以及总体设计的协调统一等方面，进行了认真研究，确定了编选方案。

入选作家的基本标准，一是发表、出版作品数量多、质量高；二是作品格调健康、积极向上；三是年龄45岁左右，特别优秀者可适当放宽，但不得超过50岁（1967年1月1日以后出生）；四是在全国文学界有一定的影响力和知名度，获得过省级以上重要文学奖项。

编选工作正式启动后，先是下发通知，请各市、大企业、行业系统文联（作协）和省作协各文学专业委员会推荐候选人；为避免遗漏，又请省作协主席团成员和省作协签约文学评论家每人推荐10人。在汇总两次推荐意见的基础上，确定了提交评审专家讨论的候选人选。中国作协党组成员、书记处书记，中国作家出版集团管委会主任吴义勤，中国作协办公厅主任李一鸣，中国作协创联部主任彭学明，《文艺报》总编辑梁鸿鹰，《人民文学》主编施战军，中国当代文学研究会会长白烨，中国报告文学学会常务副会长李炳银，中国当代文学研究会副会长贺绍俊等领导和专家参加了在北京召开的评审会，在充分酝酿讨论的基础上，投票评选出10位入选作家。

入选的10位作家是我省近年来创作成绩突出的青年作家的优秀代表。其中，小说作家7人，诗歌作家2人，散文作家1人。《文库》收入的是能够代表其最高水平的、已经在正式报刊上公开发表的作品的精选集。需要特别说明的是，近年来我省文坛涌现出的创作成绩突出的文学新人较多，遗珠之憾肯定在所难免。

省作协领导高度重视这项工作。省作协党组书记姬德君、省作协主席黄发有牵头统筹《文库》各项工作。党组成员、副主席李军、葛长伟指导协调《文库》编选工作。省作协副主席、创联部主任陈文东带领创联部同志承担了《文库》从征集到评审、出版的各项具体工作。张学军、丛新强、贾振勇、刘照如、陈夫龙、李纪钊、李春风、刘青、赵月斌等专家学者和省作协有关业务单位负责同志参加了《文库》入选作家的补选优化论证会，提出了许多建设性意见和建议。省作协办公室为《文库》评审、出版做了许多保障性工作。山东文艺出版社对《文库》的出版工作给予了大力支持和帮助。在此，谨向所有为《文库》编选出版工作给予大力支持和付出辛勤努力的单位和个人，表示诚挚的感谢！

编者
2019年12月